2011 '작가'가 선정한

오늘의 영화

작가

　이창동 감독의 〈시〉와 크리스토퍼 놀란 감독의 〈인셉션〉이, 각기 11편과 10편이 선정된 '2011 오늘의 영화'에서 최고의 한국 영화와 외국 영화로 뽑히는 영예를 안았다. 그간의 지표로 판단컨대, 그 영예는 예측한 대로였다. 봉준호 감독의 〈마더〉와 클린트 이스트우드 감독의 〈그랜 토리노〉가 양 부문 최고작으로 선택됐던 2010년과 마찬가지로. 그렇다면 올해도 지난해처럼 "본 기획위원들의 예상을 거의 벗어나지 않는, 그래 어느 모로는 다소 '무난하면서도 심심한' 결과"일까?

　선정 자체로는 그런 감이 없지 않다. 그 속내를 들여다보면 하지만, 그렇다고 할 수만은 없을 것 같다. 무엇보다 상기 두 영화의 득표수가 압도적인 탓이다. 〈시〉는 〈하하하〉〈부당거래〉〈의형제〉 등 공동 2위작들과 두 배가량, 〈인셉션〉은 〈소셜 네트워크〉와 세 배 이상 표차를 보였다. 이 두 영화는 어떻게 그런 표차를 가능케 했을까. 그들이 과연 그런 표차를 끌어낼 만큼, 빼어난 걸까.

　개인적 지지 여부를 떠나, 〈시〉의 경우는 별 다른 이견이 없을 듯. 대다수 2010년 국내 영화상 시상식에서 최우수작품상을 휩쓸어서만은 아니다. 영화는 전국 22만 관객을 동원―이창동 감독이 인터뷰에서 말하듯, 영화의 비대중성을 감안하면 이 수치도 결코 낮은 게 아닐 수도 있다!―하며 감독의 전작全作 중 처음으로 손익분기점을 넘지 못했다지만, '걸작'이라는 평가를 받을 자격 충분하다.

　"2010년 우리를 찾아온 우리 영화계의 크디 큰 축복. (중략) 이창동 필모그래피에서만이 아니라 한국 영화사를 통틀어서도 단연 돋보이는, 숨 가쁜 걸작! (중략) 무엇보다 '기표와 기의 사이의 그 팽팽한 긴장감'이 압권이었다. 영화는 기의 없이 기표만 넘실대곤 하는 오늘날의 숱한 영화들에 경종을 울리기라도 하듯, 매 순간 기표들에 적절한 기의를 구현한다. (중략) 그렇다고 기표, 즉 표현에 소홀한 건 아니다. 기의, 즉 의미 이전에 그 주목할 만한 기표들로 영화를 보는 이들을 매혹시킨다. (중략) 다시금 강조컨대 〈시〉는 그간의 우리 영화 역사에 결여되어 온 어떤 경지를 구현한 기념비적 걸작, 이다. 그 경지는 이제 세계 어느 거장과 비교해도 뒤떨어지지 않는다."라는, 전찬일의 진단처럼.

반면 〈인셉션〉에 대해서는, 세 기획위원들 사이에서도 의견이 엇갈렸다. 추천위원들로부터 〈시〉보다 한층 더 열띤 지지를 받았으며 흥행과 비평 두 마리 토끼를 다 잡은 행운의 수작. "〈엘 시크레토: 비밀의 눈동자〉을 향한 내 나름의 각별한 열광이 아니라면 의당 외국 영화 1위 자리에 등극 마땅한 '2010년의 영화'"라는 전찬일의 평과 대조적으로, 유지나 위원은 영화가 지나치게 과대평가됐다고 일갈한다. 10편 안에 든 데는 동의할 순 있어도, 무려 286편에 달하는 개봉 외국 영화 중 1위를 차지했다는 사실이 도저히 믿어지지 않는다는 것. 하긴 올 아카데미 시상식에서 촬영상, 음향상, 음향편집상, 시각효과상 4개 트로피를 거머쥐었으면서도 정작 감독상 후보작에는 들지 못했지 않았는가. 그 최종 판단은 여러 분의 몫이리라.

두 최고작들을 넘어 다른 영화들로 시선을 확장시키면, 몇 가지 특이점들이 눈길을 끈다. 먼저 한국 영화. 무엇보다 그 외연과 속내에서 엿보이는 다양성이 주목할 만하다. 그와 연관해서는, 홍상수의 건재가 단연 돋보인다. 〈잘 알지도 못하면서〉로 '2010 오늘의 영화'에 진입했던 그는, 고작 몇 개월의 시차를 두고 〈하하하〉〈옥희의 영화〉두 편으로 그 특유의 존재감을 과시했다. 그 정도가 아니다. 〈하하하〉로는 한국 영화 사상 최초로 칸 영화제 '주목할 만한 시선 상'을, 〈옥희의 영화〉로는 올해 제 40회 로테르담영화제 '리턴 오브 타이거 상'을 쥐었다. 지난 20년 간 대상인 타이거 어워드를 받은 13명의 감독들 신작을 한데 모아 상영한 특별 섹션 '리턴 오브 타이거'에서, 네덜란드 다비드 베어벡 감독의 〈클럽 제우스〉와 공동으로 수상한 것이다. 홍감독은 1997년 데뷔작 〈돼지가 우물에 빠진 날〉로 타이거 상을 거머쥐었다. 사실 〈옥희의 영화〉는 득표에서 〈하하하〉보다 앞서며 〈시〉에 이어 '2011 오늘의 영화' 단독 2위 자리에 올랐으나, 두 편 모두 11편에 포함시킬 순 없는데다 〈하하하〉가 보다 더 '홍상수적' 이라고 판단해 부득이 배제시켰다.

홍상수의 영화들 외에 '2010 뜻밖의 수확' 이라 할 사회성 휴먼 코미디 〈방가?방가!〉, 〈음란서생〉에 이은 김대우 감독의 수준급 퓨전 사극 〈방자전〉, '2010년의 독립 영화' 로서 손색없는 〈경계도시2〉와 〈울지만 톤즈〉, 그리고 〈황해〉와 〈김복남 살인 사건의 전말〉, 〈악마를 보았다〉 등 일련의 '잔혹(성) 스릴러' 에 이르기까지, 상기 다양성은 실로 눈길을 끌기 부족함 없다. 그 리스트에서 원빈 주연 이정범 감독의 〈아저씨〉를 발견할 수 없다는 것도 주목감이다. 2010년 한국 대중 관객들로부터 가장 큰 사랑을 받았을 뿐 아니라 〈악마를 보았다〉를 제치고 한국영화평론가협회 회원들로부터 '한국 영화 베스트 10' 으로 뽑히기도 한 '문제작'.

그 함의는 딜라도 배세, 아니 비선택된 영화들 중 남다른 눈길이 가는 건 〈아저씨〉만이 아니다. 〈황해〉, 〈라스트 갓파더〉와의 흥행 삼파전에서 모두의 예상을 뒤엎으며 최종 승자로 낙착된 〈헬로우 고스트〉, 이민정을 발견시키며, 대중 관객과 평단으로부터 공히 기대 이상의 호평을 끌어내는 데 성공한 〈시라노 ; 연애조작단〉, 감독에 쏠린 관심 등에서 의당 선정될 만하건만 끝내 비선택된, 대한민국 대표 영화 평론가 정성일의 장편 데뷔작 〈카페 느와르〉, 〈왕의 남자〉 등의 수준을 상기하면 이번 비선택이 도무지 이해가지 않는, 이준익 감독의 〈구름을 버서난 달처럼〉, 2011 아카데미 외국어 영화상 한국 후보라는 사실을 무색케 하는, 김태균 감독의 〈맨발의 꿈〉 등 한둘이 아니다. 영화 좌담회에서 전찬일도 지적했듯, 이 비선택 내지 배제는 한국 영화의 오늘 및 미래와 관련해 시사하는 바가 크다고 하지 않을 수 없을 것이다.

다양성은 외국 영화에도 고스란히 해당된다. 국적·언어별, 감독별 등,

2010년에 비해 그 스펙트럼이 한층 더 확장됐다. 한 편쯤은 있을 법한 일본 영화가 없지만, 대신 태국 영화(아피찻퐁 위라세타쿤 감독의 〈엉클 분미〉)가 있으니 그 외연은 그만큼 더 넓어졌다고 할 수 있다. 일본어(고레에다 히로카즈 감독의 〈걸어도 걸어도〉)와 스페인어(페드로 알모도바르의 〈브로큰 임브레이스〉) 두 언어 외에는, 9편 중 7편이 모두 영어권이었던 지난해에 비해, 올해는 총 10편 중 태국어와 스페인어(아르헨티나 후안 호세 캄파넬라의 〈엘 시크레토 : 비밀의 눈동자〉, 프랑스어(자크 오디아르의 〈예언자〉), 독일어(미하엘 하네케의 〈하얀 리본〉과 헬마 잔더스-브람스의 〈클라라〉) 등 비영어권 영화가 5편에 달한다. 이 얼마나 반가운 다양성인가.

비선택에 시선을 던지면 한국 영화 못잖게, 안타깝거나 유감스러운 예들이 적잖다. 마틴 스콜세지의 〈셔터 아일랜드〉, 클린트 이스트우드의 〈우리가 꿈꾸는 기적 : 인빅터스〉, 코엔 형제의 〈시리어스 맨〉 등 거장들의 수작들을 위시해, 산드라 블록에게 2010 오스카 여우주연상을 안긴, 존 리행콕 감독의 〈블라인드 사이드〉나, 2009년 오스카 남우주연상(숀 펜)과 각본상을 안긴, 구스 반 산트 감독의 〈밀크〉 등등, 그 목록은 한국 영화보다 훨씬 더 길어질 것이다. 하지만 비선택의 불가피성 및 지면 관계 상, 그에 대해선 더 이상 언급하지 말자.

늘 그랬듯, "모쪼록 이 21편의 영화들과 스물한 개 빛깔의 리뷰들이 유익한 읽을거리가 되기를, 더 나아가 일종의 역사적 기록으로서 좋은 참고 자료로 남게 되기를 소망해본다."

2011년 3월, 기획위원을 대신해서 전찬일

contents

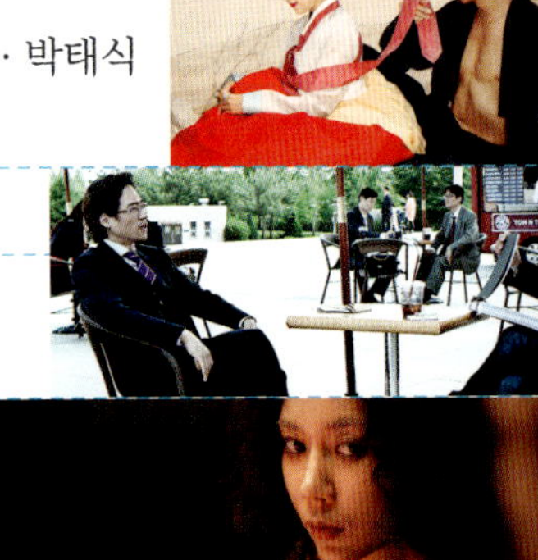

contents

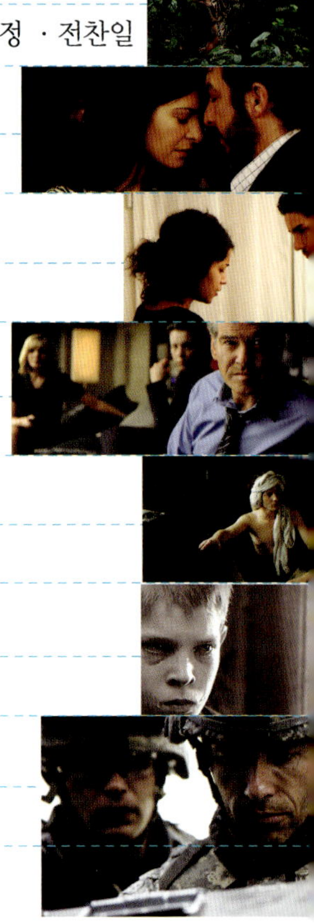

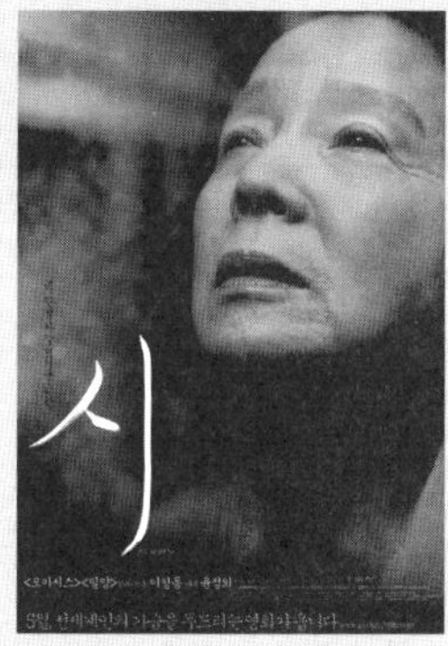

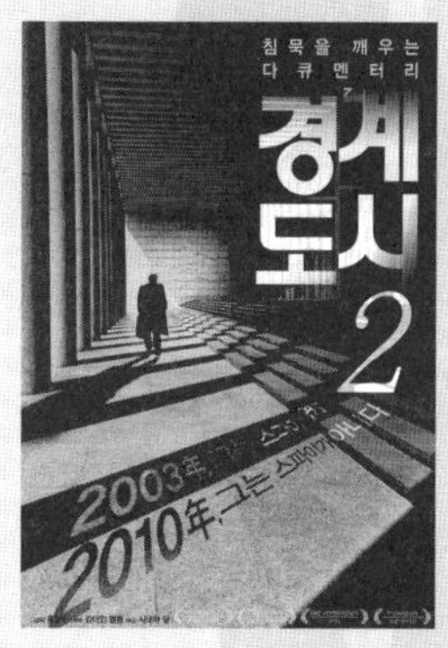

한국 영화

시 · 이창동 감독

유지나

경계도시 2 · 홍형숙 감독

맹수진

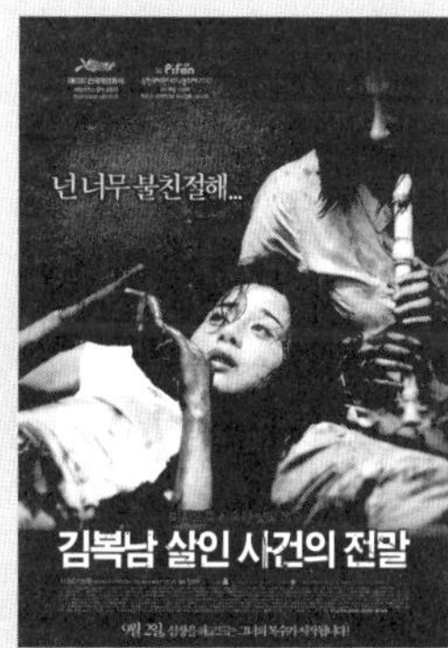

김복남 살인 사건의 전말 · 장철수 감독

황진미

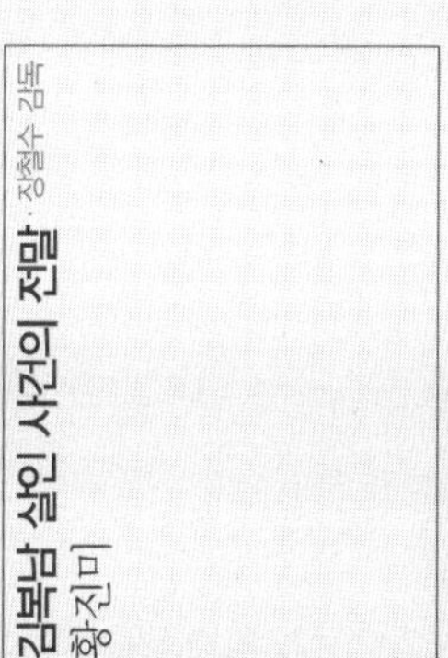

부당거래 · 류승완 감독

송경원

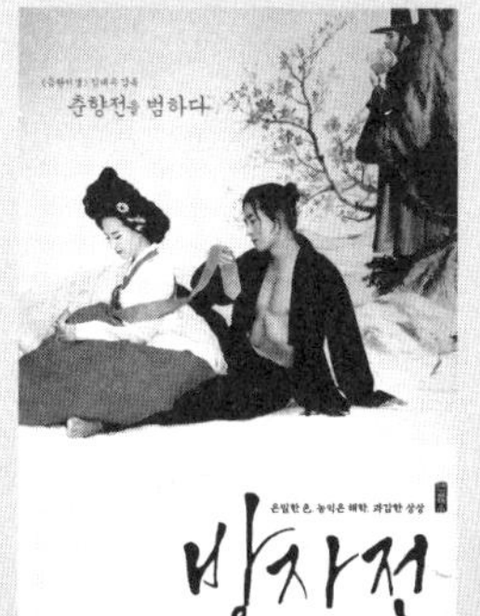

방자전 · 김대우 감독

박태식

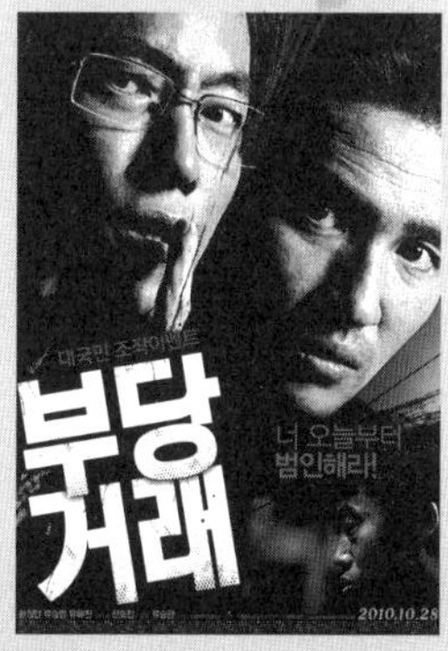

복수의 두 얼굴.
광기의 대결이 시작된다
악마를 보았다
이병헌 최민식

울지마 톤즈
구수환 감독
손정순

수단의 슈바이처, 쫄리 신부님...
당신은 사랑입니다.
故 이태석 신부의 감동 휴먼 다큐멘터리
울지마 톤즈
9월, 그를 만나러 갑니다

악마를 보았다 · 김지운 감독
김지무

한국영화

의형제
송강호 강동원
2010년 2월

하하하 · 홍상수 감독
백승찬

의형제 · 장훈 감독
임정식

바다를 건너간 모두가 적이 됐다!
황해
黃海

황해 · 나홍진 감독
장재선

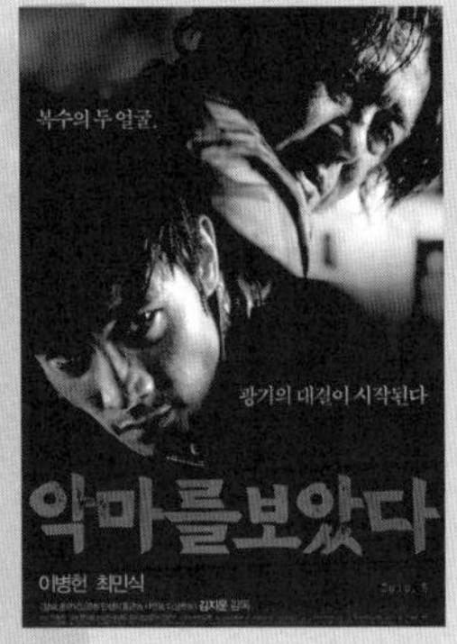

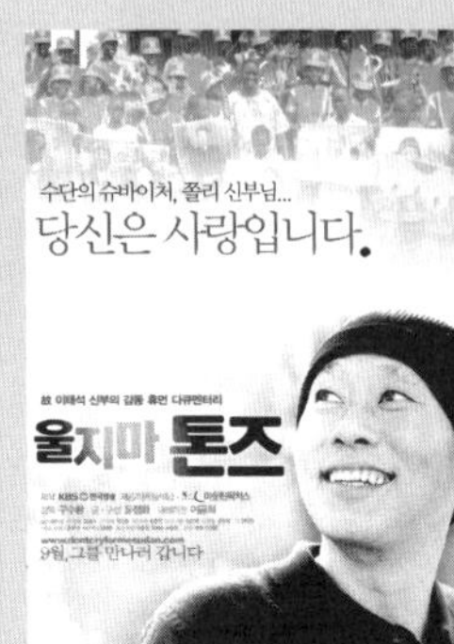

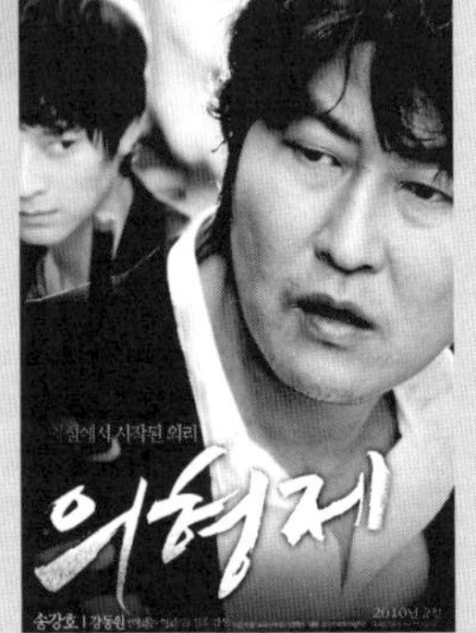

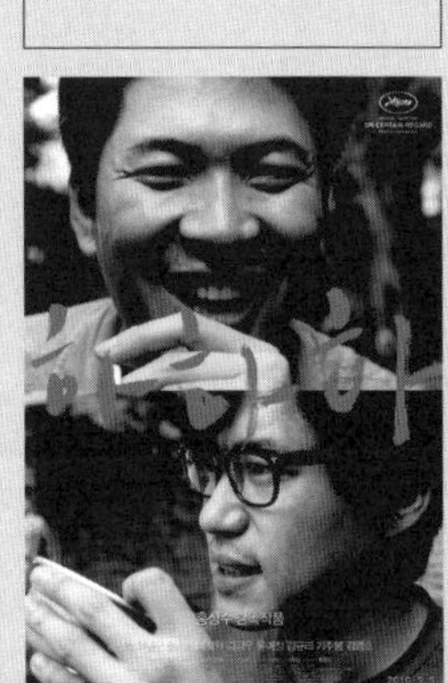

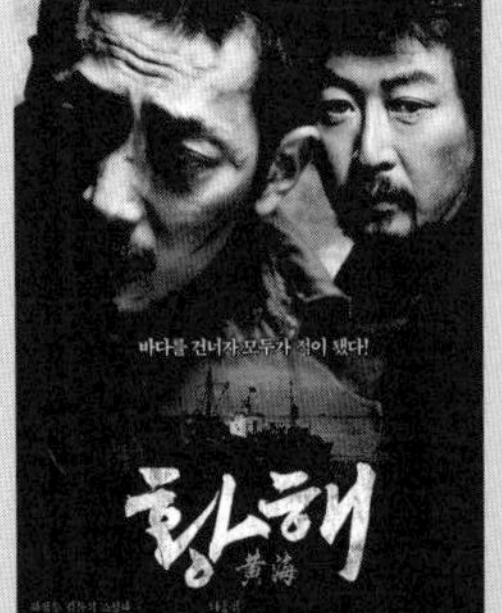

이창동 감독

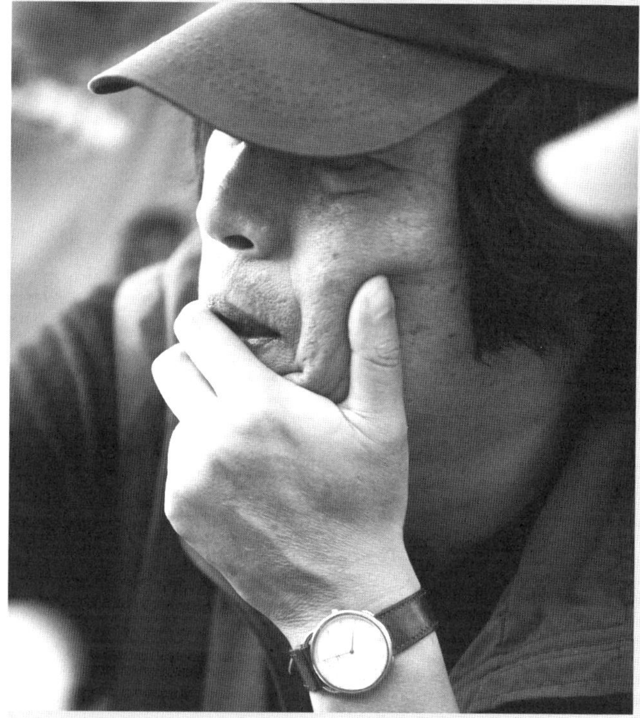

출연/윤정희, 김희라, 이다윗
각본/이창동
촬영/김현석
조명/김바다
음향/이승철
편집/김현

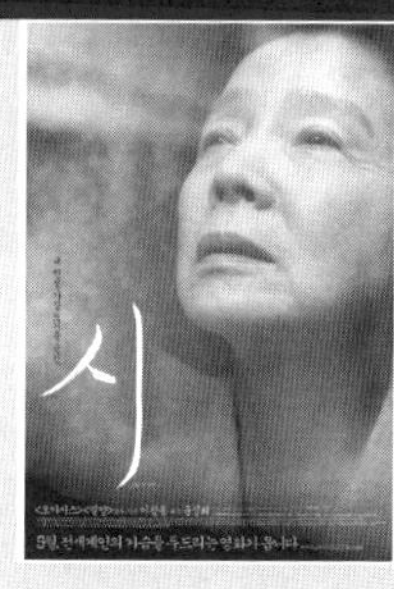

영화가 시의 문학성을 획득할 수 있음을 보여준 확고한 사례. 우리가 잃어버린 가슴, 나르시시즘과 순수와 맞닿게 한다.

우리시대의 '예의없음'을 말로 하지 않는다. 생각하게 하고 유추하게 한다. 스토리의 강박에서 벗어나기 시작한 이창동 감독이 완숙미를 보인 작품.

예술이 현실과 도덕을 외면해선 안 된다는 영화작가의 낮은 외침이 가슴을 울린다. 인생이 예술이 되는 것은 그 잔혹함 때문인 것을! 잔혹한 시를 그려낸 완미한 리얼리스트의 수작.

왜 일상의 부도덕과 싸워야 하는지를 영화 밖으로도 증명한 영화. 단단하고, 단호하고, 아프고, 아름답다.

기표와 기의 사이의 그 팽팽한 긴장감…거장의 손길·숨결. 그간의 한국 영화사가 조우하지 못해왔던 기념비적 걸작!

— 추천위원의 선정 이유 中

차마 하지 못한 고백

유지나

우연의 일치치곤 묘하다. 2010년 두 편의 영화에서 시낭송회를 보았다. 하나는 〈하하하〉에 등장하는 통영 한 구석의 시낭송회였고, 다른 하나는 〈시〉에 등장하는 강을 낀 작은 도시, 시골의 시낭송회였다. 그리고 얼마 전 다녀 온 독특한 식사 자리 2부는 시낭송회여서 얼떨결에 나는 사회를 맡아 시낭송도 하게 되었다. 게다가 그날 특식은 통영에서 막 배달되어 온 굴이었다. 〈시〉에 등장하는 섬진강 시인의 말대로 "시가 죽어가는 시대", 동반한 젊은 시인이 "시 같은 건 죽어도 싸다"라는 자조적인 표현이 나오는 시대. "시 쓰고 있네"같은 비아냥이 횡횡하건만, 시는 어느 때보다 영화적으로, 일상적으로 우리 삶에 강물처럼 스며든다.

〈시〉에 관한 글을 쓰노라니 온갖 상념이 치밀어 오른다. 영시 중에서도 유독 아일랜드 시가 가슴에 다가오는 것도, 사는 것이 더욱 고달파지는 이 시대에 '시'가 여기저기 불쑥 등장하는 것도 모두 무관해 보이지 않는다. 서슬 퍼런 언어로 고통을 토로하던 전설적인 시인 최승자. "내

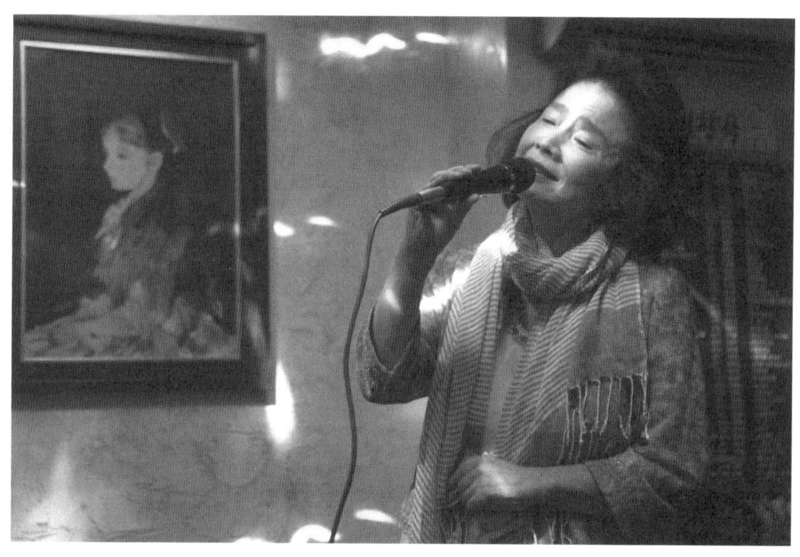

가 살아있다는 것/그것은 영원한 루머에 지나지 않는다"라고 토로했던 그녀가 11년 만에 『쓸쓸해서 머나먼』이란 시집을 내며 돌아왔다. 돌아와 거울 앞에 선 그녀는 피골이 상접한 기초생활수급 대상자로 정신분열증을 앓고 있지만 시를 쓰고 있다. 〈시〉를 보면서 이 모든 정황들이 살아내기의 고통과 시를 하나로 함께 돌리는 것이라는 깨달음조차 찾아든다.

영화가 열리면 강물소리가 먼저 들어오고 이어 강물이 화면을 가득 채운다. 카메라가 빠지면 강변에서 노는 아이들이 보인다. 일상적이고 평온한 강변풍경이다. 그런데 다리가 보이는 강물에 무언가 떠간다. 화면 오른편을 채우는 소녀의 시신, 그 왼편엔 '시'라는 제목이 뜬다. '시신과 시'다. 영화를 다 보고 나면 결국 소녀의 죽음과 시는 하나로 돌아가는 것이었음을 퍼뜩 느끼게 된다. 이 둘을 연결시키는 고리는 50여 년

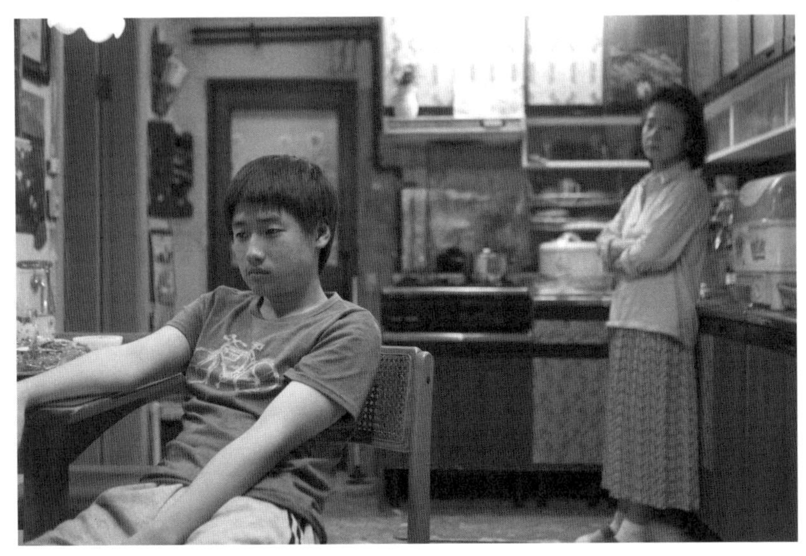

간 가슴 속 응어리로 눌러왔던 시 쓰기에 도전하는 미지(윤정희)이다.

강물소리와 풀벌레 울음 속에 떠오른 시신에 이어 분주한 도시의 소음 속에 병원이 등장한다. 그 또래 여성치곤 멋 부린 모양새, 레이스 달린 스카프와 모자로 치장한 미자가 소개된다. 그녀의 일상은 손자를 돌보는 남루한 작은 아파트, 중풍 든 노인을 돌봐주는 슈퍼마켓 위 가정집, 병 때문에 드나드는 병원, 그리고 마침내 오랜 꿈이었던 시 쓰기 교실이다. 기초생활대상자로 파출부 일을 나가는 비곤한 삶이어도 이 정도면 꿈을 포기하지 않은 평온한 일상이다.

그러나 애초에 제시된 소녀의 주검은 그녀의 일상을 바꿔 버린다. 병원에서 목격한 소녀 희진의 시체, 그 앞에서 망연자실해 버리는 희진 어머니(박명신)의 모습은 사연을 몰라도 미자에게 강렬한 이미지로 새겨진다. 그러나 그런 아픈 상황이 그녀와 무관하지 않다는 충격적 진실이 곧 드러난다. 어린애로만 봤던 손자 종욱(이다윗)이 성폭행 당사자임이 밝혀지고, 위자료 오백만 원이 필요하다. 이제 내러티브는 아이의 죄과를 감당하는 일과 시 쓰기 작업, 이렇게 두 가지 축을 오가며 진행된다. 그러나 이 두 가지 축은 상호침투하면서 결국 시 쓰기 수업에서 배운 일상의 관찰, 즉 잘 들여다보기 훈련이 시상 자체로 승화돼가는 과정을 구성하게 된다. 남루한 일상 저편에 머물던 시 쓰기 공부는 지독하게 고통스러워진 일상을 소화해 내는 발버둥짓처럼 보인다.

중풍 든 노인(김희라)을 씻기는 간병인 일도 만만치 않지만 심지어 그의 욕정까지 처리해야 하는 사태가 벌어진다. 노인 남자를 돌보는 일이나 어린 남자 종욱을 돌보는 일, 이 두 가지 모두 이들의 성욕 뒤처리까지 끌어들이는 셈이다. 아름답게 꾸민 자태로 '멋지다' 라는 평판을 즐기며, 아름답게 살고 싶었던 미자는 추한 상황 속에 내몰린다. 간병인 집에서 샤워 물소리에 묻혀 참았던 울음을 토해내기도 하고, 오백만 원을 빌리러 찾아간 노래방에서 홀로 노래를 불러보지만 죄책감과 책임감으로부터 도망갈 방법이 없다.

본래 꽃을 좋아하고 이상한 소리를 하는 자신은 시인 기질이 있다며 시 쓰기에 도전한 미자는 최악의 상황에 직면한 셈이다. 성폭행에 대한 보상문제뿐만 아니라 치매 초기를 보여주는 건망증은 언어를 구사해야 하는 시 쓰기에 치명적이다. 바로 그런 최악의 상황 속에서도 삶이란 보는 것이며, 잘 보아야 시를 쓸 수 있다는 선생님(김용택)의 가르침은 그녀가 꿈과 죄의식을 동시에 풀어가야 하는 일상의 나침반으로 작동한다.

그녀는 주변에 널린 대상을 잘 보고 그 느낌을 메모해 나간다. 남루한 아파트, 좁은 부엌 싱크대에 쌓인 구질구질한 설거지거리, 사과, 마당의 나무…이 모든 것들을 깊이 오랫동안 들여다보고 떠오르는 느낌을 작은 수첩에 적어나간다.

그런 과정 속에서 그녀는 희진의 흔적을 찾아나서는 여정에 오른다. 희진이 놀았을법한 교정, 성폭행을 당한 과학실습실, 그리고 마침내 희진이 강물에 몸을 던진 다리. 이 모든 흔적은 이제 미자의 시상으로 작동한다. 희진 어머니와 합의할 기회를 마련하러 찾아갔을 때도 거기 간 이유조차 잊어버리지만, 땅 위에 구르는 살구의 아름다움을 느끼고 메모하는 것은 잊지 않는다. "살구는 스스로 땅에 몸을 던진다. 깨여지고 밟힌다. 다음 생을 위해." 이 메모는 그녀가 결국 어떤 존재로 변화해 가는지 결말을 예시해 준다.

가해자 학부형 모임(그녀만 빼고 다 아버지들이다) 회식자리에서 창밖의 맨드라미를 보며 밖으로 튀어나가 맨드라미의 꽃말을 새기며 아름다움을 음미하는 그녀는 현실부적응자처럼 보이기도 한다. 그들 말대로 '개념 없는 할머니'이다. 그러나 맨드라미의 붉은색을 '피'로 느끼며 '방패'라는 꽃말을 설명하는 그녀는 속물들의 거래로부터 벗어나는 순결한 영혼의 몸짓을 느끼게 해준다. 시인 지망생의 뜬금없는 헛소리처럼 들려도 그녀만이 진실을 보고 있는 셈이다.

종욱은 식탁 위에 놓인 희진의 사진을 보고 잠시 흠칫하고는 무시한 채 TV를 보며 식사를 한다. 사건이 소문만 안 나기를 바라는 가해자들의 아버지들과 교감선생님처럼. 그러나 미자에겐 갈수록 희진의 이미지가 강력한 시상으로 작동한다. 희진의 집에서 발견한 사진, 붉은 꽃들 뒤에 함박꽃 웃음을 지으며 서 있는 희진의 모습은 이제 미자의 잘 보

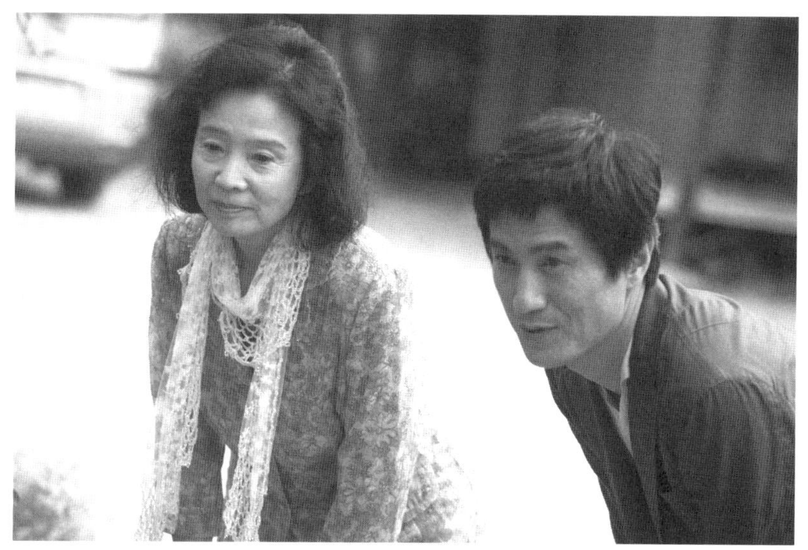

기, 깊이 보기, 그리하여 떠오르는 강력한 시상으로 작동한다. 시 선생
님의 말대로 우리 모두 품고 있지만 아직 겉으로 날아오르지 못한 시의
전조인 시상이다.

그녀가 본 곳에 대한 느낌을 써넣은 메모를 보여주는 클로즈업 쇼트
들은 문자 이미지의 시적 의미작용을 보여주는 명장면들이다. 이를테면
“새들의 노랫소리, 무엇을 노래하나”, “시간은 흐르고, 꽃은 시들고…”
가 쓰여진 메모들. 그중에서도 희진의 흔적을 찾아간 강과 거기 걸쳐진
다리 위에 선 그녀의 모자가 바람에 날려 강에 빠지는 장면, 이어서 비
가 내리고 수첩에 떨어진 빗방울이 스며든 백지를 잡아낸 클로즈업 쇼
트는 ‘무언의 이미지화’를 보여준다. 강물 위에 떠가는 흰 모자와 백지
에 스며드는 빗방울의 흔적. 빗물이 강물이 되듯이 미자는 점차 희진이
되어간다. 그것은 어린 여자와 나이든 여자를 하나로 돌리는 시상에서

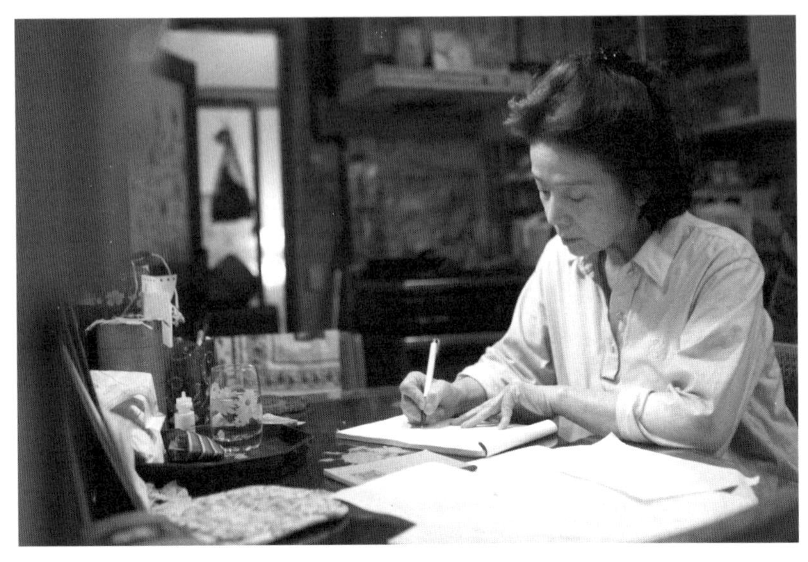

결국 시 자체가 돼버린다. 여기에서 딸인 종욱이 엄마라는 존재는 끼어들 여지가 없다, 라는 발상이 가능했을 법하다. 여전히 좀 의문스럽지만…

시 선생님의 말대로, 대상을 잘 보고 거기 떠오르는 느낌이 갇혀있는 시를 풀어내 날개를 달아주는 것이라면, 이창동 감독 특유의 깊은 시선은 문자의 이미지화로 인물의 웅어리진 내면을 풀어내 우리의 내면과 이어준다. 그것은 자신의 가슴에 갇힌 시를 카메라로 풀어내는 시적 미장센을 수행하는 것처럼 보인다.

전혀 다른 맥락에서 재현되는 또 다른 문자의 이미지화도 주목해볼만하다. 미자가 오백만 원을 구하기 위해 성욕을 풀어준 노인과 주고받는 필담 역시 클로즈업 쇼트로 제시된다. 협박과 보상 사이를 오가는 문자들과 시적 감성을 대변하는 문자는 분명 다른 종류지만, 결국 추잡한 현실과 시를 하나로 돌리는 의미심장한 통찰을 하게 만든다.

시낭송회 뒤풀이 자리는 그런 숨고르기를 파토스적 양상으로 재현된다. 낭만과 유치함, 심지어 '샤워 5단계' 같은 음담패설이 뒤섞인 시낭송회. 회식자리에서 미자는 시 쓰기의 어려움을 호소하며 어떻게 시를 써야 하는지 묻지만, 시를 빙자하여 일상의 스트레스를 푸는 속물스러운 분위기는 늘 함께 한다. 이런 자리는 오히려 시를 모독하는 것이라고 느낀 미자는 회식자리를 벗어나 마당 한 구석에서 쪼그려 앉아 훌쩍인다. 그녀를 발견한 음담패설의 장본인이자 내부고발자로 좌천되어 온 박 형사는 묻는다. "누님, 왜 우세요? 시 때문에 우세요? 시를 못써서……." 경찰 신분을 가진 이와 미자의 일대일 만남, 미자가 그의 질문 앞에서 흐느껴 울어도 웃음이 나온다. 시와 성폭행사건이 이렇듯 어이없이 만나는 극적인 상황은 심각함을 넘어 웃음까지 나게 만드는 아이러니를 경험하게 해준다.

결국 시 쓰기 교실에서 아무도 써내지 못한 시를 미자 홀로 완성한 채 흰 꽃다발을 놓고 사라진다. 미자가 말했듯이 꽃의 흰빛은 순결함이다. 결말을 장식하는 '아네스의 노래' 는 나이든 여자 미자와 어린 여자 희진이 하나로 시/나비가 되어 강물과 함께 흐르는 소리만 살아있는 이미지의 침묵을 담아낸다. 피해자이자 희생자인 두 목소리가 낭송하는 이 시는 상처와 고통, 아름다움, 그리고 자연이 하나가 되어 흐르는 시정신으로 우리를 매혹시킨다. "그곳은 어떤가요? 얼마나 적막하나요/저녁이면 여전히 노을이 지고/숲으로 가는 새들의 노랫소리 들리나요/차마 부치지 못한 편지 당신이 받아볼 수 있나요/하지 못한 고백 전할 수 있나요/시간은 흐르고 장미는 시들까요/이제 작별을 할 시간……." 이제 이 영화는 우리 마음속에 갇힌 시의 고치를 나비가 되도록 자극하는 시

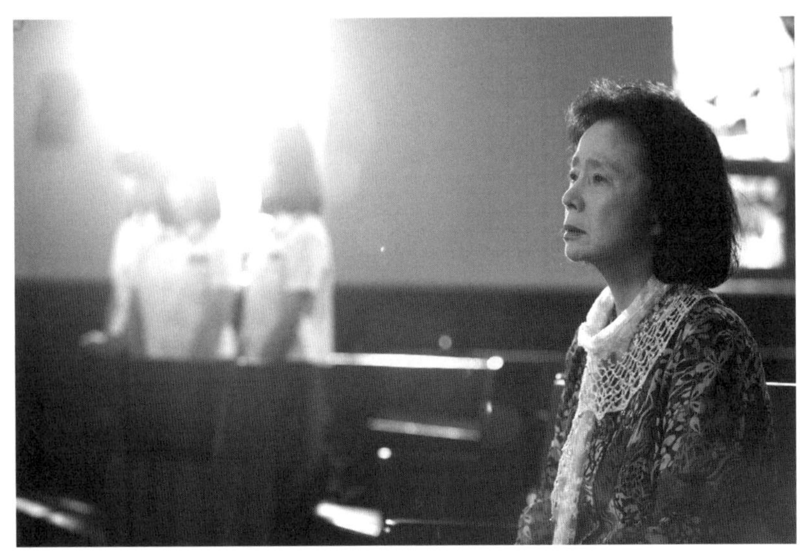

상으로 작동한다.

팁: 처음 영화를 볼 때는 윤정희 씨의 어색한 발음이 걸려 몰입하기 힘들었다. 이상한 말을 잘하는 시인 기질 캐릭터로 받아들이기엔 어색한(애교스러움의 작위성?) 발음이 부자연스럽게 느껴졌기 때문이다. 그러다가 세 번쯤 보니 어색함조차 엉뚱함으로 치환되어 이미지 속에 묻혀버렸다.

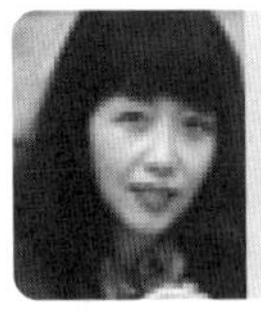

유 지 나 __ ginarain@empal.com
파리7대학 기호학과 문학박사(영화기호학). 저서로 『유지나의 여성영화산책』 『한국영화, 섹슈얼리티를 만나다』(공저) 등이 있음. 동국대 교수.

홍형숙 감독

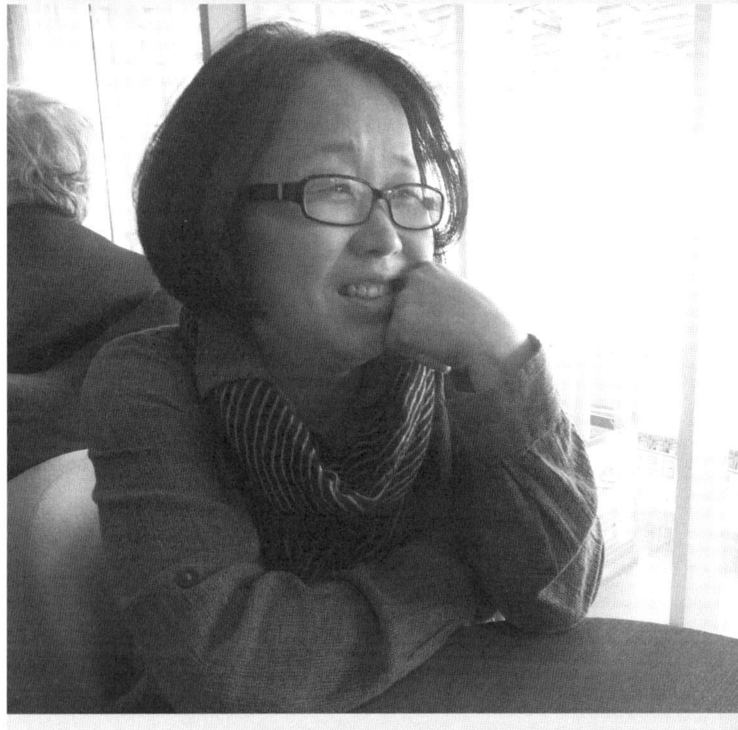

경계도시 2

출연/송두율, 홍형숙(내레이션)
각본/홍형숙
촬영/류재훈, 임재수, 강석필,
홍종경, 공미연
음향/안나연
음악/윤성혜
편집/강석필

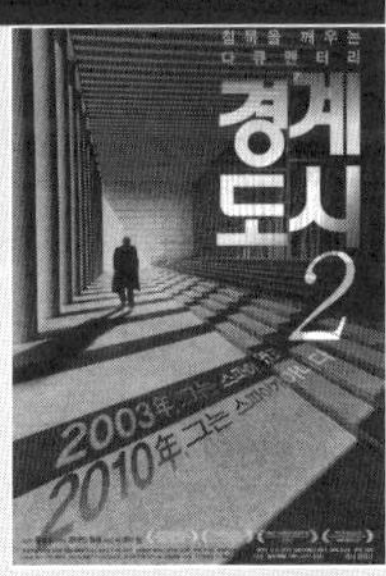

우리에게 국가와 민족의 의미를 묻게 하는 작품.

적절한 문제의식, 레드 콤플렉스에 대한 의미 있는 질문.

주류 언론이 따라가지 못한 곳까지 쫓아간 카메라, 송두율 사건을 다루지만 결국엔 우리 사회의 병리를 들여다본다.

희생양을 통해 집단과 이념을 보호하고자 하는 부끄러운 한국의 자화상. 우리 사회의 현주소를 돌아보게 하는 영화. 탈주를 부르짖으면서도 경계를 넘어서지 못하는 다큐에 감정과 감성을 녹이다.

이제야 드러난 진실의 실체―나는 상식이 통하는 사회에서 살고 싶다.

감독 자신도 예상하지 못했던 우리 시대의 표정들과 상황들의 아찔한 파노라마.

이토록 신랄한 카메라의 눈! 송두율이라는 시금석을 통해 대한민국 사회의 이념의 지형이 한눈에 드러난다.

―추천위원의 선정 이유 中

변화를 모색하며

맹수진

〈경계도시2〉를 연출한 홍형숙 감독은 김동원, 변영주 감독과 함께 한국 독립 다큐멘터리의 1세대 주자로 손꼽힌다. 1980년대 시회 민주화 투쟁의 현장을 누비며 민중들의 삶과 투쟁을 기록하고 권력집단의 폭력을 고발하는 과정에서 태동한 한국 독립 다큐멘터리의 성격을 반영하듯 1세대 다큐멘터리 감독들에게 미학적 고민은 그리 중요한 문제가 아니었다. 격렬한 거리의 상황을 최대한 신속하고 설득력 있게 전달하는 것이 가장 절실한 문제였던 이 때, 사회적 약자에 대한 연대감과 부정한 권력에 대한 분노로 가득한 투박한 기록 영상에는 그 어떠한 화려한 미학으로도 얻을 수 없는 진실의 힘이 있었다. 홍형숙 감독은 그러한 상황에서 작업을 시작했다. 그렇게 한국에서 가장 오래된 다큐멘터리 집단인 '서울영상집단'에서 10편의 영화를 만드는 동안 그에게는 완고한 마르크시스트이며 철저한 액티비스트라는 꼬리표가 붙기 시작한다. 특히 〈삶의 자리, 투쟁의 자리〉(1990)를 시작으로 〈전열〉(1991), 〈옥포만에

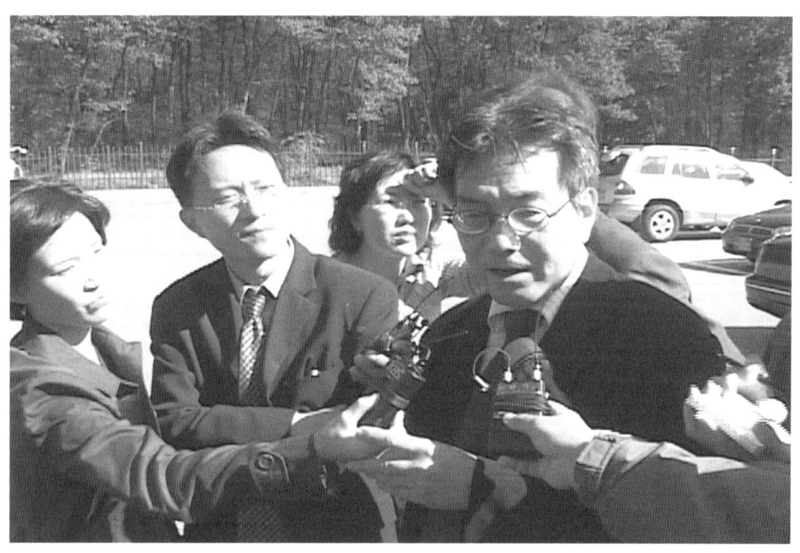

메아리칠 우리들의 노래를 위하여〉(1991) 〈54일, 그 여름의 기록〉(1993)
으로 이어지는 초반 3년간의 작업은 이러한 인상을 굳히는 계기가 된
다. 이 시기에 만들어진 그의 영화들은 대부분 '민중의 궁극적 승리' 라
는 낭만적이고 목적론적인 서사를 반복하는데 이것은 비단 홍형숙 감독
의 영화뿐 아니라 다른 다큐멘터리 영화들에서도 공통적으로 나타나는
현상이다. 그러니 이것은 특정 감독의 미학적 스타일이라기보다는
1980~90년대라는 시기를 관통하는 한국 사회 패러다임이 자연스럽게
다큐멘터리에 투영된 결과로 보는 것이 더 타당할 것이다.

그가 작업을 해오는 동안 세상은 참 많이 변화했다. 물론 누군가는 여
전히 "근본적으로 변한 것은 아무것도 없다"고 말하고, 실제로 현상과
유행, 사람들이 변한 것만큼 정말로 세상이 변했느냐는 질문은 여전히
유효하게 남아 있다. 그러나 지난 시간 속에 사람들이 체감한 변화를 어

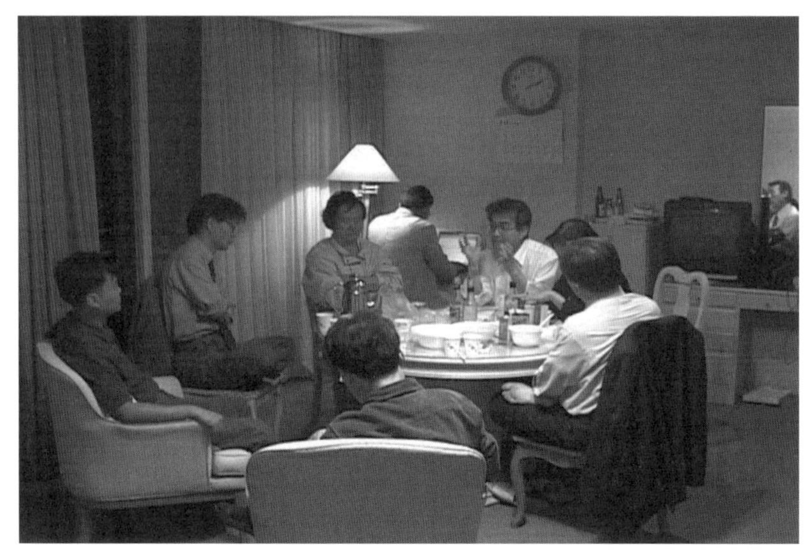

떻게 규정하고 평가할 것인가와는 별도로 세상이 이떤 식으로든 변해왔다는 것 자체를 부정하기는 힘들지 않을까? 물론 세상이 변하는 동안 홍형숙 감독 역시 그대로 있지는 않았다. 20년 전 〈삶의 자리, 투쟁의 자리〉〈전열〉 같은 작품을 만들던 홍형숙과 2010년 〈경계도시2〉를 만든 홍형숙을 전적으로 동일한 존재라 말할 수 있을까? 노동운동을 사회운동의 중추로 간주하던 시절의 작품들과 '민중운동'이라는 중심 개념이 '진보'라는 좀 더 포괄적인 개념으로 대체된 시기에 액티비즘 다큐멘터리 제작자로서 감독의 고민을 녹여온 작품의 성격이 같을 수 없다는 것은 너무나 자명한 일이다. 지금 한국 독립 다큐멘터리 진영에는 2세대라 불리는 감독들이 1세대와 차별화된 작업방식과 스타일로 왕성하게 활동하고 있지만 그렇다고 1세대 감독들이 정체되어 있거나 과거의 관성에 매몰되어 있지는 않다. 그들 역시 자신의 궤적 속에서 꾸준히 변화의 의미를 물으며 그에 적합한 변화를 모색하고 있다. 홍형숙 감독의 최신작 〈경계도시2〉는 세상과 감독의 변화, 그리고 그러한 변화를 영화 형식 속에 녹여내기 위해 고심해 온 감독의 모든 고민이 가장 성숙하고 치열하게 외화된 작품일 것이다.

〈경계도시〉 연작: '나'의 목소리와 역사의 만남

재독 철학자 송두율 교수의 귀국을 둘러싼 갈등과 파장, 한국 사회를 짓누르는 레드 콤플렉스와 폭력의 광기에 '경계인'을 자처했던 한 학자가 상징적인 죽음에 처해지는 과정을 그린 〈경계도시2〉는 〈경계도시〉와의 연관성 속에서 완전히 이해할 수 있는 영화다. 2002년에 공개된 〈경계도시〉가 33년 만에 귀국을 시도한 송 교수의 계획이 좌초되는 과정을 다루고 있다면 〈경계도시2〉는 송 교수의 귀국 이후 한국 사회를 휩쓸고 간 야만의 광풍이 남긴 상처를 성찰한다. 그러나 솔직히 고백하자면 나는 2002년작 〈경계도시〉를 그다지 좋아하지 않는다. 이 영화가 만들어지던 때에 이미 송 교수 사건 온 나라를 소용돌이 속으로 몰

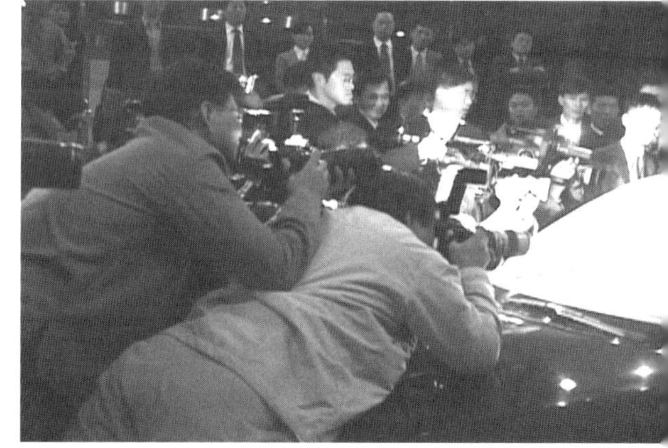

아넣은 스캔들이었지만 〈경계도시〉는 이 모든 논란과 상처를 모른 척하면서 그저 송 교수를 받아들이지 못하는 우리사회의 현실을 일면적으로 비판하는 것으로 끝맺기 때문이다. 한마디로 가장 핵심적인 논란을 피해간 것이다.

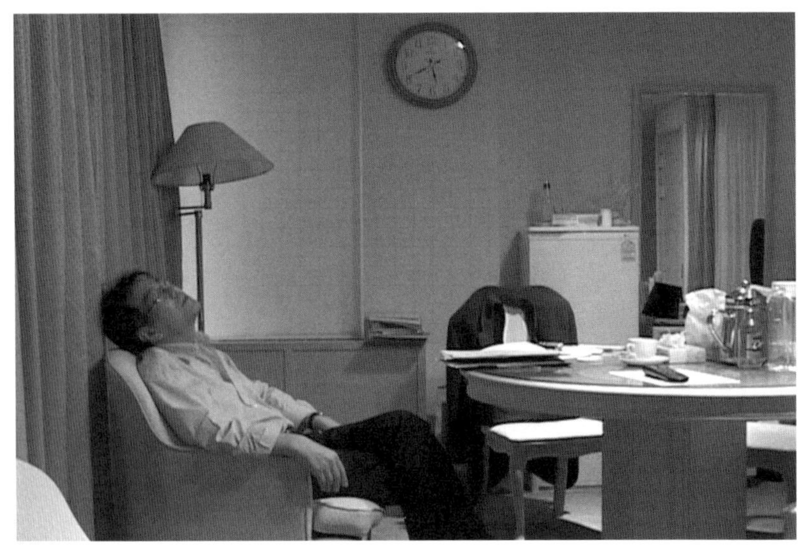

　몇 년이 흘러 영화진흥위원회 독립영화 제작지원사업에 〈경계도시2〉
가 응모 했을 때, 당시 심사에 참여한 다수의 심사위원들이 이 영화의
제작지원에 찬성했지만 나는 반대했다. 그때 제출된 서류와 인터뷰로
판단할 때 〈경계도시2〉 역시 〈경계도시〉과 크게 다르지 않을 것이라 보
았기 때문이다. 그러나 이 영화는 제작지원을 받았고 완성된 결과는 실
로 놀라운 것이었다. 2010년에 공개된 〈경계도시2〉는 〈경계도시〉에서
내가 듣고 싶고 알고 싶었던 것, 어쩌면 〈경계도시〉에서 진작 다루었어
야 함에도 피해간 모든 문제들을 다루고 있었다. 활동가이자 다큐멘터
리 제작자로서 감독의 모든 고민과 성찰이 이 영화에는 진솔하게 응축
되어 있다. 나중에 사석에서 제작지원 심사 당시 감독의 답변에 대해 물
으니, 그때의 외부 여건상 영화의 제작방침이 공개되면 도저히 영화를
만들기 어려운 상황이었다고 했다. 그 상황이란 〈경계도시2〉의 도입부

에도 어느 정도 나와 있다.

그러고 보면 〈경계도시〉 이후에 〈경계도시2〉가 나오기까지 걸린 8년이라는 시간은 반쪽의 모습으로 〈경계도시〉를 내보낸 뒤에 감독 스스로 이 사건을 정리하는 데 걸린 시간이었을 것이다. 쉽게 정리될 수 없는 사건의 한가운데서 상처를 치유하고 사건을 기억하는 방식을 정리하기까지는 상당한 시간이 필요하기 때문이다. 결국 2010년이 되어서야 우리는 송두율 사건이라는 태풍의 눈 속에서 변화하는 세상과 영화(카메라)의 관계, 그리고 영화와 자신의 관계를 어떻게 정립해야 할지 고민해 온 감독의 고뇌가 온전히 영화 속에서 드러나는 것을 보게 된다. 이제 더 이상 감독은 진실과 정의를 확신하는 자리에 있지 못한다. 조망하고 정리하는 논평자의 입장에 서지도 못한다. 당위와 현실 사이에 어색하게 걸터 앉은 시간을 보낸 후에 감독은 고민하는 자의 자리, 엄청난 사건을 겪으면서 스스로 정리하고 추슬러 나가는 자의 자리에 선다. 그 자리는 관객이 놓여있는 자리이기도 하다. 감독은 자신의 여행길에 관객을 동행시키고 자신의 고민을 나누며 함께 답을 구해 나간다. 감독이 자신의 혼란을 극복하고 사건에 새로운 의미를 충전할 때 동일한 과정이 관객의 내면에서도 반복된다. 이 영화에 와서 비로소 감독과 관객은 동일한 시점을 공유한다.

두 개의 장면들

영화에는 도저히 잊을 수 없는 두 개의 강렬한 장면이 있다. 2002년 남한 사회를 격랑 속으로 몰고 간 송두율 사건에서 모두가 송 교수의 입을 쳐다보며 진실의 고백을 바라고 있을 때 누구보다 가까이서 송 교수

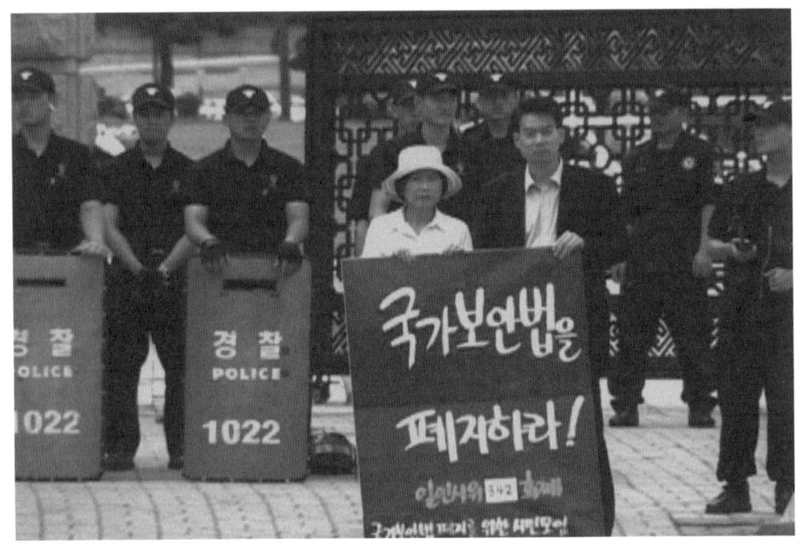

를 기록해 온 감독 역시 예외가 아니었다. 영화를 찍던 중에 감독은 단 한번 송 교수와 독대를 하게 되고 이 기회에 그에게서 많은 것을 듣고 싶어 하지만 피곤한 표정으로 눈을 감은 송 교수는 간절히 침묵을 원한다. 그 순간 송 교수의 침묵에 대한 완고한 의지와 카메라 뒤에서 듣고자 하는 감독의 의지는 엄청난 에너지로 충돌하며 방안 공기를 무겁게 짓누른다. 한마디 말 없이 눈을 지그시 감고 있는 송 교수와 카메라 뒤에서 그의 침묵을 받아내는 감독 사이에 팽팽하게 서려있는 긴장감의 실체는 무엇인가? 그의 침묵은 무엇을 의미하며 그의 완고한 침묵에도 불구하고 감독이, 그리고 우리가 그토록 듣고자하는 말은 또 무엇일까?

잊을 수 없는 또 하나의 장면은 서강대에서 있었던 세계철학자대회 현장이다(이 장면은 송 교수의 요청으로 최종 버전에서는 생략되었다). 한국의 대표적 보수론자인 서강대 박홍 총장이 거나하게 취한 얼굴로 송두율 교수의 어깨를 끌어안고 '사랑해 당신을'을 부르며 송 교수에게 '전향 이상의 것'을 요구할 때, 술로 벌겋게 달아오른 박홍 총장의 거대한 품에 안긴 송 교수의 초라한 모습은, 레드 콤플렉스의 집단적 망령에 사로잡힌 남한 사회에서 만신창이가 된 '경계인'의 참으로 왜소한 초상처럼 보인다. 당사자인 송두율뿐 아니라 이 영화를 보는 사람까지도 몹시 힘들게 하는 이미지의 외설스러움.

감독의 표현대로 분명히 '송두율'은 한국이라는 리트머스 시험지에 떨어진 민감한 시약이었다. 이 시약을 통해 우리는 한국 사회에서 '레드 콤플렉스'라는 망령은 좌와 우를 가리지 않는다는 것을 절감하게 되었다. 이 과정에서 학자로서, 경계인으로서 살고자 했던 나약한 개인 송두율은 사상에 대한 자기검열과 전향고백을 해야 했고 결과는 당연하게도, 졸지에 거짓말쟁이, 비겁한이 되어버린 그를 어느 누구도 책임지거나 보듬지 않았다는 것이다. 그리고 이후에 도래한 대대적인 망각의 시간. 더 이상 경계인이 살지 않는 이 망각의 땅에서 감독은 다시 한번 묻는다. "2003년 송두율은 스파이였고 2009년 송두율은 스파이가 아니다. 그때 송두율의 죄는 과연 무엇이었을까?"라고. 이 영화를 보는 당신은 영화가 던진 질문에 뭐라고 답할 수 있을까?

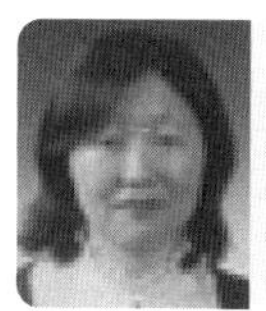

맹 수 진 __ cliche3@hanmail.net
고려대 영어교육과 졸업. 2002~2007년까지 전주국제영화제 비평가 주간, EBS 〈시네마 천국〉 자문 역임. 한국독립영화협회 운영위원, 《무비위크》 스태프 평론가, 《컬처뉴스》 편집위원.

장 철 수 감독

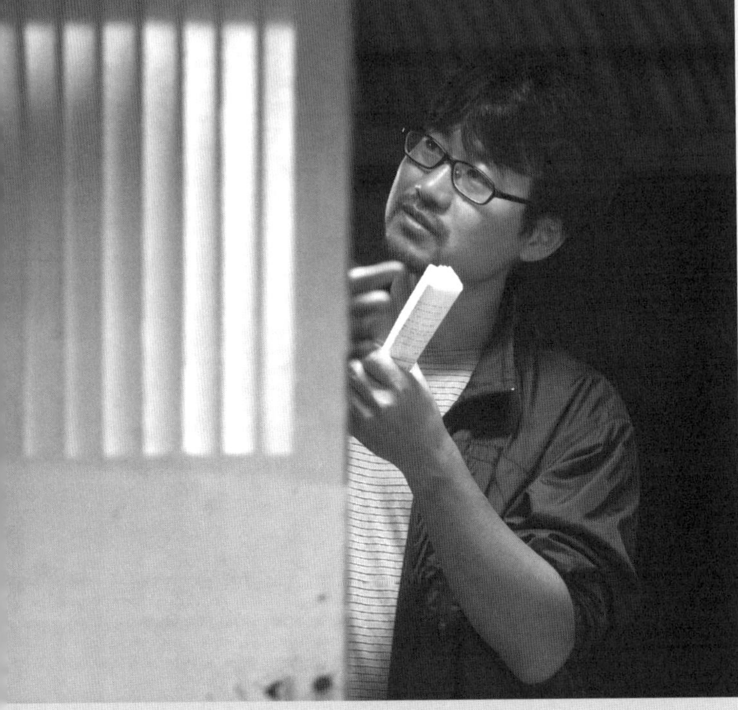

출연/서영희, 지성원, 백수련
각본/최관영
촬영/김기태
조명/남진아
음향/이승철
음악/김태성
편집/김미주

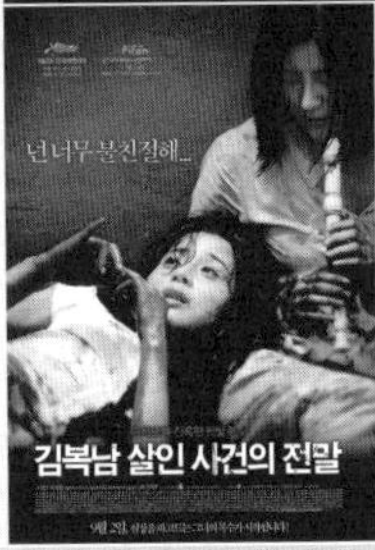

김복남 살인 사건의 전말

기다릴 줄 아는 감독의 승리.

여성차별과 폭력에 대한 새로운 접근.

방관자, 바로 '우리'에 대한 질타 그리고 폭력의 미학.

메이저 투자배급사를 만났더라면 훨씬 더 폭발력 있었을 아쉬운 문제작.

정직하고 에너지 넘치며 돌파력과 함께 특유의 불균질함을 어떤 영화적 활력을 바꾸는 전복적인 에너지가 감지된다.

군더더기 없이 직선으로 내지르는 작법을 통해 선명한 주제의식을 전달한다. 장철수는 신인의 무모함과 대담함으로 이 모든 기이함과 불균질함을 감수하고 자신의 세계를 확고히 각인시켰다.

—— 추천위원의 선정 이유 中

'미친년-되기'와 여성적 연대의 의미를 깨닫길 촉구하는 핏빛 여성영화

황진미

　〈김복남 살인사건의 전말〉(이하 〈김복남〉)에 대한 평들은 큰 틀에서 일치한다. '투박하고 불균질하나, 통쾌함이 살아있는 복수극' 이라는 것이 중론이다. 하지만 세부적으로는 이견이 존재한다. 장병원은 〈김복남〉이 여성주의 복수극이라고 보기엔 여성과 섹슈얼리티에 대한 태도가 혼란스럽고 이중적이라고 평하였다(《씨네21》770호 '전영객잔').
그러나 여성주의적 관점에서 보았을 때, 〈김복남〉은 여성과 섹슈얼리티에 대해 매우 일관되고 분명한 태도를 지닌다. 영화의 표현 역시 일견 투박하고 불균질해 보이는 인상과 달리, 편집이나 상징 등 디테일한 측면에서 매우 높은 성취를 보여준다. 〈김복남〉은 최고의 여성영화이자, 장르적 세련미를 갖춘 슬래서 무비로 손색이 없다.
　영화 초반, 해원이 서울에서 겪는 에피소드는 무도에서 일어날 사건

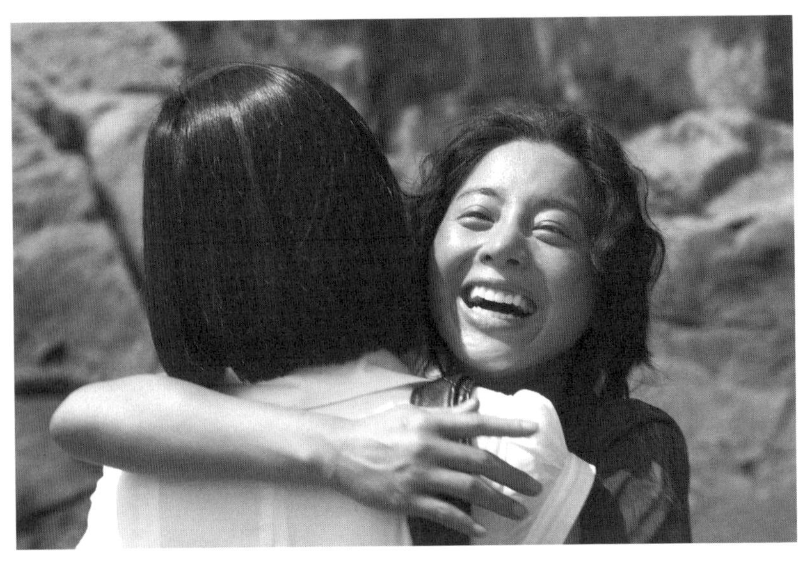

들을 암시한다. 해원의 차로 폭행당하는 여자가 다가와 도와달라지만, 해원은 차 유리를 올린다. 그러나 해원은 '피할 수 없이' 사건을 목격하고, 수사에 비협조적이었지만 신원이 노출되어 협박당한다. 은행원인 해원은 가난한 할머니의 사정을 봐주지 않는다. 이는 그녀의 내면화된 '과잉억압' 때문이다. 융통성을 발휘할 수도 있었음이 후배에 의해 증명되자, 그녀는 "엉덩이로 성공" 운운하며 여성들 간의 반목을 드러낸다. 이후 우연한 사고를 후배의 적대로 오인하여 직장을 잃는다. 해원이 겪는 두 개의 사건은 한 가지를 지시한다. 바로 여성억압적인 사회에서 살아남기 위해 그녀는 여성들 간의 연대를 외면하고 적대를 내면화하지만, '피할 수 없이' 억압은 되돌아오고 오히려 자기존재는 더 위태로워진다는 것이다.

이제 오페라의 서곡이 끝나고 본격적인 환상극장이 열린다. 마치 스

크루지 영감처럼, 그녀는 무도에서 '현재의 령'과 '과거의 령'을 만난
다. 복남의 삶은 여성에 대한 물리적, 성적, 사회적 억압의 '종합편성'
이다. "본시 빌어먹던 애"였던 복남은 청년들로부터 집단성폭행을 당해
임신하고, 만종과 결혼 후 구타와 중노동에 시달리며, 시동생에게 상습
적인 성폭행을 당하며 산다. 복남에 대한 착취와 억압은 시고모를 비롯
한 할머니들의 가부장적 이데올로기에 의해 정당화된다. 이들은 남성노
동력을 특화하여 남성우위를 승인하며, 그 노동력을 착취한다. 복남의
유일한 소망은 딸이 대처로 나가 자신과 다른 삶을 사는 것이다. 복남이
아는 외부세계와의 끈은 해원뿐이다. 그러나 해원은 '서울이라도 다르
지 않으며, 너도 성인이니 네 문제를 스스로 해결해야한다'며 복남의 긴
급한 요청을 거절한다.

산 넘어 산이라고, 만종은 딸을 성폭행한다. 아동성폭력범죄의 47%가

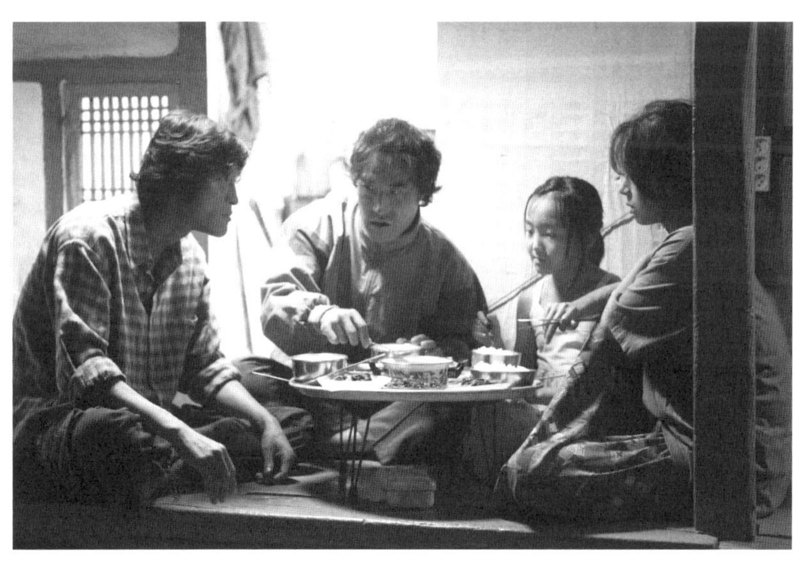

친인척에 의한 것이라는 발표에서 보듯이, 아동성폭행의 상당수는 떠들썩한 강력사건이 아니라, 조용한 '집안일'이다. 〈컬러 퍼플〉〈예의 없는 것들〉〈조용한 세상〉〈301,302〉〈돈 크라이 마미〉〈백야행〉〈포 미니츠〉〈휴먼스테인〉〈사이더 하우스〉〈귀향〉〈사일런트 폴〉〈돌로레스 클레이본〉〈매그놀리아〉〈나비효과〉〈텔미 썸딩〉 등이 이 문제를 다루었지만, 아동들은 피해자로만 그려졌다. 그러나 실제 친족간 성학대 피해아동은 학대에 적응하여 유혹적으로 행동하거나, 가해자의 성적 욕구를 만족시키는 것을 자기 책임으로 받아들이기도 하고, 가해자를 보호하거나 충절을 지키려는 모습을 보이기도 한다. 딸이 선크림과 매니큐어를 바르고 만종의 목을 끌어안는 장면은 물론이고, 성매매여성의 뒤통수를 후려치거나, 밥상에서 복남을 밀치는 모습은 자신을 아버지의 성적 파트너로 사고하고 있음을 보여준다. 이에 경악하는 복남에 대한 반응은

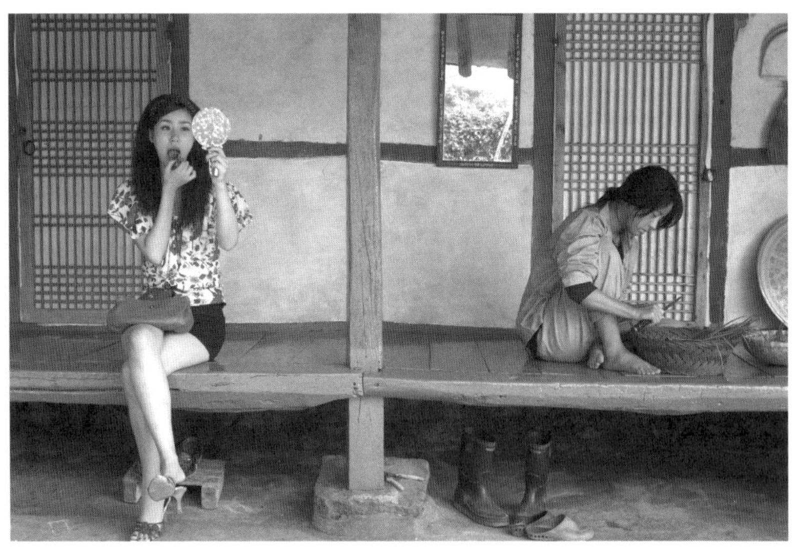

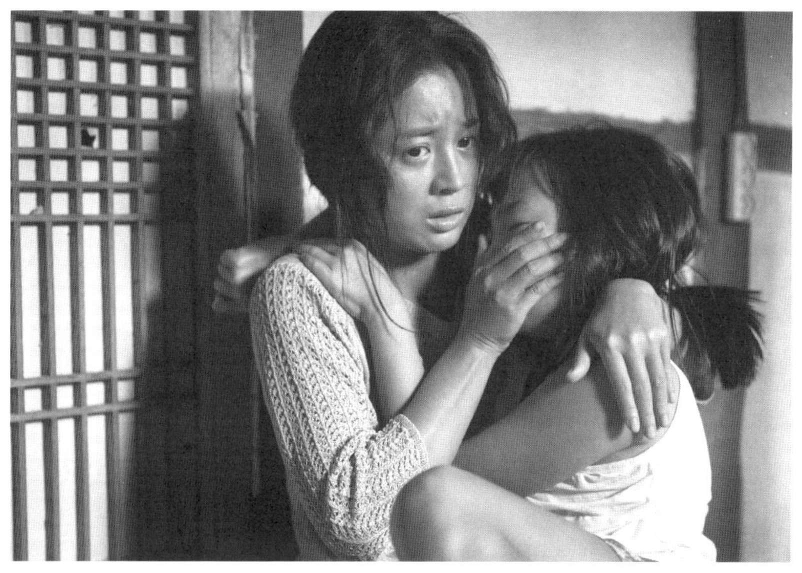

두 가지이다. 첫째, 딸을 시샘한다고 여기는 만종의 반응이다. 매니큐어를 복남의 얼굴에 뿌리며 "계집년들이란…"이라 말한다. 딸을 보호하려는 모성을 딸과의 경쟁구도로 치환하는 시각이다. 둘째, "제정신이니?" 하고 묻는 해원의 반응이다. 이는 중립을 가장한 남성적 시각으로, 진실을 보지 않으려는 태도이다.

　모성조차 남근을 둘러싼 경쟁구도로 파악하는 시선은 여성들은 오직 남근적 질서 하에서 서로 대립할 뿐이고, 여성들 간의 연대나 사랑은 불가능하다고 보는 이데올로기를 반영한다. 그러나 연대는 가장 일어나지 않을 것 같은 곳에서 일어난다. 남편과 성관계를 한 성매매여성이 복남을 이해하고 돕는다. 또한 섬을 떠나고 싶지 않다던 딸도 엄마가 맞는 것이 제일 싫다며 따라나선다. 반면 해원은 딸이 맞아 죽는 것과 거짓말로 진실이 묻히는 현장을 목도하고도 '중립과 불개입' 의 입장을 고수한다. 공권력도 아무런 도움이 되지 못하고 사건이 수습되었을 때, 해원은 '필연적으로' 다시 위험에 노출된다. 시동생이 해원을 강간하려는 순간, 이를 막는 것은 복남이다. 이때 복남의 회상인지 해원의 꿈인지 모를 절묘한 편집으로 과거사건이 나타난다.

해원의 침이 묻은 피리를 복남이 불고, 더럽지 않다고 대답하는 복남의 뺨에 해원이 입을 맞춘다. 그때 소년들이 다가와 해원의 치마를 들치려하자, 복남이 막아선다. 해원은 도망가고, 피리가 부러지고, 복남이 쓰러진다. 이 장면은 이후 복남과 해원의 관계에 대한 축약이자 이후 삶에 대한 복선이다. 복남이 해원에게 품는 감정은 동성애이다. 영화는 둘의 목욕장면 등을 통해 퀴어적 입장을 분명히 한다. 복남은 해원을 사랑했지만, 사회적 약자인 그녀는 성적 자기결정권을 인정받지 못하고, 성폭력에 의해 이성애 관계 안으로 끌려들어간다. 당연히 남편을 사랑할 수 없었고, 그의 몸을 벌레 보듯 하였다. 그렇기에 남편이 성매매여성과 섹스를 벌려도 꾸역꾸역 밥을 먹고, 성매매 여성과 담소를 나눌 수 있었다. 복남에게 해원은 첫사랑이며, 부러진 피리는 헤어진 연인이 남긴 징표이다. 복남은 바로 이 회상장면을 기점으로 해원에 대한 짝사랑의 마음을 거두어들인다.

복남이 낫을 드는 과정이 『이방인』의 뫼르소를 연상시킨다며 관념적이라고 평하는 것은 맞지 않다. 매니큐어로 상징적 피를 뒤집어썼을 때, 그녀는 이미 한 번 낫을 들었다 놓는다. 딸이 성폭행 당했음을 알았을 때, 이미 낫을 들만큼 분노가 임계점에 달했지만, 딸을 보호해야 한다는 생각에 내려놓은 것이다. 그러나 딸이 죽고, 해원도 공권력도 그녀를 배반하자, 이제 아무런 미련이 없다. 그녀가 태양을 째려보는 것은 한갓진

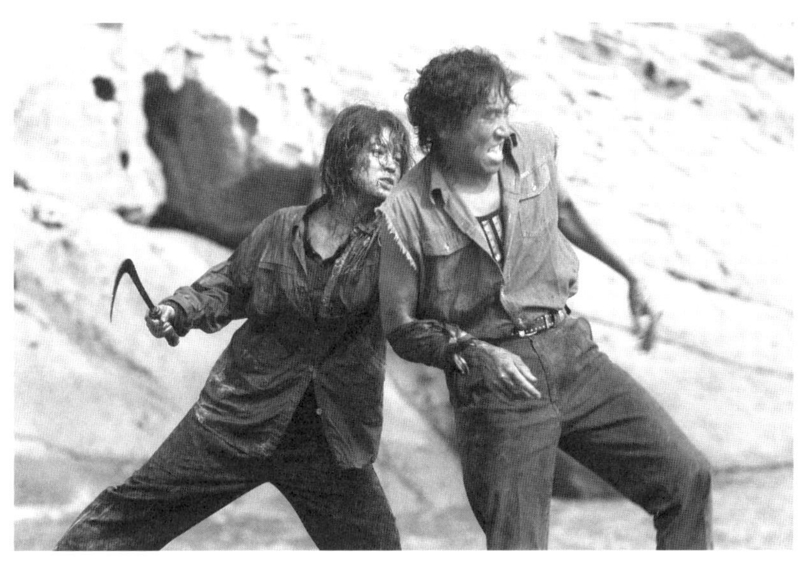

실존주의 따위가 아니라, 그동안 신화적 폭력을 행사하던 남성성에 대한 치열한 맞장이다. 〈돌로레스 클레이본〉에서 일식에 남편을 죽이는 것은 남성을 상징하는 태양이 여성을 상징하는 달에 의해 가려질 때를 택한 것이다. 그러나 〈김복남〉은 태양이 가려질 때를 택하지 않고, 정면 승부한다. 법망을 피해 남편을 죽인 돌로레스와 달리, 복남은 이웃은 물론 경찰까지 깡그리 죽임으로써 자신이 속한 시스템 전체를 절멸시킨다. 유일한 생존자는 치매영감이다. 『아리랑』이나 「감자」에서 보았듯 민중적인 연장인 낫을 쓰던 복남이, 거세를 상징하는 연장인 가위를 싹싹 간다. 그리곤 영감의 머리카락을 잘라준다. 복남이 영감의 목을 따거나 거세를 시키지 않고 오히려 그를 이발시켜주는 이유는 무엇인가? 그는 생물학적 남성이지만, 남성성을 상징하는 인물이 아니다. 그는 복남과 마찬가지로 이 섬의 머슴이자 성적 피착취자였고, 일종의 '호모 사케르'이기 때문이다. 이 대목은 복남의 복수가 단순한 생물학적 여성 대 남성의 대립구도를 지닌 무분별한 분풀이가 아니라, 억압과 피억압의 구도를 분명하게 지닌 '반란'임을 입증한다. 복남은 "X을 물고 살아야 한다"는 시고모의 말을 뒤집으며 남편을 죽인다. 남편이 든 회칼을 오릴을 하듯 애무하며 남편의 손가락을 씹고, 회칼을 입에 문채 남편을 찌른다. 그녀에게 남편의 성기는 칼이나 다름없는 흉기였다는 직유법이다. 죽은 남편을 낫으로 저미고 똥처럼 보이는 된장을 처바르는 장면은 완벽한 복선과 상징의 활용이다.

해원의 흰 원피스를 입고 육지로 나온 복남이 파출소 계단을 걷는 장면은 흡사 귀신처럼 보인다. 이는 복남이 원귀영화의 전통을 잇는 캐릭터임을 말함과 동시에, 해원이 한사코 대면하길 거부하여왔던 여성적 도플갱어임을 말한다. 즉 '나는 너다.' 복남은 해원이 억압해온 여성성의 귀환이다. 내동 '중립을 가장한 남성적 입장'을 고수하던 해원은 스스로 유치장에 갇힘으로써 (남성적)법속으로 도망친다. 그러나 문은 열리고, 복남은 해원을 죽이는 것이 아니라, 봉합한 피리를 불라고 건넨다. 해원은 겁에 질린 채, 피리의 부러진 밑동으로 복남의 목을 찌른다. 남근처럼 복남의 목에 박힌 피리 끝으로 피가 솟구치고, 복남은 첫사랑의 손에 의해, 첫사랑의 품에 안겨 죽는 것이 행복한 듯 손가락으로 피리를 추억한다. 복남의 손가락이 멈출 때, 해원은 그제야 복남의 손을 잡고 운다.

서울로 돌아온 그녀는 피해자를 위한 증언을 하고, '늦게 도착한 편지'를 집어 든다. 물을 뚝뚝 흘리며 마루에 누운 해원의 실루엣은 김재홍 화가의 그림처럼, 혹은 김기덕의 〈섬〉처럼 그대로 무도가 된다. 그

위로 행복한 소녀들의 모습이 겹친다. 이는 억압과 살육의 격전지이자, 어린 시절 여성적 정체성과 연대를 경험하였던 무도를 자신의 온몸에 겹쳐나가겠다는 의지의 표현이다. 즉 이 마지막 장면은 핏빛 '코라(태반)' 무도를 자신의 여성적 자기정체성으로 합일시키려는 그녀의 각성을 담고 있다.

'여자로 태어나 미친년으로 진화하다' 는 말이 있다. "내가 제정신으로 보이느냐"는 복남의 말과 함께, 〈김복남〉은 도저히 제정신으로 살 수 없는 여성 억압적 사회에서, 남성적 시각을 내면화하고 여성적 자아를 척살하며 혼자 살아남겠다고 발버둥치는 수많은 여자들에게, '미친년―되기' 와 여성적 연대의 의미를 '늦기 전에' 깨닫기를 촉구하는 핏빛 여성영화이다.

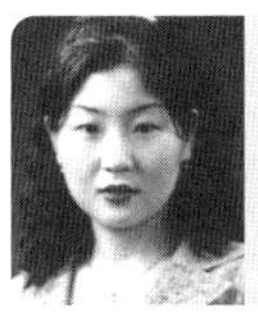

황 진 미 __ chingmee@naver.com
이화여대 의대 졸업. 연세대 보건학 박사 수료. 진단검사의학 전문의. 2002년부터 《씨네21》을 비롯한 각종 매체에서 영화평론가로 활동.

육상효 감독

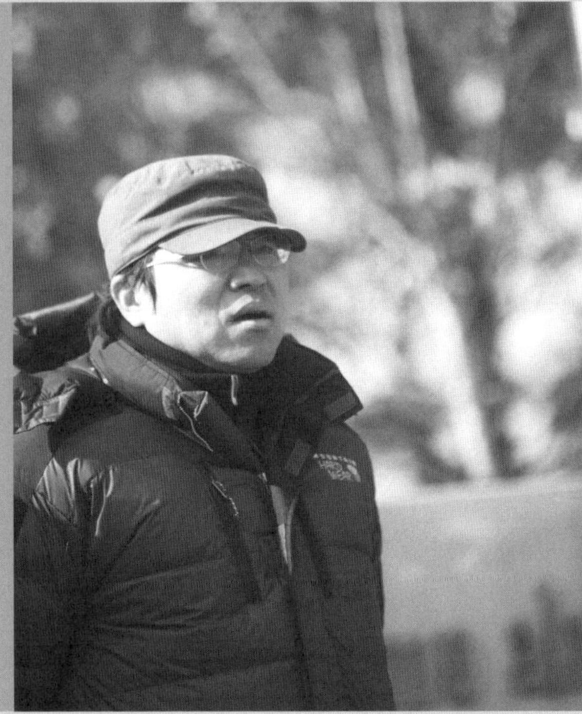

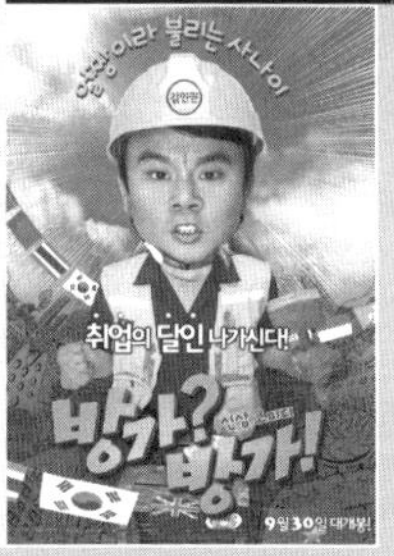

회극 속에 한국사회의 비극적 현실을 아름답고 절절하게 녹여냈다.

21세기 한국사회의 계급 문제를 제기하는 적절한 수사학.

피칠갑 죽이기 경쟁의 한국 사회와 한국 영화에서 유일하게 따뜻이 덮어준 담요 같은 영화.

코믹과 판타지로 사회문제를 부담 없이 풀어헤치다.

— 추천위원의 선정 이유 中

난로에 톱밥을 던져주는,
〈방가?방가!〉

신귀백

선입견

오래도록 찌질한 남성들을 보여주던 한국영화는 근년 들어 강한 남자 강박증을 드러낸다. 특히 2010년은 독한 영화 속 강한 남자들이 주류를 차지했었다. 강력계 경찰과 검찰은 부당거래를 일삼고 악당은 망치로 젊은 여자를 부순다. 인육을 먹는 놈이 없질 않나? 잘생긴 배우가 내는 관절 꺾는소리가 효과음이 되는 구토유발의 영화들은 일단 강하게 때리고 본다. 피곤하다. 피로감에 젖은 한국영화들에서 따뜻한 톱밥난로 같은 영화가 있으니 〈방가?방가!〉라는 코미디 영화다.

우리에게는 짐 캐리나 주성치가 없다. 그러니 한국에서의 코미디는 재떨이로 머리빡 때리는 행님들의 욕잔치 아니면 할매들의 푼수짓 아니던가. 〈방가?방가!〉에는 조폭이 없으니 볼만한 액션도 없다. 제목부터가 '애들 영화' 고 포스터도 구리니 안전판이 안 보인다. 거기다 얼굴만

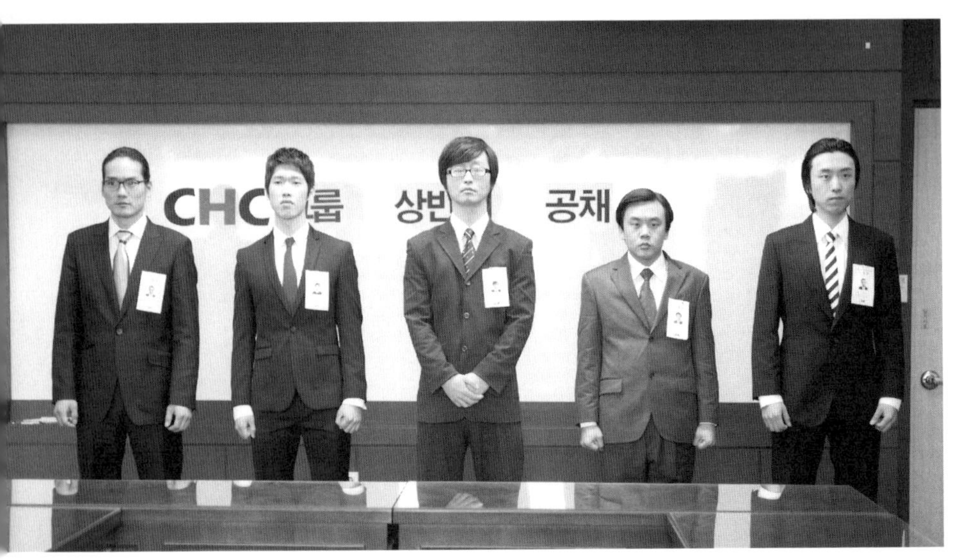

포도시 익힌 배우를 주연으로 삼았는데, 평단의 별점 또한 박하다.

고용난민시대에 88만원 세대들이 취업 못하는 상황이 베이스다. 식상할 텐데. 여기에 "사장님 나빠요"하던 외국인 노동자 이야기가 언제 이야기란 말인가? 이주노동자 15만 시대다. 그러면, 이건 독립영화? 아니다. 저예산 영화이긴 하지만 노동영화나 계몽적 인권영화라 이름 붙일 필요 없다. 휴먼다큐 스타일이라고도 하지 말라. 화끈하게 웃긴다. 재미있는 영화다. 보라.

못난 청춘

잘 팔리는 책 제목이 있다. 아프니까 청춘이라고? 방태식이라는 청춘에게는 이 말도 사치다. 키 통과. 얼굴, 학벌 역시 통과. 한 마디로 거시기 두 쪽 빼고는 스펙 제로다. 코리안드림이 아니라 서울드림을 갖고 온

이놈아가 차는 공은 항상 골대만 맞춘다. 두부에 못 박기도 쉽지 않은 이 인간이 먹고 살자면 취직은 해야 한다. 그래서 방법이 위장취업이다.

초반 모티브는 스펙 없고 덜 생긴 그가 공장에 취업을 하게 되는 개연성에 할애한다. 5년 백수 생활 동안 호텔보이, 제과점 점원, 커피숍 알바, 막노동 등을 전전한 방가가 파키스탄 베트남 몽고 사람 등으로 변장하고 취직을 했으나 결국 '부탄' 사람이 되기로 결심하는 것. 신경림은 "못난 놈들은 서로 얼굴만 봐도 흥겹다"고 했던가? 그런데 불알친구 노래방에 얹혀사는 못난이가 안산 원곡동 근처 가구공장에 취업에 성공한다. 충남 금산 어디에 살고 있는 엄마에게는 외국인 회사에 취직되었다고 둘러댄다.

슈렉이 피오나 공주를 차지한다면 이 등신은 베트남 출신 여공을 사랑한다. 너무 구질구질 하다고? 그러니 웃음코드로 가면 되는데, 주연은 누구? 〈해운대〉서 제법 하던 조연 김인권이다. 김인권은 최강 백수 '방태식'으로 외모는 물론, 말투, 목소리까지 동남아 '삘' 이다. 그래, 방가는 간이역의 쓸쓸함을 타고난 배우다. 화면 속 배경이 너무 추워서 배우가 더욱 불쌍하게 보인다. 그러나 불쌍함만 가지고는 영화가 안 된다. 전반전 조금 넘으면 한국인임이 슬쩍 드러나야 갈등이 성립한다. 관객님은 얼마나 까다로우신데?

도움과 자책

육상효 감독은 국적을 바꾸어 취직하는 캐릭터를 설정하고는 배우가 드리블하는 대로 따라간다. 조선 백성이 부탄 사람이 돼서 그나마 취직을 한다는 데서 스토리텔링은 이미 한 골 넣고 들어가니 감독은 캐릭터

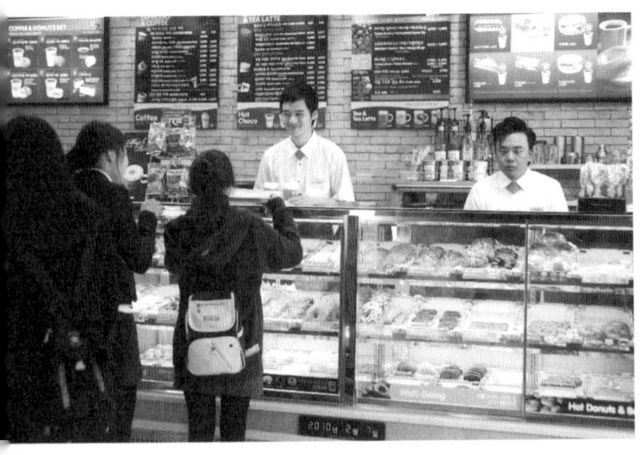

를 밀고가는 선수(배우)를 믿어 주면 된다. 그러나 김인권은 〈소림축구〉의 주성치가 아니기에 혼자 힘으로는 부친다. 하여, 같은 류의 친구로 투입된 스트라이커가 있으니 영철 역을 맡은 김정태다. 근데, 야가 착하면 안 되고 속물이면서 재미가 있어야

어시스트가 돋보일 것이다.

에피소드는 역시 사랑이야기 그리고 차별 그리고 이미그레이션으로 간다. 식상하지만, 공장의 최반장(신정근)이 베트남 여성(신현빈)의 엉덩이 만지는 것으로 이야기를 여는데. 에쁘고 청순기련으로 가면 씨싱 캐릭터의 생동감이 떨어질까 봐 사납게 "케시키"라는 발음을 내부치는 여성의 이름은? 장미다. 공장에서 한국인들은 지들 부르기 쉽게 '민들레' 나 '국화' 라고 붙인단다. 독일에서도 하녀는 무조건 '엠마' 로 불렸다니…. 하여튼 방가는 치한으로 오해를 받고 노래방 담보로 대출 받은 것이 들통 나 친구에게서도 쫓겨날 판인 전반전은 유치한 소강상태를 보이는데….

베트남 여자 또 방글라데시를 비롯한 각 나라 외인부대 대표 선수들이 등장하는데, 하나같이 선한 모습이라니. 걸린다. 갈등증폭을 위해 출입국사무소직원들이 몰려다니는 것, 임금체불, 강제 휴일근무 등은 기시감이 있다. 불법적 작업연장을 족구로 승부내는 지점은 옐로우 카드 감이다. 하지만 방가의 날아차기, 이미그레이션을 나타내는 엄지손톱

치켜들기 등 한 번 나온 장면을 반드시 한 번 더 써 먹는 것, 귀엽게 봐주자.

아오자이가 잘 어울리는 도자기 같은 여인이 사랑을 느끼게 된 방가를 똑바로 보며 "장미 이름, 장미 아닙니다. 응웬 레뚜입니다"라고 말하는데, 신인 여우상 감이다. "나는 한국 사람입니다"가 베트남어로 무엇이냐고 묻는 아들에게 "나는 한국을 사랑합니다"라고 가르치는 대목은 분명 교술적이지만 〈로니를 찾아서〉나 〈반두비〉같은 영화에서 보아오던 "마음을 열어"하는 직설화법보다 훨 낫지 않은가?

저항가요 찬찬찬

음악 없는 대박 영화는 없다. 그렇다. 〈미녀는 괴로워〉를 살린 것은 "마리아 아베 마리아"하며 귀를 즐겁게 하던 김아중의 노래였다. 인간은 노래하는 동물이고 관계를 잇는 데는 역시 노래니. 무슨 노래? 대중은 역시 '뽕짝 삘' 아니던가. 공장에서는 항상 음악이 흘러나온다. 시간 잘 보내려고, 노래를 틀고 또 듣고 부른다. 그런데, '님을 위한 행진곡'이나 '텔미'로 가지 않은 것이 관객 100만을 불러들인 중요 요소일 것이다. '남자의 자격'과는 거리가 먼 우중충한 중생들이니 '넬라판타지야' 아닌 철지난 유행가 '찬찬찬'으로 가는 것.

장사 더럽게 안 되는 노래방에서의 영철의 노래 강의는 애드립 잔치다. 제대로다. "차디찬 그라스에 빨간 립스틱… 주루룩 주루룩 밤새워 내리는 빗물"이 연기처럼 피어오르는 후반전이 하이라이트다. 아! 아카펠라 '찬찬찬' 이 노래가 이토록 슬픈 노래라니. 외국인 노동자 시위에서, 어흐흐, 의성어 많은 대중가요가 저항가요가 된다니.

코믹한 표정으로 방가가 부르던 '한 오백 년'은 헛발질이지만 '욕 강의'는 재미 만점이다. 동물과 성기가 들어간 욕설 변천사와 그 활용 중 "강아지 계열 17번" 하는 방가의 욕 강의에 관객들이 자지러진다. 그러나, 그 웃음 뒤 뒤에는 "니들 조금 미안하지 않느냐"는 촌철의 살인도 숨어있을 터. 거참, 대본보다 애드립으로 그냥 밀어붙이는 걸 보면 확실히 김인권과 김정태의 세트피스는 베스트 캐스팅이다.

그런데 막판 되치기가 있어야 하는데, 뭘로 가지? 역시 노래다. 이준익 감독의 베트남 영화 〈님은 먼 곳에〉에서 한국인이 미국 성조기 노래 부르는 것은 중요 포인트지만 너무 주제가 드러나는 장면이었다. 어떻게 한다? 그래서 감독 육상효는 마지막 노래가 다시 찬찬찬이면 식상할까봐 한국어 아닌 방글라 언어로 간다.

"에바베 아르 꼬또딘/뚜마라샤 따그보/에바베 아르 꼬도깔/

뚜마라샤이 따끄바루바시 아미 뚜 마이 지뽀 네르제에(반복. 下略)"

2010년의 위로

박스오피스는 관객의 입소문을 연료로 한다. 역사 밖으로 송이 눈이 쌓이는 사평역沙平驛 대합실에서의 추억도 없는 젊은 관객들이 난로에 톱밥을 던져 넣듯 100만을 동원했다. 〈방가?방가!〉는 예쁘고 미끈한 시대에 시골역 대합실 분위기지만 그렇다고 쓸쓸함과 미안함을 강요당하는 텍스트가 아니다.

눈길을 걸으면서 "전쟁 때는 하노이에서 사이공까지 걸어갔다"라는 장미의 대사 는 감독의 심지를 나타내는 말이지만 눈송이처럼 부드러운

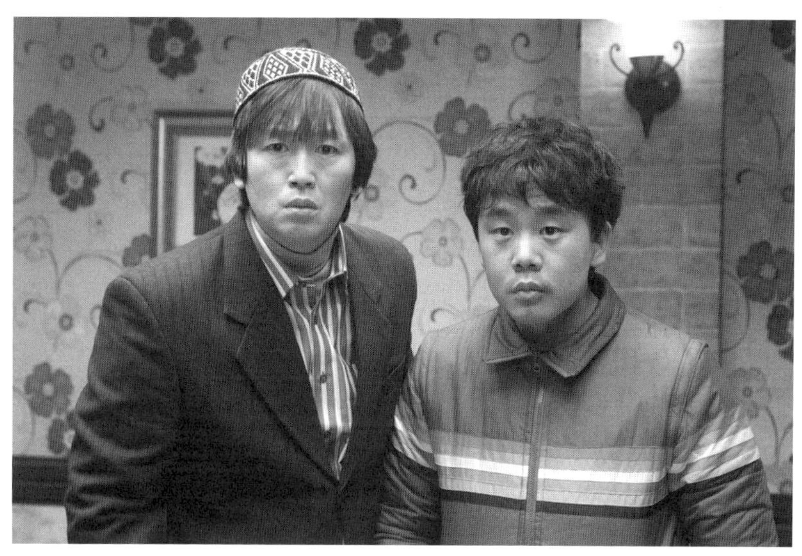

대사다. 헛개나무나 동충하초 등 드링크 찾는 장면은 귀엽고, 담배 피는 편의점 아르바이트생을 사랑스럽게 바라보는 장면은 명장면이다. 그러나 고향을 나타내려는 밤 안개 CG가 조악하다. 조금만 여유를 가졌다면 시골 마을 한 곳 잡고 밥 짓는 연기를 피어 올릴 수 있었을 텐데.

정보 없이 배가 고파 무작정 들어간 식당에서 맛있는 음식을 먹고 나온 느낌이랄까. 〈방가?방가!〉는 결말이 탄탄하지 못하지만 분명 관용과 유순의 영화 〈고양이를 부탁해〉와 〈집으로〉 또 〈웰컴 투 동막골〉의 뒤를 잇는다. 세계 영화사 안에서 한국 코미디 영화의 지형도를 그리는 지점으로 주성치나 로베르토 베니니 스타일로 가기엔 아직 멀었지만…….

2010 대한민국 영화대상 시상식이 있었다. 〈시〉가 작품상을 수상했다. 바른 평가지 싶다. 액션, 비주얼, 의상 별 것 없지만 관용과 용기 있

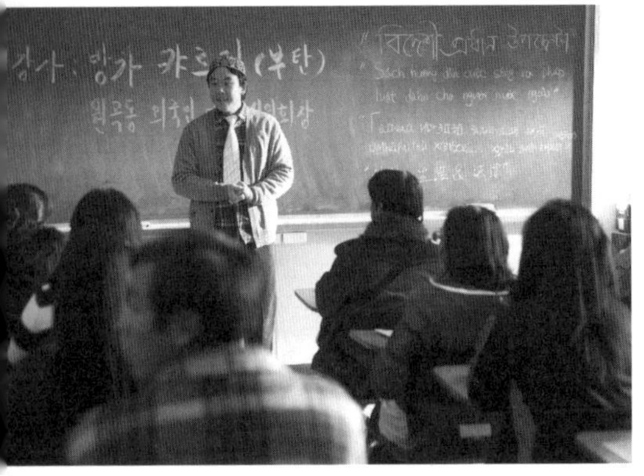

는 감독이 만든 〈방가?방가!〉는 아무런 상을 타지 못했다. 원빈이 있는데 김인권에게 남우주연상을 달라고 했다면 코미디라 했을 것이다. 그러면, 음악상 후보에만 올리지 말고 통 큰 결단으로 음악상을 주었다면?

왜? 작업반장 알리가 아내 카밀라에게 전화로 늘 불러주던 메인 테마곡 '카밀라 송'은 방글라데시 노래가 아니다. 감독 육상효의 한글 작사에 알리 역을 한 자만 칸의 쉬운 방글라데시 말 번역에다 신형 음악감독이 작곡을 한 것이란다. 어흠, 감독이라면 이 정도 배짱은 있어야 한다. 엔딩에서 모두가 합창하며 부른 그 노래를 한국어로 표현하면,

내 심장의 당신 영원한 우리의 사랑이여,
오월의 바람이여 그대의 귓가를 스치면
그것이 당신께 달리는 내 사랑인 줄 아세요

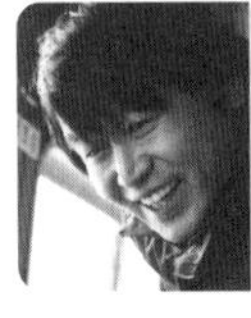

신 귀 백 __ butgood@hanmail.net
전남 나주 출생. 교사. 영화평론가. 전북작가회의 회원, 전북독립영화제 조직위원. 《문화저널》《시와 사람》《문예연구》 등에 영화평을 연재하고 있으며, 저서로 영화평론집인 『영화사용법』이 있음.

김대우 감독

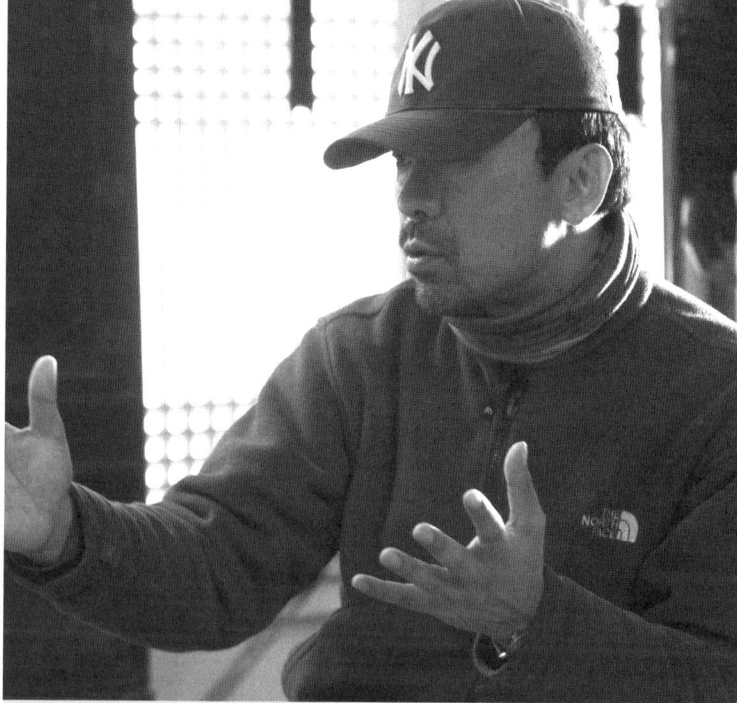

방자전

출연/김주혁, 류승범, 조여정
각본/김대우
촬영/김영민
조명/추인식
음향/이승철
음악/목영진
편집/김상범

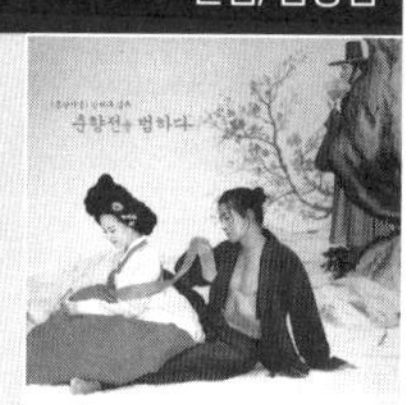

뛰어난 희곡, 일관된 작품 세계.

널리 알려진 고전을 멋들어지게 비튼 감독의 재해석능력을 평가하고 싶다.

'발칙한 상식 뒤집기'의 즐거움에 애절한 사랑이라는 보편적 메시지가 잘 드러났다.

상상력과 패러디의 절묘한 조합.

해학성과 영상미를 갖춘 고전 재해석.

고전문학에 대한 새로운 시각.

성적 코드를 이용한 유명 고전의 비틀기.

— 추천위원의 선정 이유 中

계급사회에 대한 통렬한 비판,
역사의 주인공 방자!

박태식

〈방자전〉은 상영되기 전부터 화제가 되었던 작품이다. 비록 사전에 확인할 수는 없었지만 주연 여배우의 노출이 굉장하다더라, 춘향전이긴 춘향전인데, 비단 패러디 수준이 아니라 이야기 흐름까지 완전히 바꿔 놓았다더라, 김대우 감독의 이전 작품인 〈음란서생〉에 비해 훨씬 노골적이더라, 등등.

뚜껑을 열어보니 예상들이 대체로 맞아떨어졌다. 주연 여배우는 그간에 어중간했던 자신의 처지에 바야흐로 위상이 급락할지 모른다는 위기감이 느꼈던 모양이다. 그래서 이 영화에 승부를 건 표정이 역력했다. 마치 〈타짜〉(2006)에 나왔던 주연 여배우가 과감한 노출 연기로 일거에 인기를 회복했던 전례를 이번엔 자기 것으로 만들려는 듯 했다. 그 정도 노력을 했으니 결과도 좋았으면 했는데…….

다음으로, 춘향전의 패러디 문제는 상당히 심각했다. 그 때문에 춘향

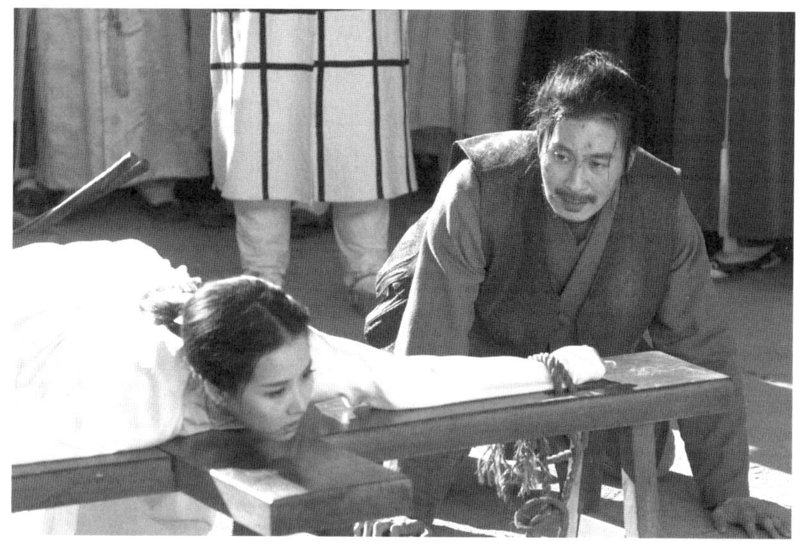

전의 고향인 남원市에서 대대적으로 영화를 비난한 모양인데 이야기의
왜곡이 심해 춘향전 원래의 모습, 이를테면 정절과 권선징악 같은 고전
가치가 훼손되었다는 것이다. 영화를 보니 물론 그런 점이 없진 않았다.
하지만 영화나 연극과 같은 극본 중심의 창작물들은 언제나 관객의 예
상을 앞질러야 한다는 암묵의 원칙이 있다. 흥행을 전제로 할 때 빤한
이야기 전개를 할 순 없는 노릇이다. 남원의 문제 제기 덕분에 영화 흥
행에 오히려 도움이 되었다는 후문도 있으니 남원시가 오히려 혹을 붙
인 것이나 아닌지 모르겠다.

김대우 감독의 전작인 〈음란서생〉(2006년)과 〈방자전〉은 여러 면에
서 매우 비슷하다. 우선 두 영화 모두 전통 계급사회에 대해 강렬한 반
발심을 보여준다. 이를테면, 〈음란서생〉 도입부에 집안 어른들이 모두

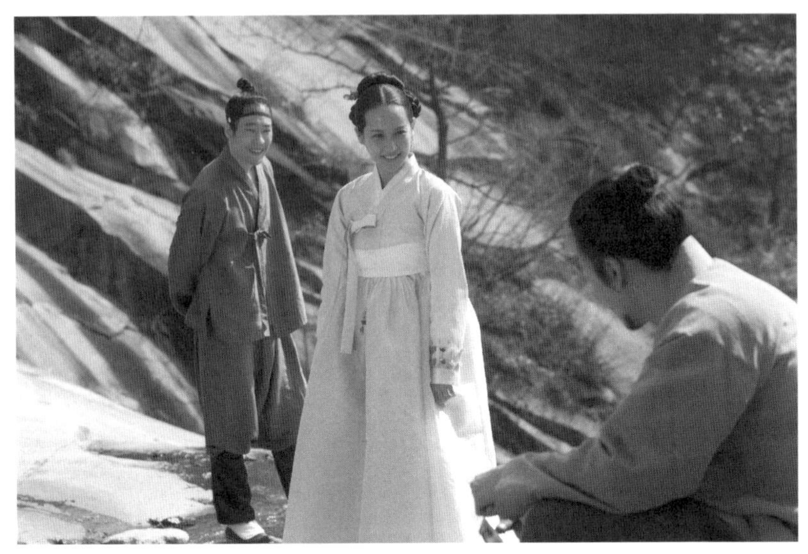

모여 가문의 앞날을 걱정하는 장면이 나온다. 그 자리에 힌석규의 부인이 당돌하게 가운데로 나서서 남편을 요란하게 꾸짖는다. 대단한 파격이었다. 남녀 구별이 엄격한 조선시대에, 그것도 사대부 집안서 어떻게 그런 망측한 일이 있을 수 있다는 말인가! 그리고 안내상이 연기한 조선시대 임금의 역할도 볼만했다. 왕이라는 인물이 그렇게 비열할 수 있을까? 게다가 왕비의 불륜을 파헤치느라 온갖 행정력을 낭비하고……지배계급에 대한 감독의 비판을 신랄했다. 그런데 〈방자전〉에서는 그 수위가 한층 높아진 느낌이었다.

〈방자전〉에 나오는 조선 시대 양반이나 관리라 불리는 자들의 행태는 꼴불견의 극치였다. 영화에 표현된 조선의 국가행정은 관료주의에 형편없이 물들어있다. 과거에 통과한 신임관리들에게 직책을 주는 과정에서 왕궁 관리(내시)들은 노골적으로 허세를 부린다. 게다가 그런 관행에 비겹하게 타협하는 신임관리들의 꼴이란! 지방 관리들 역시 썩을 대로 썩어 으레 부정을 일삼는다. 덧붙여 그들이 신임 사또의 군기를 잡으려 꾀를 짜내는 모습도 현장감 넘쳤다. 만일 꾀가 통해 신임 사또와 하급관리가 손발이 맞는 경우 그 고을은 피폐해지기 마련이다. 그런 상황에서 등장한 암행어사는 사태를 최악으로 몰아간다. 그는 자신의 출세를 위해 역사까지 왜곡할 준비가 되어있는 인물이었다. 그처럼 〈방자전〉에서는 맨 위에서 저 바닥까지 완벽하게 묶여있는 부패의 사슬을 보여주었다. 양민 수탈은 필연적인 결과였다.

　양민수탈, 관료주의, 반상차별, 출세지향, 역사왜곡…… 그 모든 허위의식들이 이른바 정도를 추구해 마땅한 조선시대 양반들의 숨은 진실이었다. 그중에서도 특히, 이몽룡의 비열함은 타의 추종을 불허하는 것이었다. 이게 〈방자전〉이었으니 망정이지 만일 〈함바전〉 쯤 되었더라면

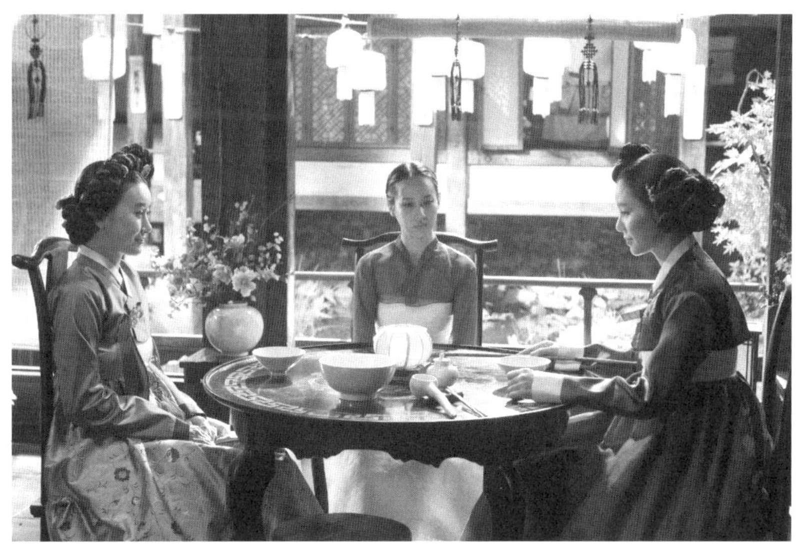

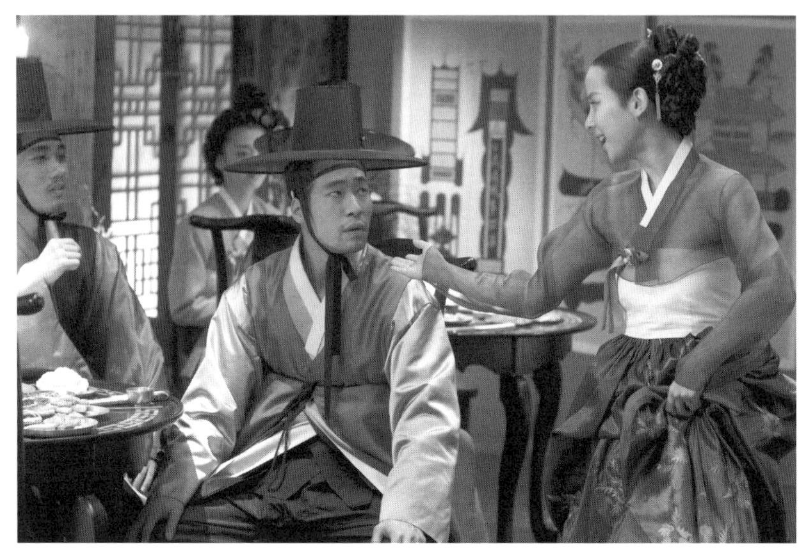

과연 이렇게 유쾌한 웃음이 나올 수 있을지 의심이 갈 정도였다. 지배
계급의 풍자라는 측면에서 볼 때 〈방자전〉은 보기 드물게 통쾌한 영화
이다.

영화의 또 다른 재미는 시대를 뛰어넘는 유머감각에 있다. 〈음란서
생〉은 제목부터 상당히 음란했다. 그래도 영화를 보기 전엔, 약간의 파
격은 있지만 성문제와 관련해 조선시대의 시대상을 반영하는 데 초점을
맞추었을 것이라는 상상을 했었다. 같은 감독의 작품인 〈스캔들〉에서
미루어 생각해본 바였다. 그러나 곧 생각이 바뀌는 순간이 찾아왔다. 뚜
껑을 열어보니 전혀 다른 감각을 만나게 되었기 때문이다. 〈방자전〉에
도 유쾌한 발상들이 가득 들어차있다. 맛깔 나는 대사도 대사려니와 갖
가지 암시들을 등장시켜 관객의 상상력을 자극시키는 솜씨도 일품이었
다. 성性은 표현하기에 따라 도색도 될 수 있고, 외설도 될 수 있고, 예

술도 될 수 있고, 순정도 될 수 있고, 유머도 될 수 있다. 만일 〈방자전〉을 보면서 웃음 대신 현실감이 떨어진다고 비판하는 관객이 혹시라도 있다면 주변에서 '저 사람 벽창호 아냐?' 라는 동정의 눈길을 받을 것이다. 〈음란서생〉에 나온 황가의 말마따나 꿈에 본 듯하니, 현실감이 떨어져도 개의치 않는 게 영화 아니던가!

사람에 따라서는 〈음란서생〉과 〈방자전〉을 저질 영화로 치부할 수도 있을 것이다. 이를테면 청교도적인 순수함을 추구하는 관객 말이다. 하지만 그런 사람조차도 영화를 보며 웃음이 절로 나오는 대목을 참아 넘기기는 아마 힘들 것이다.

조연들의 활약에 상당한 비중을 둔 것도 두 영화의 공통점이다. 사실 조연들의 개성 있는 연기는 김대우 감독이 일구어낸 큰 수확이다. 불과 10여 년 전 만 해도 한국 영화계에서 주연급 배우들은 그런대로 충당했지만 주어진 역을 잘 소화해낼 마땅한 조연급 배우를 찾는 일이 하늘의 별 따기였다. 오죽했으면 한때 한국 영화는 명계남이 나오는 영화와 그렇지 않은 영화로 분류할 수 있다는 말까지 나돌았겠는가? 그런데 두 영화를 보면서 한국 영화 시장의 인력이 풍부해졌다는 점을 알 수 있었다.

〈음란서생〉의 오달수(황가), 김뢰하(조내관), 안내상(왕), 김기현(필사장이), 우현(모사장이)은 적재적소에 나타나 제 역할을 충분히 담당했다. 듣기로는 〈올드보이〉와 〈친절한 금자씨〉의 김병옥(좌의정)의 연기도 좋았다는데, 어찌된 영문인지 영화에선 확인이 불가능했다. 〈방자전〉에서는 오달수(마노인)와 송새벽(변학도)과 류현경(향단)이 좋은 연기를 보여주었다. 오달수는 어떤 역할이든 노골적인 색깔을 내는 데 명수다. 요즘 우리나라 영화계에서 황가와 마노인 역에 오달수 말고는 다른 배우가 생각나지 않을 정도다. 거기에 더하여 송새벽이 연기한 변학도는 감독이 온전히 새롭게 만들어낸 캐릭터이다. 변학도의 원래 극중 성격을 이렇게까지 비틀어놓을 수 있다는 게 신기할 따름이었다. 송새벽이란 배우는 정말 이 역할을 잘 소화해냈다. 딱 감독이 원했음직한 설정이다. 송새벽은 2010년 말에 신인 남우상을 수상하느라 온갖 영화제에 불려 다니기 바빴다. 방자에겐 사실 향단이 제격인데 그만 일이 틀어져 향단은 처량한 운명의 여인네가 되고 말았다. 류현경은 자신의 몫에 설득력을 부여했다. 〈음란서생〉의 조연들이 이제는 중견이 되었다면 류현경과 송새벽은 시작에 놓여있는 배우들이다. 크게 기대한다.

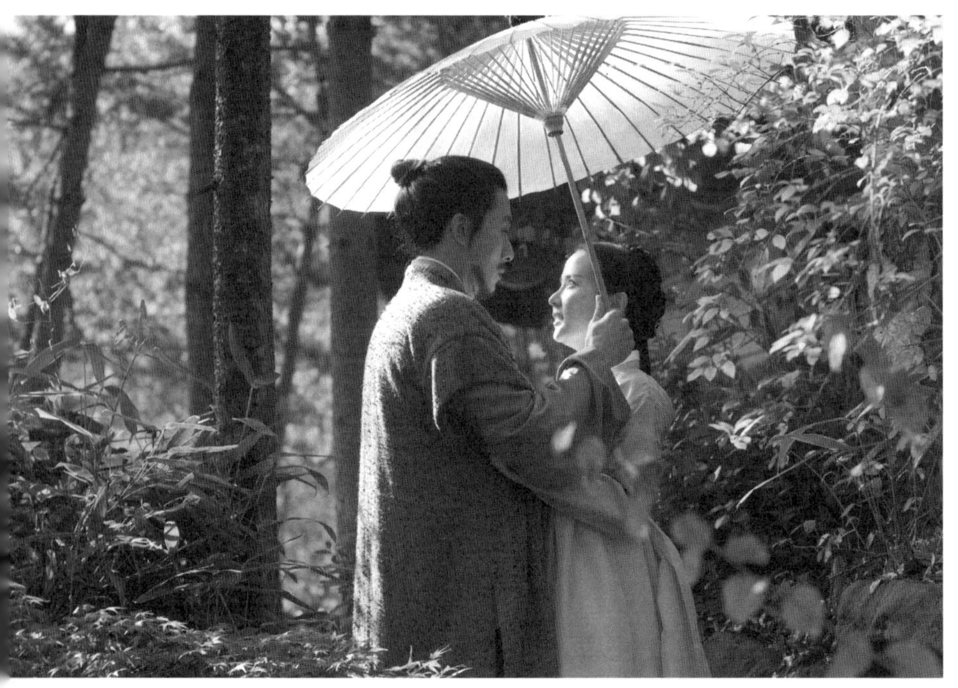

한평생 몸종으로 살아온 방자에게 어느 날 햇살이 들이닥친다. 그러나 종놈의 신세라 악독한 양반의 노리개 감이 되어 희망이 사라진 세계에서 살아야만 한다. 그것이 방자의 운명이라면 세상은 너무나 잔인한 곳이다. 방자의 순수한 사랑은 세상을 적당히 이용해 잘 먹고 잘 살려는 이몽룡의 형편 없는 윤리 의식으론 이해할 수 없는 경지이다. 방자의 행보를 통해 지배계급은 결코 이해하지 못할 경지를 발견했다.

영화를 보고 나오면서 친구와 내기를 했다. 500만 명 관객이 넘느냐 마느냐로 소액을 건 것이다. 필자는 500만 명을 넘는 쪽이었다. 여배우의 과감한 노출이라는 미끼보다는 출중한 풍자 코미디 영화를 만든 제작진의 노력에 당연한 대가가 주어져야 한다고 생각했기 때문이다. 그러나 결과는 소액 상실 쪽으로 나왔다(300만 명). 〈방자전〉에 섹스 코미디라는 코드를 지나치게 부각시키지만 않았더라면 흥행에도 크게 성공하는 영화가 될 뻔했다. 아까운 일이다. 우리나라에서 〈방자전〉 정도의 파격은 얼마든지 허용될 수 있는 날이 쉬 오기를 기대한다.

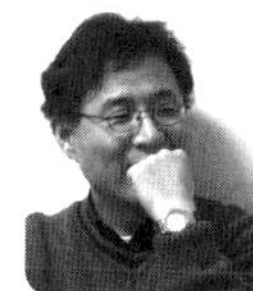

박 태 식 __ parkts20@naver.com
서강대 영어영문학과와 동대학원 종교학과, 독일 괴팅엔대 신학부 졸업(신학박사). 월간 《에세이》로 에세이스트 등단. 월간 《춤》으로 영화평론가 입문. 한국영화평론가 협회 회원. 대한성공회 장애인 센터 '함께 사는 세상' 지도신부.

류승완 감독

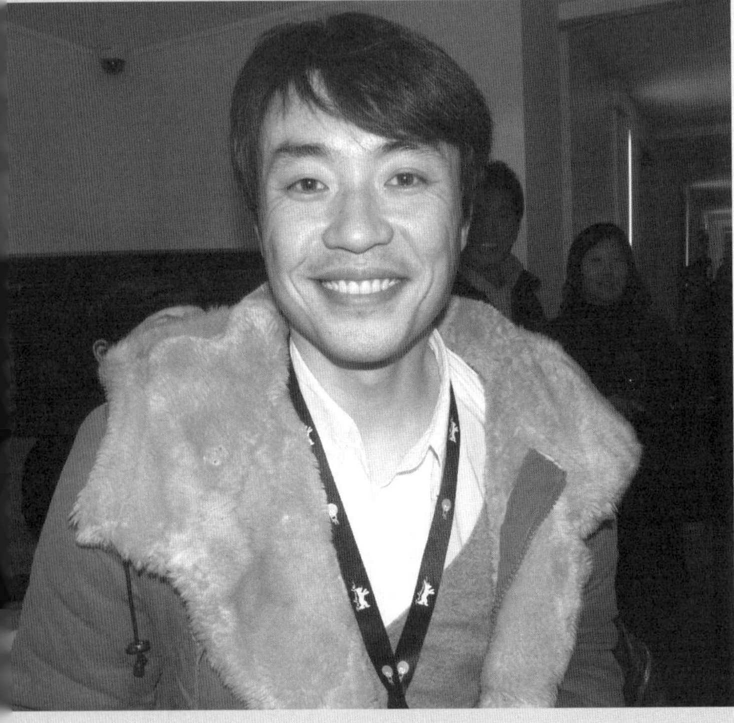

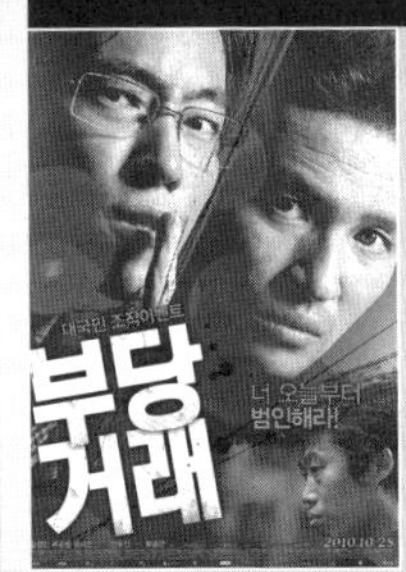

장르와 작가의 절묘한 만남.

액션을 넘어 사회에 눈뜨다.

상업 영화와 작가주의가 만날 수 있는 최상의 합의지점.

부정과 부패가 한 몸뚱이로 굴러가는 한국사회에 대한 직격탄.

사회성 짙으면서도 작품 완성도도 탁월.

이렇게 재미있는 사회고발 영화는 드물다.

사회의 속성과 인간의 속성이 지닌 미시와 거시를 제대로 포착한다.

픽션과 논픽션 사이의 틈을 세련되고 농밀한 에너지로 메우고 있는 수작.

'정의란 무엇인가' 라는 화두에 한방을 먹이며, '우리가 사는 곳의 법칙이 대강 이러함'을 설파하는 아찔한 영화.

—추천위원의 선정 이유 中

장르로 수선된 탈출 불가능한 현실의 벽

송경원

성장은 단절로부터 비롯된다. 좋은 의미에서든 나쁜 의미에서든 감독의 전작들과 비교하며 류승완의 그늘에서 바라보게 되는 〈부당거래〉는 지금까지 그가 선보인 영화들과 분명한 결별을 고한다. 종종 장르영화의 전범으로 오인 받기도 했지만 그의 전작들을 찬찬히 살펴보면 장르영화의 틀에 맞추기에는 모자란 부분이 적지 않았다. 때로는 장면 자체의 전시를 위해 내러티브가 급작스레 진행되거나 반대로 늘어지는 것에도 크게 개의치 않았으며(〈주먹이 운다〉), 초반에 폭발시킨 쾌감을 지속시키지 못하고 완만하게 흩어놓기 일쑤였다(〈다찌마와 리 : 악인이여, 지옥행 급행열차를 타라〉). 그렇다고 확고부동한 미학적 움직임을 쫓는다고 말하기엔 장르영화의 자장 안에서 벗어날 생각조차 품지 않는다. 충분한 개성에도 불구하고 과대평가 받은 감독이란 혹평에서 벗어나기 힘든 것은 그런 까닭이다. 넘치거나 혹은 모자라거나. 요컨대 류승

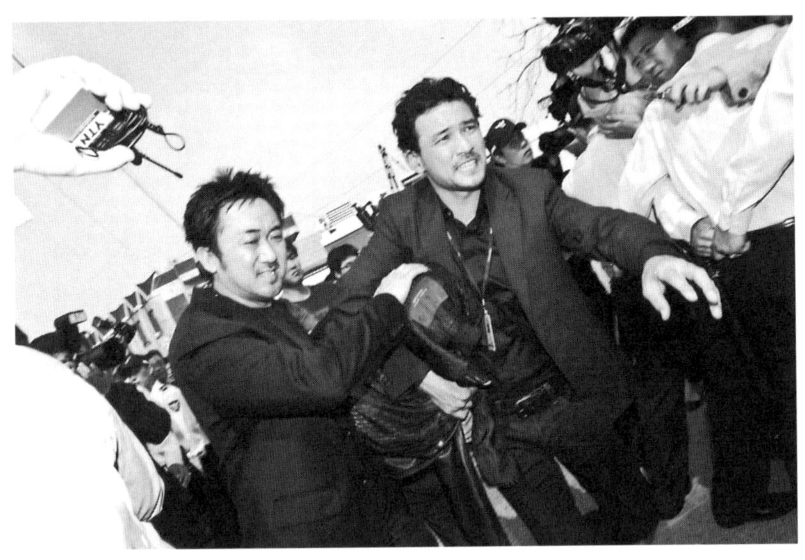

완에 대한 평가는 항상 판단의 언저리에 어딘가에 머물러 있었다. 그러나 드디어 〈부당거래〉는 과거와 구분되는 단호한 한 걸음으로 그의 새로운 출발을 예고한다.

넘치는 액션으로 덧칠된 불균질함을 키치의 미학으로 전환시켜 작품 전면에 당당하게 내세우던 그의 전작들의 거친 질감과 달리 〈부당거래〉는 매우 질서정연하고 매끈하다. 이야기의 리듬에 충실한 서사는 장르 영화의 공식에 따라 정교하게 다듬어졌으며 한 호흡으로 달려가는 스토리 역시 중심을 잃지 않고 일목요연하다. 이 영화에서 그 동안 과잉의 수사로 인해 어긋났던 장르 형식들은 완벽하리만치 충실하게 지켜지고 있다. 군더더기 없는 장르적 세련미는 대중의 집중과 호응을 불러일으키기 마련이다. 단지 여기에 그친다면 굳이 〈부당거래〉의 앞에 류승완이라는 이름을 언급할 필요가 없을 것이다. 〈부당거래〉는 어디까지나

장르 외피 안에 류승완의 일관된 현실인식과 재현방식을 바탕으로 했을 때, 그 빛을 발한다. 바꿔 말하자면 그 동안 대중성에 충실한 한국 영화를 대상으로 해서는 좀처럼 언급되지 않았던 작가적 관점에서 접근해야 할 중요한 텍스트의 발견이다.

이야기의 골자는 비교적 간단하다. 국민적 관심이 집중된 사건의 범인이 좀처럼 잡히지 않자 경찰 수뇌부는 가짜 범인을 만들기로 한다. 사건의 조작을 맡게 된 형사, 형사의 뒤를 봐주며 일을 실행하는 조폭 출신 사업가, 그리고 스폰서 간의 충돌로 그들과 마찰을 빚는 검사가 범인 조작의 전말을 알게 되며 이야기의 갈등은 진행된다. 하지만 그다지 복잡해 보이지 않는 이 대국민 사기극의 묘미는 피해자와 가해자가 뒤섞이며 서로가 서로의 약점을 잡고 펼치는 거대한 부패의 목격에 있다. 이 지점에서 류승완 특유의 현실인식이 반영된 밑바닥 인물들에 대한 조명이 이루어진다. 〈죽거나 혹은 나쁘거나〉에서부터 〈주먹이 운다〉까지, 심지어 거대한 키치적 농담이었던 〈다찌마와 리〉에서조차 류승완은 줄곧 비주류의 변두리 인물들을 작품의 전면에 내세워왔다. 때로는 그들의 시선에서 혹은 그들을 바라보는 시선으로 전개되는 이야기는 그것 자체로 일종의 현실감 내지는 그에 대한 끈적끈적한 반응들을 자아낸다. 흥미로운 것은 〈부당거래〉의 인물들의 경우 전작들에 비해 상대적으로 마이너리티라고 부르기 어려운 인물들임에도 불구하고 그 동안의 어떤 작품에서보다 짙은 약자의 냄새를 풍기고 있다는 점이다.

수뇌부의 명령에 따라 소위 '배우'를 만들어 잡아들여야 하는 처지에 놓인 광역수사대의 에이스 형사 최철기(황정민 분)는 자신을 믿고 따르는 경대 출신의 후배들과 궁상맞은 삶을 살고 있는 여동생 부부까지 건

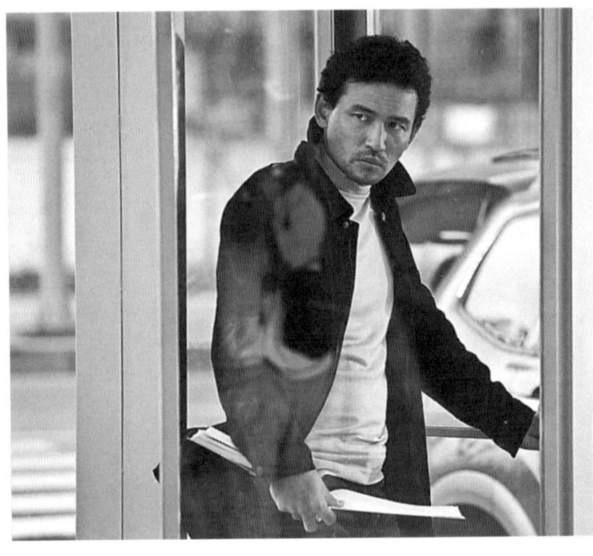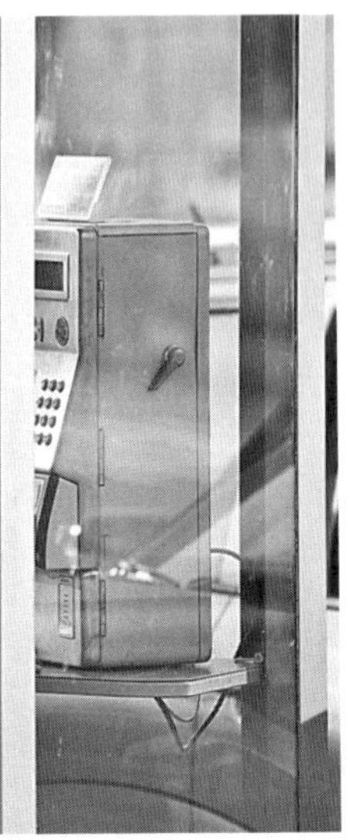

사해야 하는 피곤한 인생이다. 최철기가 잡아넣은 건설회사 김회장을 스폰서로 두고 있으며 권력의 심부에 있는 장인의 든든한 배경까지 갖춘 검사 주양(류승범 분) 역시 최철기에게 잡힌 약점과 동료들의 견제와 시기로 인해 순간순간 약자의 위치에 놓인다. 철기의 스폰서이자 조폭 출신 사업가인 장석구(유해진 분)는 말할 것도 없다. 그들의 경제적인 풍요나 사회적 성공은 성취보다 밀려나지 않으려는 발버둥으로 보인다. 이들의 필사적인 움직임의 이면에는 권력을 탐하고 성공하려는 상승 욕구가 아닌 자신을 둘러싼 일종의 책임감 혹은 언제 약자의 위치로 내몰릴지 모른다는 공포가 자리한다. 사건이 진행되며 피해자와 가해자를 넘나드는 사이 증폭, 확산, 일상화 되는 공포는 우리가 열심히 산다고 믿고 있는 그 행위 자체를 비웃음거리로 전락시킨다. 열심히 발버둥칠수록 진창이 되어가는 부조리한 현실, 경험된 공포가 아닌 바닥으로 떨어져서는 안 된다는 실체가 없는 공포가 모든 인물들이 진창 속을 헤매게 만드는 것이다. 생존투쟁을 벌이는 약자들의 싸움은 이윽고 영화가 재현하는 현실을 거대한 부조리의 반영이자 끈적거리는 비극의 습지로 만든다. 류승완의 얼굴들은 늘 축축한 그 습지 밑바닥을 배회해 왔다. 이처럼 〈부당거래〉의 매끈한 장르적 외피 안쪽에는 여전히 탈출구 없는 비극의 기운이 들끓고 있다.

그런 의미에서 〈부당거래〉는 〈시〉와는 다른 관점에서 오늘날 살해당한 윤리를 이야기한다. 유통된 공포 앞에서 나의 두려움은 타인의 불안을 통해 위로되는 까닭에 그들 혹은 우리는 피해자가 되느니 기꺼이 가해자의 삶을 선택한다. '잘 먹고 사는' 생존이 정언명령이 된 존재들에게 자신을 둘러싼 사회적, 정치적, 경제적 상황에 저항하기를 바라는 것은 요원할 뿐이다. 모두가 병들었지만 아무도 아프지 않은 시대. 아니 아프지 않은 척 연기를 해야만 하는 시대에 윤리 따위 더 이상 발붙일

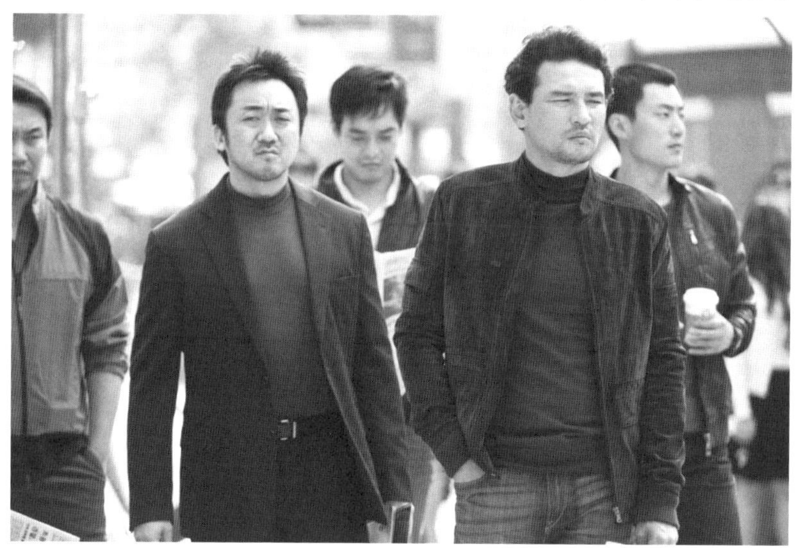

곳이 없다. 때문에 '부당거래'라는 이 영화의 제목은 실로 의미심장하게 다가온다. 탈출구 없는 현실 반영과는 달리 영화는 시작부터 부당과 정당의 기준을 분명히 하고 있다. 다만 문제는 모두가 부당하기에 발생한다. 이와 같이 정당함이 거세된 현실에 대한 투명한 재현은 일견 사회 구조적인 문제를 지적하는 듯 착각되기 쉽지만 〈부당 거래〉의 미덕은 그것을 쉽게 개인의 책임이나 사회 구조적인 문제로 환원시키지 않는다는 점에 있다. 윤리의 상실이 어제오늘의 일이 아님에도 우리는 그것이 원래 부재 하는 것이 아니라 상실된 것임을 안다. 상실에는 주체가 존재하며 피해자와 가해자가 서로의 꼬리는 무는 형상은 인물관계만이 아닌 환경과 인물 간의 관계에도 동시에 적용된다. 사회적 억압과 모순에 '저항할 수 없음'과 '저항하지 않음'은 서로의 원인과 결과가 되어 윤리가 상실된 시대에 대한 본질적인 물음을 던진다. 그 순간 〈부당거래〉는 보

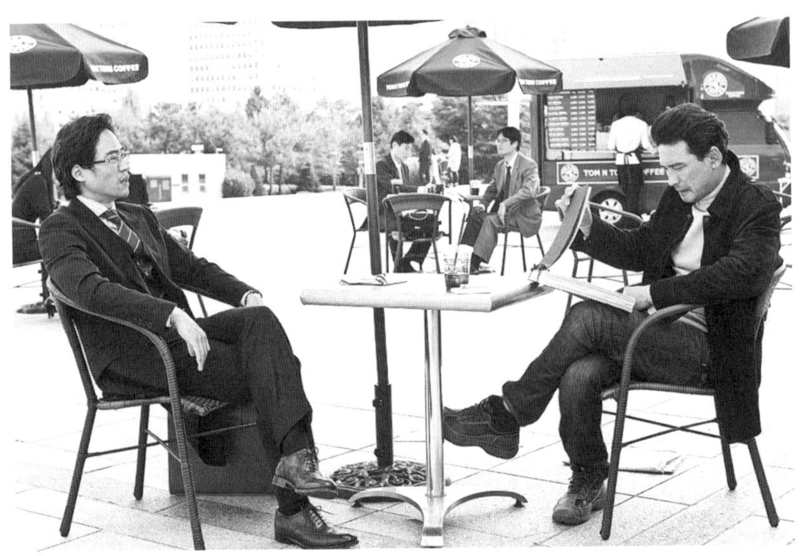

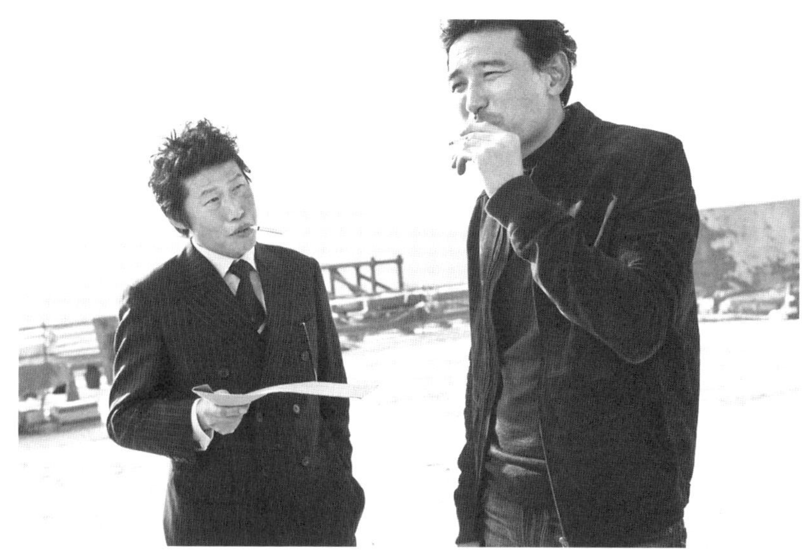

이지 않는 현실을 배우의 움직임으로 이미지화 하여 한국 사회를 비추는 투명한 거울이 된다.

〈부당거래〉는 장르로 현실을 수선한다. 액션의 전시에 대한 강박을 벗은 류승완은 장르영화가 도달할 수 있는 현실비판의 완성형의 한 지점에 도달했다. 대개의 장르 영화와 다르게 감정이입의 순간을 쉽게 허락하지 않는 이 영화는 견고한 장르의 외피를 둘렀을지언정 탈출 불가능한 현실의 포착을 포기하지는 않는다. 영화의 마지막 동료 형사들에게 단죄 당한 최철기가 핏물을 토해내는 장면을 잡아내는 하강의 시점과 부정이 드러났음에도 남자가 한번쯤 겪을 수 있는 일이라며 장인의 격려를 받는 주양 검사를 잡아내는 상승의 시점은 현실의 반영인 동시에 지극히 상투적인 장르의 봉합방식이기도 하다. 이미 결정되어 있는 계급 간의 위계질서는 너무나 견고해서 관객으로 하여금 애초에 탈출이나 변화가 불가능한 현실의 벽을 고스란히 체험하게 만든다. 일차적으로는 범죄를 저지른 대상에 대한 처벌을 통한 대리 위안이라는 장르적 해결을 제시하는 가운데 탈출구 없는 절망감을 함께 안겨주는 것을 통해 피곤에 찌든 오늘날의 윤리를 고스란히 화면에 옮겨 놓는다. 이것이야말로 류승완이 단순히 장르에 포섭되지 않도록 하는 에너지인 동시에 과잉된 자의식으로 장르의 균질함을 해치지 않는 균형점이다. 우리는 모두 누군가의 누군가이고 〈부당거래〉는 그 누군가들 사이로 관객을 쑥 밀어 넣는다. 세련된 장르적 완성도와 현실이 품고 있는 농밀한 에너지를 접합시키는 자제력을 발휘한 류승완의 다음 행보는 오늘날 한국 영화의 가장 첨예한 지점에 서 있다.

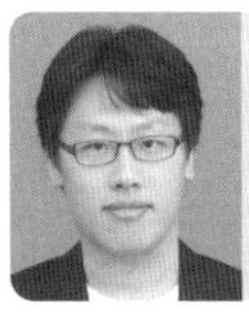
송 경 원 __ sokimera@naver.com
한양대 국어국문학과 졸업. 동국대 영상대학원 박사과정. 제14회 《씨네21》 영화평론상 우수상. 제1회 시네마테크부산 비평공모 가작. 《씨네21》 등 잡지에 영화평 기고 중. 동국대학교 강사.

김지운 감독

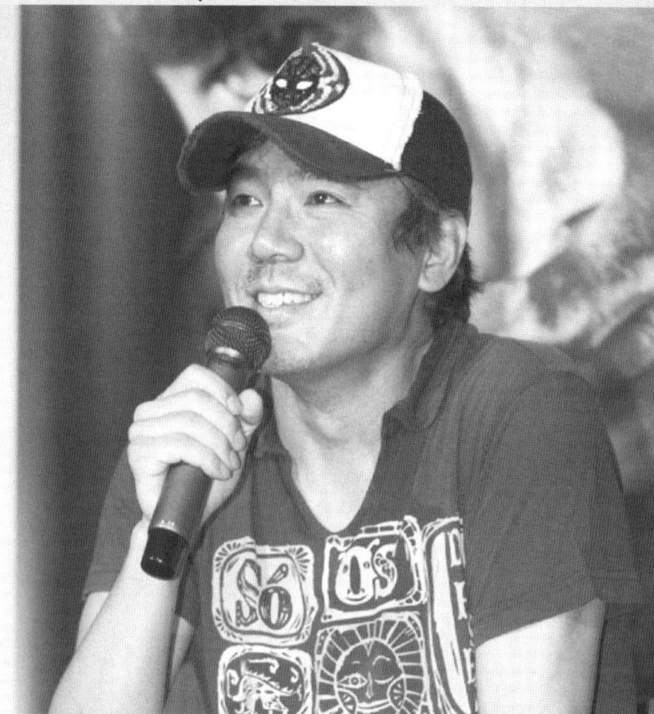

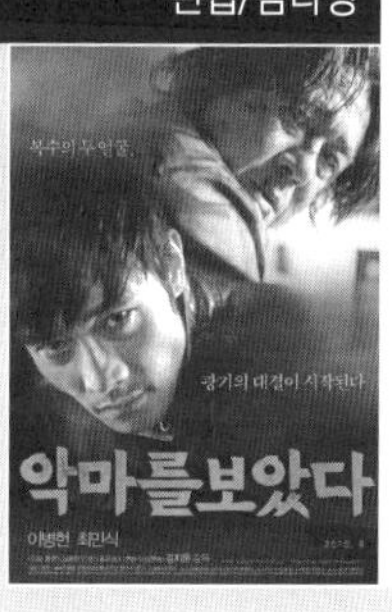

잔인한 현실세계를 리얼하게 보여주는, 가상이 아닌 우리가 살고 있는 진짜 세상! 최민식의 연기가 돋보인다.

최상의 호흡을 구현한 극적 연출을 비롯해 최민식-이병헌 투톱의 실감 만점의 기막힌 연기.

기대 이상의 감흥을 안겨준 음악 효과 등등 숱한 덕목에도 불구, 지독히 홀대받은 받은 2010년의 '저주받은 문제작'.

단적으로 잔혹 스릴러의 어떤 진수를 구현했다.

— 추천위원의 선정 이유 中

천사를 보았다

김시무

김지운 감독의 여섯 번째 장편극영화 〈악마를 보았다〉는 매우 논쟁적인 영화다. 개봉이 되기 전 잔인한 장면이 있다는 이유로 제한상영가 판정을 받기도 했다. 결국 문제가 된 몇 장면을 자진 수정형식으로 삭제한 다음에야 정상적인 극장 개봉에 들어갈 수가 있었다. 영화를 본 관객들의 반응은 엇갈렸지만, 대체적인 의견은 보기에 다소 불편한 장면들이 많았다는 것이다.

우선 무엇보다도 이 영화는 제목에서부터 심상치 않은 분위기를 풍긴다. '악마' 를 보았다(I Saw the Devil)는 것이다. 악마라니? 도대체 얼마나 악독한 인간의 모습을 그렸기에 그런 제목을 붙인 것일까? 그런데 이 같은 제목은 아이러니컬하게도 관객에게 모종의 선택을 강요하는 것처럼 여겨지기도 한다. 말 그대로 '악마' 를 보고 싶은 사람만 이 영화를 보라는 역설적 함의가 깔려있다는 것이다. 구태여 악마를 보고 싶지 않은 사람들도 얼마든지 있기 때문이다. 그리하여 영화를 본 관객만이 "나는 악마를 보았다"라고 말할 수 있게 된 것이다. 여기에서 또 하나의 역설이 발생한다. 그렇다면 진정 대상object으로서의 악마는 누구이고, 그 악마와 직접 대면한 주체subject는 누구인가? 영화의 내용을 꼼꼼히 살펴볼 이유가 여기에 있다.

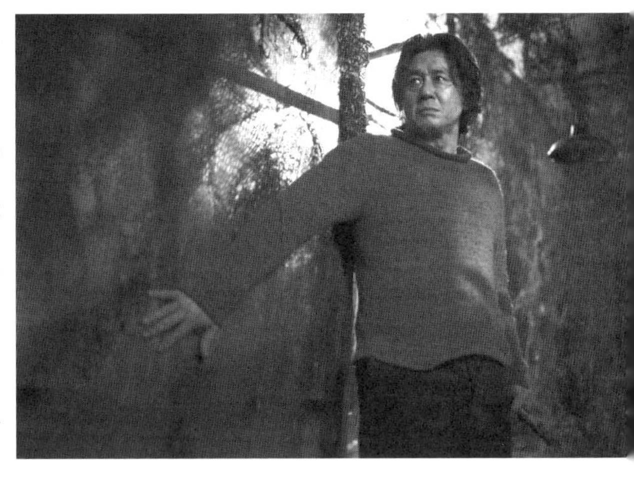

　영화가 시작되면 칠흑 같은 어둠 속에 한 대의 차량이 텅 빈 도로를 주행하는데, 백미러에 달린 천사의 날개(악세사리)가 무척이나 인상 깊게 다가온다. 원래 악마는 타락하기 이전에는 천사였다지 않은가? 어쨌든 그 차량(학원수송용)의 운전자가 이제 곧 악마성을 드러낼 참이다. 그는 고장으로 길가에 정차해 있는 승용차의 오너가 여성임을 확인하고, 곧바로 작업에 들어간다. 친절을 가장한 것도 잠시, 망치로 창유리를 깨고 여성을 무차별 난타하는 것이 아닌가? 그리고 아직 숨이 붙어 있는 피해자를 끌고 자신의 아지트로 향한다. 발가벗겨진 피해자는 비닐에 쌓인 채 저 무지막지한 가해자의 처분만을 기다리고 있다. 여자는 아이를 가졌으니 살려주면 안 되냐고 호소해보지만, 사내는 들은 척도 않고 곧바로 여성의 팔을 절단해 버린다. 하수구로 쏟아져 내리는 시뻘건 핏물이 그 이후의 사태를 설명해 줄 뿐이다. 그 남자의 이름은 장경철(최민식)이고, 살해당한 여성은 약혼을 한 지 한 달 남짓 된 어여쁜 예비신부 장주연(오산하)이다. 그녀는 말 그대로 악마를 보았지만, 그러

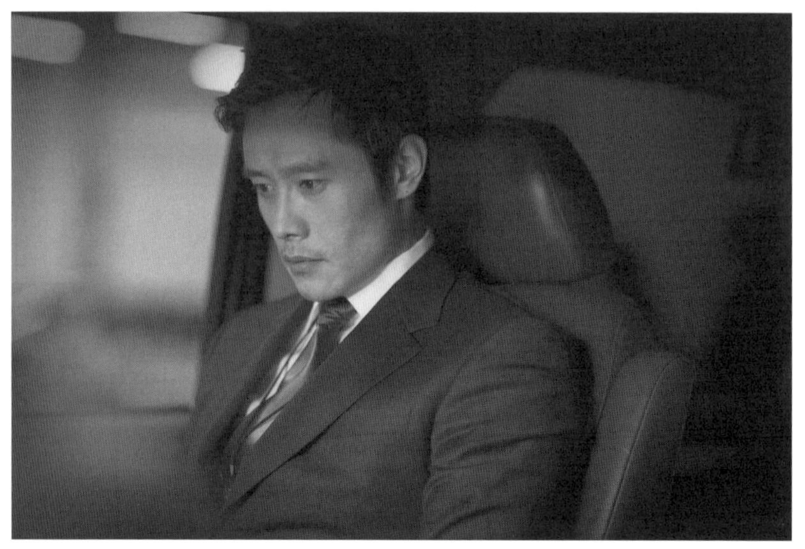

나 악마를 증언할 주체로 살아남지는 못한 것이다. 그리고 이제 그녀의 신랑이 될 뻔했던 한 남자가 복수의 칼날을 갈게 되는데, 국정원 요원인 김수현(이병헌)이 바로 그 주인공이다. 수현은 막강한 내공을 지닌 그야말로 정예 요원이다.

개천에서 발견된 약혼녀의 잘린 머리로 장사를 지낸 수현은 자신의 연인을 죽인 범인에게 천 배, 만 배의 고통으로 되갚아 줄 것을 다짐하고, 또 다짐한다. 한때 강력계 형사였던 장인의 도움을 받아 용의자들의 신상 자료를 챙긴 수현은 곧바로 행동에 착수한다. 용의선상에 오른 인물들은 당연하게도 성폭력 전과자들인데, 수현은 이들을 하나하나 추적해가면서 마침내 진짜 용의자의 은신처를 알게 된다. 자신의 약혼녀가 처참하게 살해된 외딴 곳 창고의 하수구에서 약혼반지를 발견하게 된 것이다. 한편 수현이 탐문수색을 계속하는 사이 경철은 또 다른 여성을 희생양으로 삼고, 그것도 모자라 이제 자신이 운전하던 학원수송차량에 탑승한 여고생에게까지 마수의 손길을 뻗친다. 대형 비닐하우스에서 여고생을 겁탈하려던 경철은 그러나 수현의 기습공격으로 뜻을 이루지 못하고 만신창이로 당하고 만다. 이때 경철에게 무차별 폭행을 가하는 수현의 광기어린 행동을 멀찌감치 훔쳐보는 시선이 있었으니, 바로 구사일생으로 풀려난 여고생이었다. 그녀의 불안한 시선은 분명 수현을 향하고 있었다. 그렇다면, 그녀에게 악마는 도대체 누구일까? 영화를 보면 알겠지만, 사실상 두 사람은 폭력의 행사에 있어서 거의 동일한 양태를 보여주고 있다. 두 사람 모두 상대방에게 잔인하기 짝이 없는 폭력을 행사한다는 점이다. 다만, 경철이 피해자가 느낄 고통과 두려움의 감정에 대해 무감각하다는 점에서 사이코패스psychopath라면, 수현은 외상外傷으로부터 탈피하려는 처절한 몸부림을 보인다는 점에서 사이코psycho라고

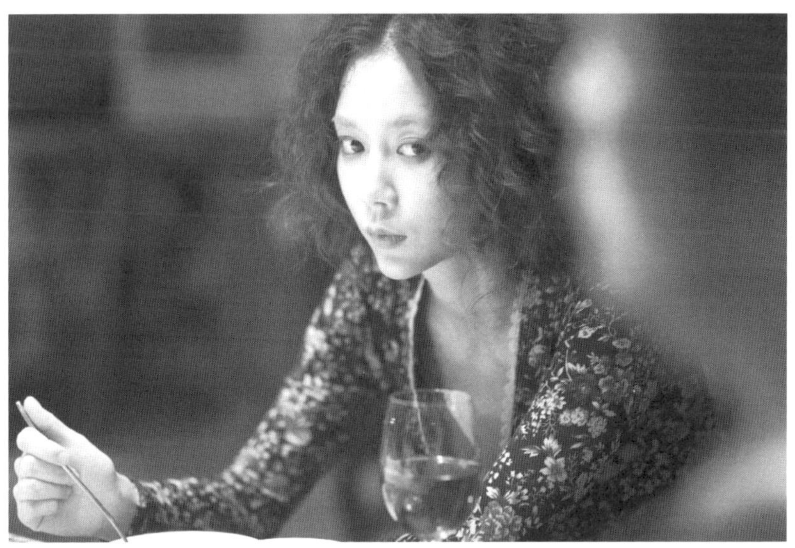

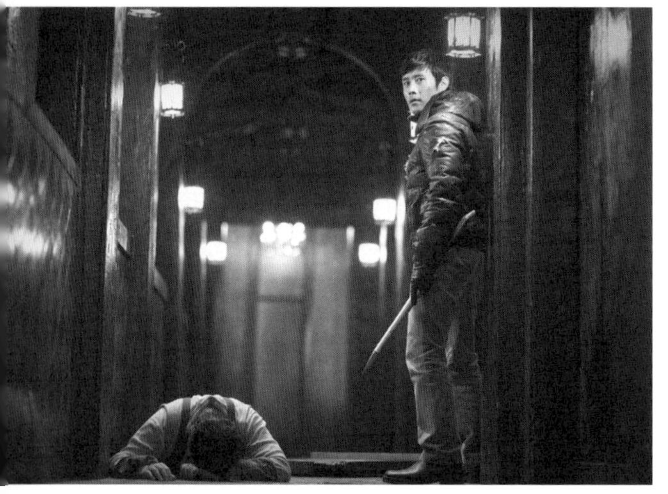

할까?

어쨌든 수현은 주체할 수 없는 살의殺意를 억누르고 경철을 살려준다. 대신 수현은 의식을 잃은 그에게 GPS 기능을 하는 캡슐을 강제로 투입한다. 그리하여 수현은 경철의 일거수일투족을 속속들이 알 수 있는 전능한 위치를 점하게 된다. 라캉식으로 하면, '안다고 가정된 주체'인 셈이다. 여고생 겁탈시도를 방해받은 경철은 자신을 치료해준 병원의 간호사를 대체물로 삼고자 하지만 이 같은 시도 역시 수현에 의해 좌절된다. 수현의 일차 기습에 왼쪽 팔이 부러진 경철은 이번 이차 기습으로 아킬레스건이 절단되는 치명상을 당한다. 그런데 이 장면들은 어딘가 모르게 기시감Déjà Vu 같은 것을 불러일으킨다. 왜 아니겠는가? 주인공 이병헌은 전작인 〈달콤한 인생〉(2005년)에서 조직 보스의 눈 밖에 나서 왼손이 짓이겨지는 린치를 당했던 적이 있다. 게다가 역시 복수를 모티브로 삼은 박찬욱 감독의 〈복수는 나의 것〉(2002년)에서도 주인공 동호(송강호)는 보복상대인 류(신하균)의 아킬레스를 끊어 죽인 적이 있지 않은가?

두 차례에 걸친 테러에도 불구하고 여전히 건재한 경철은 한때 무장단체를 조직하여 세상을 지배하려는 꿈을 지녔던 동료의 집(저택)에 찾아가 대응책을 모색하는데, 이 과정에서 그는 감히 자신을 털려는 택시

강도 두 명을 일거에 살해하는 민첩함을 보이기도 한다. 경철의 동료도 역시 그 못지않게 무자비한 흉악범이었다. 그는 여성들을 납치하여 사육하면서 이따금 식용으로 인육을 먹기도 하는 사악한 존재였다. 바로 이 같은 설정이 문제로 지적되어 검열의 제재制裁를 받았음은 두말할 필요도 없다. 어쨌든 그는 한 여성을 산채로 사지절단하려다가 느닷없이 들이닥친 수현의 급습을 받아 결국 병원신세를 지고야 만다. 엽총으로 수현에게 맞섰던 경철도 역시 국정원 핵심 요원인 수현의 격투기에 제압되어 병원으로 이송된다. 하지만 범인 경철에게 사적으로 린치를 하려던 수현의 계획은 또 다른 화를 자초하고 만다. 이는 '안다고 가정된 주체'에게 부과된 필연적인 한계다. 경철이 자신의 위 속에 강제 투입된 캡슐의 존재를 알아차린 것이다. 이제 역으로 경철의 무자비한 반격이 시작되고, 그 보복의 칼날은 수현의 장인과 처제에게로 향하게 된다.

이제 본론으로 들어갈 차례다. 김지운 감독의 〈악마를 보았다〉는 비슷한 시기에 개봉되었던 원빈 주연의 〈아저씨〉라는 제목의 영화에 밀려 흥행에서 기대이상의 성과를 내지 못했다. 그렇다면 〈악마를 보았다〉는 평단에서는 환호를 받았던가? 안타깝게도 평단에서마저도 이 작품을 외면하고 말았다. 2010년 펼쳐진 각종 영화상에서 〈아저씨〉는 남우주연상을 비롯하여 심지어 작품상 후보에까지 오르면서 지난 한 해 영화계를 평정하다시피 했지만, 〈악마를 보았다〉는 두 마리 토끼 중 한 마리로 잡지 못했다. 국내에서 활동하는 모든 평론가들의 결집체인 한국영화평론가협회에서 주관하는 영평상 심사에서 선정하는 그해 '10대 영화'에도 끼지 못했다. 그럼에도 불구하고 '도서출판 작가'에서 발간하는 『오늘의 영화』의 편집위원회는 이 작품을 2010년을 대표하는 작품 가운데 하

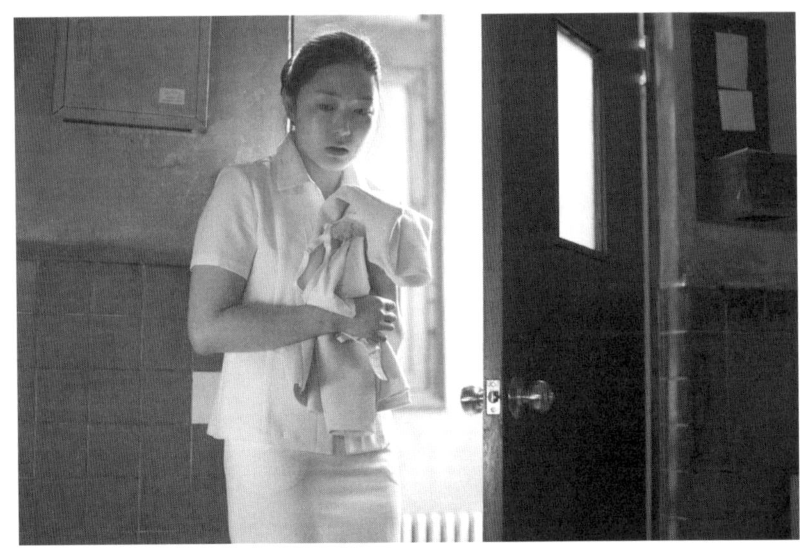

나로 당당히 자리매김을 했다. 이유가 무엇일까? 바로 이 같은 질문에 답을 하기 위해서 나는 남들이 다 보기 껄끄럽다는 〈악마를 보았다〉를 새삼 보게 되었다. 단두대로 목을 자르고, 아킬레스건을 절단하고, 아가리를 찢고, 뺨을 송곳으로 찌르고, 사지를 절단하고, 물개똥으로 가득한 변기를 손으로 헤집고, 등등 참으로 강한 장면들로 넘쳐나는 이 영화는 말 그대로 '잔혹영화'임이 틀림없다. 굳이 장르로 분류하자면 그렇다는 말이다.

그런데 장르영화임이 분명한 〈악마를 보았다〉는 그러나 기존 장르영화의 관습을 벗어나도 한참을 벗어나 있다는 점에서 색다른 영화적 매력魅力을 선사한다는 것이다. 요컨대 김지운 감독은 매번 특정한 장르영화에 손을 대면서도 해당 장르의 통상적 컨벤션과 상투성을 과감하게 폐기하고 자신만의 고유한 스타일을 추구한다는 점에서 남다르다는 것이다. 한 가지 예만 들어보기로 하겠다. 보통 장르영화의 주된 관습 중 하나로 "주인공은 똑같은 실수를 되풀이 하지 않는다"는 법칙이 있다. 주인공이 극의 초반 모종의 실수로 소중한 사람(혹은 대상)을 잃었다면, 극의 막판에는 연인(혹은 물건)도 지키고 악당도 제거한다는 판에 박힌 설정이 바로 그것이다. 우리는 전형적인 장르영화인 〈아저씨〉에서 그 같은 설정을 확인할 수 있다. 이 영화에서 전직 특수요원인 차태식(원빈)은 아내를 잃고 좌절과 실의의 나날을 보내지만, 어쩌다 이웃집 소녀 소미(김새롬)의 목숨을 구하는 데 헌신적으로 참여함으로써 마침내 새로운 삶을 찾게 된다. 그리하여 악당을 물리친 원빈 아저씨는 소녀에게 뿐만 아니라 관객들에게도 영웅英雄으로 칭송받게 되었던 데 반해, 악마를 보았던 우리의 가련한 주인공 이병헌은 그 악마와 똑같은 길을 걸음으로써 반-영웅anti-hero으로 남게 되었다.

바로 이점이 흥행에서 약점으로 작용을 했지만, 그러나 새로운 영화의 창작을 위해서는 불가피한 선택이었던 것이다. 이렇듯 〈악마를 보았다〉는 장르영화의 도저한 흐름에 저항을 하고, 여전히 전가傳家의 보도寶刀인 영웅찬가에 이의를 제기하는 김지운 감독의 고집스런 스타일이 빚어낸 매우 독창적인 영화다. 그렇지 않은가?

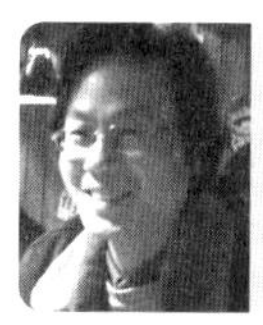

김 시 무 __ semiotician@vate.com
한양대 연극영화학과 졸업. 홍익대 미학과 석사, 동국대 영화학 박사. 한국 영화사학회 총무. 저서로 『영화예술의 옹호』 『Korean Film Directors-LEE Jang-ho』, 주요논문으로 「정신분석학적 영화기호학 연구」 등이 있음.

구수환 감독

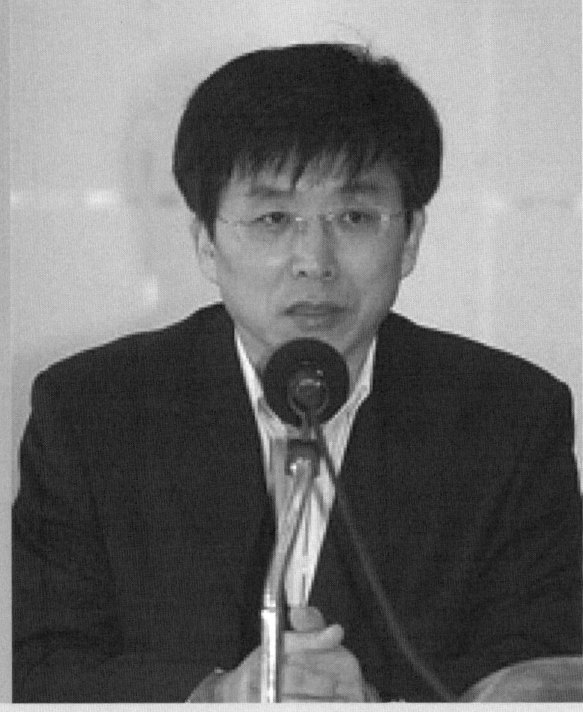

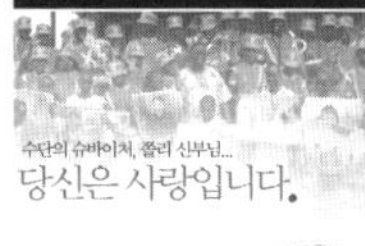

출연/이태석, 이금희(내레이션)
각본/윤정화
촬영/윤민섭, 김성미, 이강윤
조명/조정관, 장대전
음악/곽장용, 김선우
편집/오태규, 윤수야, 심은국

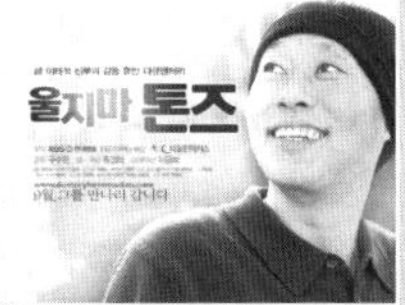

인물에 대한 철저한 분석, 다큐멘터리의 감동을 잘 살렸다.

한 사람이 할 수 있는 일, 한 편의 영화가 할 수 있는 일, 그 경계를 허물며……

한 사람의 희생과 사랑이 가장 낮은 곳에서부터 구원을 얻게 하는 감동적인 다큐멘터리!

세상을 울리다.

내적 진정성을 통해 영화적 완성도를 무력화시킨, 한국 다큐멘터리 영화역사의 '작은 혁명!' 그 혁명은 여전히 진행 중……

—추천위원의 선정 이유 中

세상을 변화시킨 위대한 사랑

손정순

영화 한 편의 위력은 대단하다. 아니 고故 이태석 신부의 사랑은 참으로 위대하다. 〈울지마 톤즈Don't cry for me Sudan〉는 오랜 내전으로 인해 피와 눈물로 얼룩진 땅, 아프리카 남부 수단의 톤즈에서 선교를 하다가 생을 마감한 이태석 신부의 삶을 담아낸 휴먼 다큐멘터리다.

이 영화는 수백억을 들여 흥행을 노리는 블록버스터들과는 달리 작년 9월 개봉되어 잔잔한 파문을 일으켰다. 관객 40만 명이라는 예상치 못한 흥행기록을 세우며 제8회 맥스무비 최고의 독립영화상, 제1회 KBS 감동대상 대상을 수상했다.

영화가 끝난 후에도 한동안 울렁이는 가슴을 진정시키지 못해 객석에서 일어나지 못하는 관객들! 무엇이 그토록 그들의 가슴을 뒤흔들어 놓았을까? 황폐해진 아프리카 톤즈 사람들에게 사랑, 그 자체로 헌신했던 이태석 신부의 진심이 절대 눈물을 보이지 않는 톤즈 사람들을 펑펑 울게 만든 것처럼 관객의 마음을 울린 것이다.

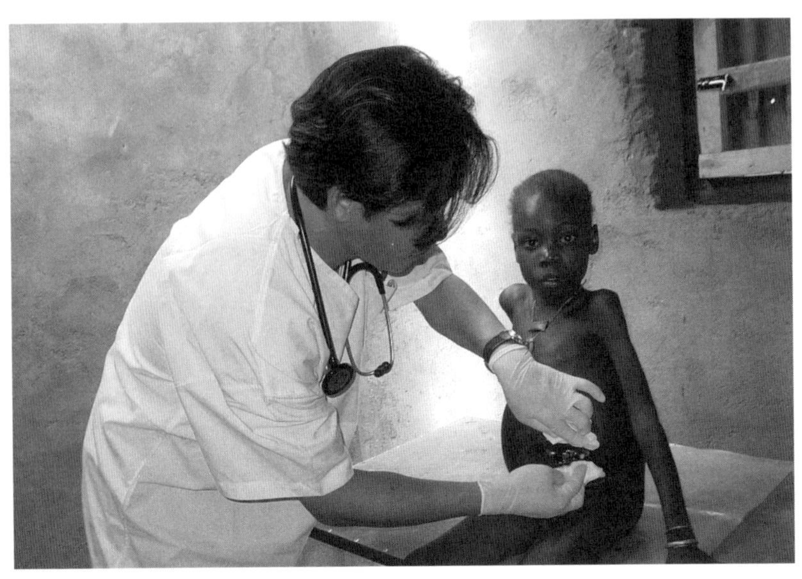

"특별한 이유는 없어요. 다만, 내 삶에 영향을 준 아름다운 향기가 있습니다. 가장 보잘 것 없는 이에게 해준 것이 곧 나에게 해준 것이라는 예수님 말씀, 모든 것을 포기하고 아프리카에서 평생을 바친 슈바이처 박사, 10남매를 위해 평생을 희생하신 어머니의 고귀한 삶. 이것이 내 마음을 움직인 아름다운 향기입니다."

화면이 거칠고 흔들렸지만, 생전 이태석 신부의 모습은 참으로 아름다웠다. 그들과 함께 한 삶이 결코 불행하거나 힘들지 않았다는 것을, 무척이나 행복하고 기쁜 삶이었다는 것을 그대로 증언한다. 그의 환한 얼굴이 잠자고 있던 나의 영혼을 송두리째 뒤흔든다.

영화는 아프리카 수단 남쪽의 작은 마을 톤즈Tonj에 남 수단의 자랑인 브라스 밴드brass band가 마을을 행진하는 모습으로 시작한다. "사랑해 당신을 정말로 사랑해/ 당신이 내 곁을 떠나간 뒤에/ 얼마나 눈물을 흘렸는지 모른다오……."

브라스 밴드 앞줄에는 소년이 환하게 웃고 있는 한 남자의 사진을 들고 있다. 그들은 눈물을 수치로 여기는 딩카족. 수단의 오랜 내전 속에서 분노와 증오, 가난과 질병으로 얼룩진 그들은 절대 울지 않지만 그와의 이별 앞에서는 사진에 입맞추며 하염없이 눈물을 쏟아낸다. 할 일 많은 그분 대신 나를 데려가야 한다고 울먹인다.

그는 그렇게 기적을 행했다. 마흔여덟 나이로 짧은 생을 마감한 그를 그들은 쫄리John Lee라고 부른다. 톤즈의 아버지이자, 의사였고, 선생님, 지휘자, 건축가였던 쫄리 이태석 신부! 자신의 모든 열정을 바쳐 온몸으로 사랑을 실천했던 그의 희생적인 삶이 화면 가득히 펼쳐진다.

그는 십남매 중 아홉 번째로 태어나 아홉 살에 아버지를 여의고, 어머니는 삯바느질하며 그를 키웠다. 어려운 환경에서 힘들게 의대를 졸업했지만 맞서지 못할 어떤 힘에 이끌려 사제가 되고, 또 아프리카로 떠난다.

아프리카 수단의 톤즈는 늘 전쟁이 끊이지 않고, 40도가 넘는 고온에 말라리아, 콜레라 등 온갖 병균이 극성을 부리는 곳이다. 물도 식량도 턱없이 부족한 그곳에서 그는 8년 동안 병원과 학교를 세우고 환자들을 돌보고 아이들을 가르쳤다.

"예수님이라면 이 땅에 학교를 먼저 지으셨을까, 성당을 먼저 지으셨을까. 아마도 학교를 먼저 지으셨을 것 같다. 사랑을 가르치는 성당 같이 거룩한 학교를……."

이 고해성사 부분에서는 누구라도 가슴이 찡했을 것이다. 많은 선교사들이 종교를 앞세워 범했던 이교도에 대한 배척과 문화 학살이 아니라 진정 그들 편에서 그들에게 가장 절실한 것을 먼저 선택한 것이다.

그리고 그는 상처 받은 아이들을 치유하기 위해 손에 총 대신 악기를 들렸다. 피리, 기타, 오르간으로 시작된 음악 교육은 트럼펫, 트럼본, 클라리넷, 북이 더해지고 나중엔 어엿한 35인조 브라스 밴드로 만들어졌다. 아이들이 음악을 너무나도 쉽게 배우고 연주하는 것을 보며 그는 보잘것 없는 이 아이들에게 미리 탤런트의 싹을 심어놓으신 하느님 사랑에 감사한다.

스크린에 수십 년 동안 울리던 총성 대신 아름다운 음악소리가 울려 퍼지자 아이들 눈에 진주 같은 이슬이 맺히고, 관객들의 가슴은 뭉클해진다. 그가 가르친 것은 음악이었지만 이 아이들은 음악을 통해서 "내가 누군가를 사랑할 수 있다는 것을 배웠고, 감사의 눈물을 배웠다"고 말한다. 그의 사랑은, 음악은 세상을 변화시킨 것이다.

또한 가장 버림받고 가난한 나환자들을 진료하며 그는 신의 사랑을 체험한다. 상처투성이인 나환자들의 손과 발에서 고름을 짜내고 상처를 감싸다가 그들에게 신발을 신겨야겠다고 생각한 것이다. 한센인들이 신발이 없어 맨발로 다니다보니 발에 상처가 더 깊어진다고 판단한 것. 그는 그들의 발 모양을 일일이 종이에 그려서 신발을 주문 제작한다. 볼품없는 신발이지만 한센인에게는 더없이 값진 것! 그들이 한센병을 앓고 난후 세상에서 처음으로 사랑과 따뜻함을 느껴본 순간일 것이다.

이태석 신부는 작은 것에 기뻐하고 감사할 줄 아는 이 아름다운 영혼들에게 감동한다. "나로 하여금 소중한 많은 것들을 뒤로 한 채 이곳까

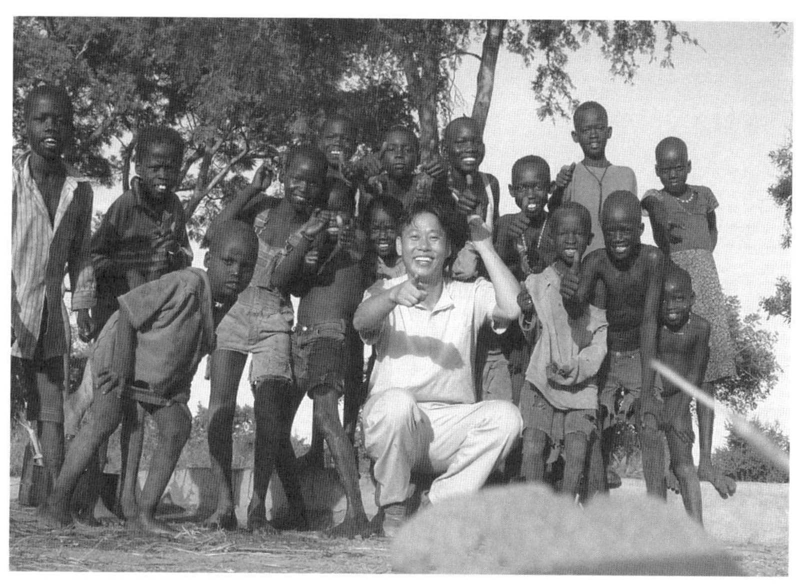

지 오게 한 것도 후회 없이 기쁘게 살 수 있는 것도 주님의 존재를 체험
하게 만드는 나환자(한센인)들의 신비스러운 힘 때문이다. 그것을 생각
하면 그들에게 머리 숙여 감사하게 된다"(이태석, 『친구가 되어 주실래
요』)고 고백한다.

기뻐하는 한센인들과 그들을 치료하며 감사하는 이태석 신부를 스크
린을 통해 지켜보면서 육체는 온전하지만 무딘 감각을 갖고 사는 우리
가 혹시 나병을 앓고 있는 건 아닌지 생각하게 한다.

나환자들을 치료하면서 이태석 신부는 비로소 자신을 톤즈로 부른 하
느님의 뜻을 깨닫는다. 그들이 작은 예수님일 수도, 천사일 수도 있다고
생각한 그에게 그러나 뜻밖의 병마가 찾아온다.

암 투병으로 인해 깡마른 그와 그의 사진을 어루만지는 노모의 모습
이 스크린을 비추자 객석 여기저기서 흐느낌이 새어 나온다.

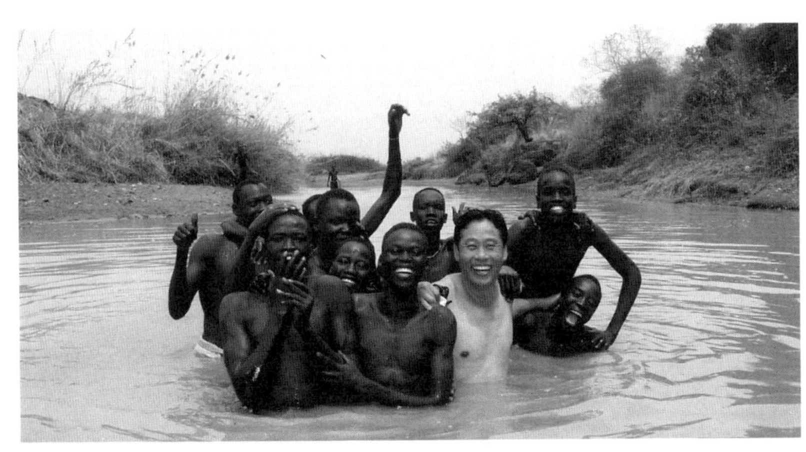

　그는 투병 중에도 자신의 마지막 남은 삶의 불꽃을 아프리카 수단의 어둠을 밝히는 데 썼다. "세상에서 가장 보잘 것 없는 이에게 해 준 것이 곧 자신에게 해준 것"이라는 예수님의 말씀을 실천에 옮긴 것이다.

　〈울지마 톤즈〉는 내가 좋아하는 노래의 가사처럼 사람이 꽃보다 아름답다는 것을 확인시켜 준다. 한 사람이 다른 사람에게 꽃이나 빛이 될 수 있음을 당당히 보여준 것이다. 한 사람의 짧지만 아름다운 삶은 톤즈를 울리고, 세상을 울렸다. 전쟁과 기아로 마음이 메말라 좀처럼 울지 않는다는 톤즈 사람들이 그의 죽음 앞에 통곡하는 것을 보며 진정 위대한 사랑의 힘을 느낀다.

　고 이태석 신부의 헌신적인 사랑은 톤즈 사람들의 마음에 눈물과 함께 따뜻한 사랑을 움트게 한 것이다. 우리는 항상 말로만 사랑한다고 하지 않았던가? 영화를 관람하는 내내 우리는 그가 행동으로 증명한 신의 존재를 볼 수 있었다.

　백신을 보관할 냉장고와 학생들이 공부하는 기숙사에 전기를 보급하

기 위해 직접 지붕위에 올라가 태양열 시설을 설치하는 등 그는 말이 아
닌 온몸으로 사랑을 실천했다. 그리고 그의 진실한 마음을 톤즈의 모든
사람들이 알아주었다. 하루 먹고 사는 것도 힘든 아이들이 하나같이 열
심히 공부해서 신부님처럼 의사가 되어 봉사하고 싶다고 말한다.

이 다큐 영화는 말만 앞세우는 우리 사회에 개선되지 않는 해답들을
그의 실천적 삶을 통해 이야기 하고 있다. 위대한 힘은 부와 권력이 아
니라 실천하고 행동하는 데 있음을 담담하게 카메라에 담은 구수환 감
독의 마음도 잘 읽힌다. 사랑의 힘은 아무리 작은 것이라도 실천할 때
마음을 움직이는 기적의 힘을 지니는 것이다.

지금 이태석 신부가 톤즈 땅에 뿌린 사랑의 씨앗은 아프리카를 돕는
운동으로 많은 이들에게 확산되고 있다. 그가 뿌린 사랑의 위대한 힘은
결코 물질적이거나 거창한 것이 아니다. "내가 먼저 알고 있는 것을 가
르쳐 주는 것 / 내가 할 줄 아는 것을 다른 이도 할 수 있게 도와주는
것 / 내가 먼저 얻은 것을 다른 이와 함께 나누어 갖는 것"(이태석 신부
의 자작시)이다.

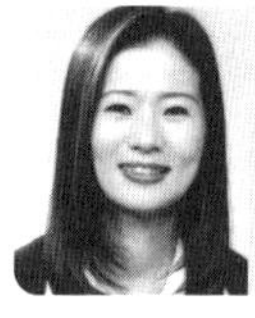

손 정 순 __ sonteresa@hotmail.com
1970년 경북 청도 출생. 고려대학교 국문과 박사과정 수료. 2001년 『문학사
상』으로 등단. 주요 논문으로 「김지하 서정시에 나타난 그늘의 상징성」 「백
석 시에 나타난 댄디즘」 등이 있음. 시인, 문화계간지 《쿨투라》 편집인.

장 훈 감독

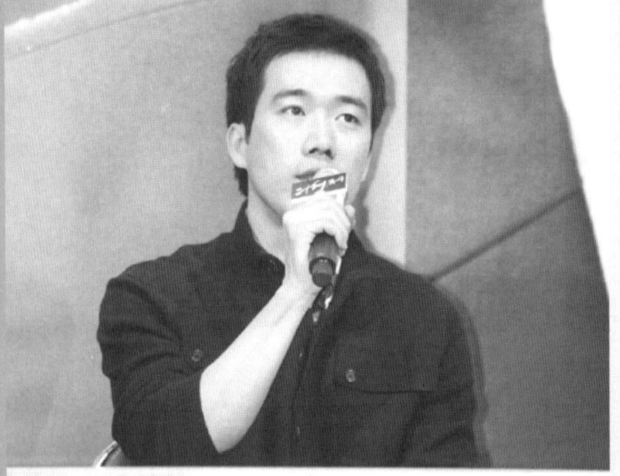

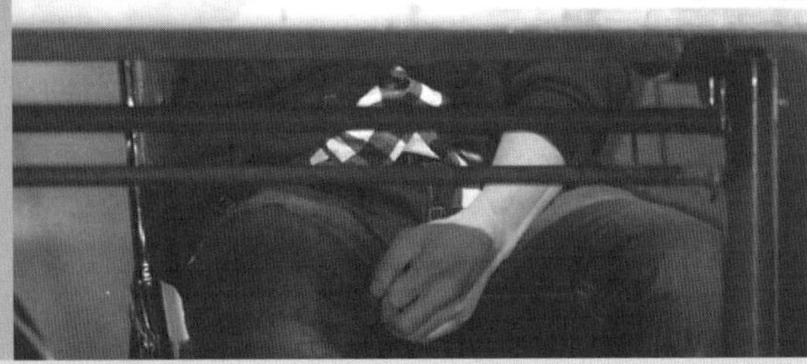

의형제

출연/송강호, 강동원, 전국환
각본/장민석
촬영/이모개
조명/오승철
음향/최태영
음악/노형우
편집/남나영

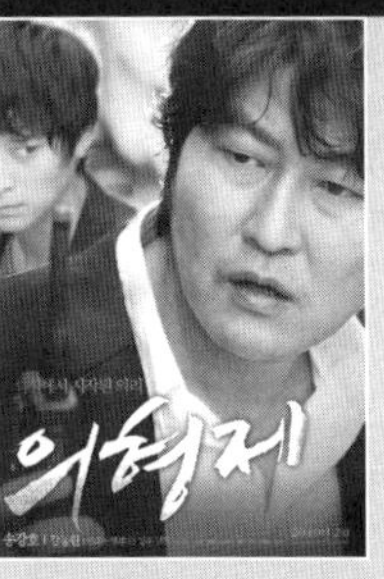

분단영화의 새로운 비전을 제시.

남북문제를 보는 새롭고 원숙한 시선.

무거운 주제를 가볍게 그러나 날카롭게.

남북문제를 대중상업영화의 틀 안으로 성공리에 끌고 들어온 수작.

남북문제에 대한 신선한 접근, 체제보다는 인간을 이해하는 데 주력.

뻔한 설정을 뻔하지 않게 연기한 송강호와 강동원의 절묘한 조화가 감독의 탄탄한 연출력을 만나다.

대한민국 특유의 분단 이데올로기를 바라보는 원숙하며 균형 잡힌 시선에 감탄하다. 30대 중반 감독의 그것이라곤 도저히 믿기 힘들었기에. 〈영화는 영화다〉가 그저 탄생한 것이 아니란 사실을 웅변하다.

— 추천위원의 선정 이유 中

분단영화가 가지 않은 길…
총을 버리고 우정을 얻다

임정식

‘의형제’의 사전적인 의미는 ‘의義로 맺은 형제’다. 혈연적으로는 아무 관련이 없다. 한 핏줄이 아닌 사람들이 형제가 된다는 것은, 비일상적인 사건이다. 당연히 범상치 않은 사연을 품고 있을 것이다.

장훈 감독의 두 번째 영화 〈의형제〉의 내용은 제목이 암시하는 그대로다. 형제가 아닌 두 사람이 어떻게 의형제가 됐는지를 보여준다. 그런데 영화의 주인공들은, 정확하게 말하면, 의義로 맺은 형제보다 동병상련의 정情으로 맺어진 형제에 가깝다. 그 내면이 예사롭지 않은 것은 당연한 일이다. 이 지점에서 〈의형제〉는 분단 상황을 배경으로 한 다른 영화들과 차별화된다. 분단 상황을 배경으로 한 영화들이 가지 않았던 영토다.

두 인물의 신분은 적대적이다. 형식적으로는 남북 대결의 최전선에 있는 존재들이다. 이한규(송강호)는 남한의 국가정보원 요원이다. 송지

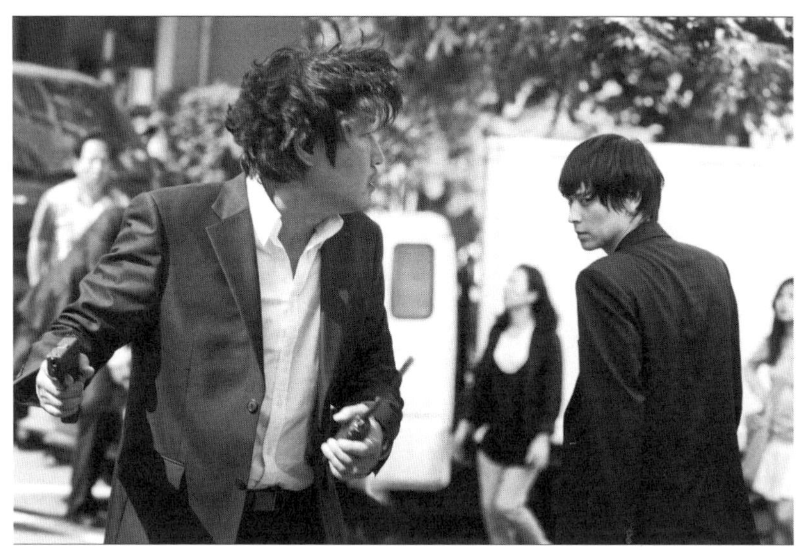

원(강동원)은 북한의 남파공작원이다. 분단 상황에서 이들만큼 첨예하게 대립하고 갈등하는 존재는 없다. 어느 날 송지원은 배신자를 처벌하기 위한 작전에 투입되고, 이한규는 송지원 일당 체포 작전에 나선다. 이 작전이 두 사람의 운명을 바꾼다. 이한규는 작전 실패 책임을 지고 파면당하고, 송지원 역시 배신자로 낙인찍혀 버림받는다. 남한과 북한 체제를 지탱하는 핵심 요원에서 갑자기 타자로 추락한다. 특히 송지원은 '존재하지만 존재하지 않는' 신세가 된다.

영화의 진짜 이야기는 여기부터 시작된다. 그런데 감독은, 분단 상황이 배경인데도, 이데올로기나 정치적인 측면에는 별 관심이 없다. 이한규와 송지원은 남북한 최정예 전사들이지만, 그들의 내면에 이데올로기나 정치가 똬리를 틀고 있을 자리는 없다. 인물의 이런 특징은 초반에 복선으로 깔려 있다. 이한규는 이혼남이다. 사무실에서 결별한 아내와

전화로 싸우고, 딸의 안부가 궁금한 평범한 아버지다. 송지원은 북한에
두고 온 임신 중인 아내 때문에 잠을 못 이룬다. 이데올로기보다 먹고
사는 문제, 가족의 안위가 우선이다. 감독은 등장인물 그 자체로 시대에
대한 비판적인 시각을 담아낸다.

영화의 갈등은 크게 두 갈래다. 세로축은 남북 분단 상황이다. 이한규
와 송지원은 이데올로기 전사로서 싸운다. 가로축은 사회의 타자가 된
인물들의 몸부림이다. 국정원에서 파면당하고, 북한에서 잊혀진 두 사
람에게 남은 것은 오직 생존의 문제다. 물론 세로축은 언제나 가로축을
짓누르고 있다. 그게 우리 현실이다.

'같은 병을 앓는' 두 사람이 생계 수단으로 관련 맺은 인물들도 상징
적이다. 외국인 노동자들이다. 이한규는 도망친 외국인 여성을 붙잡아
남편에게 데려다 주고 돈을 챙긴다. 송지원은 외국인 노동자로 위장 취
업해 먹고 산다. 졸지에 사회의 타자가 된 이한규는 또 다른 타자를 억

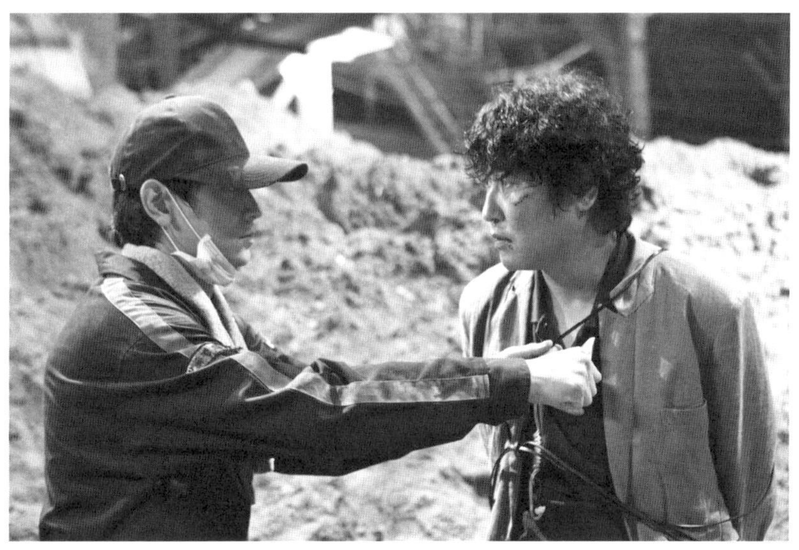

압하고, 송지원은 살아남기 위해 어둠 속에 몸을 숨긴다. 타자가 타자를 억압하고, 돈벌이 수단으로 활용하고, 송지원은 그런 사실을 알면서도 돈 때문에 이한규의 동업 제안에 응하는 악순환의 연속이다.

그런데 돈이 필요한 이유가 아프다. 딸의 양육비를 송금하거나 생일선물을 사야 한다. 이한규가 송지원의 신원을 알면서도 신고하지 않는 이유는, 직접 체포해서 더 많은 포상금을 타내기 위해서다. 송지원은 혼자 남은 아내를 탈북시켜야 한다. 여기에는 이데올로기가 끼어들 틈이 없다. 아니다. 남북 대치 상황이기에 가능한 일이다. 이 모순이 〈의형제〉의 최고 긴장 요인이라는 것은 아이러니다. 감독은 이 아이러니를 전면화하지 않으면서도 서사의 중심축으로 활용한다. 갈등의 가로축과 세로축은 서로를 밀어내면서 동시에 끌어안으면서 영화를 이끌어간다. 절묘한 조합이다.

정체를 숨기고 위장된 평화를 이어가는 긴장의 연속. 영화는 두 사람이 서로를 경계하고, 그러면서도 동업자로 일하는 모습을 차분하게 보여준다. 드라마틱한 사건이 없어서 심심하게 느껴질 정도다. 그 과정에서 송지원은 끊임없이 북한과의 접촉을 시도하고, 이한규는 국정원 후배를 통해 정보를 얻어낸다. 아슬아슬한 긴장을 풀어주는 작은 계기는 닭백숙과 제사다. 이 에피소드는 안성맞춤이다. 한 상에

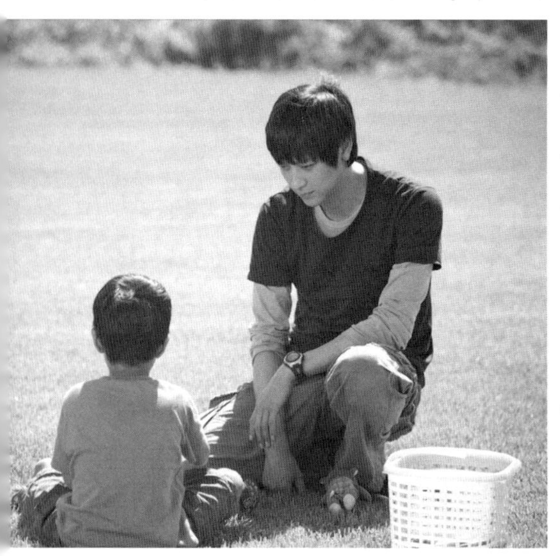

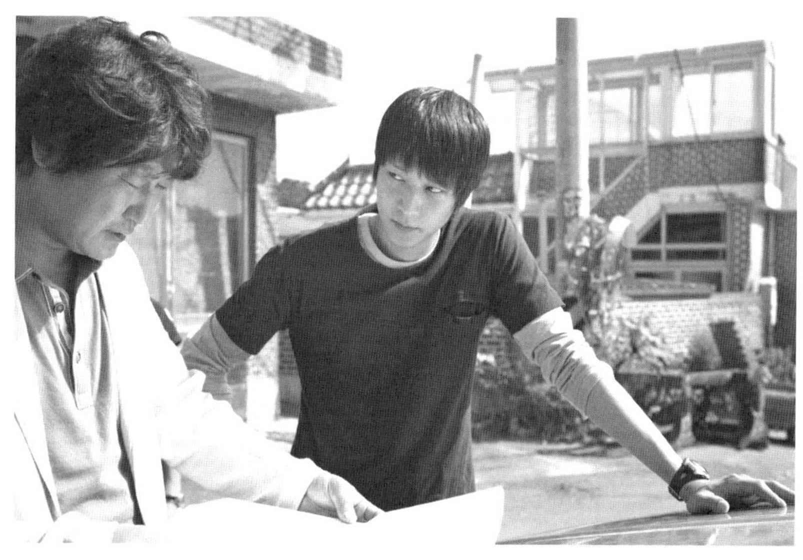

서 같이 식사한다는 것은, 한 가족 혹은 유사 가족임을 인정하는 상징적인 행위다. 더구나 이한규는 사장이 아닌 형의 자격으로 요리를 한다. 적대적인 관계를 청산하는 것이다. 추석 차례 역시 마찬가지다. 차례를 함께 지낸다는 것은 같은 조상을 모신다는 의미다. 직접적인 혈연관계는 아니지만, 두 사람이 결국 형제나 다름없는 관계라는 사실을 은연중에 표현한다. 이한규가 제사를 지내는 도중 송지원에게 진짜 정체를 알고 있다는 사실을 털어놓는 이유다. 송지원이 역시 이한규가 영국인 양아버지를 둔 딸과 생일 선물 문제로 통화하는 내용을 엿듣고 나서 마음의 빗장을 조금 푼다.

〈의형제〉의 미덕 중 하나는 인물과의 거리감 혹은 균형 감각이다. 이한규와 송지원, 어느 한 쪽의 시점을 따라가거나 집중 조명하지 않는다. 기본 설정이 그렇기도 하지만, 진행 과정에서도 조명 강도와 비율을 적절하게 유지한다. 그래서 남한과 북한에서 동시에 버림받은 인물들의 황폐한 현실과 내면, 그들이 동병상련의 정으로 소통하고 화해하는 과정이 차분하게 그려진다. 만약 인물 한 명에 치우쳤다면, 영화는 민망한 신파가 됐을지도 모른다. 클로즈업을 사용하지 않고 제3자적 시각에서 객관적으로 인물과 사건을 보여줌으로써 오히려 설득력을 확보한다. 감독은 두 번째 장편영화를 연출했다고 믿어지지 않을 만큼 냉정하다.

〈의형제〉와 유사한 인물 구도는 예전에도 있었다. 김기덕 감독이 〈야생동물보호구역〉(1997)에서 보여준 바 있다. 〈야생동물보호구역〉의 주인공은 각자 남한과 북한에서 버림받은 사내들이었다. 홍산은 북한 특수부대 탈영병이었고, 청해는 남한의 철저한 아웃사이더였다. 공간은 프랑스 파리의 뒷골목이 배경이었다. 그런데 청산과 홍해의 언어는 사납고 절규는 거칠었다. 짐승 같은 살인과 같은 소름 돋는 장면들이 강렬한 이미지로 스크린을 휘감았다. 심리적으로, 공간적으로 거리감이 있었다.

반면 〈의형제〉는 훨씬 유연하다. 2000년대라는 시간, 서울이라는 공간 설정이 익숙하게 다가온다. 다소 비현실적인 이야기의 리얼리티를 확보한다. 여기에 웃음과 액션, 드라마를 적절히 배치하는 템포 조절도 능숙하다. 골목길 차량 추격전은 본격 액션영화에서도 보기 드문 명장면으로 손꼽힌다.

가족애라는 보편 정서를 화두로 던진 것도 영리한 선택이다. 고슴도치처럼 상대를 찌르고 상처 내기 위해 대립하던 이한규와 송지원이 소통하는 계기는 가족이다. 이 마법 같은 단어로 인해 살인, 총격전, 빨갱이, 칼, 머리에서 뿜어져 나오는 피와 같은 험악한 상황이 난무하는데도 불구하고 영화가 날선 느낌으로 다가오지 않는다. 주목해야 할 것은, 이 가족이 결핍과 상처로써의 가족이라는 점이다. 가족의 부재라는 동병상련의 마음이 동업자이자 적대자인 두 사람을 가늘게 이어준다. 가족은 이데올로기와 돈마저도 단숨에 집어삼키는 블랙홀이다.

그렇다고 해도, 결말은 선뜻 동의하기 어렵다. 용두사미까지는 아니라 하더라도, 허전한 느낌을 지울 수 없다. 마지막 시퀀스에서 송지원은 아내, 아이와 함께 런던으로 떠난다. 그 비행기에는 이한규도 타고 있다. 일등석 티켓은 송지원이 마련했다. '그림자' 라는 북한 암살 전문가와의 싸움에서 살아남은 지 수년 후다. 이 해피 엔딩은 아무리 생각해도 느닷없다. 지나치게 낭만적이어서 어리둥절하기까지 하다.

이유는 크게 두 가지다. 송지원의 행적이 베일에 싸여 있다. 물론 추측할 수는 있다. 송지원이 자신은 배신자가 아니라고 수차례 강조한 점

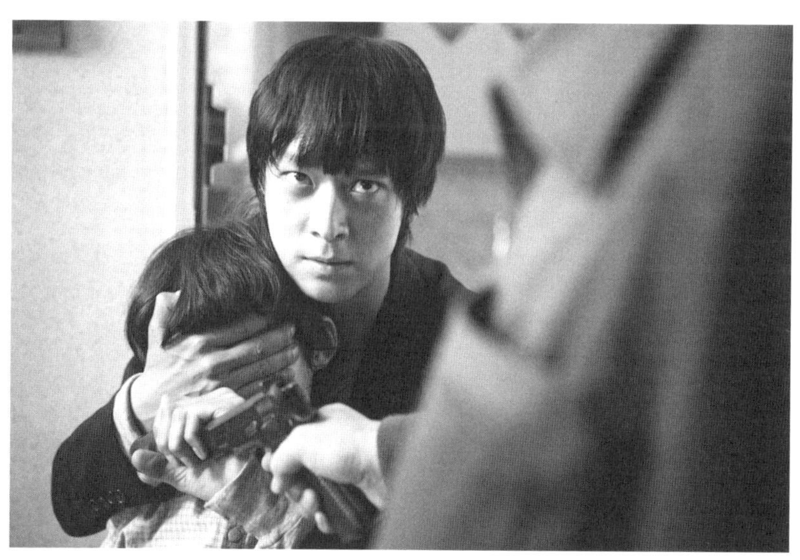

이 실마리가 될 수 있다. 그는 배신자로 찍혀 버림받았고, 자신을 배신한 동료로 인해 죽음의 위기에 몰렸던 기억이 있다. 그런데 간첩 행위를 하다 현장에서 체포된 송지원은 어떻게 금방 자유의 몸이 되고, 그 많은 돈을 마련했을까. 강한 부정은 긍정이라는 말로 설명할 수 있을 것이다. 진짜 배경이 무엇이든, 영화에서는 송지원의 자기방어적인 태도에 대한 설명이 충분하지 않다. 또 있다. 런던행이라는 결말은 너무 쉽게 상업영화의 품 안으로 도피한 게 아닌가 하는 의구심을 떨칠 수 없다. 좀 더 치열하게 고민하는 결말이었다면, 앞에서 이룬 성과가 더욱 빛났을 것이다. 낭만적인 해피 엔딩 혹은 휴머니즘이 만병통치약으로 사용된 것 같아서 아쉽다.

극단적인 두 인물의 대비를 통해 소통과 화해, 상처의 치유에 대한 가능성을 탐구하는 것은 장훈 영화의 특징이다. 데뷔작 〈영화는 영화다〉에서 흰색(연예 스타), 검은색(깡패) 옷을 입고 나왔던 두 인물은 뻘밭에서 뒤엉켜 싸우면서 서로를 구분할 수 없는 존재가 됐다. 〈의형제〉는 남북 대결의 최전선에서 싸우던 두 남자가 가족이라는 상처를 매개로 의형제가 된 이야기다. 〈의형제〉가 상대적으로 서사의 폭과 깊이가 두텁고, 영화적인 기교도 한결 부드럽고 능숙해졌다. 한 인간의 내면과 함께 현실에 대한 고민까지 가미됐다는 점에서, 〈의형제〉는 전체적으로 2010년의 문제작으로 손색없다.

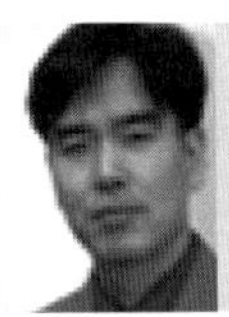

임 정 식 __ dada8847@naver.com
고려대 국어국문학과, 동대학원 문예창작학과 졸업. 제1회 《쿨투라》신인 문화평론상 영화 부문 당선으로 등단. 《스포츠조선》 엔터테인먼트팀 기자, '청룡시네마' 편집장.

홍상수 감독

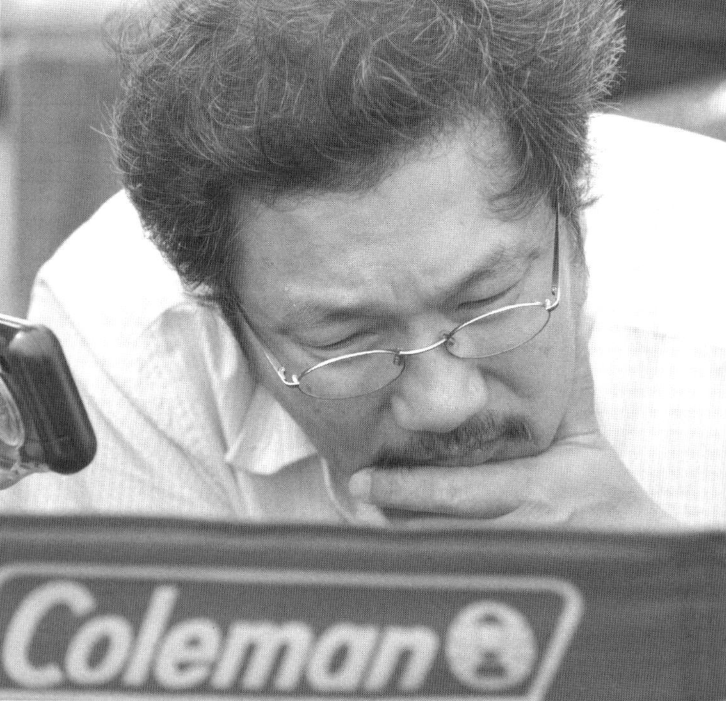

하하하

출연/김상경, 문소리, 유준상
각본/홍상수
촬영/박홍열
조명/이의행
음향/김미르
음악/정용진
편집/함성원

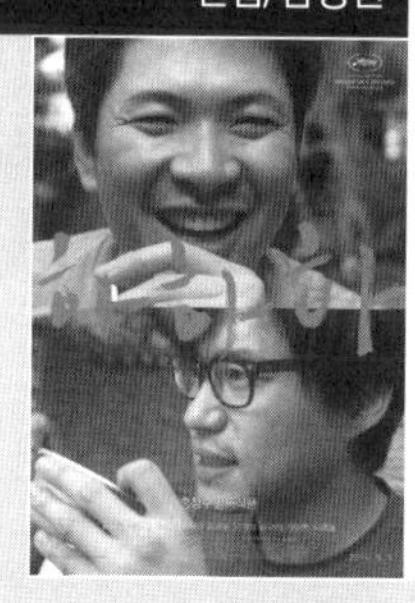

누군들 속물이 아니리.
신선한 웃음, 일상성의 부각.
홍상수의 엑스레이적 시선이 돋보인다.
상수형, 이것이 진짜 최선입니까? 와우!!
단순하고 심원하며, 아름답고 스산한 걸작.
홍상수의 영화는 영화에서 벗어나 삶에 가까워지고 있다.
유쾌하게 본 홍상수 영화. 문소리의 연기가 인상적이었다.
기존 홍상수 영화 세계를 탈피하는 유머가 도사리고 있음.
〈하하하〉를 보니 통영에 가고 싶다. 박경리 소설 『김약국
집 딸들』 이후로 통영에 가보고 싶게 만든 작품이다.
　같은 공간 다른 시간대에 있었던 절친 선후배의 통영 방문
기를 유쾌하게 풀어낸 인간희극.

— 추천위원의 선정 이유 中

'앎의 영화'에서 '삶의 영화'로

백승찬

홍상수는 지난해 열 번째, 열한 번째 장편을 잇달아 내놨다. 5월엔 여름 배경의 〈하하하〉, 9월엔 겨울 배경의 〈옥희의 영화〉였다. 그가 한 해에 두 편의 영화를 선보인 것은 처음이었다.

계절 배경처럼 두 영화는 무척 다르다. 언젠가 누군가가 우연인 듯 필연인 두 영화를 함께 이야기해줬으면 좋겠다. 그러나 이 자리는 〈하하하〉를 위한다. 잡으려는 순간 언어의 그물망을 멀리 달아나 깔깔깔 웃어대는 홍상수의 영화 두 편을 모두 좇기엔 역량과 지면이 모자란다.

영화를 보기 전에 사전정보를 읽으며 가장 놀란 캐스팅은 김영호였다. 그는 무려 이순신 장군 역이었다. 홍상수의 2007년작 〈밤과 낮〉에서 파리로 도피하듯 떠난 화가 역을 맡은 그는 〈하하하〉에서 짧지만 강한 인상을 남긴다. 영화감독 지망생 조문경(김상경)은 어머니가 있는 통영에 내려갔다가 어머니의 집 쇼파에서 낮잠을 잔다. 문경은 꿈 속에서 이순신 장군을 만난다.

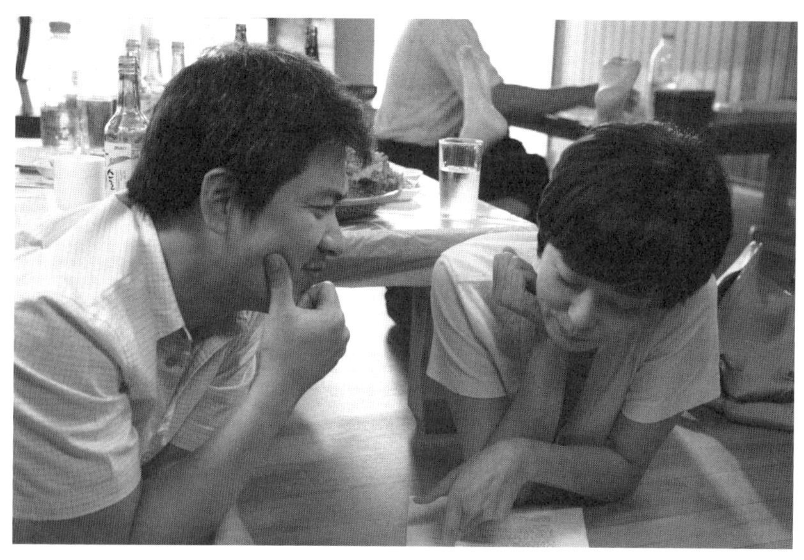

　문경은 대뜸 "장군님을 사랑합니다"라며 무릎을 꿇는다. 그리고 힘이 되어달라고 부탁한다. 자기는 아무 것도 모르고 거짓말만 한다고 고백한다. 장군은 말한다. "문경아, 너 눈 있지. 그 눈으로 보아라. 그러면 힘이 저절로 날 것이다." 그리고 훈련하는 셈치고 매일 예쁜 시를 한 편씩 써보라고 권한다. 장군은 '좋은 것'만 본다고, 어둡고 슬픈 것을 조심하라고, 그 속에 제일 나쁜 것이 있다고 이른다.

　이순신 장군의 등장은 계시와 같다. 문경의 통영 여행을 여닫는 것은 사실상 이순신 장군이다. 그는 영화 도입부 억지로 끌려간 향토역사관에서 눈을 부릅뜬 이순신 장군의 영정을 본다. 그리고 세병관에서 문화관광해설사 왕성옥(문소리)을 만나 그녀에게 호감을 갖는다. 왕성옥은 이순신 장군에 대한 무한한 존경심을 갖고 있다.

　그리고 영화 종반부, 성옥은 한산도 제승당으로 가 이순신 장군의 영

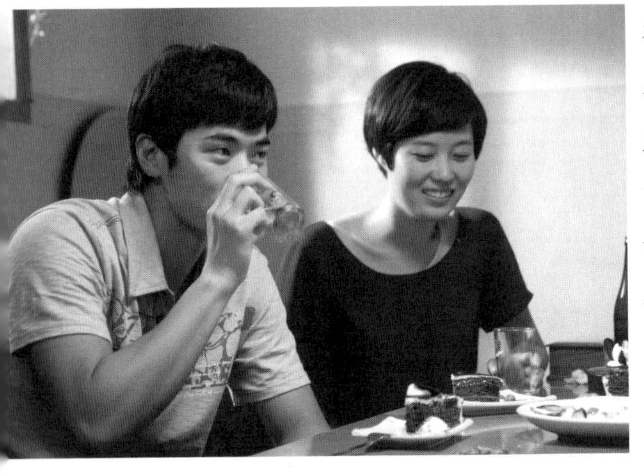

정 앞에 묵념한 뒤 문경과의 관계를 정리한다. 그녀도 이순신 장군으로부터 어떤 계시를 받았을지 모른다. 문경은 자신이 차였다는 사실도 모른 채 통영을 떠난다.

'좋은 것' 이란 무엇일까. 영화를 여닫고, 영화 한복판에 계시처럼 나타난 이순신 장군의 화두를 풀면 영화가 보일 것 같다. 홍상수는 이에 대해 "좋은 것만 본다는 건 저한테 좀 어려운 말이긴 한데 붙잡고 싶은 말이다. 그걸 붙잡고 있으면 진화를 도와줄 것 같은 느낌. 내가 아직 거기 안 가 있지만 붙잡고 있으면 갈 수 있을 것 같다는 생각이 들어서 잡고 있다"고 말한 적이 있다.

문경은 꿈 속에서 만난 장군의 충고를 충실히 따른다. 성옥에게 자작시를 건네주고, 좋은 것만 본다고 얘기한다. 그리고 성옥의 호감을 산다. 하지만 결국 성옥을 온전히 자신의 사람으로 만드는 데는 실패한다.

그러면 성옥을 최종적으로 붙드는 남자는 누구인가. 서울 출신으로 통영에 내려와 살고 있는 젊은 시인 강정호(김강우)다. 그는 문경의 술 상대인 평론가 방중식(유준상)의 후배이기도 하다.

정호는 문경의 이복형제 혹은 거울 반대편 남자이기도 하다. 이복형제라는 단정에는 해설이 필요하다. 문경은 복국집 사장(윤여정)의 친아들이지만, 정호는 양아들이다. 정호는 복국집에 중식을 데려가면서 처음 등장한다. 정호가 "사장님"이라고 소개하자, 사장은 "엄마라고 부르라니까 그렇게 안불러. 시인이라 비위가 약해서 그런가"라고 핀잔을 준다. 결국 자리를 뜨면서도 굳이 "엄마 해봐"라고 권하면서 "엄마" 소리를 들은 뒤 일어선다.

문경과 정호는 몇 가지 소품으로 연결된다. 먼저 빨간 모자. 문경은 어머니에게 충동적으로 자신의 빨간 모자를 선물한다. 어느 순간부터 이 빨간 모자는 정호가 쓰고 다닌다. 그리고 아파트. 어머니는 문경에게 자신의 집 맞은편 아파트 열쇠를 주며 있고 싶을 때까지 있으라고 하지만 문경은 텅 빈 아파트에 가보더니 호의를 거절한다. 그에게 아파트는 '동굴' 같았기 때문이다. 아파트의 소유권 역시 정호에게 넘어간다. 이 아파트에서 정호는 여러 여성을 사귄다. 문경과의 관계를 정리한 성옥도 그 중 하나다. 성옥은 "그 아파트 한번 가보고 싶었는데"라며 옛 연

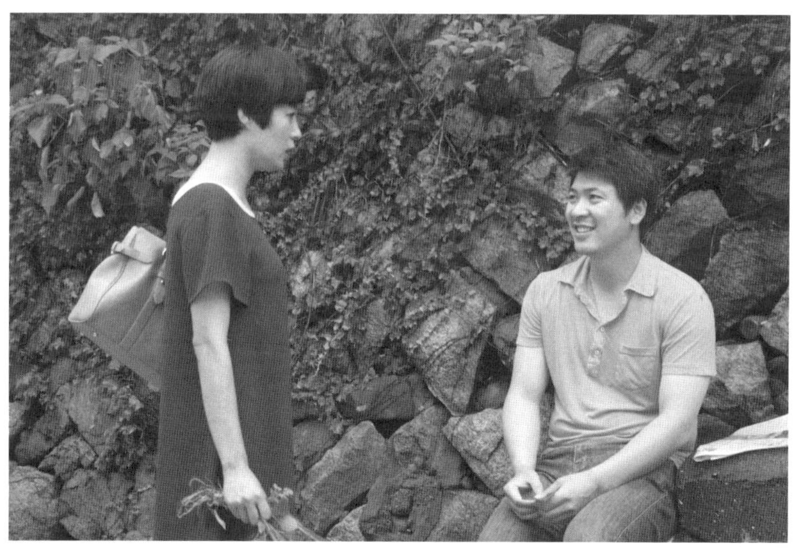

인 정호와의 관계를 재개한다. 문경이 가진, 가질 수 있었던 물건, 집, 여성은 고스란히 정호의 손으로 넘어간다.

문경은 자신이 패배했다는 사실을 모른 채 통영을 떠나지만, 관객은 정호가 이 사랑과 소유의 게임에서 승리했음을 안다. 그는 어떤 사람이었기에. 이순신 장군, 혹은 이순신 장군의 입을 빌린 홍상수의 화두를 일찌감치 풀어낸 사람이었다.

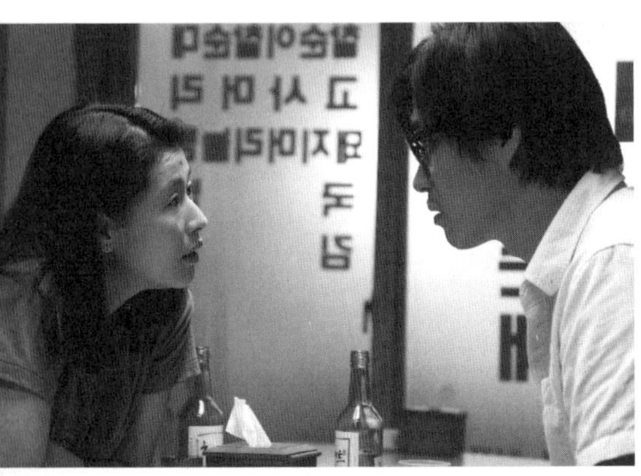

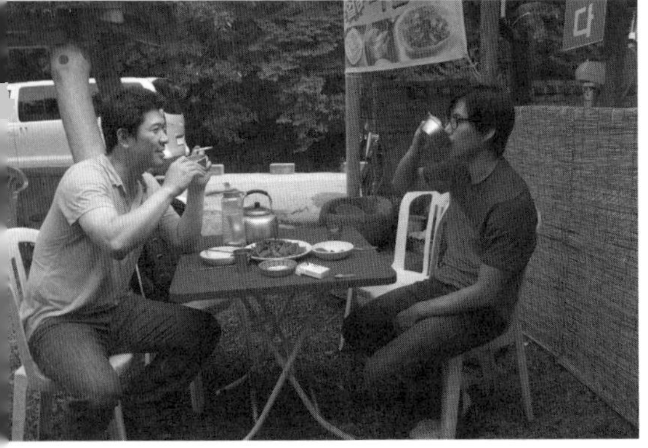

그가 이해할 수 없는 방식으로 주변 사람들에게 화를 내는 순간이 세 번 있다. 주변 사람, 그리고 관객은 그가 예민하고 우울하고 고집센 시인이기에 그랬을 것이라고 여기며 넘어간다. 그러나 우리는 정호의 짜증이 사실 이순신 장군의 화두, '좋은 것'을 보려는 화두를 풀기 위해서라는 점을 짐작할 필요가 있다.

첫 번째 화는 중식을 향해서다. 중식은 시가 어둡다며, 실존주의에 빠졌다며 정호의 시를 비판한다. 정호는 실존주의가 무엇이냐며, 단지 느끼고 본 것을 쓴 것일 뿐이라고 대답한다. 정호는 "내 갈 길이 있는 거야. 형 말대로 유치하다 그래도 내 길을 가야 성장하는 거야"라고 되받는다. 두 번째 화는 당시 연인 성옥을 향한다. 성옥은 꽃을 선물로 주는데, 중식은 그것이 꽃이 아닌 것 같다고 말한다. 뭘 알지도 못하면서 이름 붙이고, 자기 마음대로 사랑하는 것이 어색하다고 한다. 성옥은 "꽃을 꽃이라 부르잖아요"라고 화를 낸다. 마지막 화는 중식 등 함께 술을 마시던 사람을 향한다. 그는 창밖으로 보이던 거지를 가리키며 저 사람이 진짜 거지인가라고 묻는다. 옷을 갈아 입히고 때를 벗기면 그래도 거지이겠냐고, 정말 저 사람이 보이냐고, 남이 심어준 대로 보고서 평생 그렇게 산다고 비난한다. 중식이 정호에게 일부러 예민해진다고 하자, 정호는 중식이 일부러 둔해지는 속물이라고 말한다.

다시 이순신 장군에 대한 꿈. 장군은 나뭇잎을 들어보며 이것이 무엇이냐고 묻는다. 문경이 나뭇잎이라고 하자 장군은 나뭇잎이 아니라고 말한다. 장군과 정호의 태도는 비슷하다.

사물과 사태와 사람을 있는 그대로 보기. 자기 눈으로 보기. 그러면서도 '좋은 것' 만 보기. 이순신과 홍상수는 꽃이든 거지든, 남이 붙여준 이름대로 부르고 보고 듣고 느끼는 인식의 자동화에 제동을 건다. 인식의 탈자동화는 예술의 시작이다. 그러나 꽃을 꽃이라 부르지 않고, 거지를 거지로 보지 않으면 어떻게 해야 할까. 꽃이라는 사물, 거지라는 사람 안에 그 이름을 넘어서는 본질이 있을까.

다시 이순신 장군은 "그런게 어딨냐"라고 대수롭지 않게 말한다. "그냥 다르게 좀 느끼고 감사하면 그게 끝" 이라고도 말한다.

'좋은 것' 만 보기 위해서는 무엇을 해야할까. 수행이다. 이순신 장군은 시 쓰기를 제안한다. 예쁜 시를 매일 한 편씩 써보라고 한다.

매일 시 쓰기는 정호의 오랜 습관이었다. 그는 오랜만에 만난 선배 중식, 술을 마시고 싶어하는 아름다운 여인을 두고서도 일하러 가야 한다고 말한다. 그에게 일은 시 쓰기다. 정호는 "술 먹다가도 시 쓴다고 집에 가는 사람"이다. 조금씩, 매일 써야 한다고 한다.

어느 순간 홍상수는 '앎의 영화'에서 '삶의 영화'로 넘어왔다. 홍상수의 초기 영화에서 관객은 예리하게 포착된 삶의 한 단면을 발견했을지언정, 그 앎을 삶 속의 실천, 삶에 대한 의지로 연결시키긴 힘들었다. 그러나 홍상수는 이제 행동의 영화, 자기수양으로서의 영화를 보여주고 있다. 시를 쓰면서 좋은 것만 보려고 노력해야 한다고 말한다. 그는 관객의 등을 떠미는 것이 아니라, 살짝 손을 잡고 안내하고 있다.

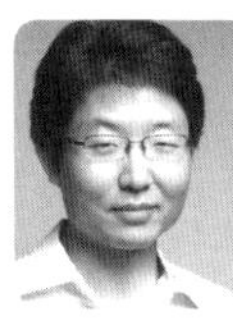

백 승 찬 __ mynugworry@kyunghyang.com
《경향신문》 문화부 영화담당 기자.

나홍진 감독

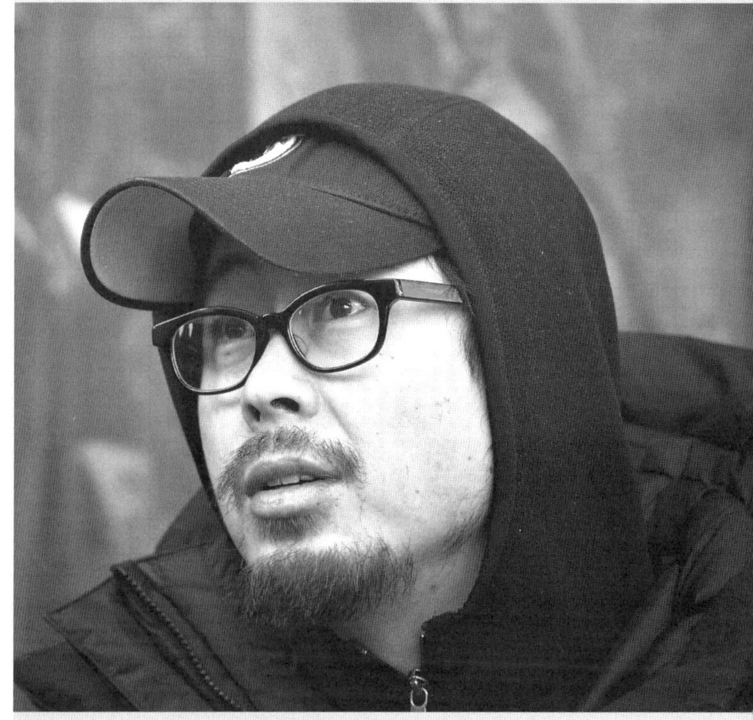

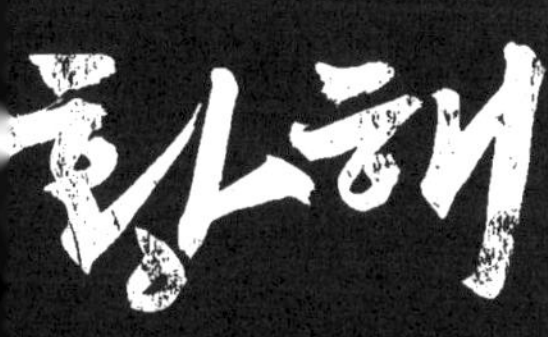

출연/김윤석, 하정우, 조성하
각본/나홍진
촬영/이성제
편집/김선민

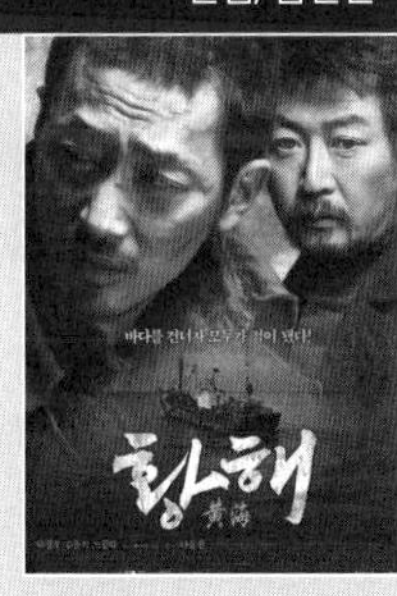

뚝심 있게 만들어낸 웰메이드 스릴러.

알맹이가 있는 지독한 증오와 과단성.

너무나 많은 메시지, 할 말 많은 영화.

투박한 듯 치밀하고 세련된 미장센.

약육강식의 세상에 정면 대응한 영상.

인간 근원에 내재된 폭력성을 가감 없이 표출시키다.

— 추천위원의 선정 이유 中

고해苦海의 세상을 직시하는 힘

장재선

"며칠이 지나도 무겁고 허탈한 느낌을 떨칠 수가 없네요." 영화 〈황해〉를 함께 본 후배의 말은 이 작품의 장점과 약점을 요약하고 있다.

〈황해〉는 형식과 내용에서 모두 여운이 긴 작품이다. 여기서의 여운은 고급 커피의 뒷맛처럼 향기롭지 않다. 던킨 도너츠의 그것처럼 달짝지근한 것도 아니다. 핏물이 질질 흐르는 고기를 물컹 씹었을 때의 비릿하고 트릿한 느낌이다. 유명 식당에 가서 1급 요리사의 스테이크를 고른 것인데, 맛이 요렇게 이상야릇하니 누군가에게 권하기는 힘든 노릇이다. 〈황해〉가 개봉 후 한 달이 넘도록 관객 230여만 명을 동원하는 데 그친 것은 그 때문이다. 2008년의 전작 〈추격자〉가 507만명을 모은 것에 비하면 기대 이하의 수치다.

그럼에도 〈황해〉가 완성도가 높은 작품이라는 것에 이의를 제기할 사람은 드물 것이다. 〈황해〉는 4개의 장으로 나누어 이야기를 펼치며 각 장의 앞에 자막으로 소제목(1. 택시운전사 2. 살인자 3. 조선족 4. 황해)

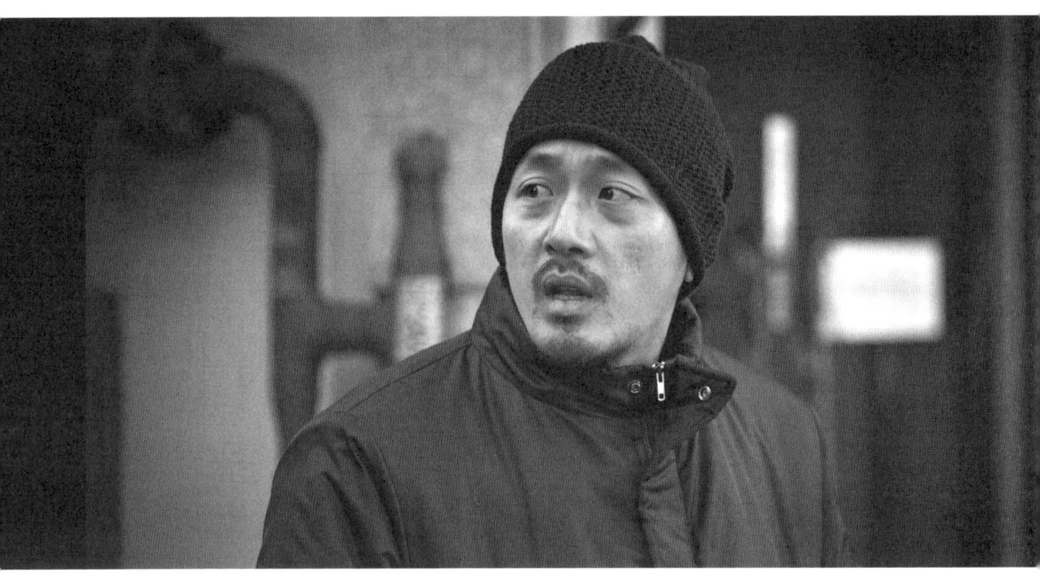

을 소개한다. 2시간 36분에 걸쳐 펼쳐지는 각 장의 이야기가 황해로 흘러들어가는 구조를 택하고 있다. 그러한 형식이 다소 작위적으로 보이기는 하지만, 개병이 도는 정글에서 살아남기 위해 발버둥을 치다가 결국의 고해苦海의 나락에 빠지는 인생의 흐름을 잘 보여주고 있다. 여느 작품들보다 긴 러닝 타임을 분절함으로써 지루함을 이기는 효과를 주고 있기도 하다.

핏빛 스릴러 작품에서 분절의 연속이라는 형식을 취하는 것이 쿠엔틴 타란티노를 연상시킨다. 나 감독이 11세 연상의 타란티노를 사숙한 것은 당연하다고 하겠다. 〈황해〉는 그러나 타란티노의 그것들보다 훨씬 진지하고 집요한 극사실주의 영상을 보인다.

(〈황해〉에 대한 대한 짧은 글을 쓰면서 굳이 4개의 장으로 나누는 것은, 〈황해〉의 형식미에 대한 상찬의 성격이다.)

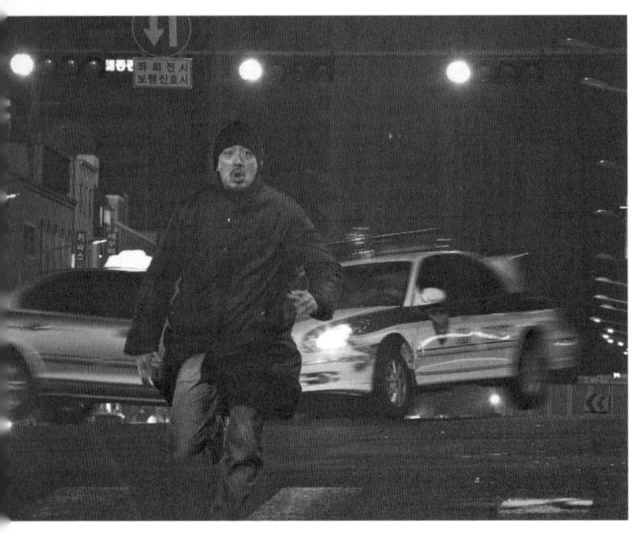

1. 아랍계 아이

"지저분한 작업복을 입은 열 살 가량의 아랍계 아이가 덮밥을 허겁지겁 먹고 있는 것을 봤습니다. 〈추격자〉 촬영 전에 분식점에 갔을 때였어요. 아이에겐 밥의 맛은 안중에도 없고 오직 '내 몸을 움직이려면 에너지가 필요하다'는 원초적 본능만 있는 것 같았습니다. 〈추격자〉가 끝난 뒤에도 그 이미지가 계속 남아 〈황해〉를 시작하게 된 것입니다."

나홍진 감독이 만난 아랍계 소년의 이미지는 〈황해〉에서 조선족 구남(하정우)으로 구현됐다. 구남은 중국의 소수민족인 조선족들이 사는 옌볜에서 택시를 운전하며 구질구질한 일상을 살아가는 남자. 한국으로 돈 벌러 간 아내가 6개월째 소식이 없는 상황에서 6만 위엔이라는 큰 빚에 시달리고 있다. 그는 돈을 불리기 위해 마작판에 드나들지만 항상 잃을 뿐이다.

구남은 어느 날 살인청부업자 면가(김윤석)로부터 한국에 가서 누군가를 죽이고 오라는 제안을 받게 된다. 처음엔 당연히 거절하지만 결국 빚을 갚기 위해, 그리고 아내를 만나기 위해 황해를 건너서 서울로 온다.

이후 그가 예기치 않은 상황들에 부닥치면서 쫓고 쫓기는 이야기가 숨 가쁘게 펼쳐진다. 이야기가 다소 난삽하게 펼쳐지는 것과 관련, "주제가 모호하다. 감독이 주고 싶은 메시지가 뭔지 모르겠다"는 반응이 주류를 이뤘다. 그런가 하면 "스릴러의 스타일을 완성하는 데 주력을 한 작품이기 때문에 메시지는 중요하지 않다"는 그럴듯한 평가도 있었다.

스타일 그 자체가 워낙 강렬한 작품이긴 하지만, 〈황해〉가 메시지를 아예 던져버린 영화는 아니다. 그것은 영화 초반 마작을 하던 구남의 내레이션에 함축돼 있다.

"내 나이 열한 살 때 동네에 개병이 돌았다. 울 집 개도 개병이 걸렸는데, 첨에는 제 어미를 물어 죽이데만 후에는 제 아가리로 물어 죽일 수 있는 것드르 몽땅 물어 죽엤다. 결국에 동네 사람들이 몽디로 때려죽일려고 하자, 그 놈은 달아나 버렸다. 몇 날이 지나서 그 개느 삐쩍 마

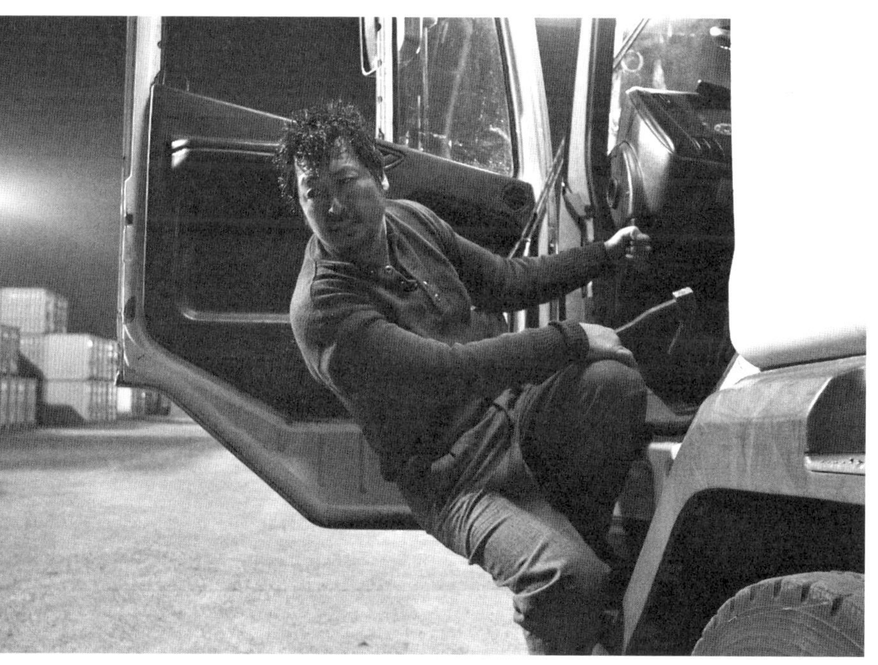

른 꼬라지로 다시 나타났다… 그렇게 나르 한참 처다보다가 개는 천천히 드러누버 죽었다. 나느 그 개르 동네 뒤에다가 묻어줬고 그렇게 땅에 묻헷던 개느 그날 밤에 다시 꺼내져 어른들한테 잡아 먹혔다… 갑자기 그 개가 생각난 거느 그 후에 한 번 두 돌지 않던 개병이 다시 돌았기 때무이다… 개병이 돌고 있다."

개병이 돌고 있는 세상의 이전투구. 영화의 주제를 함축하고 있는 이 내레이션은 시나리오 상에서 아주 강렬한 느낌을 주지만, 막상 영화 속에서는 들릴 듯 말 듯 다른 소음들에 가려져 있다. 관객이 여기서 메시지를 발견하거나 그렇지 못하거나 간에 별 상관이 없다는 감독의 태도만이 뚜렷한 대목이다.

2. 프렌치 커넥션

이 영화에 대해 혹평을 하는 사람들도 리얼리티를 극단적으로 살린 영상 표현의 압도감 만큼은 인정을 한다. 11개월간의 촬영을 통해 건져낸 5000여 컷의 구석구석에서 그동안의 한국 영화에서 볼 수 없었던 장면들을 자주 만날 수 있다.

옌벤의 풍정을 그대로 재현하거나 면가 일당의 은신처인 집 한 채를 다 태워버리는 장면, 잔혹성 논란을 빚은 살인과 결투 액션도 예사롭지 않지만, 폭풍우가 휘몰아치는 상황에서 밀항자들이 목숨을 걸고 바다와 사투를 벌이는 밀항 장면 등의 디테일은 소름이 돋는다.

무엇보다 차량 50여 대가 동원됐다는 카 체이싱과 트레일러 전복 장면은 한국 영화사가 뚜렷하게 기억해줘야 할 듯싶다. 이 장면들은 나홍진 감독이 '거친 느낌' 의 전범으로 삼았다는 〈프렌치 커넥션〉(1971)의

스케일을 훌쩍 넘어서는 것
이다.

이러한 개가는 나 감독의
편집광적인 집착이 이뤄낸
것으로 보인다. 컴퓨터 게임
을 시작하면 3일 밤낮을 몰
두한다는 그의 정신세계가
아니면 이런 것들이 불가능

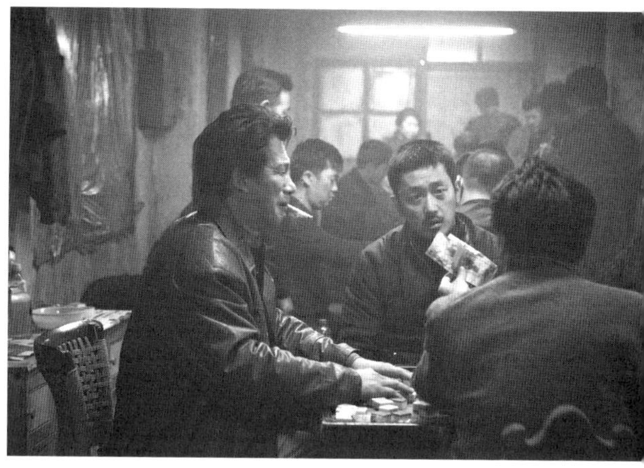

했을 것이다. 함께 고생한 스태프들과의 불화설 등은 미세한 부분에서
도 리얼리티를 놓치지 않으려는 젊은 감독의 강박관념 탓일 듯싶다.

강박관념은 이 영화의 소중한 자산이기도 하다. 나홍진 감독과 두 주
연배우 하정우, 김윤석은 운명적으로 비교될 수밖에 없는 자신들의 전
작 〈추격자〉로부터 도망치기 위해 죽을힘을 다해 달음박질을 했고, 형
식과 내용에서 새로운 작품을 내놨다.

우리 영화사에 유례가 드문 하드보일드 작품이 탄생한 것은 〈추격자〉
로부터 도망가겠다는 강박관념을 바탕으로 하고 있다. 옌벤 조선족의
삶터에서 황해를 거쳐 울산, 서울에 이르기까지 훨씬 넓어진 공간에서
다양한 인간들이 복잡하게 부대끼며 인생 자체의 피비린내를 풍기고,
그것은 사이코패스를 뒤쫓던 ‘추격자’ 와는 다른, 우리네 삶의 지리멸렬
함 속에 숨어있는 담화를 재생산한다.

3. ‘행복’ 과 ‘희망’ 의 아이러니

지독히 음울한 분위기의 이 영화에 등장하는 배 이름은 ‘행복’ 이고,

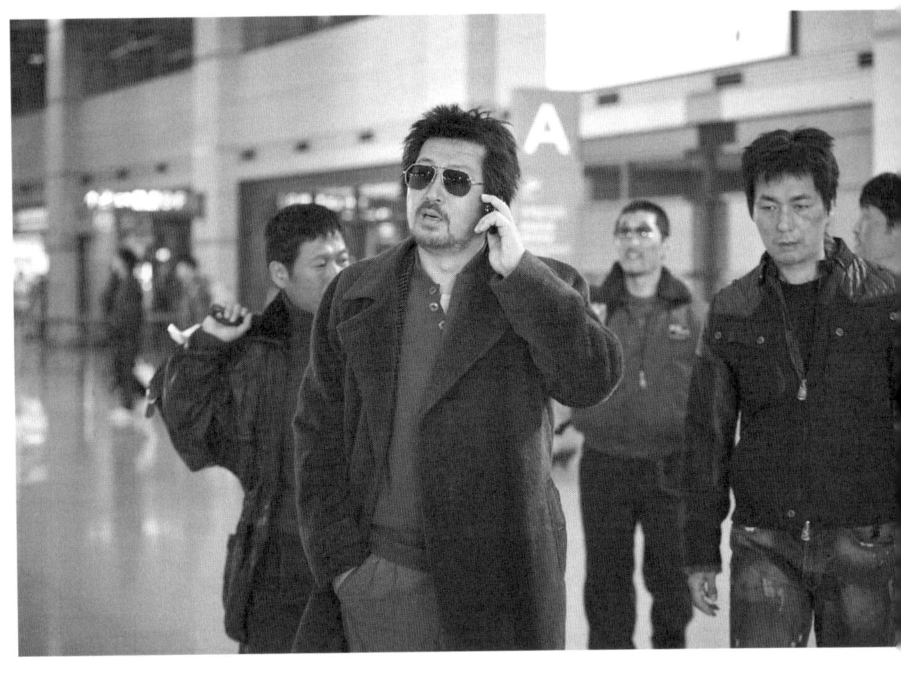

여인숙 명은 '희망' 이다. 시나리오 상에서 처음부터 의도한 것이 아니고 촬영 중에 우연히 이뤄진 일이라고는 하지만, 인생의 아이러니를 상징하기에 충분하다.

청부 살인을 위해 서울로 온 구남이 살인을 행하지 못 채 누명을 쓰고 쫓기며 오히려 살해당할 위기에 놓인 것은 역설적이다. 버젓한 교수로 폼생폼사의 포스를 풍기는 김승현(곽병규)이 자신의 운전수와 조선족 청부 살인업자들에게 개처럼 얻어맞고 죽는 것도 아이러니하다. 당초 청부살인을 의뢰했던 버스회사 사장 김태원(조성하)이 증거 인멸을 위해 자신의 하수인이었던 면가와 구남을 없애려 하고, 옌벤에 있던 면가 또한 자신의 안전과 돈을 위해 황해를 건너와 같은 조선족인 구남을 죽

이기 위해 뒤쫓는 것도

구남은 이런 일들이 벌어지는 까닭을 도무지 알 수가 없다. "난 중국에 돌아가지 못할 게요. 어차피 죽을 게요. 죽기 전에 누가 시켰는지, 어찌 시켰는지 알아야겠소. 그 인간 만나본 다음에야 죽을 수 있을 거 같소. 그 인간 만나게 되면 꼭 죽여줄게."

이 대목에서 관객은 구남의 이야기에 귀를 기울이며 안타까움을 느낄 수 있다. 그동안에는 양아치 구남의 언행을 멀찌감치 고개를 외로 꼬고 볼 수밖에 없었다.

〈황해〉가 구남에게 이러한 감상적 면모를 조금 더 부여했다면 관객의 감정이입이 쉬웠을 것이다. 주요 인물에게 적당한 감상주의를 심는 것은 상업영화의 요건이다. 그러나 나 감독은 구남에게 더 이상의 감상은 허용하지 않는다.

후일담이지만, 나 감독은 야수와 같은 면가의 캐릭터에는 얼마간의 틈을 주고 싶어 했던 모양인데, 배우 김윤석이 캐릭터에 너무 집중하는 바람에 손도끼, 쇠뼈다귀 등을 이용해 수없이 사람을 죽여 나가는 '괴물'이 탄생했다고 하니 역시 아이러니한 일이다.

4. 고해苦海

엄청난 사건들이 터지고 수많은 사람이 죽어나가는 배경이 사소한 치정과 불륜이라는 것은 〈황해〉를 사소하게 보는 요인이 될 수가 있다. 이야기를 배배 꼬아서 끝까지 사람들을 모호하게 만든 불친절함의 끝이 치정과 불륜이라니, 허탈하다는 반응이 나올 수밖에 없다.

역설적으로, 이것이 현실에 대한 섬뜩한 시각을 담고 있다. 겉으로 보기에 멀쩡한 버스회사 사장이, 평범하게 보이는 은행원이 살인교사를 하는 세상에서 살고 있다는 것. 그것을 행하게 만드는 치정과 불륜이 대한민국에 넘쳐난다는 것.

그러한 현실은 세상사에 냉소를 보내는 하드보일드의 스타일을 강화할 수밖에 없다. 영화의 끝 장면에서 구남은 황해에 버려지고, 그를 시종 쫓아왔던 카메라마저 그에게서 멀어진다. 고해苦海의 세상에서 따뜻한 시선을 기대하는 것은 거짓 환상에 속는 것이다.

영화의 마지막 컷, 구남의 아내가 어느 기차역에 내리는 모습은 실제인지, 아니면 환상인지 알 수가 없다. 구남이 첫 장면에서 개병을 이야기할 때 그 속뜻을 관객이 알아서 들으라고 했던 태도와 수미쌍관을 이룬다.

100여억 원을 들인 이 영화의 흥행이 기대에 미치지 못한 것은, 영화를 통해 현실 세상의 핏빛을 직시하는 것을 부담스러워하는 한국 관객의 성향을 드러낸 것이다. 그럼에도 2010년의 한국 영화에 이렇게 여러 가지 이야기 거리를 재생산할 수 있는 작품이 있었다는 것은 행복한 추억이 될 듯싶다. 그 자체가 고해인 인생을 견디는 힘은, 누군가로부터 위로와 격려를 받는 방법도 있지만, 잔혹한 현실을 똑바로 바라보는 데서도 올 수도 있다.

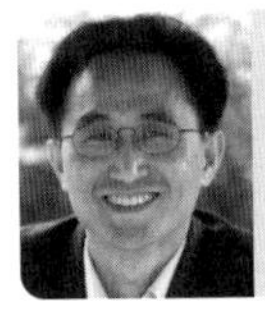

장 재 선 __ jeijei@munhwa.com
고려대 정치외교학과, 한양대 언론정보대학원 졸업. 한국소설가협회 중앙위원. 《문화일보》 대중문화팀장. 저서로 『영화로 보는 세상』 『AM7이 만난 사랑의 시』 등이 있음.

외국영화

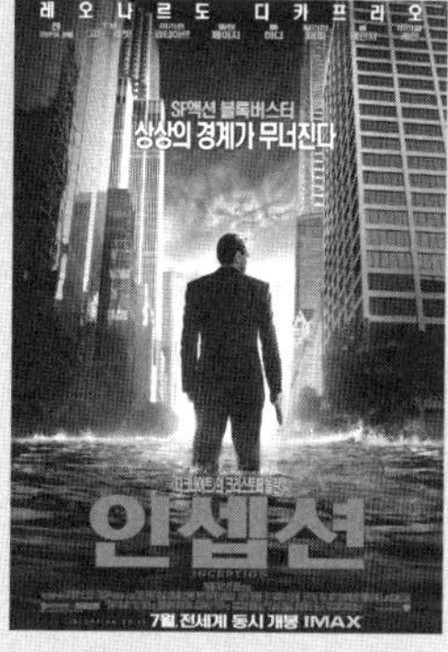

인셉션 · 크리스토퍼 놀란 감독
강유정

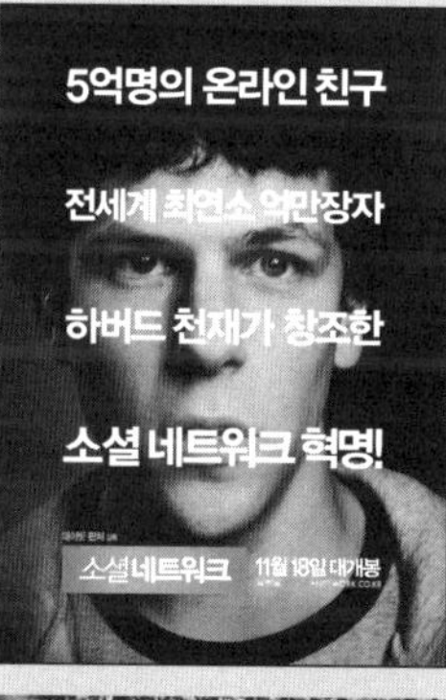
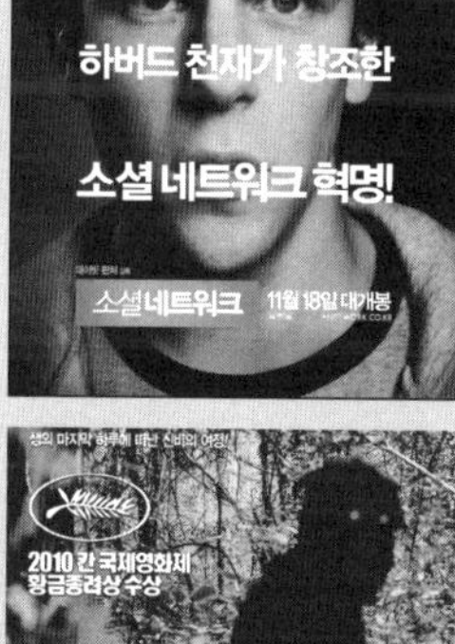

소셜네트워크 · 데이비드 핀처 감독
정민아

싱글맨 · 톰 포드 감독
송효정

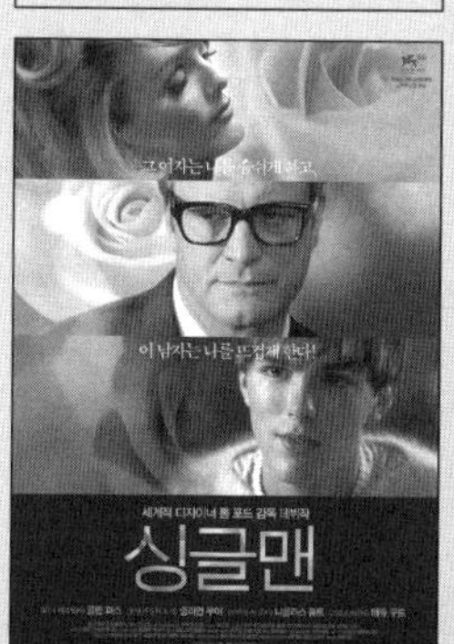

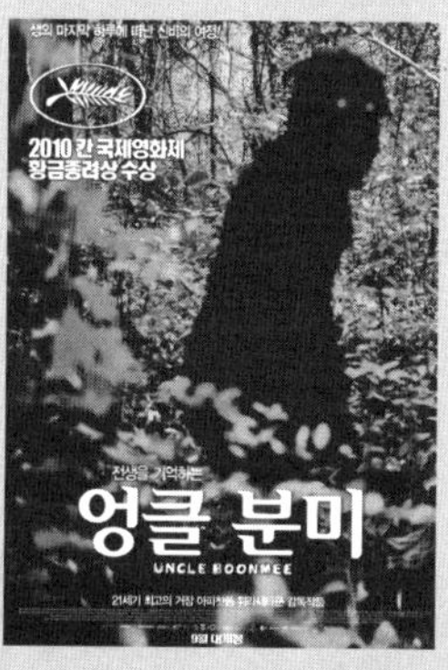
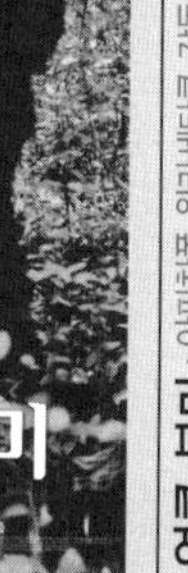

엉클 분미 · 아피찻퐁 위라세타쿤 감독
전찬일

외국영화

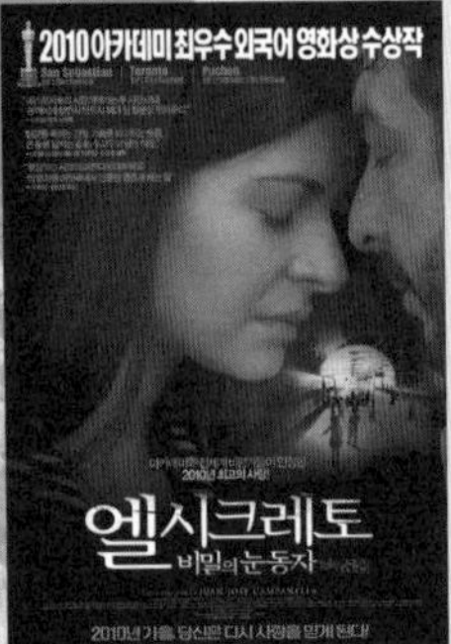

헬시크레토:비밀의 눈동자

후안 호세 캄파넬라 감독

박민희

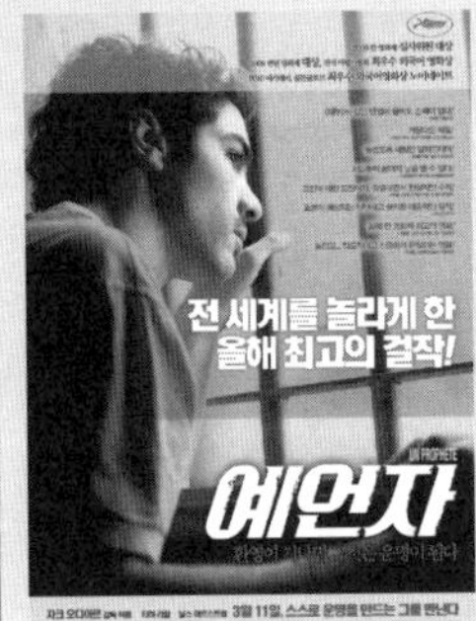

예언자

자크 오디아르 감독

송광호

유령작가

로만 폴란스키 감독

박유희

클라라

헤닝 칼센-브롬스 감독

목혜정

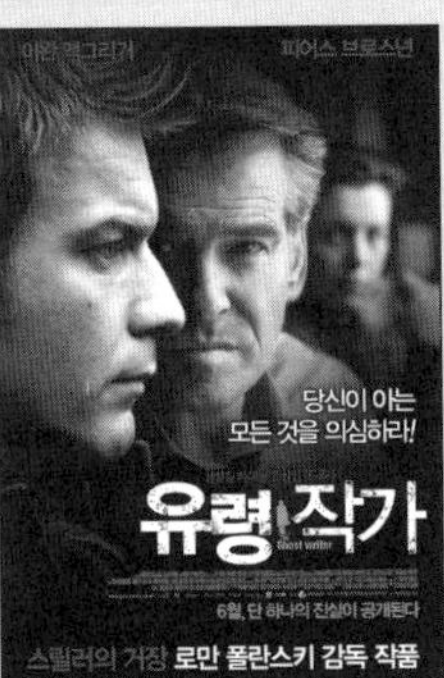

2011 '작가' 가 선정한

오늘의 영화

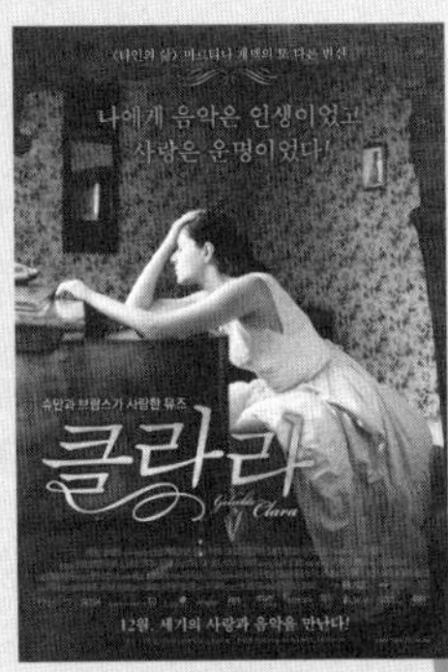

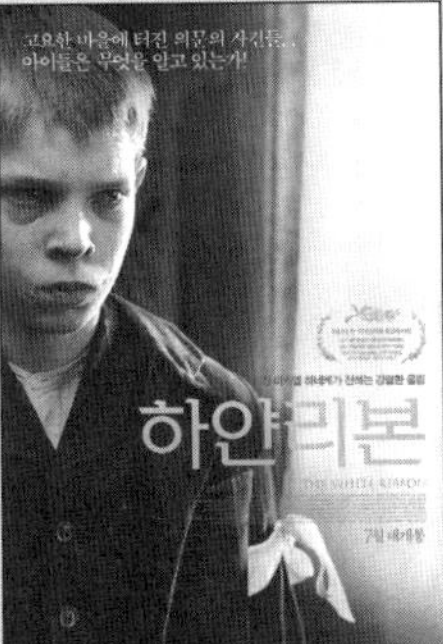

하얀 리본

미카엘 하네케 감독

라제기

허트로커

캐서린 비글로우 감독

설규주

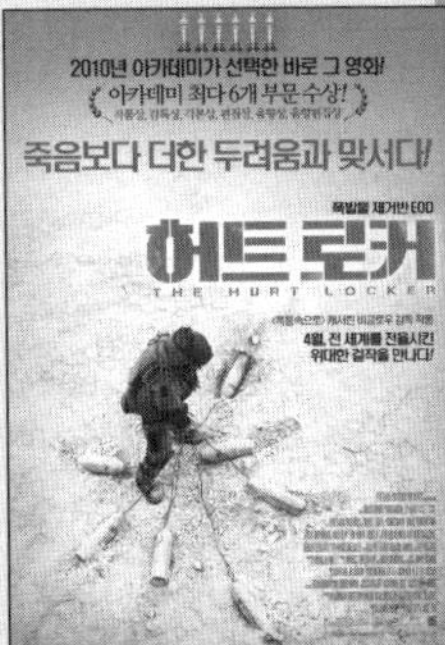

크리스토퍼 놀란 감독

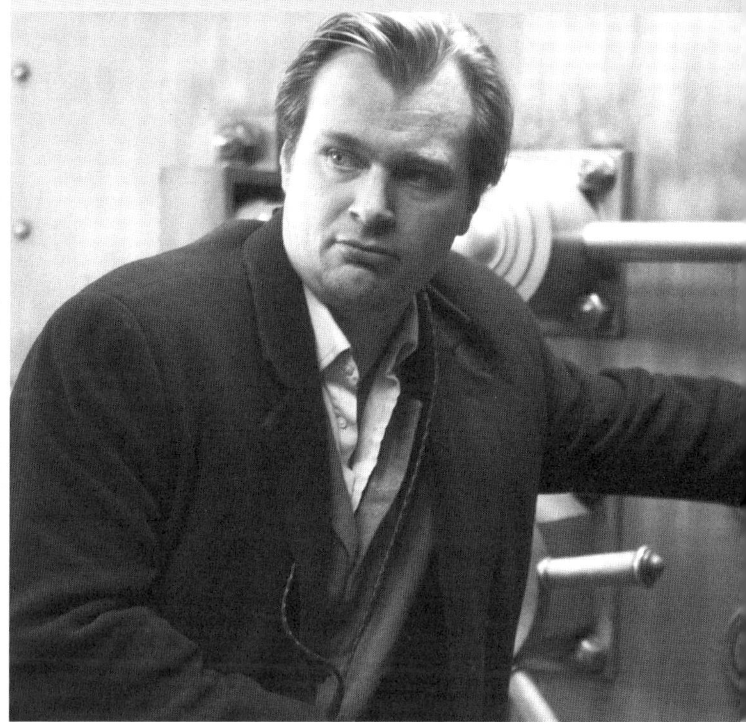

인셉션

출연/레오나르도 디카프리오
와타나베 켄
조셉 고든- 레빗
각본/크리스토퍼 놀란
촬영/월리 피스터
음악/한스 짐머
편집/리 스미스

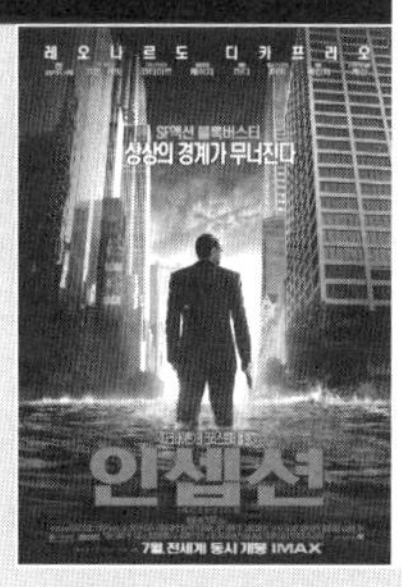

정교한 스위스 수제시계같이 정교한 스토리와 정교한 연출.

꿈을 소재로 한 상상력의 극치+액션으로 버무리는 연출력이 경이롭다. 의식과 무의식, 현실과 꿈, 존재와 차원 등등 두고두고 곱씹을 게 많은 영화. 모호한 꿈이 아니라 정확히 구조화 된 꿈이라는 이름의 미로 속에서 벌어지는 재미난 퍼즐.

제임스 조이스가 의식의 흐름을 소설로 썼다면 〈인셉션〉의 등장은 의식을 가시화한 사건이라 할 수 있지 않을까.

꿈속의 꿈, 혹은 지각몽이라는 익숙한 소재를 통해, 현실임이 분명하다고 느끼는 나의 지각 속에 타자의 이데올로기와 내 무의식이 펼치는 환상이 존재함을 일깨운다.

"〈다크 나이트〉의 스케일과 〈매트릭스〉의 미래가 만났다"는 광고 문구가 결코 과장이 아니다. 이제 할리우드 영화는 '매트릭스 이후'에서 '인셉션 이후'로 그 기점이 이동해야 한다. 지적 영화'의 대중적 성공으로서도 기념비적 사례다.

— 추천위원의 선정 이유 中

초월적 꿈의 공간, 시작적 이미지로 재현

강유정

간혹 질투가 나는 영화들이 있다. 만일, 내가 영화감독이 된다면, 물론, 훌륭한 영화감독이 된다면 이런 영화를 만들었을 것이다, 싶은 영화들 말이다. 말하자면, 크리스토퍼 놀란 감독의 〈인셉션〉은 그런 영화이다. 〈인셉션〉은 영화가 인간의 상상력을 통해 실현해 낼 수 있는 것이 무엇인지를 잘 알고 제대로 구현해냈다. 발터 벤야민이 100여 년 전에 말했듯이, 영화란 혼자 꾼다면 광기나 분열증에 불과할 꿈을 집단적으로 체험 가능케하는 마술이 아니었던가?

크리스토퍼 놀란 감독이 시각화한 상상의 공간은 바로 '꿈'이다. 수많은 예술가들이 그토록 그려내고 싶었던 공간, '꿈'. 크리스토퍼 놀란은 이 '꿈'의 공간을 자신만의 특유한 상상력과 하리우드 영화 시장의 거대한 자본을 통해 시각적 이미지로 재현해낸다.

크리스토퍼 놀란이 만들어 낸 꿈의 공간은 마천루가 가득한 뉴욕의 거리가 폴더처럼 접히고, 중력이라는 지상의 한계를 무시한 채 자유롭

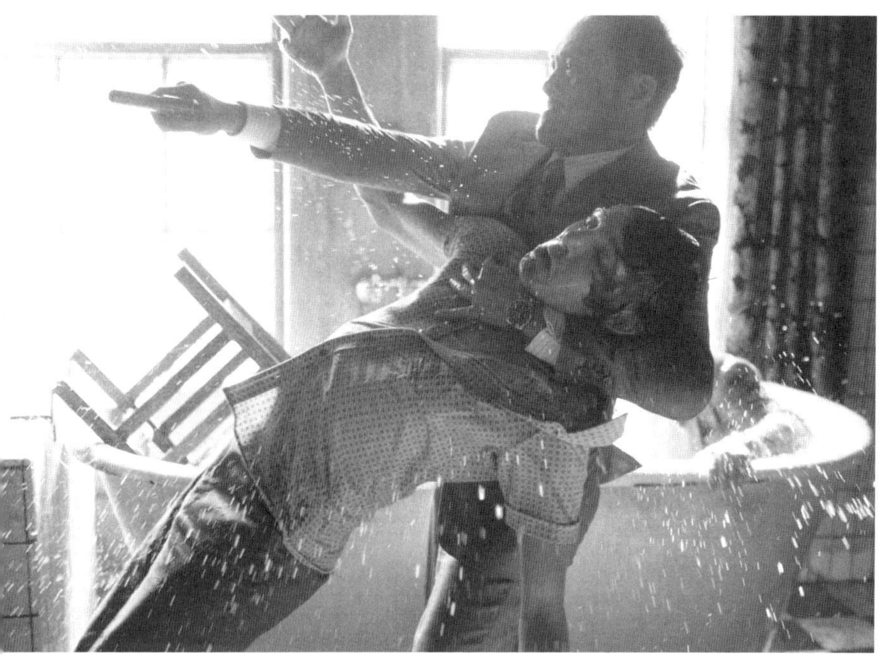

게 떠 다니는 이미지로 구체화 된다. 지상에서 1초의 시간이 흐른다면 꿈 속에서 1초는 10분으로 느껴지고, 더 깊은 무의식에서 1초는 일 주일에 육박한다.

꿈은 말로 설명할 수 없는, 초월적이며 비이성적인 공간이다. 크리스토퍼 놀란은 누구나 꾸는 꿈의 경험을 코드 삼아 그 언어를 시각적 이미지로 그려낸다. 왜 꿈은 중간부터 기억이 날까, 왜 우리는 종종 날아다니는 꿈을 꿀까와 같은 어린 시절부터 가졌던 근본적인 질문들이 〈인셉션〉을 통해 세련화 되는 것이다.

장자 이후 인류의 화두였던 '꿈'은 기술과 자본, 상상력의 앙상블 덕분에 속도감 넘치는 대중 액션 장르 영화로 재탄생했다. 그런 점에서,

〈인셉션〉은 실제real를 존재론적으로 다뤘던 〈매트릭스〉와 유사해보이지만 애초에 출발부터 다른 작품이라고 할 수 있다. 〈매트릭스〉가 다루는 주제가 우리가 살고 있는 삶이 진짜인가, 라고 묻고 있다면 〈인셉션〉은 인간의 마음 속 깊은 곳에 이성적으로 설명 불가능한 거대한 무의식의 바다가 있다,라고 말하고 있다. 그러니까 〈매트릭스〉가 눈에 보이는 것이 진실은 아니다,라고 말하고 있다면 〈인셉션〉은 진짜는 무의식에 있다고 말한다.

〈매트릭스〉가 현재를 의심하는 불가지론자의 태도를 연상케한다면 〈인셉션〉은 강렬한 원인이 결과가 되는 구조주의적 사고와 닮아 있다. 말하자면 〈인셉션〉은 무의식이라는 '원인' 자체를 무시한다면 성립될 수

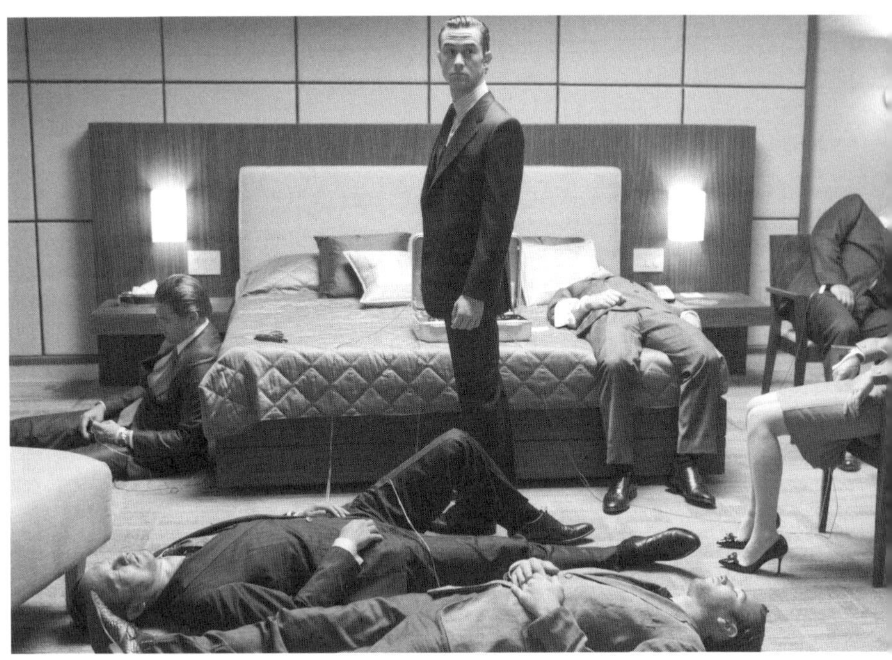

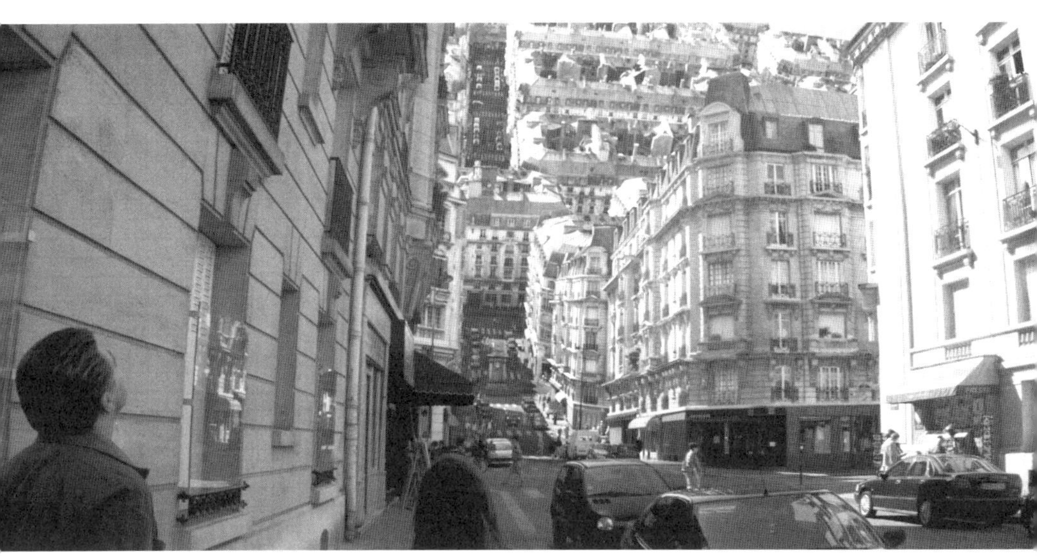

도 없는 순수한 가설의 형식이기도 하다. 크리스토퍼 놀란 감독이 애초에 꿈꿨던 첫 작품라는 데서도 암시하다시피 〈인셉션〉에는 영화에 대한 수많은 제유들이 포함되어 있다. 이미지를 편집하고, 왜곡하고, 자기만의 방식으로 재창조하는 것, 그것은 바로 영화의 숙명이기도 하기 때문이다.

영화 〈인셉션〉은 그 자체로 장르가 되고자 하는 작품이다. SF나 호러 장르물들에 은어 혹은 코드와 유사한 장르 문법이 있듯이 〈인셉션〉에는 〈인셉션〉의 코드들이 존재한다. "킥", "인셉션", "익스트랙트" 같은 용어들은 일상적 사용법과 다른 인셉션식 용어들로 재탄생한다. 이 작품이 일종의 팬덤을 양상한 까닭도 여기에 있다. 새로운 종교에 환호하는 신도들처럼 인셉션 관객들은 그 용어의 비밀과 의미를 파악하기에 분주했다. 결말을 둔 관객들 사이의 논쟁도 이 현상 중 일부이다.

아카데미를 비롯한 여러 권위있는 영화상들이 〈인셉션〉을 외면하고 있지만 그럼에도 불구하고 이 작품은 기념비적인 작품임에 분명하다. 많은 사람들은 크리스토퍼 놀란 감독의 최고작으로 〈다크 나이트〉를 꼽는다. 동의한다. 하지만 〈인셉션〉은 다른 방식에서의 크리스토퍼 놀란의 영화적 재능을 입증해준다. 그것은 바로 영화가 이미지의 변형이고 왜곡이며 창출이라는 것, 그 기본적인 사실 위에서 크리스토퍼 놀란이 게임을 벌인다는 사실이다.

크리스토퍼 놀란은 관객과 게임을 할 줄 안다. 여러 번 영화를 다시 본다 해도 해결되지 않는 문제들은 애초부터 답이 없다. 하지만 슬라보예 지젝의 말처럼 오답이야 말로 가장 훌륭한 질문이자 진실을 찾아갈 가장 현명한 방법이기도 하다. 정답인 양 내세우는 간결명료한 문장들 속에 거짓의 함정이 많다는 것쯤은, 인생에 조금 군살이 생긴 사람이라면 누구나 알고 있는 이야기이기도 하다.

이런 방식은 비단 〈인셉션〉에만 해당되는 것은 아니다. 〈다크 나이트〉에서 가장 인상적인 것 중 하나는 조커가 자신의 입이 찢어지게 된 이야기를 하는 방식이다. 이야기 자체가 아니라 방식이 관건이다. 조커는 자신의 사연을 그때, 그때마다 다르게 각색해서 들려준다. 모두 가다 맞는 이야기인 듯도 싶고 모두 다 잘못된 이야기인 듯도 싶다. 어쩌면 이 모든 이야기들이 지어낸 것일지도 모른다는 생각도 든다. 하지만 그렇다고 해서 거짓 이야기가 진실을 왜곡한다고 볼 수는 없다. 조커가 말하는 그 모든 이야기에는 하나씩의 진실이 숨겨져 있다. 다만 그는 그 사실을 우리가 원하는 방식으로 고백하고 있지 않을 뿐.

스릴러 장르로서 의문의 실체에 다가가는 방식도 인상적이다. 주인공

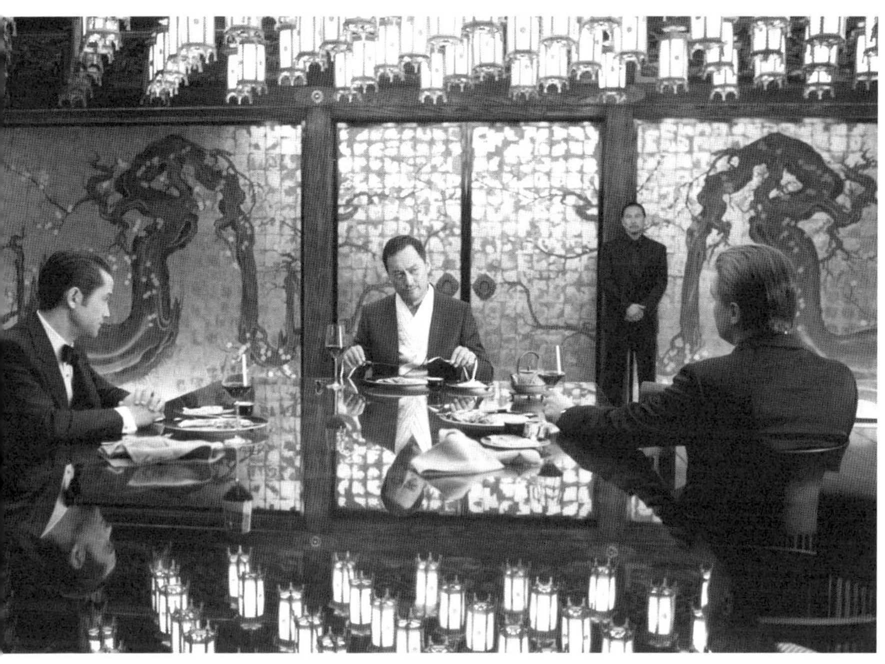

코브는 뭔가 심각한 트라우마를 갖고 있다. 따라서 그는 꿈을 설계하지 못 하고 가족 곁에 돌아갈 수도 없다. 그는 꿈을 누구보다도 잘 이용하지만 정작 자신의 꿈을 두려워한다. 아내, 림보, 실수라는 단어로 요약되는 이 비밀들은 이미지 패치워크를 통해 관객들에게 전달되고 암시된다. 이미 여러 스릴러 영화들로 단련된 관객을 배려하듯 비밀을 파헤쳐 제시하는 방식들은 상징적이다.

코브는 심각한 외상을 갖고 있지만 관객에게 직접 고백하지 않는다. 우리는 그가 지닌 외상의 근원을 알기 위해서 그의 말이 아니라 무의식 깊숙한 곳까지 함께 여행해야 한다. 그리고 〈인셉션〉은 그 여행의 기록 자체이다. 어쩌면 그 무의식 속 깊숙한 곳의 진실은 코브 그 자신도 알

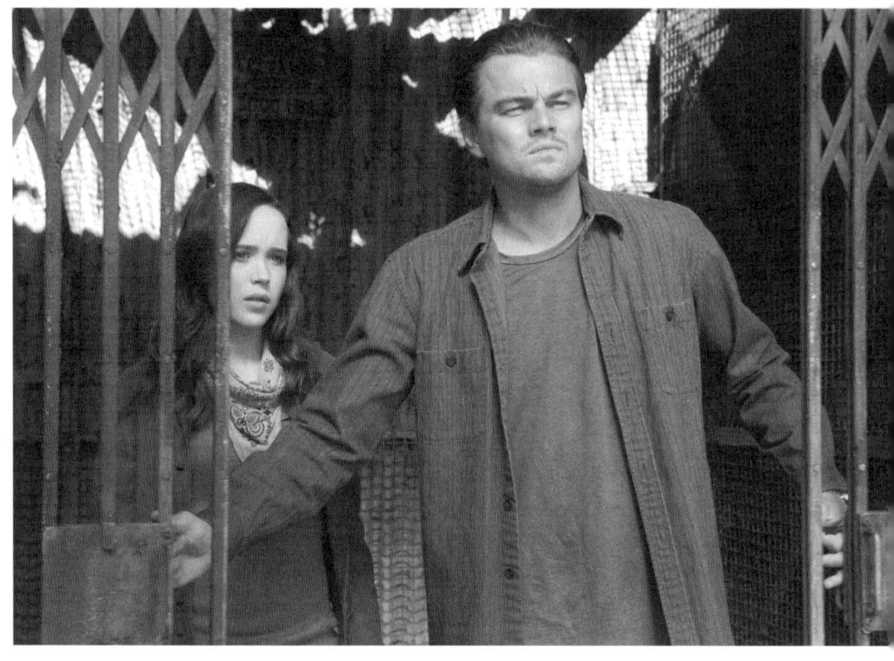

수 없을지 모른다. 그가 무의식의 세계에 갇혔을이지 아니면 성공적으로 현실에 돌아왔는지 알려주지 않는 토템처럼 말이다.

　마리안 꼬띠아르, 조셉 골든 레빗, 와타나베 켄과 같은 조연들의 탄탄한 연기들도 영화의 완성도를 높여 준다. 한편으로는 〈애비에이터〉 이후 〈셔터 아일랜드〉를 거쳐 강박증 환자 역할을 반복적으로 수행 중인 레오나르도 디카프리오의 이미지가 사뭇 소멸될까봐 안타깝기도 하지만, 그 외의 다른 차선책을 선택하는 것도 어려워 보인다. 레오나르도 디카프리오만큼 선병질적 남자의 이미지가 강하게 베어 나오는 배우도 드물다.

　사실 〈인셉션〉에 그려진 무의식적 공간의 세계는 〈메멘토〉 〈인썸니

아〉를 거쳐 〈다크 나이트〉에 이르기까지 크리스토퍼 놀란이 끊임없이 문제 삼았던 바로 그 세계이기도 하다. 결국 문제는 다른 누구도 아닌 바로 나, 내 안의 깊숙한 곳에 놓인 적은 내가 가장 사랑하는 사람이라는 메시지 가운데서 〈인셉션〉의 시각 이미지는 화려하게 전개된다.

아마도 〈인셉션〉은 영화 마니아들 그리고 시네필들에게는 매우 중요한 영화로 등극될 것이고, 시원한 여가 선용을 위해 고른 대중관객들에게는 신선한 액션을 소개해 준 스릴러 영화로 기억될 것이다. 건물이 폴더처럼 180도로 접히고, 무중력 공간을 부유하는 질감들, 꿈의 질감을 이렇게 감각적으로 표현한 감독이 누가 있었을까? 언제나 꿈은 철학의 영역이 도맡아 담당하지 않았던가? 이렇게 훌쩍 꿈이라는 매우 주관적 체험이 인셉션이라는 객관적 형태 하나를 갖게 되었다. 그것으로 충분하다. 나 혼자서만 꾸는 꿈을, 수백 명, 수천 명, 수백만의 관객과 공유하는 것, 16살 이후부터 꿈꿔왔던 크리스토퍼 놀란의 꿈의 세계가 실현된 것에 공감과 지지를 보낸다.

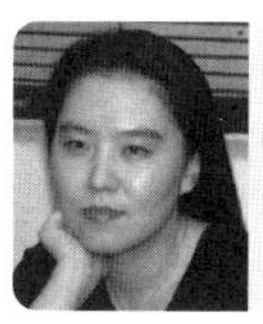

강 유 정 __ noxkang@hanmail.net
고려대 국어국문학과 대학원 졸업. 2005년 《조선일보》《경향신문》 신춘문예 문학평론 당선, 《동아일보》 영화평론 입선. 저서로 『오이디푸스의 숲』이 있음. 고려대학교 강사, 《세계의문학》 편집위원.

데이비드 핀처 감독

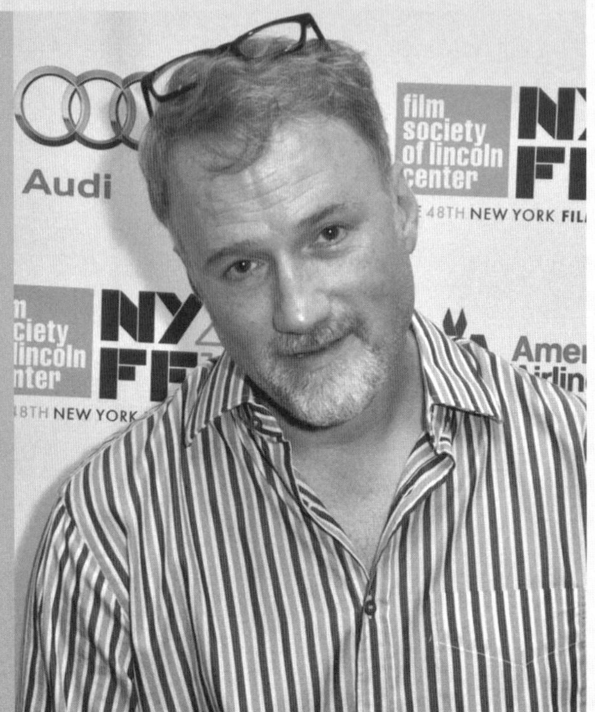

소셜 네트워크

출연/제스 아이슨버그
루니 마라
저스틴 팀버레이크
각본/아론 소킨
원작/벤 메즈리치
촬영/제프 크로넨웨스
음악/ 트렌트 레즈너
편집/커크 박스터
엥거스 월

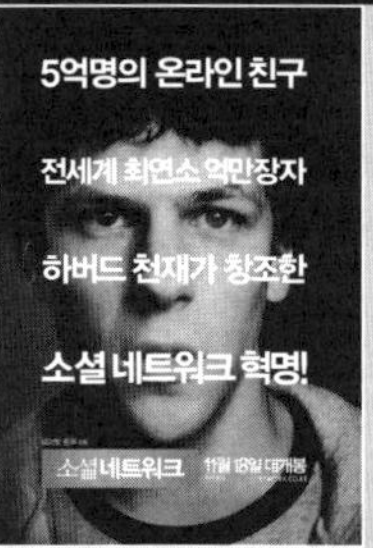

기업의 이중성을 파헤친 수작.
소통과 관계에 대한 간략한 터치.
동시대 삶의 알고리즘을 파악하다.
자기 파멸의 씨앗을 잉태한 비극적 인간의 드라마.
당대 사건에 대한 치밀한 투시력과 절묘한 균형감각.
사회적 관계와 인간적 관계의 아이러니를 잘 그려냈다.
한 인물의 성공기를 뒷담화(소송 과정)을 통해 그려내
고 있다는 점.
미국 자본주의 생태계는 변하지 않았다. 다만 주체만
바뀌었을 뿐이라고 말하는, 아주 잘빠진 상업영화.
　　　　　　　　　　　　—추천위원의 선정 이유 中

네티즌 주커의 로즈버드는?

정민아

 '페이스북' 의 창업자 데이비드 주커버그에 대한 영화가 만들어진다는 것 그 자체만으로도 대단히 큰 화제였다. 페이스북이라는 207개국 5억 명의 가입자를 거느리고, 기업가치가 55조 원에 달하는, 이른바 소셜 네트워크 서비스(SNS)의 시대를 연 대박 디지털 상품을 개발한 놀라운 천재를 다룬 영화이기 때문은 아니었다. 그것은 고작 26세밖에 되지 않은 이 억세게 운 좋은 어린 억만장자를 할리우드가 다룰 만큼 무게감 있는 소재거리인지에 대한 문제였다. 영화의 원작은 벤 메즈리치의 실화소설 『우연한 억만장자』로, 이 소설은 주커버그의 사업적 배신으로 손실을 입은 옛 동료이자 유일한 친구였던 에두아르도 새버린의 증언을 토대로 구성된 픽션이다. 그러니 주커버그를 둘러싼 상황에 대한 진실이란 누군가의 프리즘을 통과한 것일 터, 그를 온전한 진실로 그려내기란 애당초 불가능한 일이다. 그러나, 시나리오를 쓴 아론 소킨은 주커버그의 주변 인물을 탐색한 결과 놀라운 사실을 발견한다. "같은 이야기를 하는

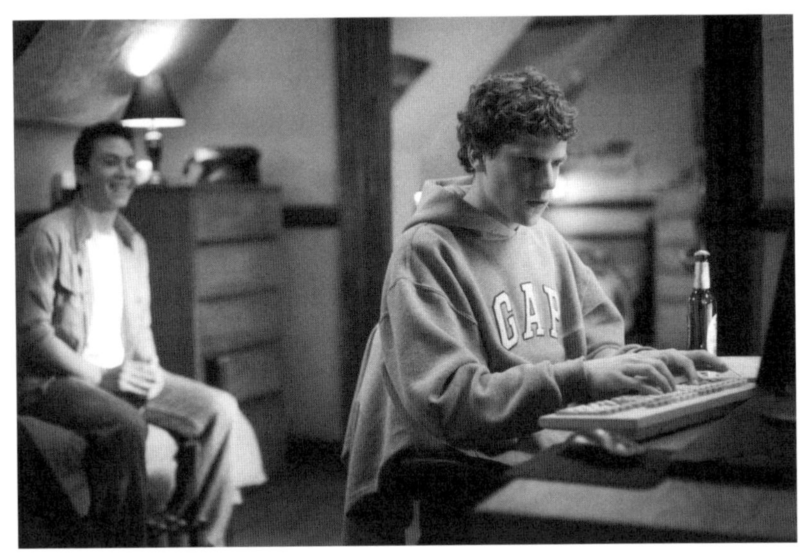

사람이 한명도 없다니…!" 빙고. 〈소셜네트워크〉가 공개된 후 수많은 평자들이 엄지손가락 두 개를 치켜들고 칭송한 영화의 핵심이 여기서 출발한다. 현대 자본주의 사회에서 누구나 부러워하고 배우고 싶어 하는 한 젊은 억만장자의 성공 신화를 조명하는 게 아니라 나약하고 보편적인 사람 얘기가 시작된다.

페이스북 창시자에 대한 이 이야기는 2003년에서 2004년에 걸쳐 일어난 하버드 시절의 일들과 CEO인 마크 주커버그를 상대로 펼쳐진 두 건의 소송과 관련된 법정 다툼의 묘사 등, 각기 다른 두 시공간을 오가며 펼쳐진다. 소송을 건 한 팀인 쌍둥이 윙클보스 형제는 마크가 그들의 아이디어를 훔쳐갔다고 주장하고, 또 다른 소송건자는 페이스북 창설을 함께 한 절친 사이였던 새버린이다. 2003년 10월 하버드 생 주커버그는 여자친구 에리카에게서 차이고 미모로 하버드 여학생 순위를 매기는 웹

사이트를 새버린과 함께 개설한다. 이 웹사이트의 성공에 힘입어 주커버그는 부유한 윙클보스 형제로부터 하버드생만으로 이루어진 배타적인 데이트 사이트를 만들기 위해 고용된다. 하지만 주커버그와 새버린은 하버드의 소셜네트워킹 사이트인 '더 페이스북'을 개시한다. 상류층으로서의 자부심으로 똘똘 뭉친 윙클보스 형제가 소송을 결정하지 못하고 있는 동안, 더페이스북은 아이비리그 대학들로 확장되고 주커버그와 새버린은 영웅이 된다. 주커버그와 새버린 사이에는 사소한 긴장감이 있어왔고, 무료 음악파일 사이트인 냅스터의 공동 창업자로 유명세를 탄 숀 파커가 주커버그의 조언자 역할을 하게 되자, 두 친구 사이는 파행으로 치닫다. 2004년 여름, 주커버그는 IT산업의 메카, 실리콘 벨리로 옮기고 엄청난 헤지펀드로 자금을 조달하며 파커와의 관계는 더욱 단단해진다. 새버린은 주커버그가 그를 회사에서 쫓아내기 위해 꾸민 계약서

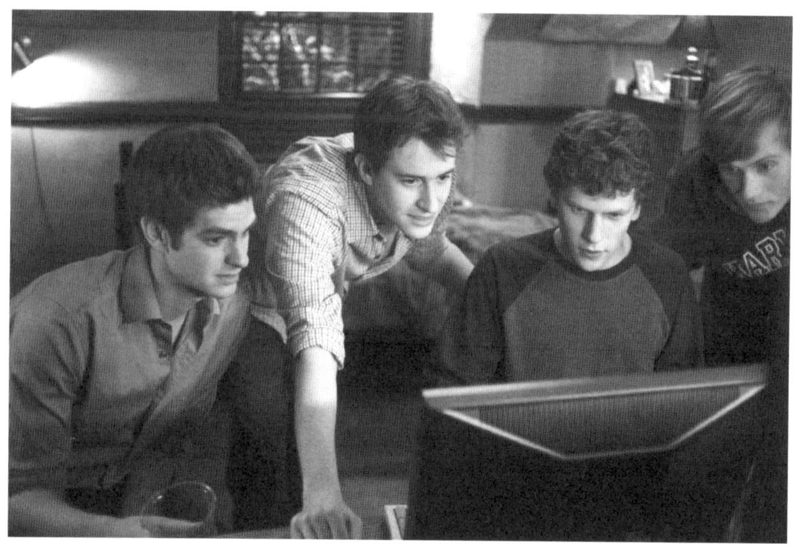

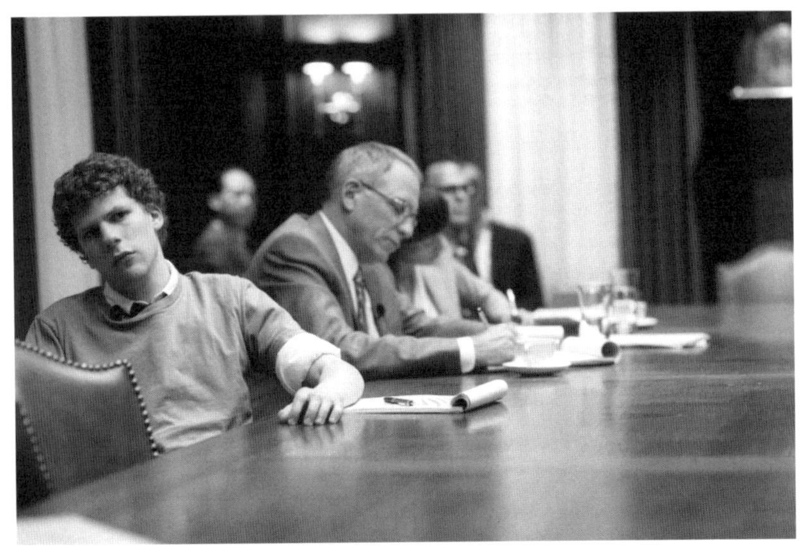

에 사인한다. 어느 날 밤 페이스북은 가입자가 백만 명이 넘어서고 새버
린은 주커버그를 고소한다.

〈세븐〉(1995), 〈더 게임〉(1997), 〈파이트클럽〉(1999), 〈패닉 룸〉(2002),
〈조디악〉(2006) 등의 필모그래피가 보여주듯이 데이비드 핀처 감독은
예의 스릴러 장기를 뽐내며 디지털 시대의 대표 시민 주커버그와 그의
열린 세계, 소셜네트워크에 접근한다. 여자에게 어떻게 해야 호감을 주
는지 전혀 모르는 것 같은 주커버그는, 그의 페이스북이 그렇듯이, 동시
다발 입체적으로 이 화제에서 저 화제로 마구 옮겨가고 쿨하게 그녀의
열등감을 자극하다가 끝내 차인 채 기숙사로 돌아온다. 두 남녀 사이에
서 주고받는 속도감 있는 대화를 카메라는 숏-리버스숏 방식으로 편집
하여 오가고, 여자가 떠난 후 홀로 어둡고 스산한 거리를 가로질러 기숙
사로 돌아오는 남자의 뒷모습을 카메라는 긴장감 있게 따라간다. 속도

감 있는 편집, 인물을 은밀히 추적하는 카메라, 긴장감을 배가시키는 배경음악의 하모니는 핀처가 전작들에서 도시 범죄의 발생에 촉각을 곤두세우며 꼼꼼하게 구성해나갔던 그의 누와르 스타일을 반복한다. 이제 이 너드 누와르nerd noir는 법정 소송을 둘러싸고 다른 시간대와 장소들을 편집의 봉합선 없이 이어가며 가속화된다.

영화는 사람들 사이의 증언으로 이루어진 대화에 집중하지 않으면 금세 서사의 방향을 상실케 할 정도로 빠르며, 지적으로 몰입해야지 그들 사이의 진실에 다가갈 수 있다. 아론 소킨의 필력에 크게 기대어 있다는 점을 간과해서는 안 되겠지만, 이미 〈파이트 클럽〉이나 〈조디악〉에서도 발휘했듯이 핀처는 관객이 두뇌를 활용하여 서사를 풀어나가는 방식을 선호한다. 법정에 선 세 사람의 입장에서 빠르게 플래시백과 교차편집을 활용하여 진실에 접근하고자 하는 복합서사의 방식은 '라쇼몽 효과'임이 분명하다. 하지만 여기서 한발 나아가 〈시민 케인〉을 떠올려보자.

거대한 신문제국의 꼭대기에서 몰락한 찰스 케인의 마지막 말 '로즈버드'의 비밀을 해독하기 위해 오슨 웰즈는 그를 기억하는 주변인들의 증언을 토대로 케인의 진실에 접근하는 과정을 그려낸다. 하지만 이 과정은 실패할 수밖에 없고 어느 누구도 케인의 진실에 가까이 갈 수 없으며, 각자가 기억하는 케인의 단편들만이 표면을 떠돌 뿐이다. 혼돈과 실패를 담고 있는 입체적인 이 복합 서사는 누와르 스타일로 시각화되어 비밀스러운 매혹을 발휘한다. 근대의 상상적 공동체를 이루는 중심에 자리했던 인쇄매체의 어마어마한 힘과, 이후 대중적인 시각 미디어의 출현으로 쇠퇴해가는 과정은 전설이 된 1941년도 영화에서 동시대적으로 증언된다. 2010년 소셜네트워크라는 동시대 상상적 공동체의 새로운 디지털 시대, SNS의 폭발력과 그 시스템 너머 자리한 지리멸렬한 인간 관계라는 화두는 영화 〈소셜네트워크〉에서 동시대적으로 증언된다.

시티즌 케인은 로즈버드라는 마지막 단어로 이젠 돌이킬 수 없는 순수했던 동심을 그리워한다. 네티즌 주커버그도 가슴에 로즈버드를 품는다. 사람 얼굴을 똑바로 응시하지 못하고, 풍경을 둘러볼 여유가 없으며, 늘 공부와 일에 매진하여 창백해진 얼굴과 육체. 일과 공부에서는 타고난 천재이지만 인간관계에서는 젬병인 개자식 너드가 있다. 로즈버드는 영화의 시작과 끝을 연결하는 하나의 고리인 에리카라는 젊은 여자로 기호화된다. 주커버그에게 로즈버드는 사람과 사람 사이에 만들어지는 관계에서 싹트는 애정일 것이다. 영화에서 주커버그의 처지에 연민을 불러일으키는, 사람 냄새나는 짧은 순간이 두 장면에서 인상적으로 추출되기 때문이다. 지난한 법정 싸움에서 자신을 빠른 말로 변호하고 끊임없이 비아냥거리고 냉소하던 주커버그는 변호사의 말을 외면하고 고래를 돌려 창밖을 응시한다. "지금 밖에 비가 와요." 처음으로 그가 주변을 둘러보고 감상을 표현하는 순간이다. 모든 소송이 끝을 맺고 페이스북의 전리품을 획득하고서 옛 동료들이 떠난 후, 그는 자신의 공간으로 돌아와 다시 페이스북에 로그인 한다. 헤어진 여자친구에게 본때를 보여주기 위해 블로그에 그녀의 은밀한 개인 정보를 올리고, 엉뚱하게도 하버드 여학생들에게 화풀이를 해댄 후, 페이스북으로 5억 명의 친구가 되고, 디지털 로그인 세대의 우상이 되었건만, 그는 옛 여자친구에게 친구요청을 수락해달라며 F5키를 연속적으로 쓸쓸하게 누른다. 이것이 영화의 마지막이다.

사회적 관계망들 속에서 수억 명의 친구를 가지기 위해 그는 가까운

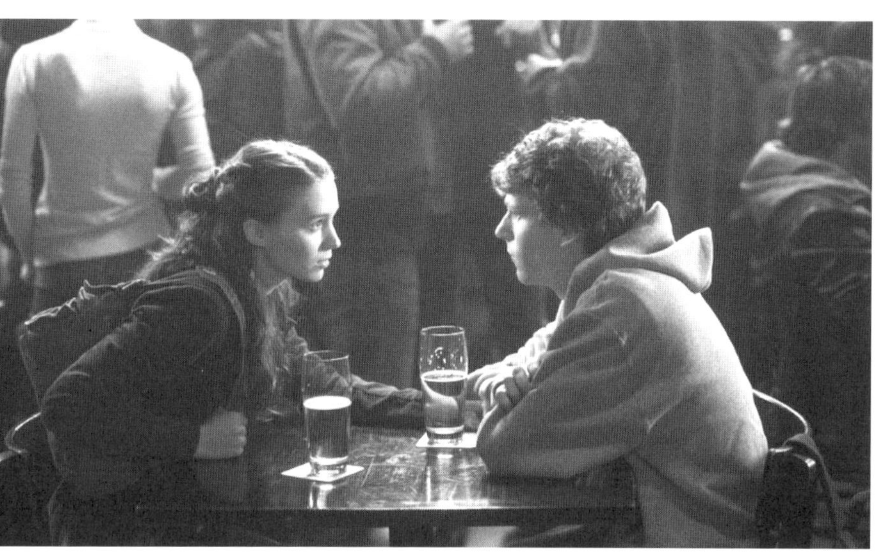

친구들을 적으로 만들었다. 페이스북에서 친구요청이 거절당할 때, 친구는 순간적으로 얼굴을 바꾼다. 친밀한 인간적 관계를 그리워하며 가상현실 속으로 걸어 들어가 보지만, 사이버 세상 속의 친구 맺기가 인간의 속 깊은 사랑을 채워줄 수 있을지에 대해 영화는 회의해보라고 독려한다. 애초의 배타적 순혈주의에 거부감을 느끼고 무정부주의적 히피즘의 정신으로 무장, 인터넷 평등세상을 꿈꾸던 한 주체의 성공과 좌절에 대해 영화는 관객이 적극적으로 바라볼 것을 권고한다. 디지털 시대 상상적 공동체의 제왕 역시도 로즈버드를 그리워하는 일개인이다.

특권을 가지고 태어난 자들만이 활개 칠 수 있는 신자유주의 세상에서 주커버그라는 디지털 시대의 핵심 유저를 통해 영화는 창조와 도덕성, 욕망과 성공과 배신, 그리고 새로운 신조로 영감을 얻는 현대 디지털 세상의 우화를 만들어내었다. 꿈은 아득하고 현실은 녹록치 않다. 모

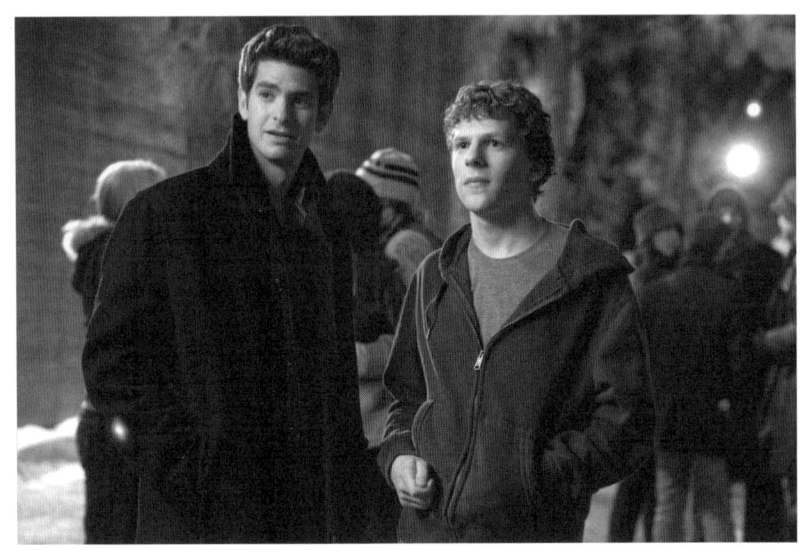

든 것을 다 갖춘 특권의 아들 윙클보스 형제들의 옥스퍼드 공간이 비현
실적 꿈처럼 느리게 진행되고 아련한 색채의 세피아톤과 앤티크한 미장
센으로 구성된 반면, 주커버그의 공간은 늘 얕은 심도의 어둡고 메탈릭
한 느낌으로 구성되어 있다. 또 다른 배타적 공간인 가상의 파이널 클
럽, 그곳에서 데이비드 핀처는 허무함의 그림자를 본다.

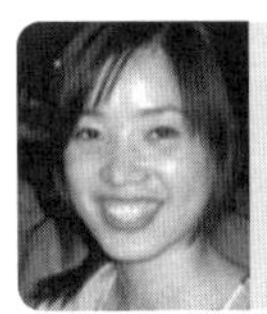
정 민 아 __ yedam98@hanmail.net
영화학 박사, 경성대학교 연극영화학과 초빙외래교수, EBS국제다큐영화제
프로그래머, 《익스트림무비》 편집위원. 논문 「1930년대 조선영화의 젠더 재
구성」, 역서 『화이트』 『시각문화의 매트릭스』 등이 있음.

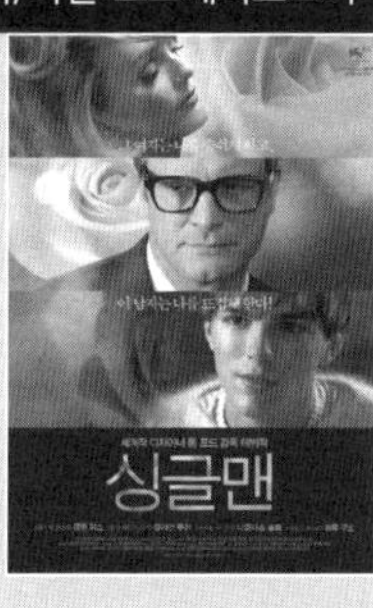

톰 포드 감독

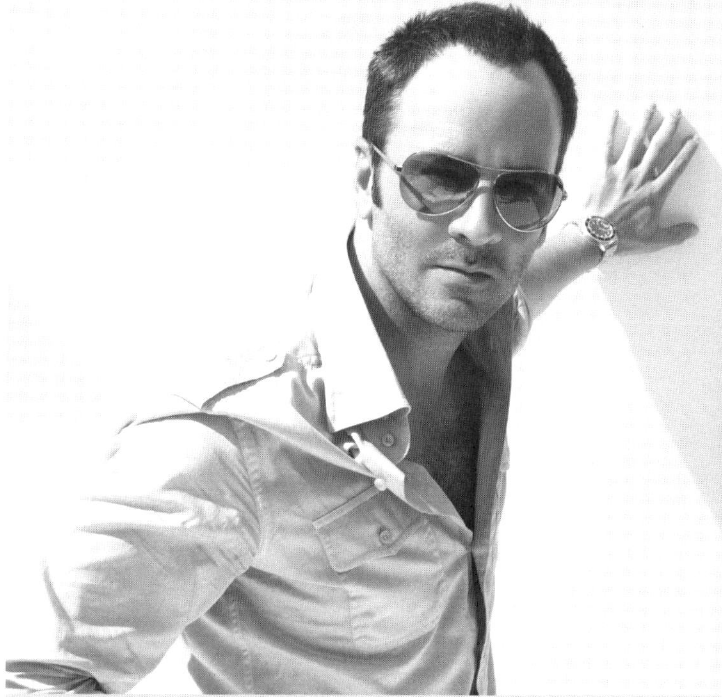

세계적인 디자이너 톰 포드, 〈싱글맨〉을 '간지'나게 디자인하다!

죽으려는 자는 살 것이요, 살려는 자는 죽을 것이니. 인생의 아니러니······.

부르주아 사회를 재현한 영화의 공식을 착실하게 답습하고 있기에 창조적기보다 관성적.

— 추천위원의 선정 이유 中

공포와 매혹이 만들어 낸 생의 공백

송효정

미래가 두렵기에 현재를 즐길 수 없던 시대, 과거에 사로잡혀 있기에 현재가 텅 빈 공백과 마찬가지인 개인. 영화 〈싱글맨〉은 전방위적으로 보수화된 미국 사회에서 고독한 성적 소수자로 살아가는 사회 상류층의 본질적 고독을 다룬 영화다. 더불어 메카시 광풍으로 잠식된 냉전 시대의 공포감을 재현한다. 이 영화에서 '현재'란 고독과 공포심으로 인해 텅 빈 공백과 마찬가지인 시간대다. 고독한 남자는 과거의 시간에 묶여 있고, 사람들은 증오가 만들어 낸 1960년대 미국 사회의 공포감에 의해 미래를 두려워한다.

〈싱글맨〉은 화려한 패션 디자이너로 유명한 톰 포드의 첫 영화다. 배우를 꿈꾸었던 그가 영화를 만들었다. 커밍아웃한 그와 마찬가지로 동성애자였던 크리스토퍼 이셔우드의 동명의 자전적 소설을 원작으로 했다. 주인공 조지 역을 맡은 배우 콜린 퍼스는 이 작품으로 베를린 영화제에서 남우주연상을 받았다. 그의 연인 역에는 〈매치 포인트〉(2005)의

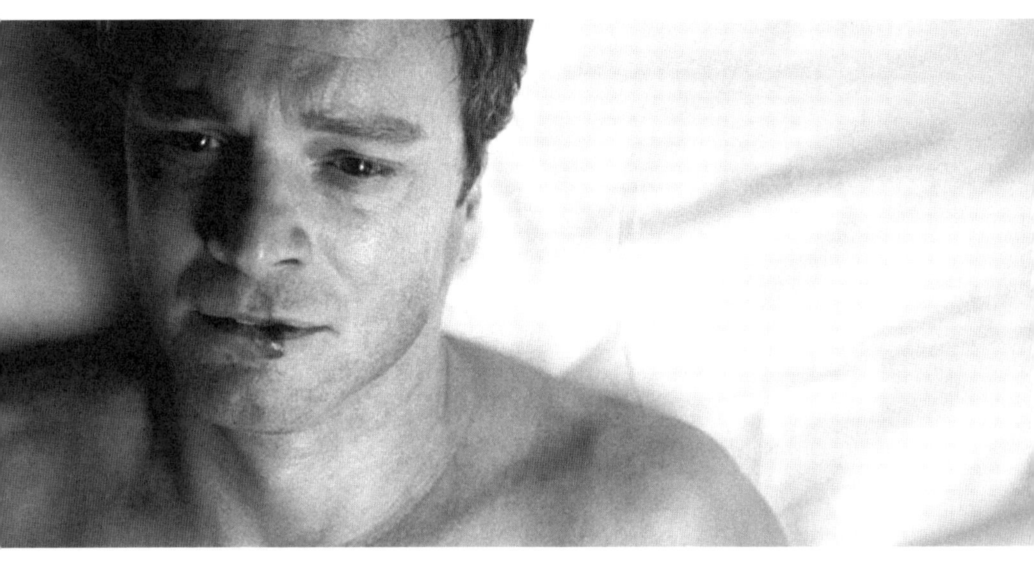

매튜 구드, 오랜 친구 찰리 역에는 우아한 여배우 줄리언 무어, 모호한 욕망의 대상인 대학생 역에는 〈어바웃 어 보이〉의 니콜라스 홀트가 등장해 화려한 캐스팅을 자랑한다. 기품 있는 영국 배우들을 통해 상류층의 스타일을 보여주는데, 패션에서의 톰 포드의 스타일처럼 도발적이라기보다는 그 시대를 재현하는 디테일의 집요함이 천의무봉으로 보일 정도로 자연스럽다.

우드스탁과 히피즘, 본격적인 흔들리는 60년대 swinging sixties가 시작되기 이전 메카시 열풍이 온 사회를 공포의 분위기로 뒤덮던 1960년대 초반의 보수적 미국 상류 사회가 영화의 배경이 되었다. 이 시절 성적 소수자인 게이로 살아가기 위해서는 자신의 정체성을 감출 수밖에 없었다. 주인공 조지는 게이로서의 자신의 일상을 '유리집 안의 투명인간'이라고 비유한다. 유리집처럼 자신의 정체성이 다른 사람들에게 뻔

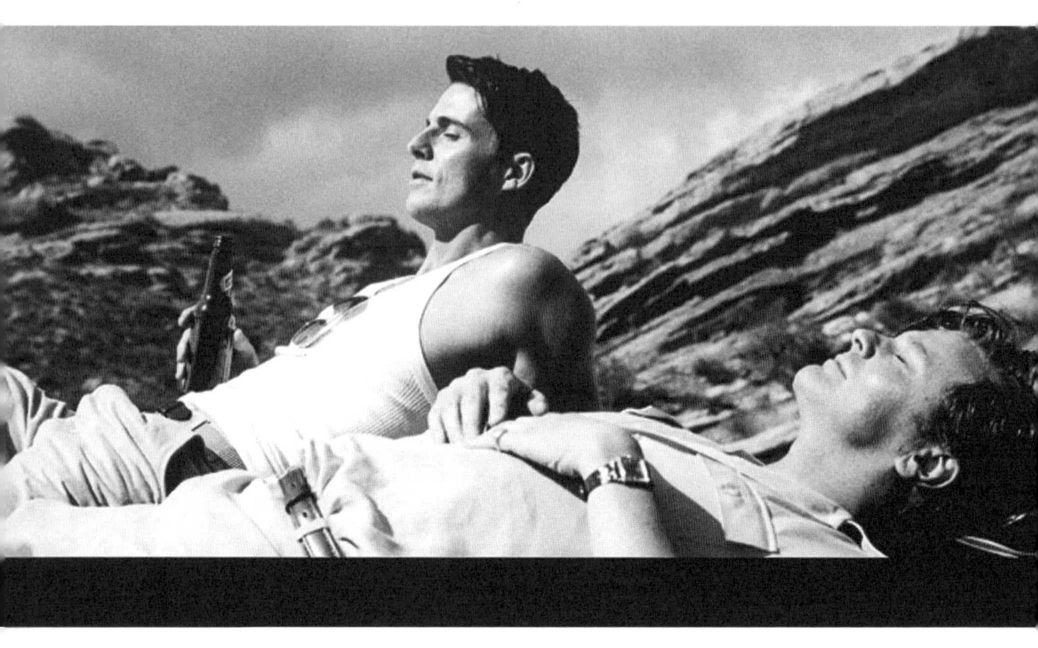

히 들여다보이지만, 마치 투명인간이 된 양 짐짓 모른 척 살아가야 한다는 것이다. 실제 조지의 유리로 된 집 옆에는 적절히 남의 사생활에 관심이 있으면서도, 적절한 교양으로 편견을 은폐할 줄 아는 사교술을 지닌 중산층 여피 가족의 스탠다드한 생활이 있다.

주인공인 조지 팰커너(콜린 퍼스)는 영문과 교수다. 영화 제목이 암시하듯 그는 싱글맨, 즉 독신남이다. 그가 독신인 탓은 연인을 잃어서기도 하지만, 본질적으로 동성애자이기에 정상적 가정을 갖지 않았기 때문이기도 하다. 달콤한 설탕가루를 뿌린 듯한 아메리칸 드림에 취해 영국서 미국으로 건너온 그는, 결국 미국 문화란 광고와 코카콜라, 텔레비전으로 포위된 화려한 초콜릿 포장지와 다름없음을 깨닫는다.

영화는 조지가 연인을 잃은 상실감과, 쿠바 미사일 위기 이후 전 사회

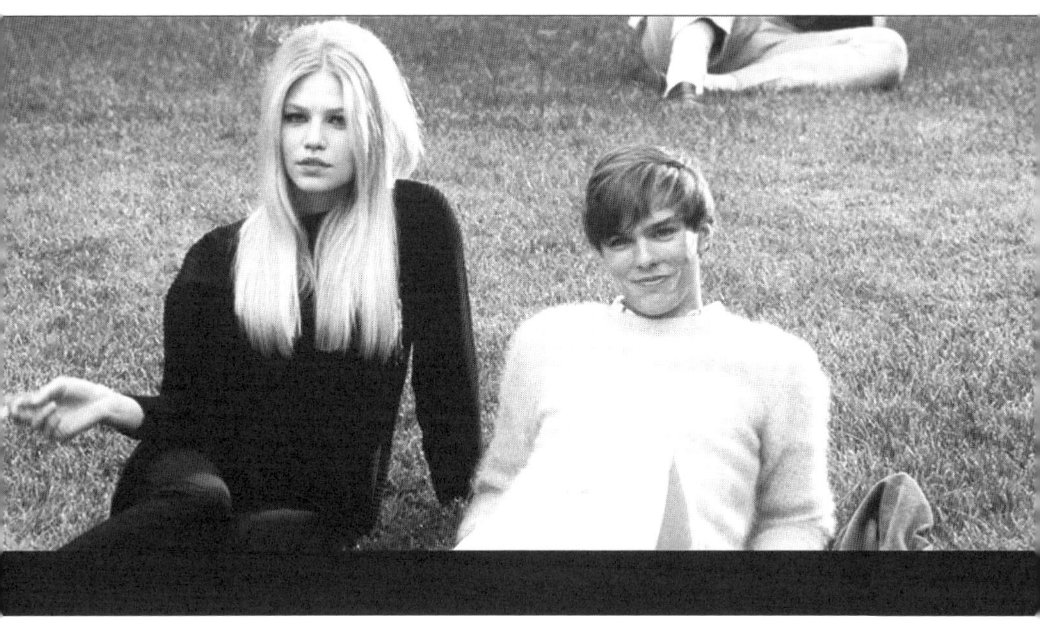

가 보수화 되어가며 대학 강단에서조차 자유로운 발언이 어려웠던 시절 게이로서 느끼는 공포심으로 인해 자살을 결심한 하루 동안 일어난 일을 바탕으로 했다. 상류층 남성의 본질적 고독과 동성애자로서 느끼는 사회적 위축감을 두 축으로 삼아 영화가 구성된다. 두려움과 매혹은 주제이자 스타일로서 정교하게 뒤섞여 있는데, 한편에는 공포감에 휩싸인 보수적 미국 사회에서 성적 소수자이자 자유주의자로 사는 지식인으로서의 두려움이 놓여 있고, 다른 한편에는 육체에 대한 매혹과 정념의 감성이 배치되었다. 이는 방공호에 대한 논문을 쓰는 한 교수의 핵폭탄에 대한 두려움이 토로되는 순간 교차 편집되는 테니스 치는 학생들의 육체적 관능을 강조한 인서트 신에서 극명하게 드러나고 있기도 하다.

코뮤니스트, 흑인 문화, 엘비스 프레슬리, 그리고 동성애에 대한 두려움들. "그들은 나를 이유 없이 미워했다." 수업 시간 주인공 조지가 다루는 올더스 헉슬리의 소설 『많은 여름이 지난 후』(1939)에 등장하는 한 구절이다. 이 구절을 통해 조지는 사회에 만연된 소수자에 대한 증오심의 이유에 대해 언급한다. 유태인에 대한 증오의 이유는 있다. 하지만 그 이유는 실재하는 것이 아니라 상상에 의한 것이다. 동성애자와 같은 소수자에 대한 증오나 공포심 역시 마찬가지다. 보이지 않기에 더더욱 그들은 사회로부터 상상적 공포심을 자아내는데, 그 공포심이 사회를 지배하고 사람들을 불신과 두려움으로 잠식해간다는 것이다. 조지는 이 두려움에 맞서려고 하기 보다는 스스로의 존재를 은폐하여 투명인간처럼 살아가는 처세술로 위장한다. 영화에서 드러나는 소수자에 대한 사회적 억압은 주인공의 내면 심리를 수식하기 위한 장식물로만 등장하지, 심각한 사회 문제를 건드리고 있는 것은 아니다.

영화는 시대적 재현이나 사회 문제보다는 주인공의 심리와 정념의 구조에 더욱 초점을 맞춘다. 영화는 늘 현재를 냉소하며 과거의 상실로 괴로워하는 한 남자의 내면에 섬세한 카메라를 들이댄다. 조지는 16년간 동거한 연인을 자동차 사고로 잃었다. 그 후로 매일 아침 눈을 뜨는 순간이 괴롭다. 혼자 눈 뜨는 아침에 침대의 온기 없는 옆자리, 새로운 하루가 시작되어도 여전히 혼자라는 사실. 깊은 우울은 미래의 가능성을 차단한다. 깊은 상실을 겪은 사람은 늘 과거로 되돌아가 고독의 자리를 확인하기 마련이다.

조지에게 시간은 늘 과거를 향해 있다. 그는 짐(매튜 구드)이라는 연인을 2차 대전 종전 이후 쾌락주의자들이 몰려들던 미국 서부의 한 해안마을에서 그들을 처음 만났다. 첫 만남에 그들은 매혹되었으며 깊은

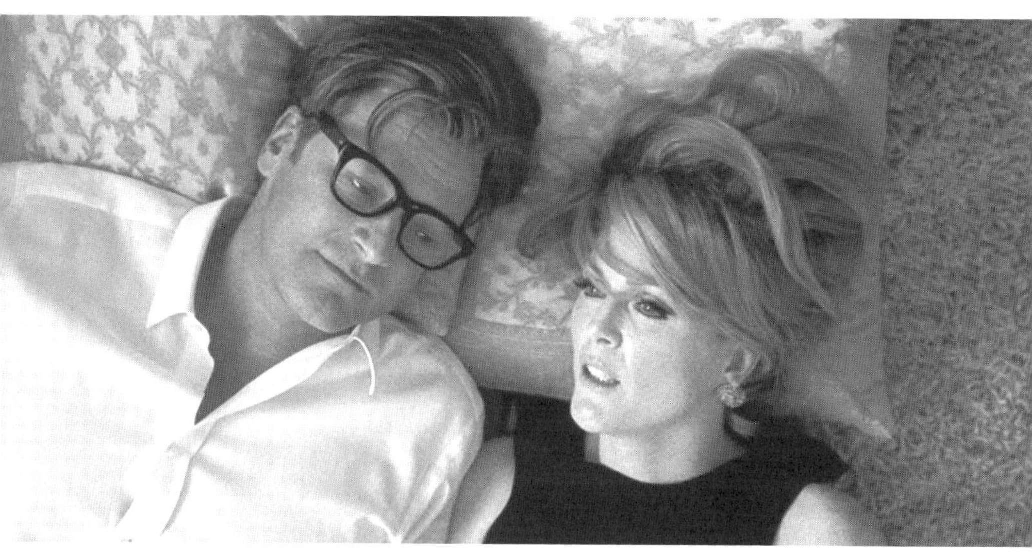

사랑에 빠졌다. 그토록 사랑했던 짐을 교통사고로 잃은 후 현재는 그에게 무가치한 시간의 흐름, 텅 빈 공백과 다름없다. 런던 시대부터 친구였던 찰리(줄리언 무어)와 소소한 유흥을 즐기지만 여기엔 친밀감을 능가하는 관능이 배제되어 있다. 그리하여 그는 죽음의 시간이 다가오기를 기다릴 것이 아니라 스스로의 결행으로 죽음의 시간을 맞이하기로 결심한다. 그 하루 동안 그는 우연히 매혹적인 남창과 만나 인상적인 대화를 나누고, 자신이 가르치는 학생인 포터(니콜라스 홀트)와 함께 생의 활기를 되찾게 된다. 결국 죽음이 아닌 생을 선택하기로 한 그는 자신의 자살 준비를 무효화 하지만, 그 순간 의도치 않은 우연이 찾아오게 된다. 영화는 이렇듯 집요한 의도로 죽음을 결행하려던 사람이 결국은 우연히 죽게 된다는 삶의 아이러니를 다룬다.

원작자인 크리스토퍼 이서우드는 올더스 헉슬리와 함께 『제이콥의

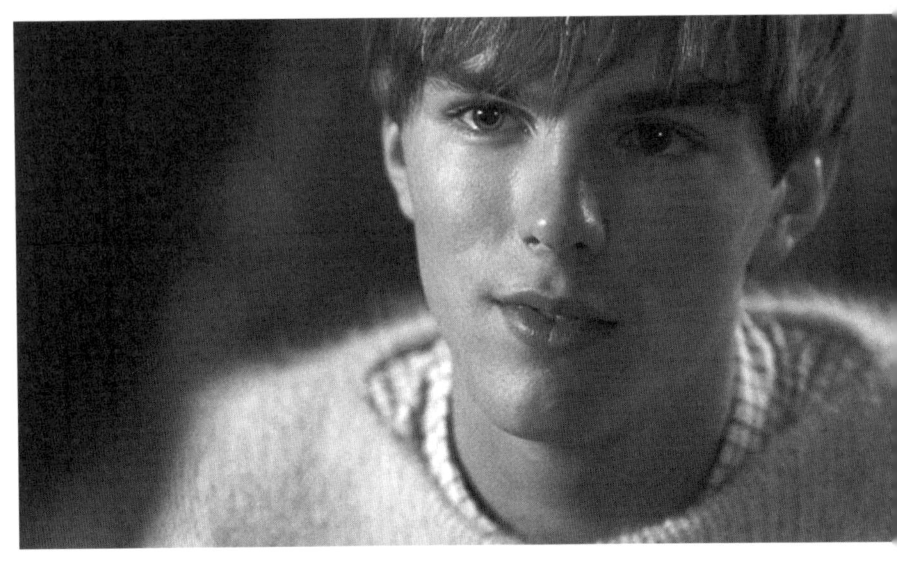

손』이라는 시나리오용 소설을 쓰기도 했다. 영화의 주제는 영문과 교수인 조지가 강의하는 올더스 헉슬리의 『많은 여름이 지난 후』라는 책을 통해 암시된다. 올더스 헉슬리는 이후 미국에서 이 책을 출간할 때이 책의 제목을 『많은 여름이 지난 후, 백조 죽다』로 개제했다. 개제를 통해 '백조 죽다' 라는 어절을 삽입한 올더스 헉슬리의 냉소적 에티튜드는 조지의 죽음을 통해 영화에서도 마찬가지로 견지된다. 그토록 집요하게 의도했음에도 결국 우연의 산물이 될 수밖에 없는 인간의 삶의 한 단면을 그려냈다는 점에서 올더스 헉슬리의 소설과 크리스토퍼 이서우드의 문학적 의도가 만나고 있는 것이다.

영화의 빛나는 순간은 두려움과 매혹이라는 영화의 주제를 압축적으로 드러낸 장면들에서 부각되는데 가령 매혹의 순간에 익스트림 클로즈업으로 드러내는 눈동자의 장면들이 그러하다. 우연히 매력적인 남창과 만난 조지는 커다란 영화 광고판 앞에서 스모그로 인해 묘한 빛깔을 자아내는 석양을 바라보고 있는데, 배경이 되는 광고판에는 알프레드 히치콕의 영화 〈사이코〉에서 놀란 여자의 두 눈이 익스트림 클로즈업으로 드러난다. 반짝이는 순간은 그뿐, 스타일리스트이자 디자이너로서 톰 포드는 영화적 테크닉의 측면에서는 무난한 실력을 보였지만 그 이상의 미학적 경지에 이르는 데는 성공하지 못한 듯하다. 영화는 도식적 구조를 보이는데, 오프닝과 엔딩 장면에서 꿈의 장면을 넣는다든가, 조지의 보이스 오버 내러티브를 삽입한다든가, 몰입의 순간에 과도한 영화음악으로 공감을 유도한다든가, 시계의 똑딱거림과 멈춤을 통해 삶과 죽음을 암시하는 경우가 그러하다. 재현의 디테일이 정교하고 상류층 남성의 패션스타일 역시 나무랄 데 없지만 그저 그뿐이다. 부르주아 사회를 재현한 영화의 공식을 착실하게 답습하고 있기에 창조적기보다 관성적이다. 배우의 연기 역시 세련된 스타일에 맞춰진 셈이기에 정직하게 내면적 고독을 주조해내고 있다고 보기엔 어렵다. 공식에 맞춰 입은 수트처럼 깔끔하지만 명배우들의 심연을 드러내는 연출의 묘수가 부족하다. 발견의 영화라기보다는 답습의 영화다. 부재의 시간이 아니라 정념의 찰나에 주목하는 톰 포드 스타일이 영화적으로 기대되는 것이 이러한 까닭이다.

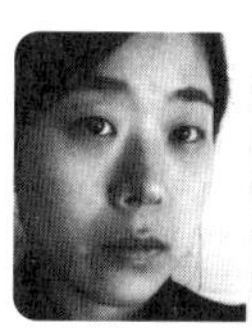

송 효 정 _ nahbii@gmail.com
고려대 국문과 박사과정 졸업. 2007년 《씨네21》 영화평론상으로 등단. 주요 논문으로 「비국가와 월경越境의 모험」「모던 경성과 감각의 공간」, 공저로 『대중서사장르의 모든 것 1,2,3』 등이 있음. 고려대 강사.

아피찻퐁 위라세타쿤 감독

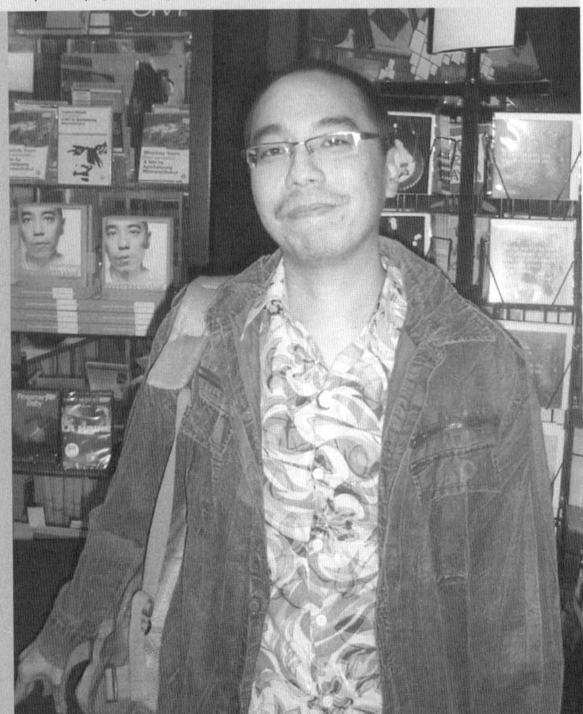

엉클 분미

출연/사크다 카에부아디
젠지라 퐁파스
타나팟 사이사이마
각본/아피찻퐁 위라세타쿤
촬영/유콘톤 밍몽콘
사욤브 묵딥롬
편집/리 차타메티쿨

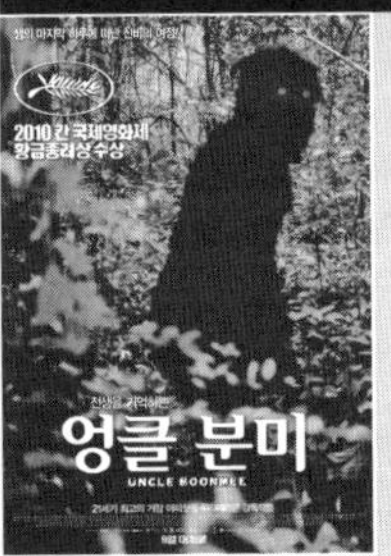

실험적 영상미학과 스타일.
위라세타쿤은 늘 한걸음 더 전진한다.
동시대 어떤 감독에게도 없는 원시적 감수성의 성찬.
영화가 어떻게 예술이 될 수 있는지 보여주는 작품.
현실과 환상 사이에 선 영화적 이야기와 상상력의 절정.
기존 영화문법으로는 독해가 불가능한 새로운 환영의 세계를
펼쳐 보이는 작가의 유희遊戱 정신이 부럽다.

환영의 세계가 어떻게 인물과 사건을 축으로 하는 전형적 내러
티브에 정복되지 않고 우리 옆에 이미지 자체로 내려앉을 수 있
을지 증명한다.

생과 사, 육체와 영혼, 현실과 비현실 이런 이분법적인 구분을
무화시키고 존재의 또 다른 차원을 탐구하는 영화로서 그의 영화
는 의미와 가치가 있다.

완전히 낯선 영화적 체험으로 영화와 세계에 대한 인식을 확장
시킨다. — 추천위원의 선정 이유 中

엉클 분미

영화의 과거와 현재, 미래…를
새삼 고민케 하는 신비의 여정

전찬일

　대중음악 전문 사이트 www.izm.co.kr의 '전찬일의 영화수첩' 에 작성한 2010년 외국 영화 베스트5에서, 사카모토 준지 감독의 〈어둠의 아이들〉과 공동으로 〈엉클 분미〉를 5위로 선정—재미삼아 그 순위를 밝히면 1위는 〈엘 시크레토 : 비밀의 눈동자〉, 2위는 〈인셉션〉, 3위는 폴 해기스 감독의 〈쓰리 데이즈〉, 4위는 〈소셜 네트워크〉다—했다. 그 선정의 변은 다음과 같다.

　"자타가 공인하는 '세계 독립 · 작가 영화의 최전선' 아피찻퐁 위라세타쿤에게 2010 칸 황금종려상을 안겨준 화제의 문제작. 이 지면의 칸 결산 때도 피력했듯, 2002년 주목할 만한 시선 상을 거머쥔 대표작 〈친애하는 당신〉, 박찬욱의 〈올드 보이〉가 심사위원 대상을 안은 2004년, 태국 영화 사상 최초로 칸 경쟁 부문에 초청돼 심사위원상을 받은 출세작 〈열대병〉 이건 그 어떤 거라도 그의 영화 세계를 접해본 이라면, '세계 독립·작가 영화의 최전선'이란 위 평가가 과장이 아니라는 것쯤은 알 수 있을 터. 그의 영화는 늘 지독한 '개인 영화Personal Cinema'의 길을 걸어왔고, 앞으로도 그럴 것인 탓이다. 그 개(인)성은 타의 추종을 불허한다. 아니, 전 세계 그 어느 나라의 영화 역사를 통틀어서도 독보적이라 하리만치 독특unique하다. 동서고금을 막론하고 감독들은 으레 닮은꼴이 있기 마련이나, 그에게는 내가 아는 한, 없다. 오로지 '아피찻퐁적'이라거나 '신비하다'라고 할 도리밖에 없다. 〈엉클 분미〉도 예외는 아니다.

영화는 급성 신장염으로 고통 받는 분미 아저씨를 축으로 (중략) 펼쳐진다. 전작들과 마찬가지로 그러나 그 스토리 내지 내용을 축약해 설명하는 건 무의미하다. 독특하다 못해 기이하기 짝이 없다. 영화적 형식이나 스타일은 물론 음악효과 등 사운드 연출도 매한가지다. 마치 현실적 논리 따위는 정지된 신화의 세계를 '체험'하는 듯한 느낌이다. 칸 황금종려상은 따라서 〈엉클 분미〉 한 영화가 아니라 아피찻퐁 위라세타쿤이라는 전위적 아티스트에게 수여한 영예인 셈이다."

오독의 소지가 있어 한 대목은 생략하고 제목을 '엉클 아저씨'에서 '엉클 분미'로, 감독 이름을 아핏차퐁에서 아피찻퐁─크게 세 가지가 통용되고 있는바, 이 둘 외에도 아핏차풍으로 쓰는 평자가 있다. 이 지면에선 모두 '아피찻퐁'으로 통일했다─으로 바꿨으나, 위 글을 작성한 시점에서 2개월쯤 지난 지금도 그 평가엔 변함없다. 이해를 제고시키고자 약간의 정보 내지 의견을 덧붙이자. 감독은 영감의 원천이라는, 1983년 출간 동명 원작과, 2009년부터 여러 나라를 돌며 기억과 변형, 소멸을 주제로 진행한 설치미술 '프리미티브 프로젝트Primitive Project' 등을

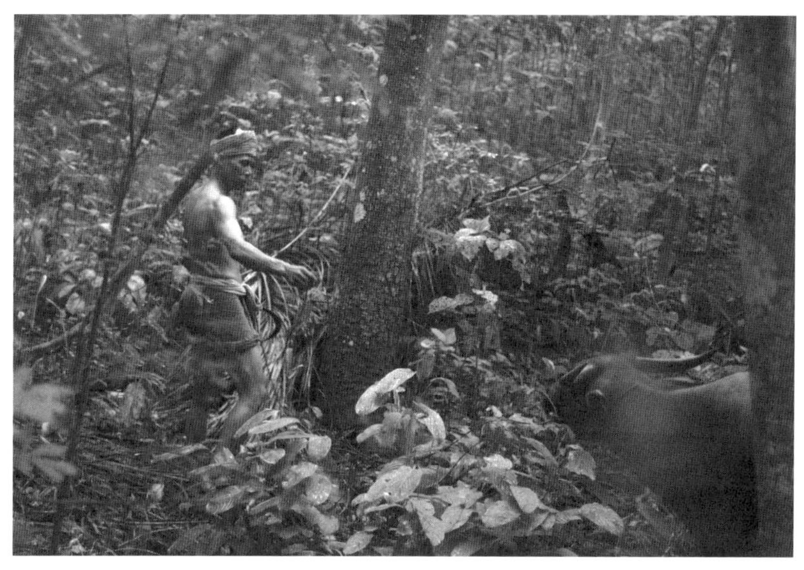

토대로 영화를 빚어냈으며, '전생을 기억하는 사람' 이라는 부제가 영화의 성격 및 스토리라인을 축약적으로 지시한다는 사실 정도다.

상기 프리미티브 프로젝트는 작년 6월 말 런던을 방문했을 때, 영국영화 연구소BFI에서 설치·상영 중이었다. 우연히 체험하게 된 그 프로젝트에 대한 구체적 정보는 하지만 이 글을 쓰기 위해 참고 자료들을 찾는 과정에서 접한, 평론가 김경욱의 글에서 얻었다. 그에 따르면 2010년 11월 17일까지 열린 '미디어시티 서울 2010' 에서 그중 한 작품인 〈나부아〉가 전시됐다. 일곱 개의 비디오 설치와 두 편의 단편영화로 구성된 그 프로젝트에는 단편 〈엉클 분미께 보내는 편지〉(2009)와 〈나부아의 유령들〉(2009)도 포함된다.

〈엉클 분미〉에 보다 가까이 다가가기 위해서는 크게 서너 가지 접근이 가능할 듯. 텍스트 층위를 분석·종합·평가하는, 가장 기본적인 리

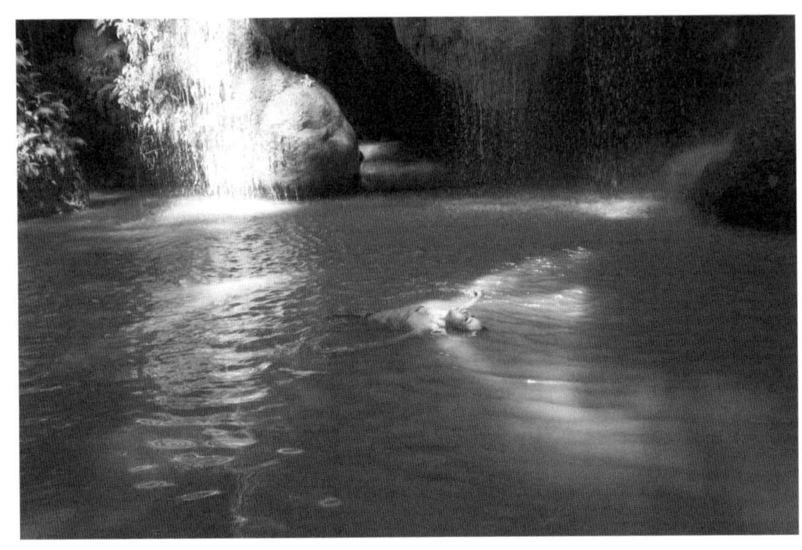

뷰를 위시해, 심심치 않게 구설수에 오르곤 하는 칸 팜므도르 수상 내지 칸 프리미엄을 중심으로 한 예의 작가론적 접근, 그리고 상호텍스트적·콘텍스트적 접근 등이다. 결국 여느 영화 텍스트와는 달리 그 접근이 여간 만만치 않은 셈이다.

우선 칸 수상에 대한 한마디. 흥행—영화진흥위원회 박스 오피스 집계에 따르면 5,500명이 채 안 된다—과는 전적으로 무관한 영화가, 비록 2개 상영관일지언정 2010년 9월, 이 땅의 일반 관객과 조우할 수 있었던 건, 세계 최고 영화제 최고상 수상이라는 프리미엄이 없었다면 불가능했을 것이다. 지난 2000년대를 거치며 쌓여온 감독의 명성을 감안하더라도 말이다. 그랬더라면 총 10편이 선정된 '2011 오늘의 영화' 외국 영화 부문에도 영화는 포함되지 못했을 확률이 높다.

운 좋게도 나는, 2010 칸 영화제 시상식 현장에 있었다. 아피찻퐁을 그 어떤 감독 못잖게 좋아하면서도, 마지막 순간까지도 〈엉클 분미〉가 황금종려상을 차지하리라고는, 기대는커녕 예상조차 하지 않았다. 칸 현지 분위기가 그다지 우호적이지 않아서는 아니었다. 단적으로 국제영화비평가연맹 상Fipresci Award도 경쟁작 중엔 감독상을 받은, 마티유 아말릭의 〈온 투어〉에 주어졌다. 그간 12차례 칸을 찾은 경험으로 판단컨대, 황금종려상은 으레 심사위원 대상에 비해 상대적으로 보다 더 보편적이거나 일반적 덕목을 지니고 있는 영화에 안겨지곤 해서였다. 칸 경쟁 섹션 심사위원단은 그러나, 심사위원장 팀 버튼 감독의 개성에 부응하는 파격적 결정을 내렸다. 그로써 아피찻퐁을 칸의 총아로, '2010년의 감독'으로, 명실상부한 세계의 스타 감독으로 우뚝 솟게 했다.

　작가론의 견지에서 돌이켜보면, 〈엉클 분미〉의 기념비적 쾌거는 충분히 예견 가능했다. 전주영화제에서 국내 첫 선을 보인 〈정오의 낯선 물체〉(2000)로 단연 주목할 만한 장편 데뷔전을 치른 아피찻퐁 감독이 지난 10여 년 간 펼쳐온 행보가 가히 그럴 만했다. 위에서 이미 언급했듯, 1970년생인 그는 〈친애하는 당신〉과 〈열대병〉 등을 통해 일찌감치 세계 독립·작가 영화의 최전선으로서의 명성을 굳혔으며, 내셔널 시네마로서 태국 영화의 존재감도 결정적으로 제고시켜왔다. 2008년엔, 이창동 감독보다 한 해 앞서 경쟁 진출 못잖은 명예인 칸 경쟁 심사위원으로 위촉됐다. 여로 모로 그는 〈시〉의 이창동 감독이나 〈올드 보이〉의 박찬욱 감독보다 칸 패밀리에 한 발 더 가까이 다가서 있었던 것이다. 칸 황금종려상이 〈엉클 분미〉에만이 아니라, 영화 이전에 건축과 미디어아트 등을 두루 섭렵한 아피찻퐁 위라세타쿤이라는 전방위적 아티스트에게 수여된 것, 이라고 진단한 건 그래서다.

지면 제약에도 아랑곳없이 이렇듯 장황하게 텍스트 외적 배경을 들먹이는 까닭은, 그런 사전 지식 없이 〈엉클 분미〉 텍스트 속으로 전격 뛰어드는 건 헛수고이기 십상일 터여서다. 만약 감독의 필모그래피 중 〈엉클 분미〉가 처음 조우하는 영화라면, 그럴 공산은 더욱 커진다. 무슨 영화인지 도무지 종잡을 수 없을 게 뻔하다. 장―뤽 고다르(〈네 멋대로 해라〉)나 알랭 레네(〈히로시마 내 사랑〉), 장―마리 스트로브(〈화해 불가〉) 등 서구의 대표적 영화 모더니스트들의 텍스트처럼 난해해서는 아니다. 그보다는 아피찻퐁의 영화 세계가 지독하리만치 낯설고, 생소한 만큼 새로운 탓이다. 비교 사례를 찾기 불가능하리만치 낯설고 새로운 영화 세계! 다름 아닌 그 낯섦 내지 생소함이 그만의 독창성의 출발이요 과정이며 도달점인 것이다.

아피찻퐁 영화들에 조금이나마 가까이 다가가려면, 이른바 주류 드라마투르기로부터 자유로워야 한다. 기―승―전―결이니 발단―전개―위기―절정―파국 등 동서고금을 막론하고 아리스토텔레스 이래 애지중지돼온 그 전형적 플롯에 얽매여선 안 된다는 것이다. 극적 개연성·설득력 등 내러티브상의 금과옥조도 무시하거나 폐기처분해야 한다. 예의 이성적·지적 영화읽기도 마찬가지다. 그랬다가는 낭패를 겪지 않을 길이 없을 게다. 다시금 강조컨대 아피찻퐁의 영화는, 머리는 말할 것 없고, 시·청·촉각 등 인간의 모든 감각, 마음, 감성·감정, 나아가 초감각까지도 총동원해 체험하고 느껴야 하는 '새롭고 다른 그 무엇'이다. 그렇다고 내러티브적으로 접근키 불가능하거나 어렵다는 의미는 아니다. 기존의 영화읽기와는 판이하게 다른, 전全감각적이며 초감각적인 영화보기와 듣기, 생각하기, 느끼기, 체험하기…즐기기가 요청된다는 것이다.

　이쯤에서 리뷰에 요청되기 마련인 줄거리 소개를 간단히 해보자. 엉클 분미는 치명적 신장 질환을 앓고 있어 죽을 날이 멀잖다. 그는 남은 날들을 보내기 위해, 처제 젠과 (제목으로 미뤄 분미나 젠의 조카로 짐작되나 확실치는 않은) 통이라는 젊은이와 함께, 자신의 꿀벌 농장이 있는 시골 마을 '나부아'로 향한다. 그 곳에는 분미를 간호하는 또 다른 젊은 남자 자이가 그들을 기다리고 있다. 어느 날, 19년 전 죽은 아내 후아이의 유령이 나타난다. 뒤이어 13년 전 원숭이 귀신에 홀려 그 세계로 사라져버렸던 아들 분쏭도 나타난다. 포스터를 장식하곤 하는 원숭이귀신 모습으로. 자신의 병이 자신이 기억할 수 있는 전생과 밀접한 관련이 있다고 생각하는 분미는, 죽음을 맞이하기 위해 그들 모두와 함께 정글, 즉 숲속으로 들어가고, 그 자신이 처음 생을 시작했다고 느끼는,

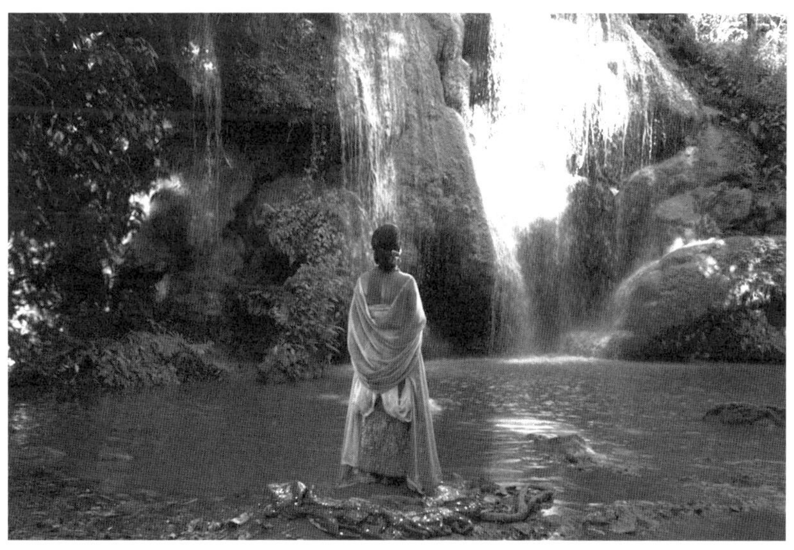

언덕 위 신비로운 동굴에서 생을 마감한다.

이 얼마나 기이하면서도 단순한 스토리라인인가. 오죽하면 《씨네21》의 기자가 다소의 과장을 무릅쓰면서까지, "어쩌면 아피찻퐁의 필모그래피 중에서 가장 친절하고 내러티브가 뚜렷한 작품이라 해도 과언이 아니다"라고 했겠는가. 이와 같은 줄거리 소개는 그러나, 영화에 다가가는 데 거의 아무런 도움이 되지 않는다. 과격하게 말하면, 내러티브라는 전통적 개념 자체를 아예 잊으라고 조언하련다. 그 개념에 집착하면 할수록 영화는 점점 더 오리무중 속으로 빠져들 테니까 말이다. 오프닝 크레디트와 영화 타이틀 사이, 5분가량의, 일종의 프롤로그부터가 탈/비내러티브적이다.

"정글과 언덕, 계곡 앞에 서면 짐승이나 다른 존재였던 내 전생이 떠오른다"는 자막과 화면이 열리면, 영화는 소 한 마리를 클로즈업으로 보여준다. 소는 들에서 서성이다 숲속으로 들어간다. 소와 같이 들에 있던 세 사람, 성인 남자와 여자, 그리고 아이 중 남자가 숲으로 들어간다. 그는 마치 가족이나 친구를 부르듯 소 이름을 부르며, 소를 숲 밖으로 끌고 나간다. 장면이 바뀌면 상기 원숭이귀신이, 낯선 반인반수적 혹은 아피찻퐁적 존재가 화면에 등장한다. 그리고는 제목이 떠오른다.

프롤로그 내지 오프닝 크레디트의 일부인 이 시퀀스와 그 이후의 시퀀스들 사이에는, 인과관계는커녕 논리적 연결 고리가 부재한다. 원숭이귀신은 정체(?)가 드러나지만, 소나 세 사람이 어떤 함의를 띠는지는, 텍스트내(재)적으로는 확실치 않다. 숱한 가능성들을 막연히 짐작할 따름이다. 더욱이 이 시퀀스 스타일은, 젠과 통을 태우고 분미가 운전해 시골마을로 향하는 도입부—의도 여부에 상관없이 압바스 키아로스타미를 떠올리는—의 스타일과 판이하게 다르다. 마치 두 영화를 내적 의미 없이 이어놓은 것 같은 느낌이다. 그 느낌은 영화를 관류한다. 두 편정도가 아니라 대여섯 영화를 느슨하게 연결시킨 듯하다.

그에 대해 김경욱은 이렇게 전한다. "아피찻퐁은 이 영화를 여섯 개의 릴로 촬영해 각 릴마다 다른 스타일을 부여했다. 첫 번째 릴은 자신만의 스타일, 두 번째는 TV 드라마 형식, 세 번째는 점프 컷, 네 번째는 로열 코스튬 드라마 등의 방식으로 찍었다. 한 편의 영화가 영화사의 스타일들을 기억하는 여섯 개의 설치예술이 된 셈이다. 아피찻퐁은 '누구나 디지털 영화를 찍는 지금, 필름으로 찍은 〈엉클 분미〉는 분미처럼 죽음에 직면한 필름 영화를 애도하는 작업' 이라고 역설한다."

김경욱의 전언에는, 〈엉클 분미〉가 '엉클 분미' (의 마지막 날들)에 대한 영화이면서 동시에 영화만들기에 대한 영화, 즉 메타영화라는 사실이 함축돼 있다. 그보다 더 중요한 사실은 첫 번째 릴을 아피찻퐁 그만의 스타일로 찍었다는 것이다. 첫 번째 릴은 물론 프롤로그 시퀀스다. 그렇다면 그만의 스타일이란 대체 무엇일까. 그와 관련해서는 〈엉클 분미〉를 "변신과 환생의 우화"로서 독해한 이현경의 평문(『영화평론』, 제23호…2010, 한국영화평론가협회)을 참고할 만하다.

아피찻퐁의 영화들은…"태국의 전설과 민담을 천연덕스럽게 끌어들이는 한편 태국의 역사, 정치, 종교를 적절하게 배치해 낯설고 신비한 오리엔탈리즘을 만들어낸다. 그 결과, 자칫하면 서구인의 입맛에 맞춘 기호품으로 전락하기 쉬운 오리엔탈리즘을 자기만의 방식으로 구현하는데 성공했다." 이씨는 계속한다. "〈엉클 분미〉는 〈열대병〉, 〈징후와 세기〉 등을 통해 이미 완성된 아피찻퐁의 영화 세계를 일정부분 반복하면서,

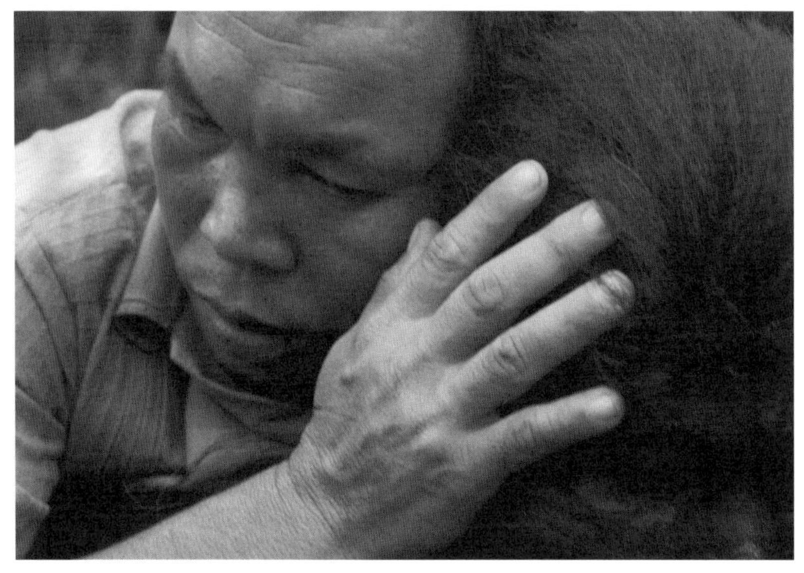

'변신'과 '환생'이라는 주제에 초점을 맞추고 있다"고. "전작에 비해 간결해진 플롯과 함축된 주제의식 때문에 〈엉클 분미〉는 아피찻퐁의 필모그래피 중에서는 상대적으로 쉬운 영화다. 물론 아피찻퐁의 영화 세계에 익숙한 관객이라면 그렇다는 뜻이다"라면서.

위 진단에 이어 이씨가 "설화의 수용과 변신 모티프", "상처 입은 역사와 환생 모티프", "반복과 차이"를 소제목으로 내세우며 영화를 리뷰하는 건, 논리적으로 당연하다. 그 리뷰는 아피찻퐁 영화 세계의 낯설음과 낯익음을 동시에 적시한다. 반복·환생에 의한 낯익음과 차이·변신에 의한 낯섦! 환생과 변신, 또는 반복과 변주로 통칭될 아피찻퐁만의 스타일은 그 특유의 영화적 '시체놀이Exquisite Corpse/Cadavre Exquis'와 '전치/데페이즈망Depaysement'에 의해서도 특징지어진다. 그에 대해서는 '낯설음의 기원'이라는 부제로 아피찻퐁에 대한 작가론을 펼친 신예 평론가 이지현의 2010 영평상 신인평론상 수상글(『영화평론』, 제23호…2010, 한국영화평론가협회)—이씨는 '데파주망' 이라고 표기했는데 불어의 오발음에 의한 오기다. 한편 Exquisite Corpse는 '고아한 시체', '우미한 시체', '처참한 송장' 등으로 번역되곤 하는데 의미 면에서 이씨의 의역이 더 적절하다고 판단해 그대로 따랐다—의 도움을 빌어보자.

어느 기사에 따르면, '시체놀이' 는 "종이에 쓰거나 그리는 과거 초현실주의자들의 게임에서 시작됐다. 각 작가들은 자신의 작품을 접어서 숨기고, 그 페이지가 완성될 때까지 작은 부분만을 보여주게 된다." 그것은 각기 다른 사람들이 만든 이미지나 말의 단편들을 한 개인이 아니라 여러 사람이 집단적 결합하는 일종의 콜라주이다. 아피찻퐁에 의한 그 게임의 영화적 적용은 "〈정오의 낯선 물체〉에서 선택한 스토리텔링 방식, 특히 '서로 무관한 타인들이 이야기를 이어가는 방식'(강조 필자)" 등에서 이뤄진다. 좀 더 이씨의 입을 빌어 보자. 데페이즈망의 구체적 예는, 〈정오의 낯선 물체〉에 등장했던 아버지와 딸의 보청기 에피소드가 〈징후의 세기〉에서 등장하고, 〈열대병〉에서 닭을 먹던 켕이 〈징후와 세기〉에서 "닭고기들을 많이 먹었더니 꿈에서 닭이 공격한다"는 노스님 옆에 앉아 있는 등의 예들을 통해 드러난다. 아피찻퐁의 시체놀이는 이렇듯, 에피소드나 인물이 여러 영화를 통해 이어지는 방식으로 구현되는 것이다. 다시 말해 데페이즈망을 통해 구현되는바, "동일한 인물과 상황을 전혀 다른 공간에 배치하며, 등장인물은 물론 관객까지 초현실의 세계로 이동시킨다."

위 용어들은 동원하진 않아도, 아피찻퐁 영화의 반복과 변주에 대해서는 이현경 역시 꼼꼼히 짚는다. "…〈열대병〉, 〈징후의 세기〉, 〈엉클 분미〉는 세 편이 한 쌍을 이루고 있는 것처럼 보인다. 같은 배우가 연기하는 통과 젠이라는 인물이 매번 등장하고 한 편의 영화에서 설명되지 않았던 사연을 다른 영화 속에서 듣게 된다." 아핏차퐁의 전작들을 맛본 이들에게, 〈엉클 분미〉의 낯선 프롤로그 이후 펼쳐지는 도입부가 친숙하게 다가서는 연유다. 이미 만난 적 있는 인물·배우들이 등장하고, 달리는 차창 안을 비추는 햇빛의 느낌도 〈친애하는 당신〉 등과 비슷하다. 문득 기시감이 밀려든다. 낯섦 속의 낯익음, 친숙함 속의 생소함…서구식으로 말하면 정중동, 동중정의 아피찻퐁적 변형·미학이라 할 만하다.

이현경의 지적이 아니더라도, 아피찻퐁의 영화들에는 숲의 연장으로서 정글, 태국 국교로서 불교, 역사적 상흔으로서 군대, 인간의 또 다른 형태로서 동물 등의 제재가 반복·등장한다. 전생과 후생, 환생 등에 관한 대화도 거듭된다. 여느 영화들과 달리 오프닝 크레디트가 〈엉클 분미〉처럼 분리되거나 지연되고, 구조적으로 이중구조를 취하곤 하는 것도 그런 소재 및 주제에서 비롯되는 결과들인 셈이다. 단적인 예가 〈친애하는 당신〉이나 〈징후와 세기〉에서 비슷한 이야기가 영화의 전반과 후반에서 되풀이 되고 있는 것이다. 다름 아닌 '데페이즈망'이다. 이현경은 말한다. "그의 영화들을 이어서 보게 되면 마치 퍼즐을 맞추는 기분이 든다. 비어있던 부분에 맞는 조각을 다른 영화에서 찾기도 한다." 그야말로 시체놀이와 데페이즈망이다.

시체놀이와 데페이즈망—이 두 개념이 결국 현실과 허구·환상, 이생과 전생, 인간과 유령·동물, 삶과 죽음…사이의 경계를 해체시키면서

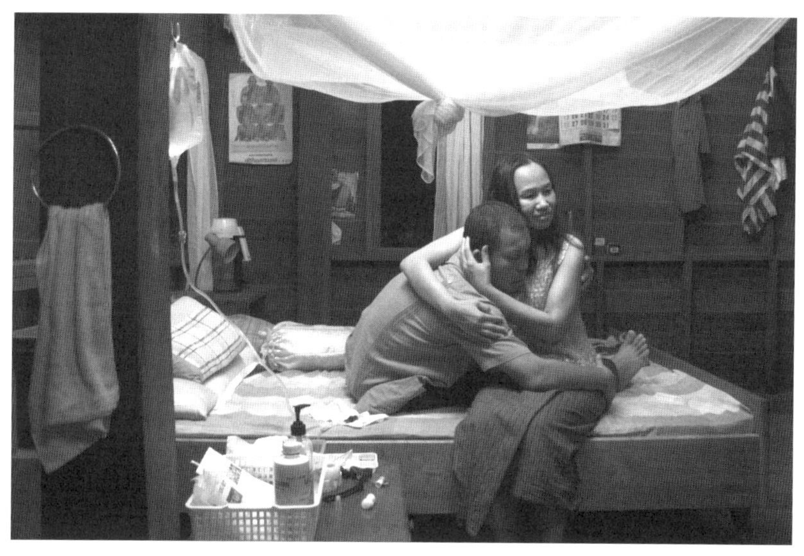

아피찻퐁 영화 세계를 지극히 낯설면서도 어느 모로는 낯익게 만드는 핵심 변수들인 것이다. 종종 비교되는 홍상수 영화들과 그의 영화들을 결정적으로 구분 짓는 것도 그 변수들이다. 더 나아가 키아로스타미나 허우 샤오시엔, 장이모우 등 여타 아시아 영화의 거장들과 달리, 크고 작은 오리엔탈리즘의 혐의로부터 아피찻퐁을 자유롭게 해주는 것도 그렇고, 적어도 아직까지는……

시체놀이와 데페이즈망, 반복과 변주…이것만으로 족할까? 그렇진 않을 듯. 그래 요청되는 것들이 감독의 다른 영화 텍스트들을 비롯해 (태국의)설화, 역사 등으로 대변되는 아피찻퐁 영화 세계의 콘텍스트성과 상호텍스트성이다. 앞서 이미 언급했지만, 김경욱의 도움을 다시금 빌려보자. 분미 일행이 찾는 나부아는 라오스에 접한 태국 북부 이산 지역의 나콤파논에 있는 마을로, "1965년 태국 군대가 공산주의 동조자들을 폭력적으로 진압한, 역사적 상처가 서린 곳"이다. 그 사실은 분미의 입을 통해서도 전달되는데, 그의 신장병과 죽음은 물론 아내의 이른 죽음과 아들의 실종마저도 공산주의자들을 적잖이 죽였던 그의 과거와 무관하지 않음이 암시된다. 결국 분미의 죽음은 회한과 회개, 나아가 치유의 여정인 셈이다.

이쯤이면 〈엉클 분미〉를 포함해 아피찻퐁의 영화 세계를 조금은 더 이해할 수 있지 않을까. 적잖은 평자들을 곤혹스럽게 만드는, 스님으로 분한 통과 젠의, 마지막 에피소드나, 종과 사랑하는 사이이면서 메기와 섹스를 나누는, 영화 중반의 그 기이하면서도 매혹적인 에피소드 등 그 어떤 것이건 간에……

문득 밀려드는 의문 하나. 외국인들에겐 이토록 낯선 아피찻퐁의 영화들이 태국 관객들에겐 어떻게 수용되고 있는 걸까. "우리가 앙리 베르그송의 책을 펼치고서야 아피찻퐁의 비전을 설명할 수 있는 단어들을 더듬어낼 수 있는 것과 달리, 아피찻퐁을 비롯한 타이 사람들에게는 이 신비로운 세계가 그저 자연스럽게 체득된 믿음의 체계라는 점이 부럽고 안타까울 따름"이라는 《씨네21》 기자의 주장을 액면 그대로 받아들여야 할까. 아피찻퐁이 태국 TV 및 라디오 프로그램들, 코믹물들, 옛 영화들의 극적 플롯 구조에서 발견되는 요소들을 차용해 자신의 영화들에서 실험하고 있다, 는 사실 등을 감안하면 그럴 법도 하나 짐작컨대 그럴 것 같지만은 않다. 홍상수의 영화 세계를 한국 대중 관객들이 자연스럽게 받아들이지 못하는 것과 같은 이치처럼.

"〈엉클 분미〉는 그야말로 경천동지할 영화적 사건일 것"이라는 상기 기자의 단언은 분명 과장이다. 하지만 그로 인해 2010년 세계 영화

가, 세계영화역사가 그만큼 더 풍성해진 것만은 부인할 수 없지 않을
까. 〈엉클 분미〉와 더불어 보낸 요 며칠은 내게 남다른 기억으로 머물
성싶다. 이 글을 쓰는 과정이 마치 분미가 정글을 거쳐, 전생의 동굴
로 나아가는 여정처럼 다가섰기에 하는 말이다. 지나친 감상이요 과장
인 감이 없진 않지만…….

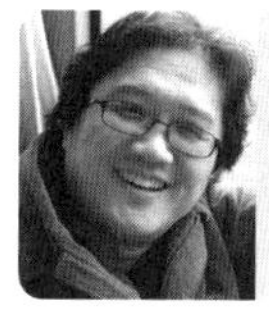

전 찬 일 __ chanilj@hanafos.com
부산영화제 프로그래머. 저서로 『영화의 매혹, 잔혹한 비평』이 있음. 《쿨투
라》 편집위원. 전주대 영화영상 전공 객원교수.

후안 호세 캄파넬라 감독

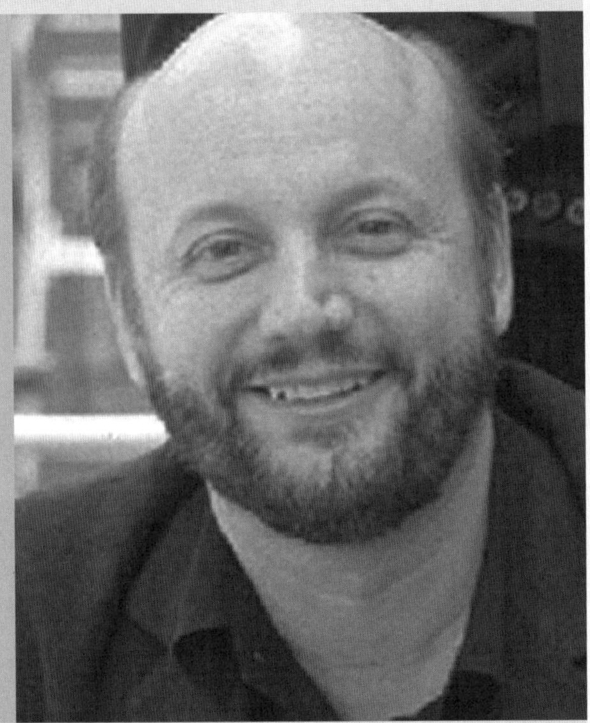

엘시크레토
비밀의 눈동자

출연/리카도 다린
솔레다드 빌라밀
파블로 라고
각본/후앙 호세 캄파넬라
에두아르도 사체리
촬영/펠릭스 몬티
음악/페데리코 주시드
편집/후앙 호세 캄파넬라

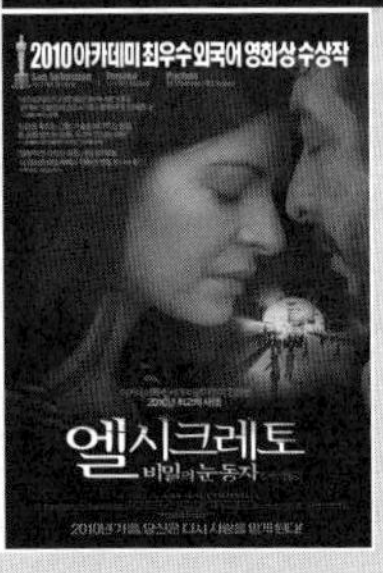

사랑에 대한 무서운 성찰.

한 여인을 향한 무한한 사랑이 빚어낸 무한한 복수.

한 가지 사건을 통해 그 시대의 풍경, 사랑, 액션 등 영화적 요소를 깔끔하게 담아낸 작품. 많은 것을 담고 있지만 부담되지 않게 느끼는 연출력이 돋보인다.

치밀한 각본, 연출, 깊이…사랑과 복수의 이중주에 전율마저 느껴진다.

충격적인 반전만큼 너무도 강렬했던 한 남자의 사랑이 아픈 역사의 흐름 속에서 잘 묘사됐다.

2010년의 으뜸 수확이자 발견! 내러티브 충위부터 시, 청각 충위 등 영화의 전 충위에서 최상의 수준을 뽐낸다. 특히 플롯은 압권이다. 이런 게 바로 플롯, 이라 할 수 있을 정도의 정교함을 자랑한다. 가히 플롯의 교본으로 삼을 만하다.

— 추천위원의 선정 이유 中

정치 폭력에 관한 성찰의 한 방법

방민호

관객의 시선을 스크린에 120분 동안 붙잡아 둘 수 있는 힘은 어디서 구해야 하나. 오늘날 영화는 그것을 스피드와 엽기에서 즐겨 구한다. 주제는 테크닉과 볼거리에 우선권을 빼앗긴 지 오래 되었다. 그러나 하필 전쟁영화들이지만, 〈지옥의 묵시록〉이나 〈씬 레드라인〉 같은 것은 총탄이 쏟아질 때도 바그너의 음악과 부처의 정적이 함께 삽입되는 사치를 누릴 수 있지 않았던가.

컷이 초 단위, 초초 단위로 분절되는 스크린에 지친 눈을 쉴 수 있게 해주는 영화는 좋다. 그러나 위험하다. 표를 샀다는 이유 때문에 객석에 앉아 있기는 하지만 관객들은 극장을 나서자마자 따분한 영화라는 불평을 늘어놓을 수 있는 입이 있다. 현란한 몽타주조차 평범하고 진부한 기법으로 치부되게 마련인 이때, 과연 주제의 힘을 복권시키는 것은 어떻게 가능한가.

〈엘 시크레토〉는 가장 평범한 영화 이야기처럼 시작해서 가장 평범하

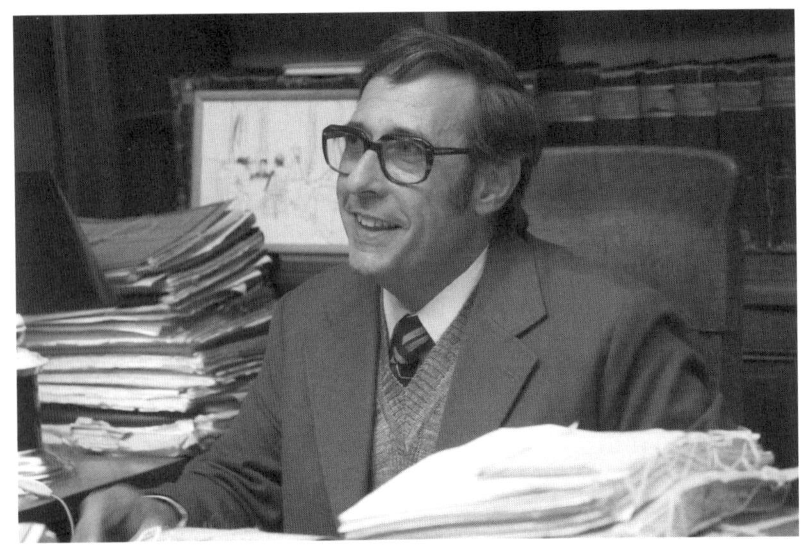

지 않은 결말을 이끌어낸다. 은퇴한 검사보 에스포시토는 25년 전의 이야기를 소설로 쓰고 있다. 여기서 소설 쓰기라는 것은 과거에 대한 '기억'을 의미하는 장치다. 이 영화는 기억에 관한 영화이기도 하다. 에스포시토는 옛날 자신의 상관이었던 이렌느를 찾아가 자신이 쓰고 있는 소설을 보여준다. 여기서 하나의 의문이 발생한다. 더불어 어떤 영화적 스토리상의 위기가 일찍부터 닥쳐온다.

퇴직한 수사관이 소설을 쓴다? 그것은 십중팔구, 옛날에 자신이 맡았던 사건에 관한 것이 될 수밖에 없다. 진부하다. 이제 이 영화의 성패는 이 사건의 무게에 전적으로 내맡겨진다. 그러면 이 영화는 〈살인의 추억〉처럼 어떤 사건의 미궁에 관한 것인가? 그렇다. 그런 것이 아니고서는, 그래서 이 늙은 은퇴 수사관이 그렇게 오랜 시간이 흐른 뒤에도 매달리고 되돌아볼 수밖에 없는 미궁에 관한 것이 되지 않으면 안 된다.

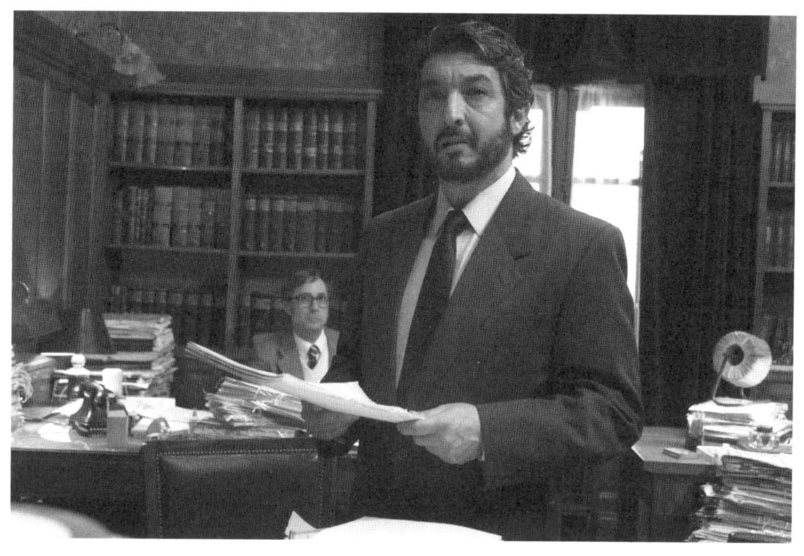

그렇다면 어떤 미궁인가?

그 미궁의 사건은 23세 미모의 한 여인이 무참하게 강간, 살해당한 사건에 얽힌 것이다. 예민한 후각을 가진 에스포시토는 그녀를 살해한 자가 오래 전부터 그녀를 갈망해온 고메즈라는 청년임을 알아차린다. 이 청년은 수사망이 좁혀 들어오자 종적을 감춰 버린다. 영화 속 이야기는 어느새 범인 찾기 쪽으로 기울어진다. 살해당한 여자에게는 남편이 있었다. 이름은 모랄레스. 오로지 아내만을 사랑한 그는 살인범으로 지목된 자가 도시로 들어오는 길목인 역을 지키며 하루하루를 보낸다. 이를 알게 된 에스포시토는 종결된 사건의 재수사에 착수하고…….

한국 관객들은 대부분 아르헨티나가 어떤 역사를 가지고 있는지 모르기 때문에 이 작품을 한 번 봐서는 다 볼 수 없다. 후안 호세 캄파넬라 감독은 아르헨티나 '스러운' 상황을 드러내는 장치를 여기저기 배치해

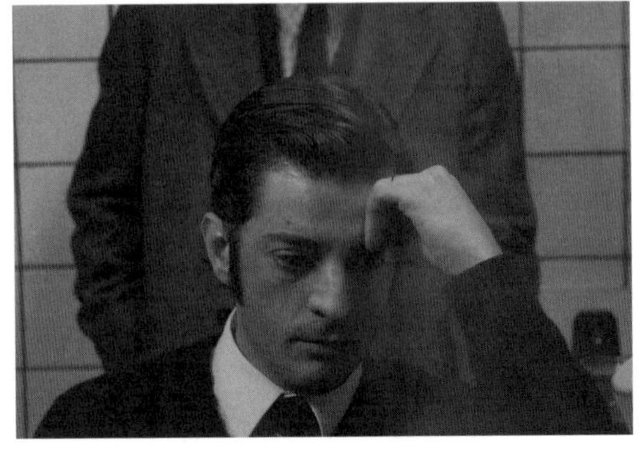

놓았다. 그러나 영화가 중반에 다다르기까지 이 영화는 미제 살인 사건의 추적에 관한 이야기처럼 보인다. 그래서 이미 〈살인의 추억〉같은 우수작에 익숙해진 한국 관객은 이 영화의 느린 보폭에 만족감을 느끼기 어려울 정도다. 아마도 이는 이 작품의 초현대적이지 못한, 구성상 결함에 속할 것이다. 그러나 지금은 일단 이 작품의 주제가 심각하디 심각한 것으로 판명된 후다. 이 결함에 대한 평가는 안으로 들어갈수록 베일에 가려진 진면목이 드러나도록 한 감독의 의도에 속하는 것으로 유보해 둘 필요가 있다. 이야기가 중반부를 넘어가면서 이 작품의 진짜 주제가 드러나기 시작한다. 그것은 〈살인의 추억〉이 범인을 알 수 없는 사건을 시대상황에 병치시켰던 것과 달리, 뻔히 드러난 범인을 가둬둘 수 없었던 사건에 아르헨티나가 겪어온 역사적 상황을 병치시키는 것이다. 범인의 정체가 명료하고, 잔악무도한 그를 감옥에 처넣었다. 그러나 정작 그는 감옥에서 체제를 위한 밀고자 역할을 유능하게 해내고 나와 백주 대낮에 버젓이 활개를 치고 살아간다. 아르헨티나의 정의는 끝까지 그를 징벌할 수 없다. 그를 비호하는 세력 때문에 오히려 검사보 에스포시토가 암살자들의 표적이 된다. 불쌍한 그의 동료가 그를 대신해서 죽음을 당한다. 그후 에스포시토가 유력자 집안을 배경으로 가진 이렌느의 도움으로 멀리 피신하고 긴 세월이 흐른다.

이 영화가 문제적인 것은 어두운 정치의 세월을 인생의 시간이라는 측면에서 조명하기 때문이다. 정치란 무엇인가. 그것은 짐승들이 벌이는 생존을 위한 투쟁을 인간적인 방법으로 옮겨온 것에 불과하다. 이것은 필자의 지나친 편견일 수도 있다. 그러나 이 때문에 정치에 몰두해 있는 사람은 인생을 통찰할 수 없다는 것이 필자의 생각이다. 정치가나 투쟁가가 인생을 통찰할 수 있으려면 문제를 정치 바깥에서 보는 눈을 함께 가져야 한다. 정치는 그 가장 전형적인 특성 속에서 보면 힘을 향한 욕망 때문에 인생을 잊게 만들고, 투쟁 속에서 어떤 시간이 흘러가는지 모르게 만드는 것이다. 〈엘 시크레토〉의 감독은 정치가 소모시켜 버리는 삶에 대해 이야기한다. '진짜' 삶의 시간에 대해 암시적으로 말하고 싶어한다. 과거의 기억이 담긴 소설을 가지고 과거의 여인 이렌느를 찾아온 에스포시토. 그는 그녀에게 어떻게 해서, 사랑하지도 않는 사람과 결혼해서 텅 빈 삶을 살아올 수 있었느냐고 묻는다. 그런 그 또한 피신 후 오랜 세월을 안데스 산맥 오지에서 시간을 덧없이 흘려보냈다. 왜 이렌느는 그를 선택하지 않았으며, 또 그는 왜 그녀를 향해 돌진하지 않았던가. 힘이, 부와 지위에 대한 의식이 그들을 갈라놓았기 때문일 것이다. 살인범을 잡은 일이라면 진실을 향한 정의욕에 불타는 에스포시토도 부나 지위 같은 세속적인 힘의 작용을 떠나서 그녀를 자신의 아내로 만들

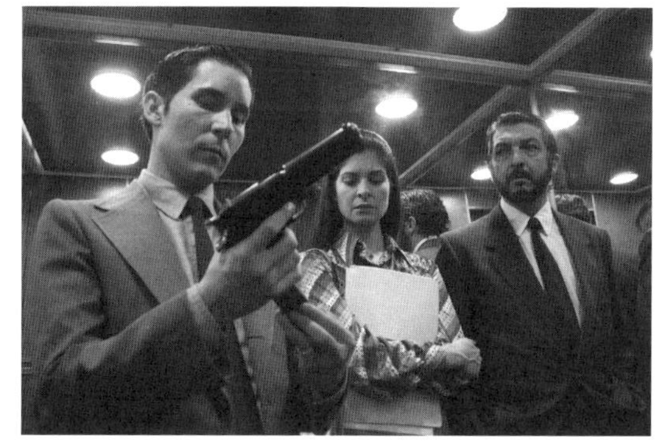

수 있으리라고 생각하지 않았다. 그러던 시대에 힘은 어두운 아르헨티나에서 생존의 조건, 살아남을 수 있는 모든 수단의 원천이었다. 이 점에서 에스토시토나 이렌느는 그 어두운 시대를 지탱하는 존재들이기도 했다. 꼭 그렇게 단언할 수 없다 해도 이들에게서는 살아남은 자의 슬픔, 죄의식이 엿보인다. 에스토시토의 동료였던 산도발처럼 죄 없는 자는 시대의 희생양으로 죽음을 맞이해야 했다.

이 영화에는 가장 극적인, 텅 빈 삶의 시간을 살아가는 두 인물이 등장한다. 모랄레스와 고메즈가 그들이다. 잊혀지지 않는 기억, 풀리지 않는 진실의 미궁을 찾아간 에스포시토를 향해 모랄레스는 고메즈를 자신이 총으로 쏘아 죽여버렸노라고 한다. 그러나 에스포시토가 마침내 발견한 충격적인 사실은, 그가 25년이라는 장구한 세월 동안 고메즈를 자신이 만든 사설 감옥에 가두어 두고 있었다는 것이다. 이를 통해 이 영화는 한국의 관객들에게는 낯익은 또 하나의 주제에 연결된다. 그것은 〈친절한 금자씨〉의 감독이 물었던 바의 것, 사형死刑 아닌 사형私刑에 관한 것이다.

왜 국가나 사회가 죄를 징벌해야 하는가. 과연 국가나 사회가 개인의 원한을 감당할 수 있고 해원해 줄 수 있는가. 국가나 사회가 죄를 저지를 자를 징벌하지 않을 때, 그 징벌이 죄의 무게나 깊이에 합당하지 않을 때, 또는 죄에 노출되어 삶을 희생당한 사람의 원한이 국가나 사회의 처분을 차분히 기다릴 수 없을 때, 사형私刑은 정당화될 수 있는가. 〈친절한 금자씨〉의 마지막 장면은 슬프면서도 의미심장하다. 이 영화는 징벌이라는 문제에 있어 공적인 힘의 무능력과 사적인 힘의 아이러니에 대해서 이야기한다. 복수를 마치고도 금자씨는 행복하지 않았다. 원한

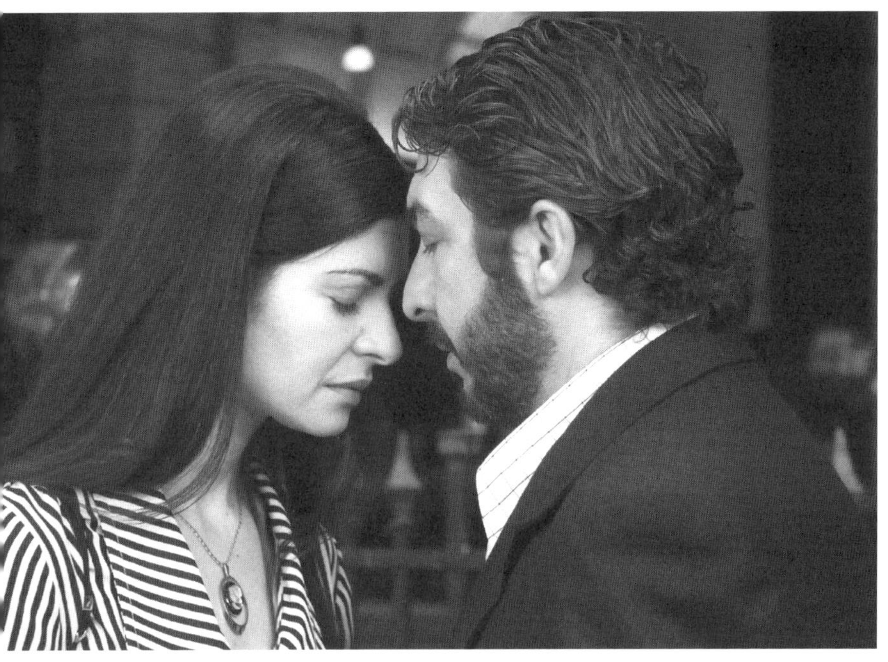

을 풀어버린 금자 씨는 흰 눈 내리는 밤에 감옥에서 나와 두부를 손에 받아든 것 같은 모습으로 복수를 마친 자의 고통으로 얼룩진 얼굴을 흰 케익에 파묻는다. 자신의 아내를 잔혹하게 살해한 고메즈를 응징하기 위해, 그에게 사형死刑은 너무 가벼운 징벌이므로, 모랄레스는 스스로 판관이 되어 그에게 종신형을 선고하고 이를 집행했다. 그러나 이 복수는 자신의 인생을 희생시키는 아이러니를 감당해야 했다. 복수하지 않고는 살아갈 수 없었기 때문에 복수를 결행하어야 했다. 그러나 이 복수의 시간은 그 자신에게도 텅 빈 삶을 살아갈 것을 강요한다. 순진하고 완전한 사랑 속에서 행복한 나날을 보내던 젊은 날의 모랄레스는 이제 그러한 유토피아에서 살아갈 수 없다. 복수를 위해서 그는 자신의 거처 한쪽에는 아내의 젊은 날의 초상을 모셔두고, 다른 한 쪽에는 고메즈를 징벌한 사설 감옥을 모셔두어야 한다. 추억을 빵조각처럼 씹어 먹으며, 외부 세계와 완전히 단절된 삶을 살아가지 않을 수 없다.

〈엘 시크레토〉는 이 시대의 테크닉이 허용하는 첨단적인 효과를 의도적으로 절제, 희생시킴으로써 결말에 다다라 명료해지는 주제적인 구축을 향해 나아가는 데 성공했다고 할 수 있다. 이 주제적인 새로움은 정치를, 투쟁을, 힘을, 그것 때문에 희생되는 '삶 자체'의 가치에 대비시킬 수 있었던 데 있다. 이 '삶 자체'는 이 영화의 외면에 나타나지 않는다. 그러나 관객들은 그것이 무엇인지 충분히 감지할 수 있다. 그것은 비록 보이지 않지만 언제나 우리 가까이에 존재하기 때문이다. 우리가 우리의 사고방식, 삶의 태도를 확고하게 바꿀 수만 있다면, 그것은 언제나 우리 앞에 모습을 드러낼 채비가 되어 있다.

그러나 이 영화가 상영된 서울, 신촌, 이화여대 안 모모극장 객석에서 필자와 함께 스크린을 쳐다보고 있던 사람은 겨우 스무 명 남짓. 하루에 한 번 오후 여섯 시나 네시 이십분에 상영하고 마는 이 문제작을 위한 관객은 너무나 적다. 아직도 정치 논리가 우리 삶의 시간을 확고하게 지배하고 있는 2011년. 서울. 우리는 그만큼 텅 빈 시간을 살아간다. 어떻게 이 긴 시간을 그렇게 무감각하게 견딜 수 있다는 것일까.

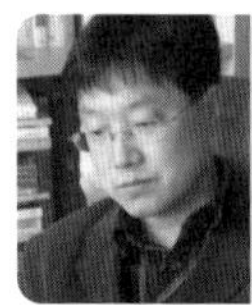

방 민 호 __ rady@snu.ac.kr
서울대 국어국문학과 졸업.《창작과비평》문학평론으로 등단. 저서로 『비평의 도그마를 넘어』『감각과 언어의 크레바스』『나는 당신이 하고 싶은 말을 하고』등이 있음. 서울대국어국문학과 교수.

자크 오디아르 감독

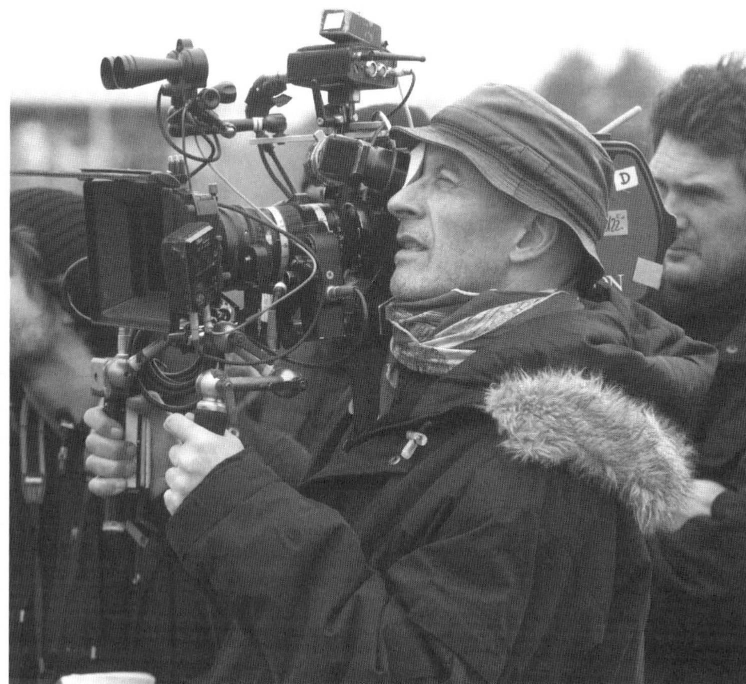

예언자

출연/타하 라힘, 닐스 아르스트럽
아델 벤체리프
각본/자크 오디아르
토마스 바이드게인
촬영/스테판 퐁텐
음악/알렉상드르 데스플라
편집/줄리에 웰플링

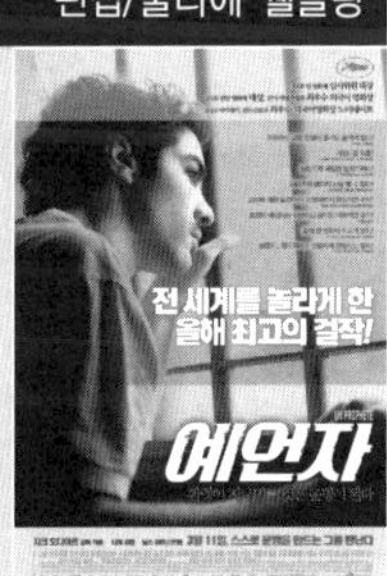

느와르 속에 현실을 녹인 수작.

영상과 시나리오의 절묘한 결합.

이처럼 제목과 내용이 잘 어우러진 멋진 영화가 있을까.

프랑스 뒷골목의 권력 이동을 포착한, 놀라운 마술적 사실주의.

감옥에서 새사람이 된다는 의미를 무섭도록 날카롭게 파헤친 수작.

— 추천위원의 선정 이유 中

2010년을 빛낸 외화 〈예언자〉

송광호

잡범으로 들어온 10대 소년. 글조차 모르는 무지렁이가 교도소에서 인생의 모든 걸 배운다. 글 쓰는 법, 사람의 마음을 사로잡는 법, 그리고 복수하는 방법까지.

자크 오디아르 감독의 '예언자' 는 프랑스 사회의 치부를 은근히 담아내면서도 누아르적인 재미에 충실한 수작이다. 탄탄한 이야기에 얹은 부조리한 사회에 대한 은밀한 공격은 날카롭다 못해 서슬 퍼렇다.

날선 현실인식의 밑바닥에는 환상 같은 마술적 세계가 깔려있다. 그리고 그 마술적 세계는 살인을 함으로써 미래를 예지할 수 있는 능력을 가진 주인공 말리크의 예에서 볼 수 있듯, 살을 에는 듯한 냉기로 가득하다.

밀도감 있는 이야기의 힘

19살 아랍계 프랑스인 말리크(타라 라힘)는 6년형을 선고받고 교도소

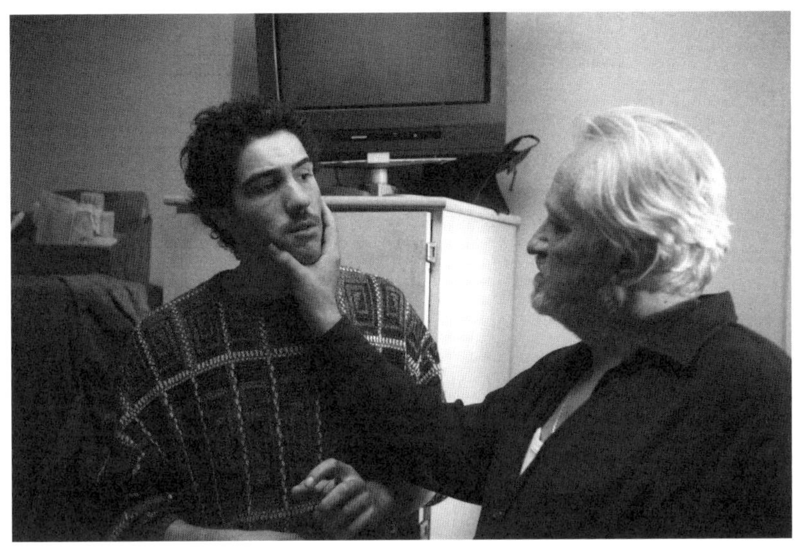

에 수감된다. 돈도, 뒤를 봐주는 사람도 없는 그에게 어느 날 교도소에서 제왕처럼 군림하는 코르시카계 마피아 두목 루치아니(닐스 아르스트럽)가 접근, 아랍계 마피아조직원 레예브를 살해하라고 강요한다.

말리크는 "사람을 못죽인다"며 반발해보지만 돌아오는 건 견디기 힘든 매질뿐이다. 교도소장에게 도움의 손길을 요청해보지만 자신의 감방에서 린치를 당한다. 교도소는 이미 루치아니의 세상이기에 면담 요청 소식이 루치아니에게 먼저 들어갔기 때문이다.

계속된 매질과 위협에 공포감을 느낀 말리크는 결국 레예브 암살에 나서고, 말리크의 육체적 매력에 경계를 늦추고 있던 레예브는 말리크의 면도칼 공격에 싸늘한 시신으로 변한다. 말리크는 루치아니 조직에서 착실하게 막내 생활을 하며 온갖 잡일을 시작한다.

한편, 살해된 레예브는 말리크 앞에 자주 나타나 그에게 어떤 일이 일

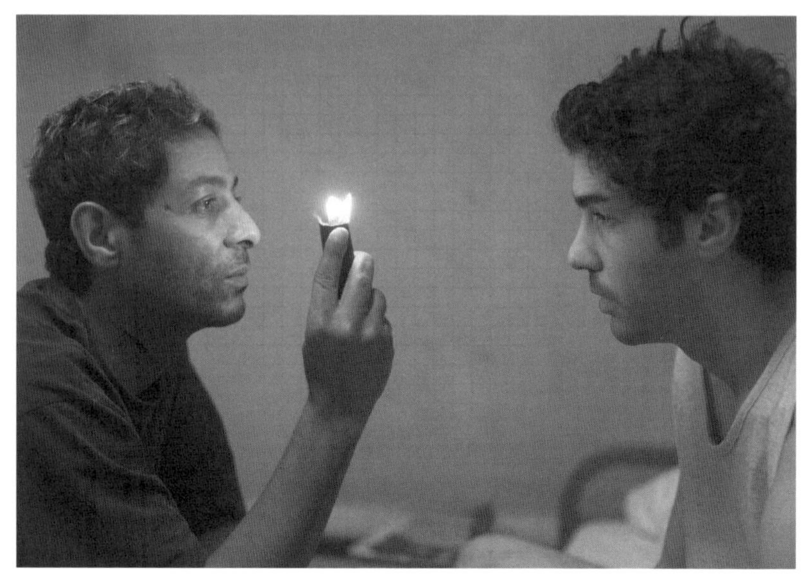

어날지 예시해준다.

불우한 청소년 말리크의 성장담

서사는 말리크의 성장곡선을 따라 차곡차곡 쌓여간다. 아이러니하지만 인종차별은 그의 성장에 밑거름을 놓는다. 루치아니의 수하로 들어간 말리크가 가장 먼저 해야 했던 일은 자신에 대한 모욕을 견디는 것이었다.

루치아니의 부하로부터 "더러운 아랍놈, 일 끝났으면 가야지 왜 계속 여기 있는거야?"라는 말을 듣고도 말리크가 할 수 있는 건, 프랑스어 사전을 보며 "분노", "뿌리"같은 단어들을 익히고 이를 심장에 아로새기는 것뿐이다.

그러나 마치 '와신상담臥薪嘗膽 '의 고사가 희열을 주는 것처럼 초반부

말리크의 고생은 후반부의 대나무처럼 쭉쭉 뻗어나가는 이야기의 진행에 힘을 불어 넣어준다. 읽을 줄도 모르는 밀라크가 인종 차별이 팽배한 코르시카 갱단에서 차곡차곡 실력을 쌓으며 위로 올라가 마침내 최고의 자리에 오르는 후반부는, 손에 땀을 쥐게 하기에 충분하다.

극적인 구성뿐 아니라 영화는 형식적인 면에서도 뛰어나다. 핸드헬드 촬영을 통해 다큐멘터리적인 사실감을 주기도 한다. 신음이 난무하는 폭력적인 신과 대사가 없는 교도소의 수업시간 신을 잇대어 보여주면서 발생하는 리듬감은 더할 나위 없이 훌륭하다. 발단—전개—절정—결말까지 군더더기 흘러가는 극의 진행도 돋보인다. 영화 중간 '레예브' — '리야드' — '조르디' — '라트라쉬' 등 등장 인물들을 소개하는 소제목까지 보여주면서 친절하게 서사를 진행시키는 점도 인상적이다.

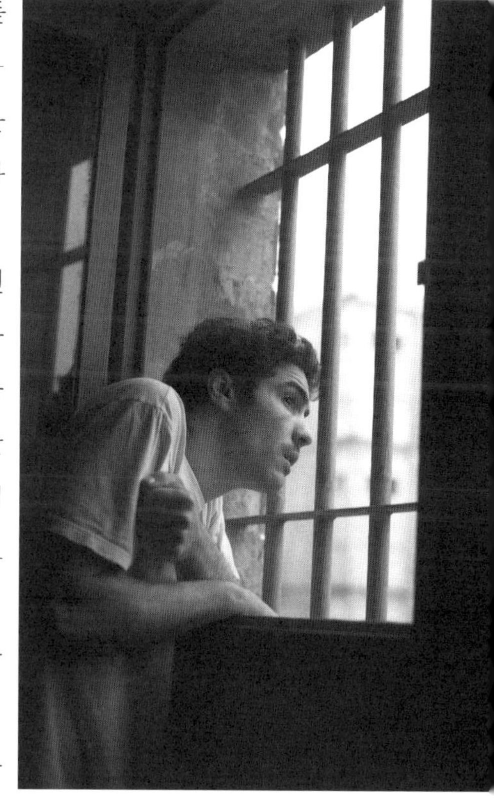

프랑스 교도소 생활에 대한 사실적인 묘사도 압권이다. 옷을 발가 벗긴 후 항문까지 면밀하게 검사하는 과정을 보여주는 신체검사, 레예브 살인사건에 실마리를 안긴 동성애, 대마초 · 코카인 등을 교도소내로 반입하는 마약 밀반입에 대한 묘사도 거침없다.

배우들의 힘도 탁월하다. 신인급에 해당하는 타하 라임의 연기는 압권이다. 라임은 감옥 세계를 지배하는 각 조직들의 사이를 오고가며 절묘한 줄타기를 하는 말리크를 실감나게 표현했다. 열연한 그는 2010 세자르영화제에서 남우주연상을 받았다. 루치아니를 연기한 덴마크 출신의 아르스트럽의 연기도 눈길을 끈다. 다작으로 유명한 그는 연륜이 묻어나는 탁월한 연기로 영화에 묵직한 중량감을 얹었다. 역시 2010 세자르영화제에서 남우조연상을 수상했다.

프랑스 사회에 대한 냉혹한 비판

영화는 인종차별이 횡횡하는 프랑스 사회의 현주소를 짚는다. 똘레랑스(관용)를 내세우지만 정작 피부색과 다른 종교를 가진 사람들을 핍박하는 프랑스의 아이러니한 현실을 가감 없이 보여준다.

특히 교도소의 간수로 대표되는 오리지널 프랑스인보다는 2등 시민에 해당하는 코르시카 갱들의 아랍인에 대한 차별이 더욱 눈에 띤다. 코르시카는 지난 1970년대부터 분리 독립을 주장하며 폭력, 테러 행위를 벌여온 민족주의 운동이 활발한 지역이다.

"내 눈에는 왜 저것들(아랍인들)이 늘어가는 것 같지? 저것들, 양탄자라도 깔 기세야. 전에는 우리 터였는데. 저것들이 바보라 다행이야. 생각을 아랫도리로만 하지 않았어도 더 진화했을텐데……." (루치아니)

프랑스인은 코르시카인을 지배하고, 코르시카인은 아랍인을 지배하는 '지배의 순환구조'를 영화는 보여준다. 실제로 코르시카갱의 실세인 루치아니의 보스는 파리에서 활동하는 프랑스인이고, 아랍인 말리크의 보스는 루치아니다. 영화는 이러한 순환구조를 통해 프랑스에서 발발한 인종차별을 드라마틱하게 상징화한다.

프랑스에서 벌어지는 인종차별, 그리고 사르코지 정부 들어 점차 우경화하는 예는 손쉽게 찾아볼 수 있다. 작년 12월과 8월의 연합뉴스 기사들에 따르면 장 마리 르펜의 딸인 마린 르펜은 무슬림들의 거리 기도를 나치 시대의 점령에 비유해 논란을 빚기도 했고, 지난해 8월에는 불법이민 온 루마니아 출신 집시 284명을 본국으로 송환시켰다.

마술적 리얼리즘의 힘

영화는 프랑스 사회의 단면을 분명하게 보여주지는 않는다. 하지만 마술적 리얼리즘이라는 간접적인 방식으로 은근하게, 그러면서도 임팩트있게 프랑스 사회를 해부한다.

마술적 리얼리즘이란 현실과 환상을 기묘하게 뒤섞은 기법을 말한다. 마술같은 환상이 현실과 유기적으로 연결돼 마치 꿈을 꾸는 듯한 환상적인 이야기가 결국에는 인생의 보편적인 진리를 말해주는 결과를

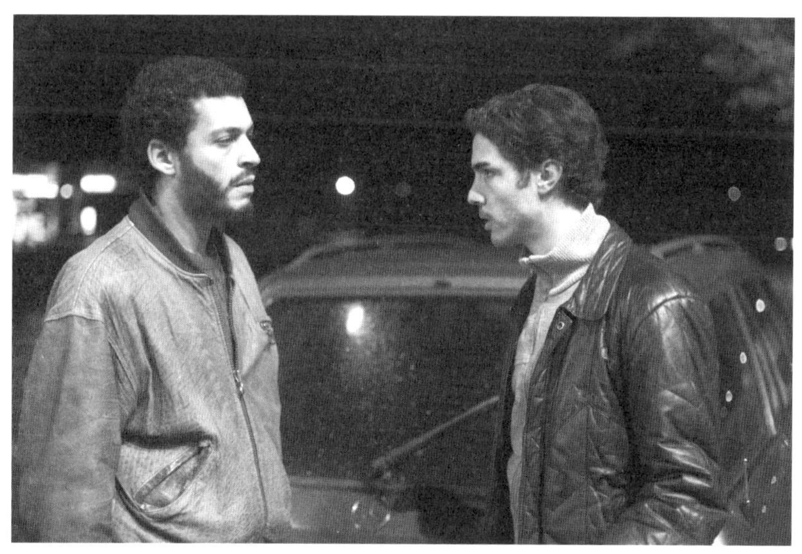

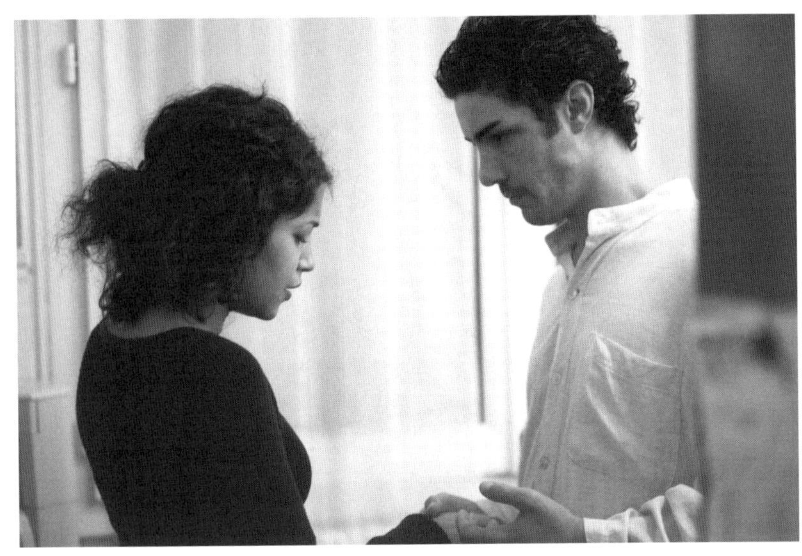

이끌어내도록 하는 효과를 위해 소설가나 영화감독이 종종 사용하는 기법이다.

마술적 리얼리즘이 두드러진 부분은 말리크와 레예브가 나오는 영화 초·중반이다. 레예브를 살해한 후 말리크는 레예브의 환영에 시달린다. 레예브는 인생의 진리뿐 아니라 예언하는 능력도 전수해 준다.

예언능력은 먼 미래를 볼 수 있는 신적인 능력은 아니다. 4~5초 정도의 매우 가까운 미래를 볼 수 있는 능력이다. 말리크는 이러한 능력을 통해서 결정적인 순간 죽음에서 벗어나는 행운을 누리기도 한다.

레예브의 친구인 아랍인 보스 라트라쉬가 말리크를 죽이려는 순간, 말리크는 사슴이 차와 부딪히는 사고가 일어날 것이라고 예견하고, 그러한 예언은 고스란히 현실 속에 나타난다.

"너 어떻게 알았어? 너 예언자야"라는 라트라쉬의 말이 떨어짐과 동시에 말리크는 자신의 생명이 연장됐다는 사실을 깨닫는다. 그리고 한 걸음 더 나아가 라트라쉬와 친구관계를 맺는데도 성공한다. 성공의 발판을 마련한 셈인 것이다.

앞으로가 더 기대되는 오디아르 감독

1994년 장편데뷔작 〈그들이 어떻게 추락하는지 보라〉로 세자르영화상 신인감독상을 수상한 오디아르 감독은 현재 프랑스를 대표하는 감독 중 하나다. 2번째 작품 〈영웅 알베르〉(1996)로 칸 영화제 각본상을 수상했고, 〈내 마음을 읽어봐〉(2001)로는 각본상 등 세자르영화제 3개부문을 받았다. 2005년 〈내 심장을 건너 뛴 박동〉으로도 유수한 영화제를 석권한 그는 〈예언자〉를 통해 강렬한 인상을 남겼다. 〈예언자〉는 지난 2009년 칸 국제영화제에서 열렬한 환호를 받으며 심사위원대상을 수상했다. 2010 세자르영화제에서는 작품상, 감독상, 남우주연상 등 무려 9개 부문을 휩쓸었다. 오디아르 영화의 강점은 그물망처럼 촘촘하게 얽힌 이야기에 있다. 그의 영화들이 더욱 기대되는 이유는 이러한 밀도높은 스토리텔링 능력에다가 편수를 거듭할수록 감각적인 점점 돋보인다는 점이다.

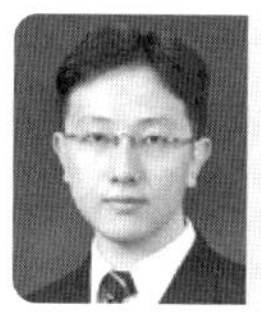

송 광 호 __ buff27@yun.co.kr
《연합뉴스》 문화부 영화담당 기자.

로만 폴란스키 감독

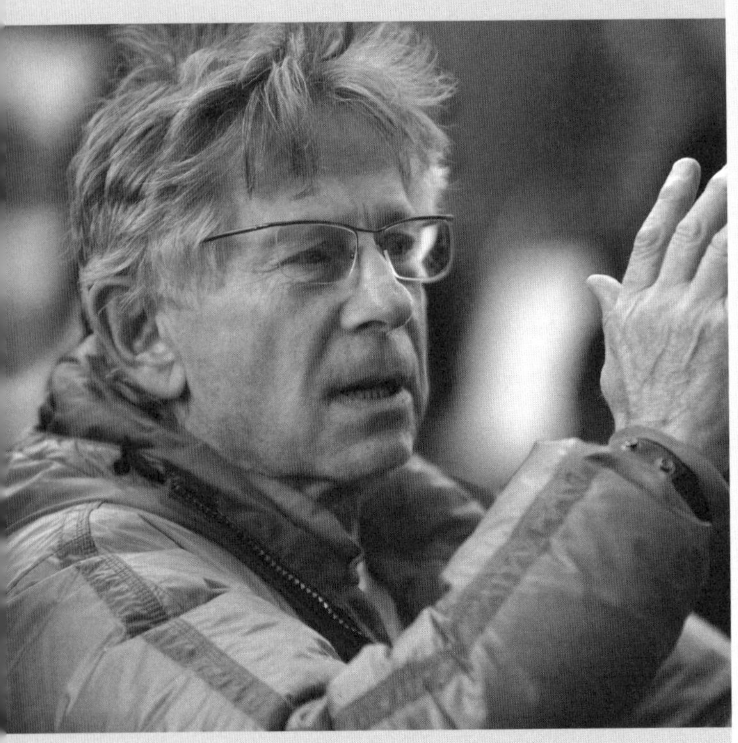

유령, 작가
The Ghost writer

출연/이완 맥그리거
피어스 브로스넌
각본/로버트 해리스
로만 폴란스키
촬영/파월 에델만
음악/알렉상드르 데스플라
편집/에르베 드 루즈

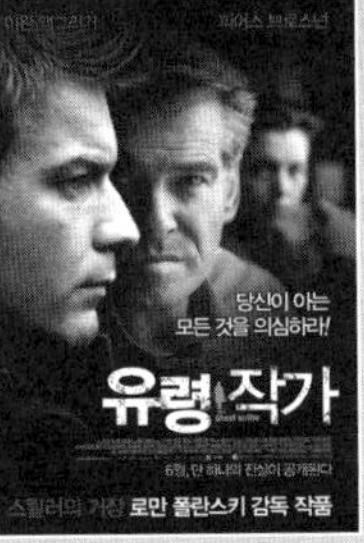

〈차이나 타운〉의 환생. 고향으로 돌아 온 폴란스키. 어둡게, 조용하게, 건조하게 숨 막힌다.

영화적 화룡점정을 정의하는 마지막 장면, "당신은 진실의 유령을 보셨나요? 그런데 당신은 실체가 맞으신지?"

— 추천위원의 선정 이유 中

당신은 유령인가? 인형인가?

박 유 희

  정치와 배우의 유사성은 많은 이들에 의해 논급되어 왔다. 히틀러가 얼마나 훌륭한 배우였는지는 잘 알려져 있으며, 리펜슈탈의 〈의지의 승리Triumph des Willens〉(1932)나 채플린의 〈위대한 독재자The Great Dictator〉(1940)는 그것을 명징하게, 혹은 희화적으로 입증한다. 또한 1980년대를 '하드 바디Hard Body'의 시대로 파악한 수잔 제퍼드는 영화 배우 출신의 레이건 대통령의 이미지와 정책이 '람보'나 '로보캅'과 같은 1980년대 할리우드 영웅들과 어떻게 유비 관계를 맺는지를 분석한다. 그리고 심리적이면서도 매우 정치적인 작품 경향으로 정평이 난 거장 로만 폴란스키 감독은 이제 '미국 CIA에 의해 조종되는 영국 총리'라는 '영국의 미국 꼭두각시 설'을 폭로한다.

  로만 폴란스키의 최근작 〈유령작가〉는 여러 가지 면에서 영국 전 총리 토니 블레어를 둘러싼 풍문들을 환기시키며 미국의 음모론을 정연한 허구로 구성한다. 그런 면에서 이 영화는 정치스릴러다. 그러나 세계가

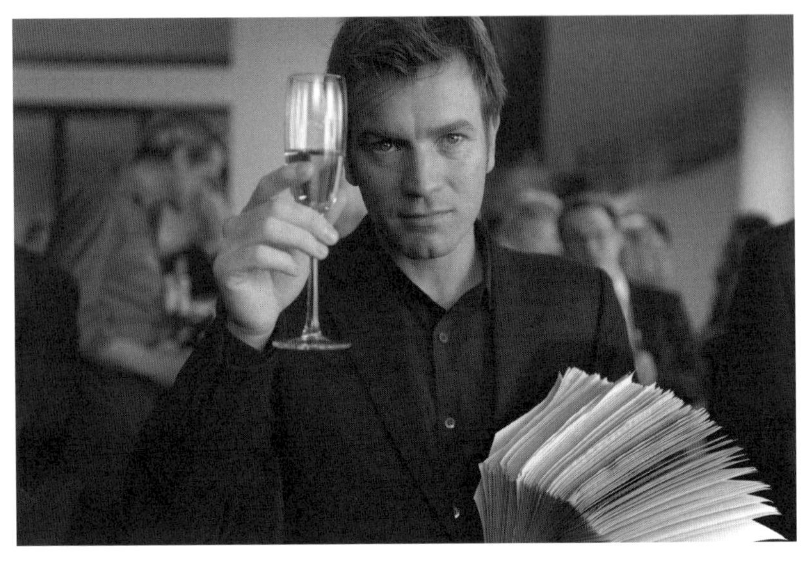

CIA에 의해 조종되고 있다는 음모설은 사실 영화에서는 이미 낡은 것이다. 〈콘돌Three days of the Condor〉(1974)부터 〈JFK〉(1991)에 이르기까지 그러한 설정은 힘을 발휘하고 설득력을 얻었다. 그것은 냉전시대 '강고한 미국'에 대한 비판을 바탕으로 한 것이었기 때문이다. 그런데 2000년 이후 CIA도 풍자의 대상이 되곤 한다. 예를 들어 코엔 형제의 〈번 애프터 리딩Burn after reading〉(2008)은 CIA에 대한 노골적 희화화이다. 또한 안젤리나 졸리가 출연한 흥행작 〈솔트Salt〉(2010)에서 CIA는 조직 내에 'X맨'으로 잠복해있는 러시아 스파이들에 의해 그야말로 박살이 나고, 그 운명은 러시아에서 훈련받은 이중 스파이 솔트(안젤리나 졸리)에게 맡겨진다. 이는 세계 최강국으로서의 지위를 위협받고 있는 현재 미국의 위상을 반영한다고 볼 수 있다. 이러한 맥락에서 보면 CIA가 세계에 대해 무소불위의 폭력을 행사하고 있다는 〈유령

작가〉의 폭로는 현실적으로는 여전히 '사실fact'일 수 있으나, 영화에서 신선한 것은 될 수 없다.

오히려 이 영화의 본령은 끊임없이 호기심을 자극하고 몰입을 이끌어 내는 서스펜스에 있다. 그래서 정치스릴러의 표피를 지니지만 심리스릴러에 보다 굵은 방점이 찍힌다. 영화는 어느 섬의 선착장에서 배를 타려고 기다리던 BMW승용차의 운전수가 없어진 상황을 보여주는 것으로 시작한다. 곧이어 그 섬의 해변에 밀려들어온 한 구의 시체가 발견된다. 그리고 다음 장면에서 영국의 전 총리 아담 랭(피어스 브로스넌)의 자서전을 대필하던 작가가 죽었기 때문에 급히 새 작가를 고용한다는 정보와 함께 그 물망에 오른 작가가 나온다. 그가 바로 이 영화의 주인공(이완 맥그리거)이다. 그는 처음부터 끝까지 이름이 나오지 않으며 '유령ghost' 혹은 '작가writer'로 불린다.

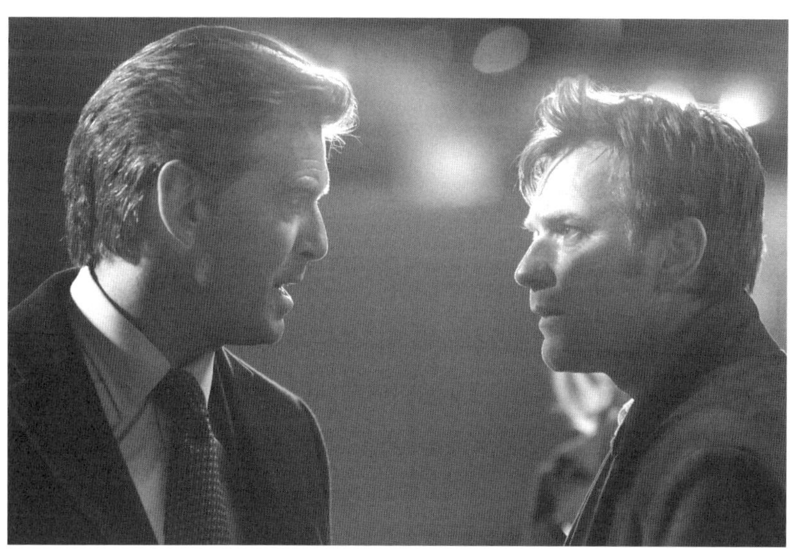

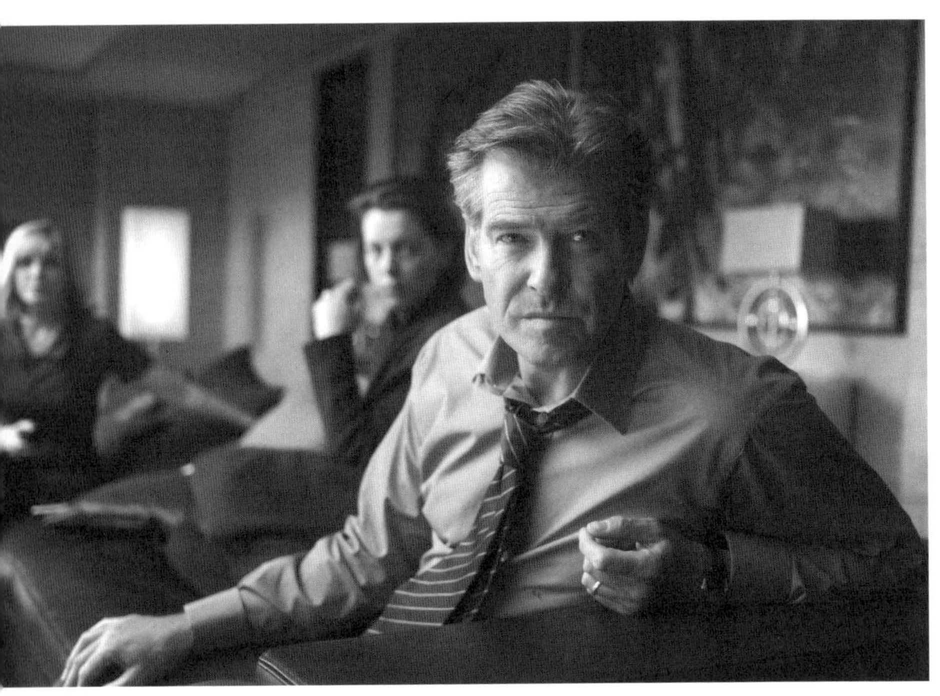

그가 일을 맡으면서부터 호기심을 자극하는 정보가 하나씩 제시된다. 그 정보들은 이야기에 '비트'를 형성하며 관객의 신경을 장악한다. 우선 출판사 사장이 'Heart'를 강조하며 주인공을 새 대필 작가로 고용한 직후, 처음부터 주인공을 탐탁치 않아하던 편집장이 전 작가인 맥카라가 자살할 리 없는 성격이었다는 말을 흘린다. 그리고 아담 랭의 변호사가 검토를 부탁하며 주인공에게 맡긴 원고 뭉치는 오토바이를 탄 괴한이 주인공을 때려눕히고 빼앗아간다. 또한 텔레비전에서는 아담 랭이 재임 시절 영국군을 파키스탄에 특파하여 알카에다 테러리스트 4명을 비밀리에 납치하고 헤더튼사 비행기 안에서 그들에게 물고문까지 자행한 뒤 미국 CIA에 넘겼다는 엄청난 정치 스캔들이 보도된다. 이쯤 되자

일 맡기를 주저하는 주인공에게 그의 친구이자 에이전트인 리카델릭이 찾아와 보수가 25만 불이라는 소식을 전한다. 결국 'Heart' 와 '25만 불'의 거래를 수용한 주인공은 아담 랭의 은신처로 향한다.

아담 랭의 은신처가 있는 미국 동부의 작은 섬은 이 영화의 서스펜스에서 매우 중요한 역할을 담당한다. 그 섬은 비가 자주 오는 음울한 날씨에 바람이 세고 파도가 높아 수영하기는 힘들어 보이는 해안선을 가지고 있다. 그리고 인가라고는 독거노인이 사는 외딴 오두막이 드문드문 있을 뿐이다. 이러한 특성은 섬이 본래 가지는 고립성을 강화하며 호젓하고 평화로워 보일 수 있는 섬을 무섭고 미스터리한 공간으로 만든다. 주인공이 주로 작업하게 되는 곳은 그러한 섬의 풍경이 통유리를 통해 한눈에 내다보이면서도 몇 겹의 철문을 통과해야 출입할 수 있고, 보안상의 문제가 생기면 바로 정전과 함께 모든 셔터가 내려지는 철저한 보안 통제의 감옥이다.

주인공이 그 곳에 도착한 첫날부터 그는 공간에 못지않게 묘하고 불안한 인물들과 마주친다. 그것은 아담 랭의 비서 아멜리아(킴 캐트럴)와 아담 랭의 아내 루스(올리비아 윌리엄스)이다. 아멜리아는 금발의 육감적인 여자로 아담 랭에 대해 비서 이상의 절대적 지지를 보인다. 그리고 루스는 옥스퍼드 출신의 명문가 딸로 타고난 지성과 미모, 그리고 뛰어난 정치적 식견을 지니고 있으면서도 아멜리아에 대한 질투와 모호한 불안으로 가득하다. 게다가 더 이상한 것은 전임자 맥카라가 쓴 원고 파일이 철저한 보안 시스템 속에서 관리되고 있어서 그 원고를 수정해야 하는 주인공에게도 한 부의 출력본만 제공된 것이다.

주인공이 여러 의혹 속에서 자서전 작업을 해나갈 때, 아담 랭의 재임 시절 외무장관이었던 라이카트가 아담 랭의 범죄에 대한 증인으로 나서며 아담 랭은 전범으로 국제재판에 회부될 위기에 몰리게 된다. 상황이 급박해지자 인물들은 점점 더 히스테릭 해지고 주인공은 전임자가 쓰던 방에 고립되어 작업을 하게 된다. 미처 처분되지 않은 전임자의 짐에서 주인공은 의문의 단서들을 발견하기 시작한다. 그리고 이를 통해 아담 랭의 비밀과 관련해 전임자가 살해되었다는 심증을 가지게 되고 단서들을 조사해 나간다.

아담 랭과 아멜리아가 탄원을 위해 백악관으로 떠난 날, 주인공은 맥카라의 유품에서 발견한 세 가지 단서, 즉 루스를 만나면서 정치에 입문했다는 아담 랭의 고백과 달리 루스를 만나기 2년 전에 이미 아담 랭은 노동당원이었음을 증명하는 사진과 그 사진 뒤에 적힌 라이카트의 전화번호, 그리고 폴 에멧이라는 이름을 루스에게 말한다. 그러자 루스는 술에 취해 혼란스러워 보이는 상태로 주인공의 침대로 뛰어든다.

이제 주인공은 대필 작가의 소임을 넘어 'Heart'의 소리를 쫓아 진실을 알고 싶다는 욕망을 향하게 되고 영화는 절정으로 치닫는다. 주인공은 맥카라를 죽인 것이 하버드 대학 교수 폴 에멧이고 그가 CIA요원이라는 사실을 알게 되지만, 바로 그 날 아담 랭은 암살당한다. 결국 이 모든 비극을 통해 밝혀지는 진실은 아담 랭의 아내 루스는 지도교수 폴 에멧에 의해 CIA에 포섭되었다는 것이다. 아담 랭은 여자 뒤꽁무니나 쫓아다니는 잘생긴 연극배우였을 뿐인데, 그 연기력 때문에 발탁되어 지금까지 루스에 의해 조종되어 온 것이고 그 뒤에는 거대한 미국의 음모가 있다는 것이다. 주인공이 아담 랭의 유령이었듯이, 루스도 아담 랭의 유령이었던 것이고, 다시 그 루스를 조종하는 유령은 CIA이었던 셈

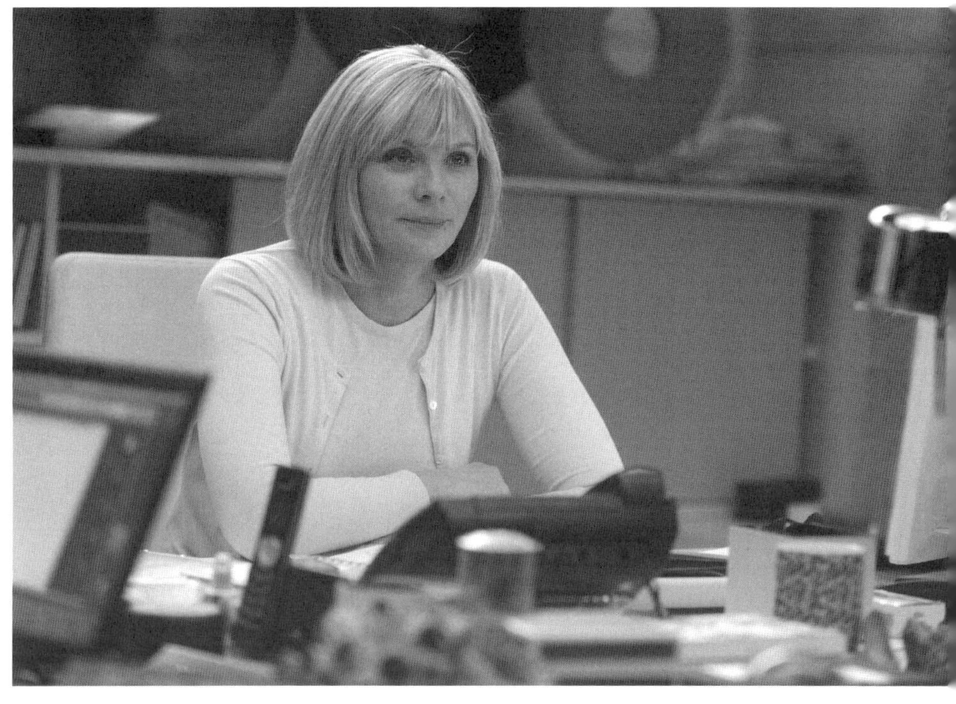

이다. 이러한 상황으로 보건대 루스의 혼란스러운 행동은 음모의 핵심으로서의 불안과 주인공과의 동류의식에서 오는 묘한 감정이었다고 해석할 수 있다.

영화는 이 모든 과정을 군더더기 없는 퍼즐로 완벽하게 맞춰가는 구성적 완성도를 보여준다. 그 기본을 이루는 원리는 살인사건과 단서, 그것을 추적하는 주인공, 그리고 극적 반전과 의외의 범인에 이르기까지 스릴러의 정석을 따르고 있다는 점이다. 그렇기 때문에 오히려 반전이나 결말에서 크게 놀라울 점이 없는 것은 놀라운 점이 아니다. 장르영화가 진화하며 웬만한 반전은 다 시도된 데다, 이 영화에서 정치적 음모의

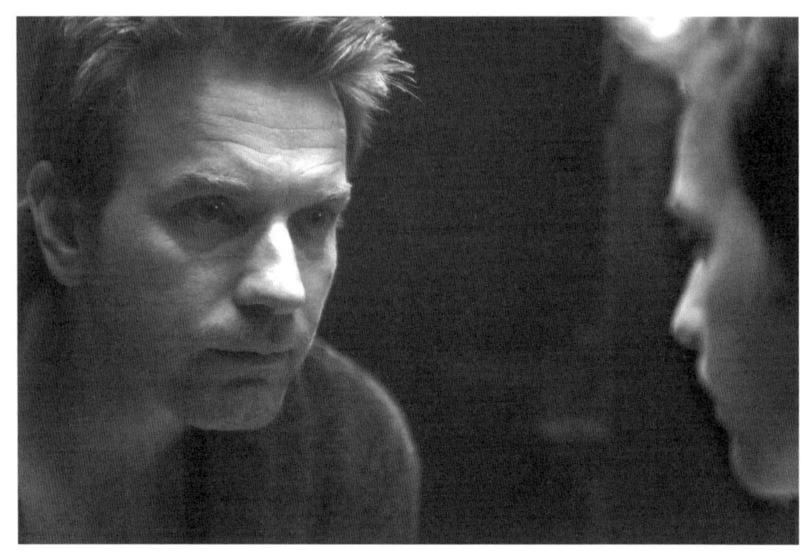

진범으로 설정하고 있는, 무기상, 냉전주의자, 인종주의자들로 이루어진 'CIA의 네트워크'는 주인공이 입증하듯이 구글만 검색해 봐도 나오는 것이기 때문이다.

문제는 관객의 몰입을 끝까지 주도하는 영화적 힘이다. 이 점에서 〈유령작가〉는 그야말로 또 하나의 전범이 된다. 〈물속의 칼〉(1962), 〈악마의 씨〉(1968), 〈차이나타운〉(1974) 등 제목만 들어도 감탄이 나오는 영화들에서 치밀한 시나리오와 빈틈없는 영화의 전범을 보여주었던 거장은 여든을 바라보는 나이에도 다시 한 번 스릴러의 진수를 보여준다. 즐비한 시체도 격렬한 싸움도 낭자한 피도 없이 시종일관 손에 땀을 쥐게 하며 관객의 뇌를 자극하는 것은 아무 스릴러에서나 경험할 수 있는 경지가 아니다. 게다가 마지막 장면은 형언을 넘어서는 영화적 경지가 무엇인가를 보여준다.

아담 랭이 죽고 아담 랭 자서전은 베스트셀러가 되어 루스가 주도하는 출판기념회가 열리던 날, 모든 진실을 알게 된 주인공은 런던의 대로에서 차에 치어 죽는다. 하지만 그가 죽는 모습은 직접 제시되지 않는다. 그가 프레임 아웃된 상태에서 영화는 빠른 속도로 달려오는 자동차와 그것이 무언가와 부딪히는 굉음, 그리고 주인공의 손에 쥐고 있었던 맥카라의 자서전 원본이 눈처럼 흩날리는 것을 연달아 보여줌으로써 주인공의 죽음을 묘사한다. 주인공이 길을 건너다 죽는 이 거리는 주인공이 처음에 계약을 체결하고 건넜던 거리였기에, 미스터리한 섬을 내러티브의 가운데 두고 수미쌍관을 이루며 주인공의 비극성을 공간적으로 보여준다. 또한 거리 가득 날리는 A4의 진실은 CIA와는 또 다른 유령의 잔상으로 오랫동안 관객의 뇌리에 각인되며 이 영화의 화룡점정을 이룬다.

이 마지막 화룡점정을 통해 영화는 묻는다. "당신은 진실의 유령을 보셨나요? 그런데 당신은 실체가 맞으신지?" 그런데 이 질문은 진실의 유령을 보려하는 자에게만 들리는 목소리로 전해진다. 그것이 또한 이 영화가 지닌 고도의 화법이다.

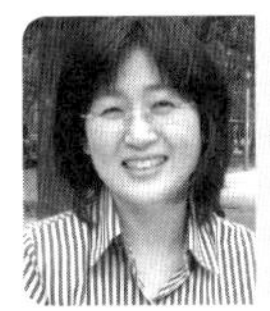

박 유 희 __ narrative21@nate.com
저서로 『서사의 숲에서 한국영화를 바라보다』, 『디지털 시대의 서사와 매체』, 『대중서사장르의 모든 것 I II III』, 역서로 『소설과 카메라의 눈』 등이 있음. 고려대 민족문화연구원 연구교수.

헬마 잔더스-브람스 감독

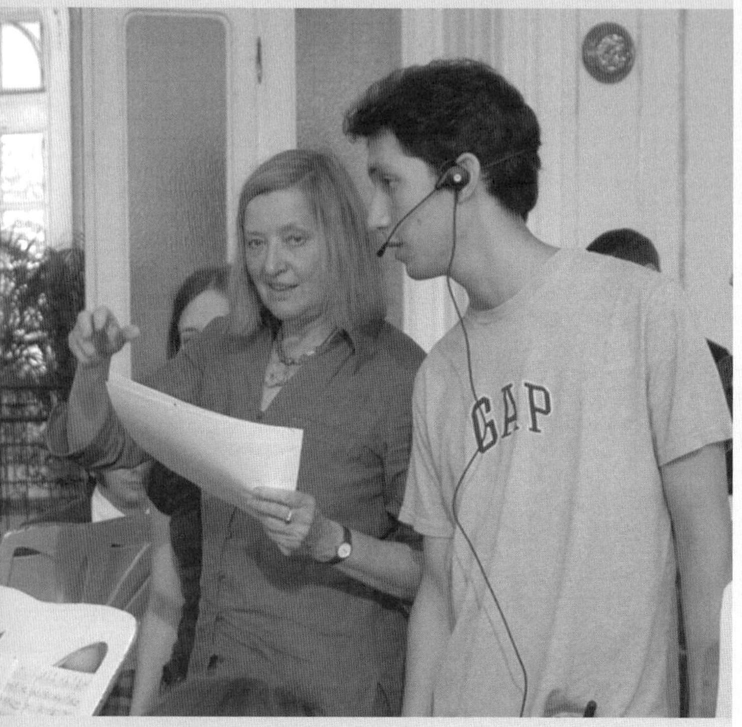

클랑라라

출연/마티나 게덱
파스칼 그레고리
말릭 지디야
각본/헬마 잔더스-브람스
니콜 리스 벰하임
촬영/유루겐 유르게스
미술/우베 스지엘라스코
편집/이자벨 데빙크

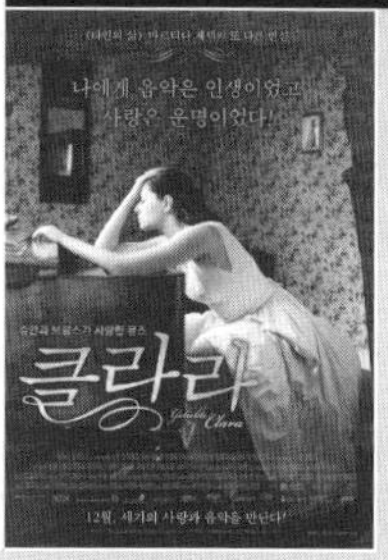

가려져 있던 위대한 여성 예술혼을 재조명 해냈다는
의미에서만도 소중한 영화! 박수!

클라라와 슈만, 브람스의 고귀한 삶과 우려한 음악
으로 탐미적 예술성과 우아한 품격이 빛나는 수작.

브람스 피아노협주곡 1번을 다시 듣고 싶다.

— 추천위원의 선정 이유 中

허구성을 압도하는 사실성

목혜정

낭만주의 시대의 작곡가들에게는 그들의 음악만큼이나 극적인 사랑 이야기가 따라 다닌다. 쇼팽과 조르드 상주, 베토벤과 그의 불멸의 여인, 베를리오즈와 해리엣 스미스손에 대한 이야기 등은 이미 많은 예술 작품들의 소재가 되었다. 슈만과 클라라 그리고 브람스의 이야기는 삼각관계라는 것 때문에 더욱 드라마틱하다. 헬마 잔더스—브람스는 격정의 숨을 조금은 걷어내며 세 사람의 이야기를 풀어낸다.

영화는 슈만과 클라라가 이미 다섯 명의 아이들을 낳고 뒤셀도로프라는 지역으로 이동하는 것에서 시작한다. 라인 강이 흐르는 이곳에서 슈만은 '라인교향곡'을 작곡하고, 20세의 청년 브람스를 만나며, 병세가 악화되어 자살 시도까지 한다. 영화 속 6년이란 짧은 연대기 속에는 슈만, 클라라, 브람스 세 명의 음악가들에게 사랑의 공공연한 표현을 가로막는 것이 있고, 마음껏의 질투도 가로막는 상황이 있다. 음악에의 열정은 서로를 사랑하게 하는 것이면서도 절제하게 하는 요인이다.

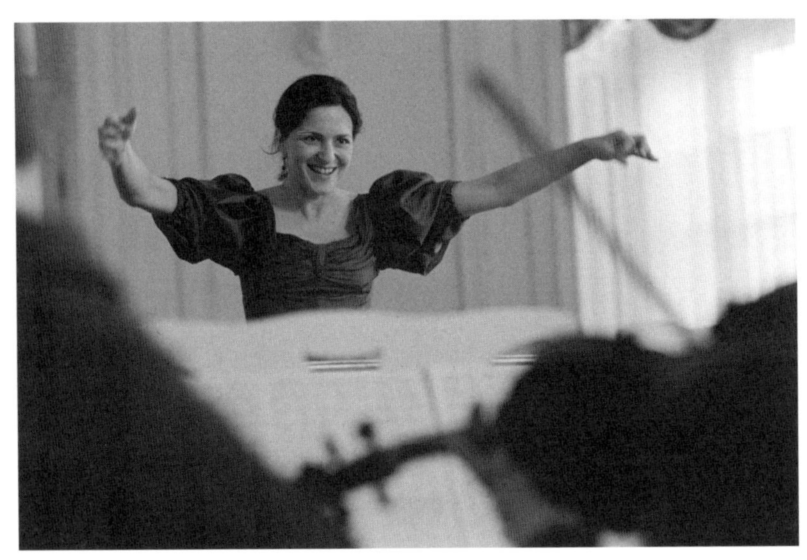

클래식 음악 영화는 음악 한 곡이 전체 이야기의 모티브가 되기도 하고, 몇 개의 음악이 어떤 계기로 작곡되고 연주되는지를 보여주는 경우도 있으며, 드라마를 강화시키기 위해 특정한 음악을 재해석해서 허구 이야기의 짝을 만들어내기도 한다. 영화 〈클라라〉가 음악영화로서 성공적이었던 면은 곡이 작곡된 계기나 곡에 실려 있는 감성들이 이야기와 멋지게 맞물려 들어간다는 점이다. 선곡된 곡들 하나하나가 캐릭터를 드러내주고, 이야기를 이끌거나 암시한다. 그래서 나는 음악영화로서의 이 영화에 대한 이야기를 삽입곡들 중 중요한 일곱 곡을 따라가면서 해보고 싶다.

슈만의 피아노협주곡 A 단조; 교차하는 시선

새로 활동할 도시로 이동하는 기차 안에서 슈만과 클라라의 꼭 잡은

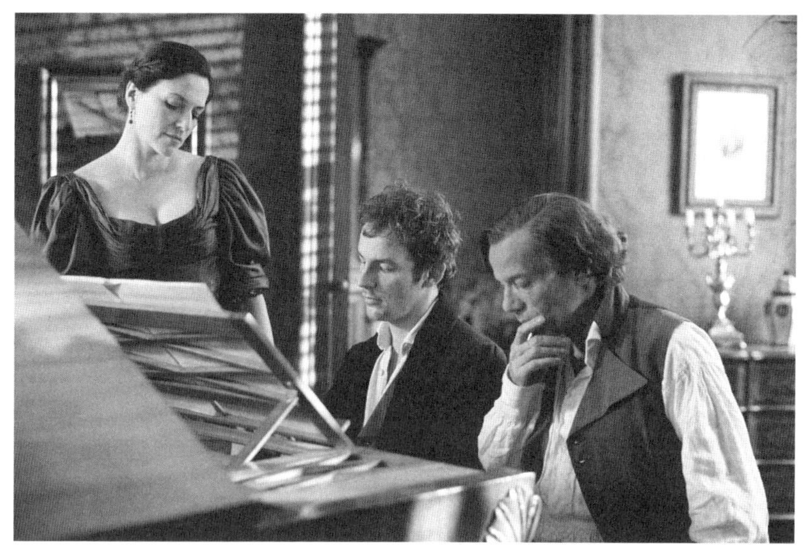

손은 슈만의 피아노 협주곡이 흐르면서 클로즈업 된다. 슈만이 클라라와 결혼 후 가장 행복했던 시기에 작곡한 곡이다. 단조곡임을 잊게 만드는 도입부의 강렬함과, 이어지는 주제음의 감미로움은 슬픔의 서정성과 1악장 내내 교차한다. 이렇게 이 곡은 그들의 사랑을 표현하면서도 앞으로 전개될 갈등을 암시하는 듯하다. 화면은 클라라가 협연자로서 초연 연주를 하는 장면으로 이어지면서 영화는 이들 세 사람의 시선의 영화임을 보여준다. 20세의 브람스는 연주하는 클라라를 바라본다. 클라라는 사랑을 가득 실은 눈빛으로 슈만을 바라본다. 슈만이 결혼반지를 떨어뜨리자 이를 주운 브람스에게 다시 클라라의 시선이 향한다. 이렇게 이들의 교차하는 시선은 편집의 묘미 속에서, 배우들이 최대로 살려낸 눈빛 연기 속에서, 어떤 마음이 누구에게 향하는지를 표현하는 영화적 수단이 된다.

브람스 피아노 삼중주 1번, 브람스 피아노 소나타 2번; 자유로운 영혼의 젊은 브람스

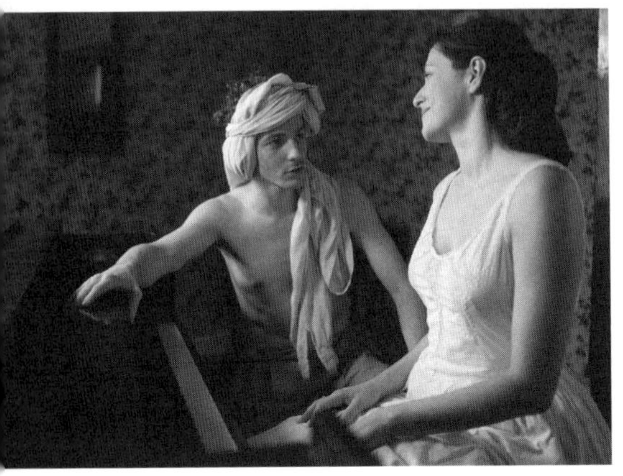

음악회 장에서 브람스가 건네준 주소지는 부둣가의 허름한 술집이다. 귀족들의 무도회 왈츠곡으로는 잘 어울릴 것 같지 않은 초반의 다소 투박한 바이올린 소리에 장소의 느낌이 들어있다. 이 곡에 맞춰 춤을 추던 사람들은 음악에 열중하는 클라라의 드레스에 붙어있는 진주를 떼어내는 비루한 모습까지 보인다. 이제 막 자신의 곡을 선보이기 시작하는 브람스는 고고함과 천박함의 경계를 만들지 않으며 부두 지역에서 이런 사람들과 같이 지내는 젊은이다. 자신의 피아노 소나타 2번의 악보를 슈만의 집에 전달한 브람스는 아이들 앞에서 물구나무를 서서 걷기를 하거나 집의 계단에 매달려 이동을 하면서 장난스런 모습을 보인다. 영화는 음악영화이면서 동시에 실존인물을 그려내는 시대극 요소도 있다. 실존인물의 어떤 면을 강조하는지는 감독의 몫이다. 브람스의 대표적 사진들에 보이는 덥수룩한 수염의 중후한 모습은 영화에 없다. 장난기 넘치고 자유로운 젊은 영혼 브람스는 이렇게 두 개의 음악에 실려 등장한다. 그리고 그는 변화해간다.

클라라 로망스; 한 여인을 함께 사랑하는 두 남자

클라라가 자신의 곡을 연주해준 것에 대한 답례로 브람스는 클라라가 오래 전 작곡한 '로망스'를 연주한다. 역시 클라라에서 슈만으로, 슈만에서 브람스로 시선의 이동에 따라 카메라가 움직인다. 세 사람의 위치, 동선까지 얼마나 감독이 신경을 썼는지를 알 수 있는 부분이다. 슈만은 브람스 옆으로 가 앉아 함께 감미로운 로망스의 선율을 연주한다. 그리고 음악가의 우정이 담긴 포옹이 이어진다. 클라라의 곡에 대한 오마주는 그녀에 대한 사랑이지만 우정이 담긴 두 작곡가의 포옹은 브람스와 클라라에게는 절제의 강요다. '로망스'라는 달콤한 표제의 음악이 달콤하게만은 들리지 않는 이유다.

슈만의 라인교향곡; 슈만의 고통, 클라라의 사랑

뒤셀도르프 교향악단의 지휘를 맡은 슈만이 이 지역의 곡으로 작곡해서 발표할 '라인 교향곡'은 도시를 가로지르는 라인 강의 도도한 흐름만큼이나 웅장하고 당당하다. 그러나 그 웅장한 소리는 길게 가지 못한다. 슈만의 환청의 고통은 불협화음으로 변하는 교향곡의 소리와 뭉크의 〈절규〉 속 그림과 같은 귀를 막는 동작을 취하는 슈만의 모습으로 표현된다. 아편을 찾는 슈만 때문에 얼굴에 상처까지 입은 클라라는 슈만 대신 교향악단의 연습을 책임진다. 뉴 저먼 시네마 감독군의 일원이면서 여성의 이야기를 담은 영화들을 만들어왔던 헬마 잔더스—브람스는 이 지점에서 당대의 여성 음악가에 대한 비하 분위기에 맞서는 클라라의 당당한 모습을 부각시킨다. 그러나 상처를 감추기 위해 머리카락을 상처 부위로 잡아 내리는 클라라, 악기 하나하나를 지시해내면서 슈만보다 훨씬 섬세한 지휘를 구사하는 클라라는 '라인 교향곡' 속에서 능력과, 당당함과, 부드러운 여성성을 모두 갖춘 여성으로 묘사된다. 영

화 속의 클라라의 이런 완벽함은 오히려 영화의 갈등을 너무 억제해서
다소 지루한 느낌을 주는 요소가 되기도 하지만 클라라에 대한 자료들
도, 감독도 클라라는 그렇다고 말한다.

브람스의 헝가리 무곡 제 5곡; 마음대로 질투할 수도 없는…

'라인 교향곡' 의 성공적 초연이 있던 날, 브람스는 먼저 집에 와서 아
이들에게 추위를 이기기 위해 춤을 추라며 '헝가리 무곡' 을 연주한다.
나중에 몰려온 우아한 차림의 손님들도 이 곡의 흥겨움에 이끌려 몸을
움직인다. 부둣가 선술집에서의 브람스의 분위기가 집시 리듬의 곡에서
도 묻어난다. 그리고 브람스는 춤곡이 만들어내는 들뜬 분위기 속에 범
상치 않은 축하 키스를 클라라에게 퍼붓는다. 그러나 이를 보고도 슈만
은 그저 브람스를 사람들에게 소개하며 찬사를 보낸다. 앞 장면에서는
자신에 대한 슈만의 찬사의 글을 보고서도 브람스는 온전히 기뻐하지
못한다. 슈만에 대한 감사의 마음을 가진다는 것이 자신에게는 고통임
을 알아서다. 이 두 사람은 같은 여인을 사랑하기에 맘 속 깊이 질투를
느낄 수도 있지만, 그 느낌을 자제해야 하고 표현하지도 못한다.

브람스의 피아노 협주곡 1번 d단조; 아픔에 대한 관조

음악영화의 마지막 곡은 라스트 신 몇 분의 감동을 자아내면서도 영
화 전체를 압축하는 곡으로 선택된다. 〈더 콘서트〉의 '차이코프스키 바
이올린 협주곡 1번', 〈불멸의 여인〉의 '영웅 1악장', 〈카핑 베토벤〉의
'합창 교향곡'. 이 음악들이 만들어낸 라스트신의 감동은 영화의 다른
결함들을 모두 지워줄 정도다. 〈클라라〉에서는 역시 클라라에 대한 사

랑과 고통을 담았다는 '브람스 피아노 협주곡 1번' 이 마지막 감동을 실어 나를 곡으로 선택되었다.

교향곡이 세상의 소리를 말하고 독주곡이 개인의 소리를 말한다면 협주곡은 세상과 개인의 대화를 들려주는 것 같다. 원래 교향곡으로 작곡할 구상이었던 이 곡의 처음 5분은 오케스트라의 모든 악기가 동원되어 장엄한 소리를 낸다. 앞 신에서 클라라는 "세상이, 남편이, 아이들이 막는다"는 말을 브람스에게 한다. 마치 그 말을 연상시키는 듯한 세상의 소리에 이어 클라라의 독주 부분이 이어진다. 슈만이 떨어뜨렸던 결혼반지를 손에 낀 채 연주하는 클라라는 슈만을 담고, 브람스의 감미로운 피아노 부분 주제음을 연주한다. 그간 겪었던 아픔에 대한 관조는 부드러운 그녀의 품성과 닮은 선율에서 온전히 느껴진다. 이제 브람스의 시선을 음악은 롱테이크로 담아낸다. 눈물을 머금다가 미소 짓고, 밑을 보

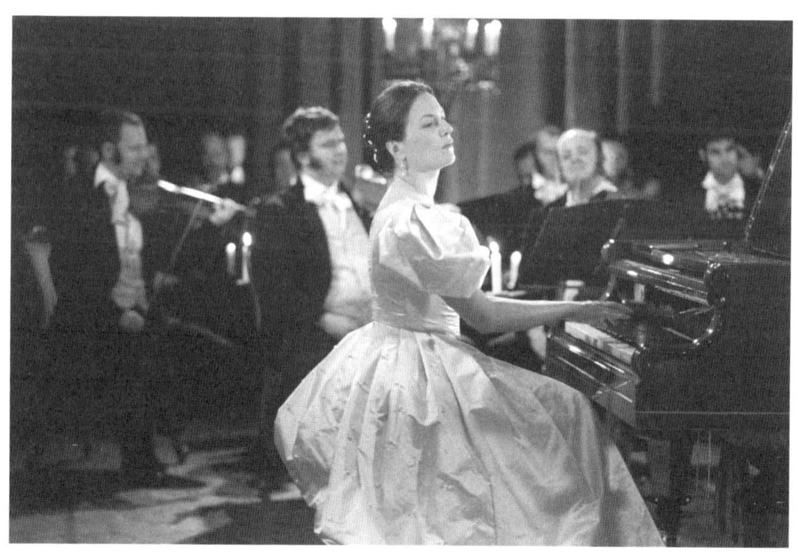

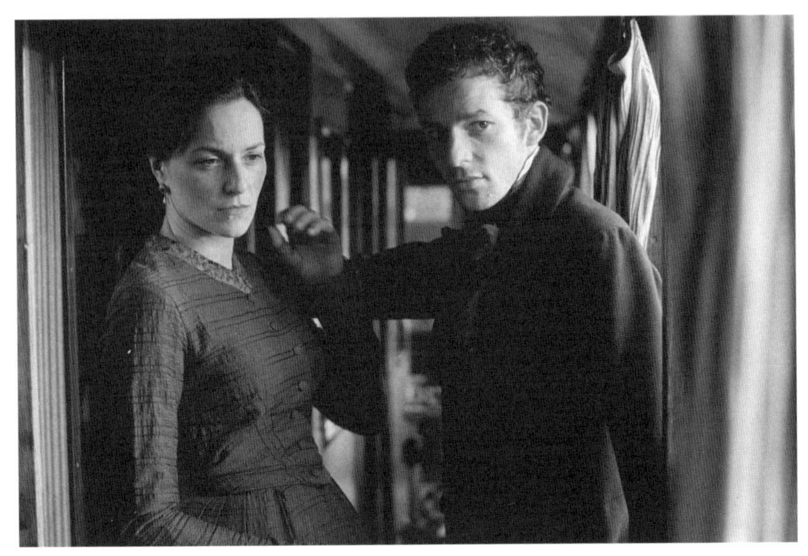

다 위를 보고, 클라라를 바로 보지 못하고 옆으로 바라보다가 다시 미소 짓는 말릭 지디의 눈빛은 슈만을 안고 연주하는 클라라를 그 자체로 수용하면서 애정을 지켜가는 브람스의 이후의 삶의 궤적까지 열심히 표현한다.

삼각의 로맨스 자체는 드라마틱하지만 갈등이 거세게 표현되는 격정 로맨스를 기대한다면 영화가 조금은 밋밋하게 느껴질 수도 있다. 그러나 12년간의 준비 기간에 브람스의 후손이었던 감독은 브람스와 슈만보다는 여성으로서의 클라라를 중심에 놓고서, 음악을 매개로한 서로의 우정과 존중이 만들어낸 절제를, 그래서 내면에 더 진해진 사랑을 말하고 싶었을 것이다. 감독은 허구성을 강조한 〈카핑 베토벤〉이나 〈불멸의 여인〉에 비해, 가능한 사실에 대한 충실성을 기하려 그 긴 시간 조사하고 노력했던 것 같다. 무엇보다 음악과 이야기가 조밀하게 얽히는 음악 영화로서의 멋진 전형을 하나 만들어낸 성과가 그 긴 기간의 노력을 보상해주는 것 같다. 예술영화관 몇 개를 옮겨가며 〈클라라〉가 두 달이 넘는 기간 동안 관객을 만난 것은 이런 영화의 미덕들에 대한 관객의 박수를 의미하는 것이다.

슈만 탄생 200주년을 기념하는 각종 음악회와 신보들이 넘친 2010년, 다소 늦게 한국의 관객을 찾은 〈클라라〉는 슈만을 중심으로도 영화를 볼 수 있게 해준다. 슈만 역의 파스칼 그레고리의 열연을 통해 정신적 질병의 고통과 젊은 음악가에 대한 애정과 질투의 감정의 혼재를 더 깊이 느껴보아도 좋다. '자유롭지만 고독하게'를 신조로 삼던 젊은 브람스의 열정과 성숙의 과정이 동일시의 대상이 된 관객도 많았을 것이다. 그래도 대역 없이 어려운 연주곡들을 모두 소화해내면서 기품 있는 클라라 역을 소화해 낸 마르티나 게덱의 흡인력은 영화의 제목답게 이 영화를 클라라의 영화이게 한다.

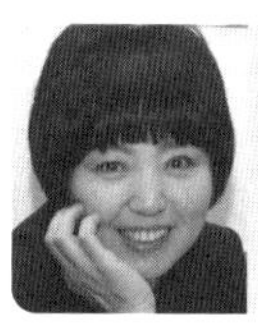

목 혜 정 __ hjngmok@hanmail.net
이화여대 사학과와 동국대 영화학과 박사 과정. 2002~2004년까지 미국 메릴랜드 공립도서관 '한국영화 상영회' 프로그래머, 2009년 '동아시아 이주 공생 영화제' 프로그래머 역임. 동국대 강사.

미카엘 하네케 감독

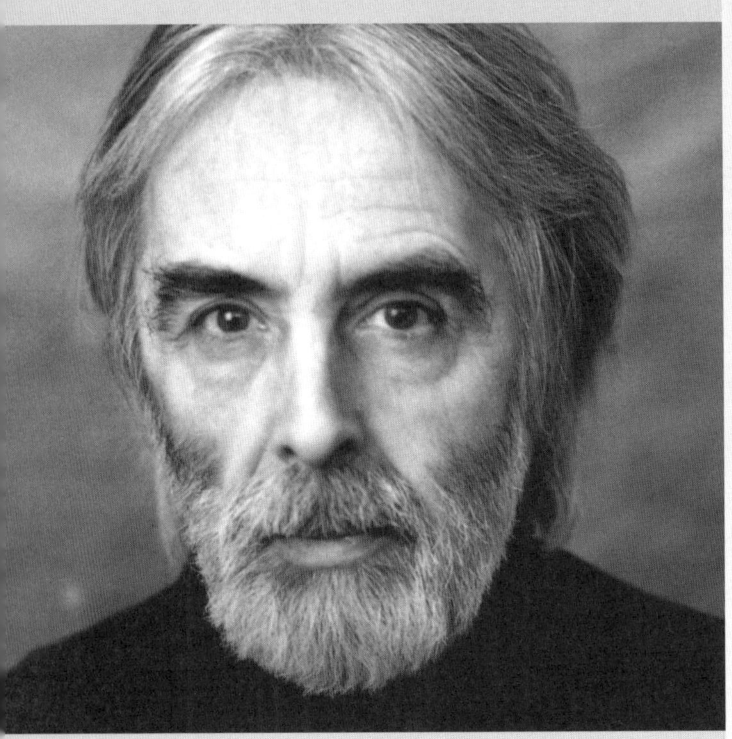

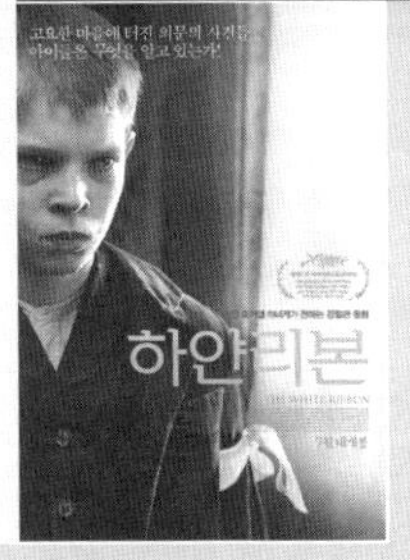

그는 폭력을 통해 진짜 삶을 드러낸다.

억압과 위선 속에서 폭력은 어떻게 분출되는가.

폭력의 역사적 근원에 대한 냉철한 고찰.

공포와 폭력의 독창적 표현.

보여주지 않음으로써 보일 수 있는 인간 내면에 관한 탐구이자 공동체의 부도덕에 대한 불편한 진실.

20세기 초반 독일 시골마을의 억압된 공기와 아이들의 움직임을 통하여, 전쟁과 파시즘의 기원을 미시적으로 해부한 영화.

파시즘은 급작스레 오지 않는다. 억압이 쌓이는 데 체제에 변화가 없으면 파시즘이 대중을 파고든다. 이 영화는 그 과정을 정치하게 보여준다.

— 추천위원의 선정 이유 中

집단의 억압으로부터 비롯된
배제와 폭력의 탄생

라제기

제1차 세계대전 발발 직전인 1913년, 평화롭기 그지없는 독일의 시골 마을에 충격적인 사건들이 잇따른다. 마을 의사는 말을 타고 가다 누군가 몰래 설치한 줄 때문에 낙마해 크게 다치고, 한 농부의 아내는 마을의 영주나 다름 없는 남작의 헛간에서 일을 하다 추락사한다. 모두가 흥겨워해야 할 추수감사절엔 남작의 양배추 밭이 훼손되고 남작의 어린 아들은 잠시 실종됐다 볼기가 피투성이가 된 채 발견된다. 남작의 헛간에서 원인 모를 화재가 일어나고, 아내를 잃은 농부는 스스로 목을 맨다.

그렇게 남작의 '따스한 보살핌'과 교회의 '올바른 지도' 아래 아무런 불평불만이 없어 보이던 마을엔 조금씩 불안한 한기가 감돌기 시작한다. 잇달아 발생한 사건들 사이에 연관성이 있는 것인지 의문만 쌓여가고, 마을 사람들은 서로를 의심하고 경계하는 단계에 이른다.

이쯤 되면 의문이 들기 마련이다. 과연 누가 마을에서 벌어진 끔찍한

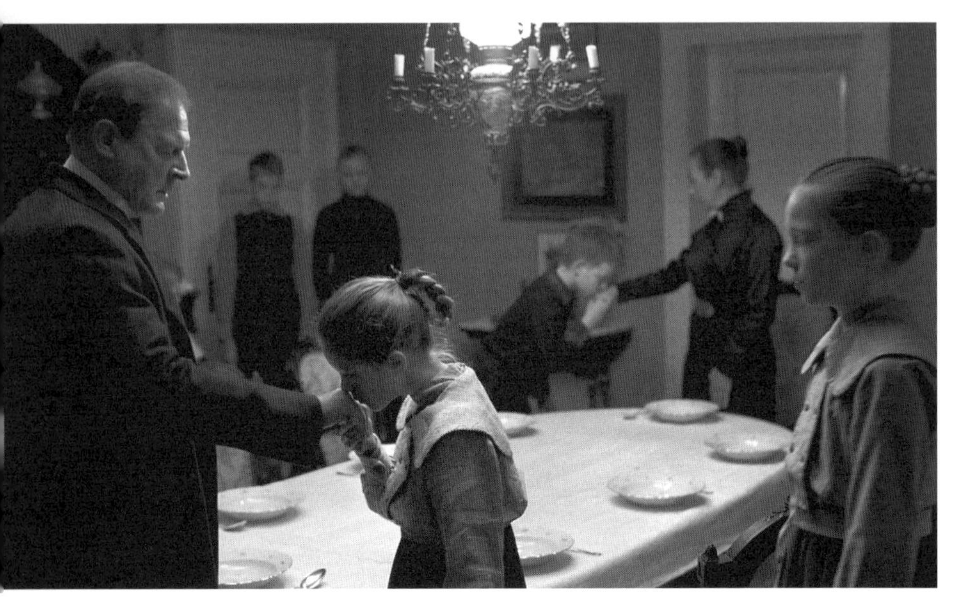

일들과 직간접적으로 연루돼 있을까. 〈하얀 리본〉은 통속적인 스릴러 영화에나 어울릴 법한 이 질문에 답하지 않는다. 대신 왜 한적하고 아무런 문제가 없어 보이던 마을이 조금씩 불신과 불안에 휩싸이게 되는지를 정치하게 파고들며 관객 스스로 답을 찾도록 한다. 그 과정은 스크린만한 크기의 커다란 퍼즐 맞추기를 하는 것처럼 막막하기만 하다. 영화는 주인공의 입을 빌린 도입부 내레이션에서 아예 "많은 것들이 애매하고 많은 질문이 남아있다"고까지 말한다.

하지만 감독이 스크린에 꼭꼭 숨겨놓은 메시지가 무엇인지 깨닫게 됐을 때의 전율은 만만치 않다. 작은 마을에서 벌어진 일련의 일들은 독일의 현대사를 축약해내고, 나아가 억압적 구조 속에 놓인 인간 공동체의 보편적인 폭력성을 고발한다. 이해하기 어렵고, 불편하기까지 한 내용으로 구성돼 있는 이 영화는 곱씹을수록 그 가치가 우러난다.

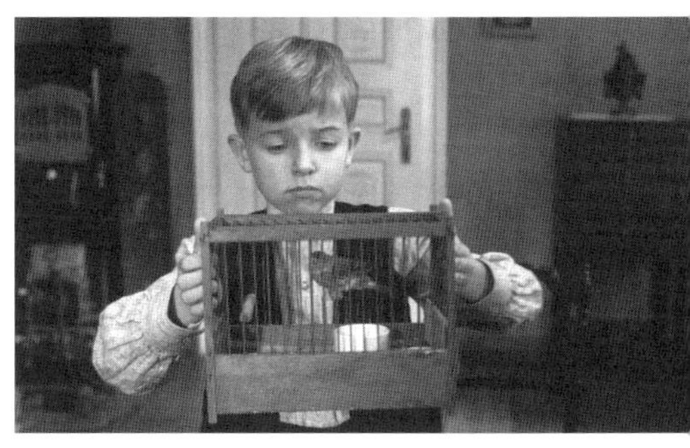

흑백화면이 마을에서 벌어진 일들의 이면을 조금씩 소개할수록 관객들은 혼돈과 경악 속으로 빠져든다. 의사는 마을 산파와의 부적절한 관계를 넘어 딸과의 천륜까지도 부정한다. 천진난만한 듯한 아이들은 그들만의 비밀을 만들어가며 어른이 없는 곳에서 스스럼 없이 폭력을 행사한다. 사람들은 공개석상에서 남작의 음덕에 감사를 표하지만 뒤에선 그의 괴팍한 성격을 입에 올리며 그의 권세를 두려워한다. 사소한 잘못도 놓치지 않으며 아이들의 숨통을 옥죄는 목사의 행동도 마을을 숨막히게 만든다.

평화롭고 조화롭게 살아가는 듯한 마을이 사실 지배와 피지배의 정교한 종속관계, 억압과 핍박의 숨막히는 폐쇄적 구조 속에서 조금씩 무너져 내리고 있음을 영화는 나지막한 톤으로 전한다. 사람들은 탈출구를 원하지만 자신에게 주어진 신분과 처지로부터 벗어날 방법은 딱히 없다. 지친 영혼을 위무해줘야 할 종교는 엄격한 규율과 통제로 사람들을 더욱 옭아맨다. 전체주의 시대 종교가 취했던 행보가 어떠했는지를 떠올린다면 이 영화 속 목사의 행태가 무엇을 암시하는지 알 수 있을 것이다. "마을에서 벌어진 사건이 이 나라의 일까지도 설명할 수 있다"는 대사는 당시 독일의 사회상이 비뚤어지고 뒤틀린 이 마을의 상황과 크게 다르지 않았음을 시사한다.

영화는 우회적 화법으로 일관하지만 엔딩 크레딧이 가까워질수록 감독의 연출의도는 뚜렷해진다. 숨이 턱턱 막히는 상황에서 사람들은 내부 균열에 의한 공동체의 와해보다 외부 충격에 의한 공동체의 결속을 희구하게 된다. 공동체 내부 억압과 불안으로부터의 탈출 욕구가 외부 세력과의 전쟁 또는 타자에 대한 공격적 언행으로 이어질 수 있는 것이다. "독일은 러시아, 프랑스에 전쟁을 선포했고 모두 참석한 그 주 예배엔 시작의 기운이 맴돌았다. 이제 모든 게 바뀔 것이다"는 영화 끝부분의 내레이션에선 소름이 끼칠 수밖에 없다. 종교와 정치에 억눌려 자신의 욕망과 분노를 제대로 표출하지 못한 사람들의 정신 상태가 전쟁과 파시즘 등의 집단적 광기로 표출될 수 있음을 영화는 그렇게 주장한다.

미카엘 하네케 감독은 보여주지 않음으로써 더 많은 것을 보여주는 전략을 택한다. 그가 이미 전작들에서 사용했던 이 화법은 〈하얀 리본〉에서 매우 효과적으로 사용된다. 특히 이 영화는 하네케의 전작 〈히든〉과 표현과 주제 의식에서 일정 부분 맞닿아 있다.

〈히든〉은 한 남자의 어린 시절 죄과에 대한 무의식적인 거부감을 빗대 제국주의 시대 식민지배의 후유증을 은유적으로 표현해낸다. 〈히든〉이 다뤘던, 자신은 모르지만(또는 애써 부인하지만) 외부인과 피해자는 알고 있는 억압과 상처(식민지배의 아픔)는 〈하얀 리본〉에서 변주된다. 자신의 가족을 향한 폭력적인 행태의 근원을 깨닫지 못하는 남작과 목사의 모습은 〈히든〉의 조르쥬를 연상시킨다. 남작과 목사에 의해 억압당하는 소작농과 아이들은 단발적인 폭력으로 최소한의 저항을 하게 되는데 이는 〈히든〉의 알제리인 마지드의 모습과 오버랩 된다.

하네케는 〈히든〉처럼 이 영화에서도 절제와 배제를 통해 관객들이 사고할 공간을 최대한 남겨 놓으려 한다. 보다 넓은 사고의 공간 속에서 관객은 여러 가지 추론(억측을 포함하여)과 사고의 시행착오를 거쳐 나

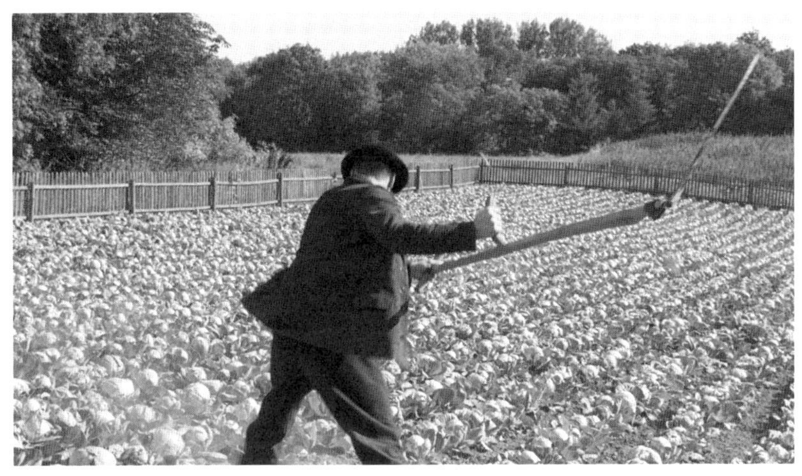

름의 결론에 다다른다. 능동적인 지적 활동을 통한 주제 의식의 확인은 더 크고 긴 울림을 만들어내게 된다.

142분의 만만치 않은 상영시간 동안 영화는 '정중동' 이다. 마을에서 벌어지는 사건들을 차분히 전해주며 카메라는 개입을 최대한 꺼린다. 회색빛 벽돌을 하나씩 쌓아 올리며 영화는 거대한 감정의 구조물을 만들어낸다. 몸서리 처질 폭력의 순간은 언제나 프레임 밖에 있다. 폭력이 남긴 결과물만이 스크린에 남는다. 헛간에서 추락사한 늙은 아낙의 벌거벗은 시체, 줄에 목이 묶여 흔들리는 촌부의 육체, 칠흑 같은 어둠 속에서 불타오르는 헛간, 폭력에 유린 당한 뒤 고통스런 얼굴로 하얀 김을 품어내는 아이의 얼굴 등은 묘사되지 않은 폭력을 관객 각자가 떠올리게 한다. 여기에 고즈넉한 마을의 전경과, 무언가를 숨긴 듯한 아이들의 표정이 포개지며 영화는 숨 막히는 풍경을 연출한다.

하네케는 이 영화로 2009년 칸국제영화제 대상인 황금종려상의 영예를 안았다. 하네케의 만만치 않은 영화 이력을 따진다면 조금은 늦은 수

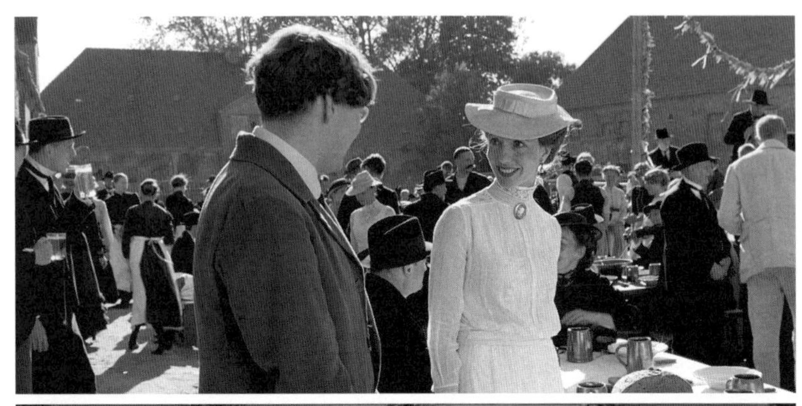

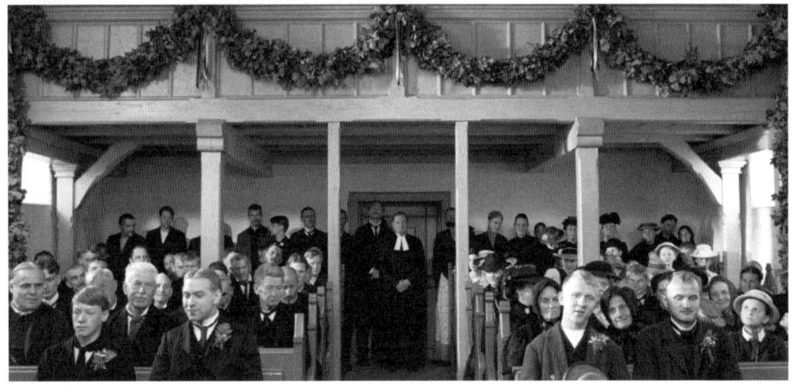

상이지만, 예우 차원의 시상은 아닌 듯하다. 꽉 짜인 이야기와, 절제된 편집의 모범 답안을 보여주는 〈하얀 리본〉은 의미와 완성도를 동시에 구현해 내는 명작 중의 명작이라 할 수 있다.

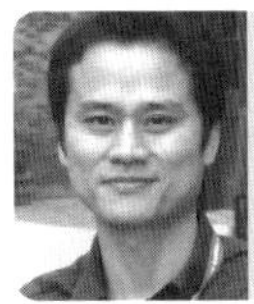

라 제 기 __ wenders@hk.co.kr
《한국일보》 편집부, 문화부, 사회부에서 근무. 현재 대중문화팀 영화 담당.
영화칼럼 '시네마니아' 연재.

캐스린 비글로우 감독

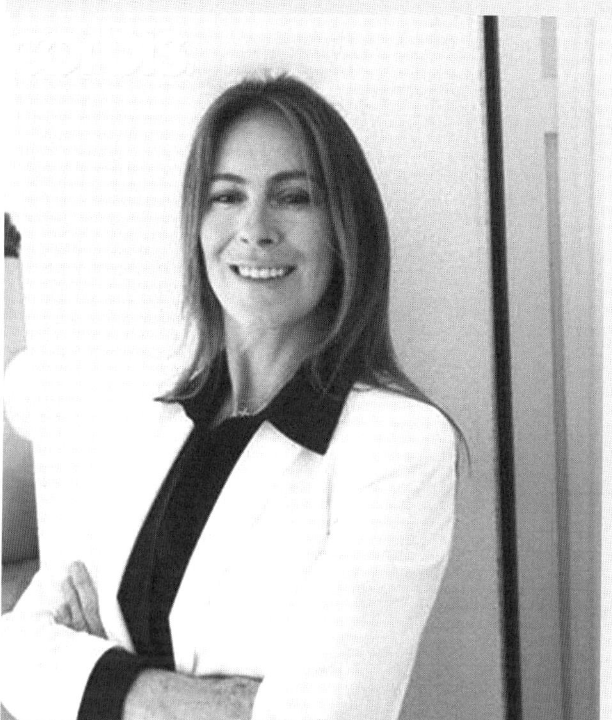

허트 로커

출연/제레미 레너
안소니 마키
가이 피어스
랄프 파인즈
각본/마크 볼
촬영/베리 애크로이드
음악/마르코 벨트라미
편집/크리스 이니스
밥 머로스키

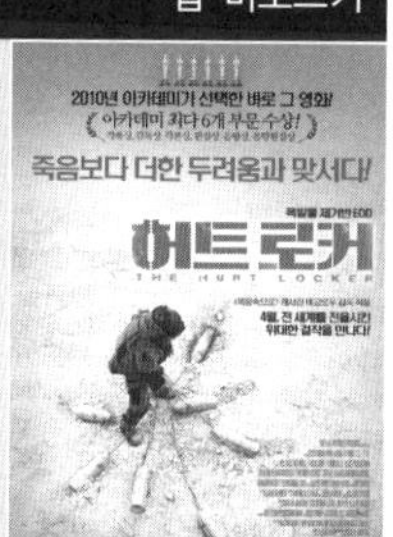

지나가는 고양이 한 마리 떨어진 휴지마저도 긴장을 만들어내는 저예산 전쟁영화.

전쟁의 비인간적 폭력을 바라보는 냉혹한 시선.

전쟁을 막기 위해 전쟁에 중독되어 가는 인간 군상.

신선한 소재와 일급의 연출력.

전쟁과 폭력의 중독성에 대한 비판.

비글로우, 극으로 다큐를 찍다니!!!

— 추천위원의 선정 이유 中

놀이가 되어 가는 전쟁에 대한 고발

설규주

 '벗어날 수 없는 상처', 〈허트 로커〉는 어떤 영화인가? 지구 어느 한 편에서 일어나는 전쟁의 단면과 인물의 심리를 섬세하게 묘사하는 영화인가? 전쟁이 있는 곳에서는 으레 나타나게 마련인 해결사, 전쟁 영웅의 우월한 유전자를 과시하는 영화인가? 계몽적인 반전反戰 메시지를 전하는 영화인가? 이라크 침략 전쟁과 관련한 특정한 정치적 입장을 대변하는 영화인가? 탁월한 전쟁 영화의 계보를 여성 감독의 손으로 이어간다는 영화사적 의미에 주목해야 하는 영화인가? 보는 시각에 따라 여러 가지 해석이 가능하겠지만 이 영화에서 놓칠 수 없는 또 하나의 중요한 키워드로 '전쟁광(?)'을 꼽을 수 있다. 〈허트 로커〉는 평범했던 사람이 어떻게 전쟁광이 되어 가는가를 보여주는 것이 아니라, 이미 전쟁광이 되어 버린 사람이 전쟁터 안팎에서 표출하는 일상을 고발하고 있다.

 어쩌면 제임스 하사에게 '전쟁광'이라는 호칭은 과한 것인지도 모른다. 그러한 표현은 이른바 대량살상무기를 발본색원하겠다는 명분을 걸

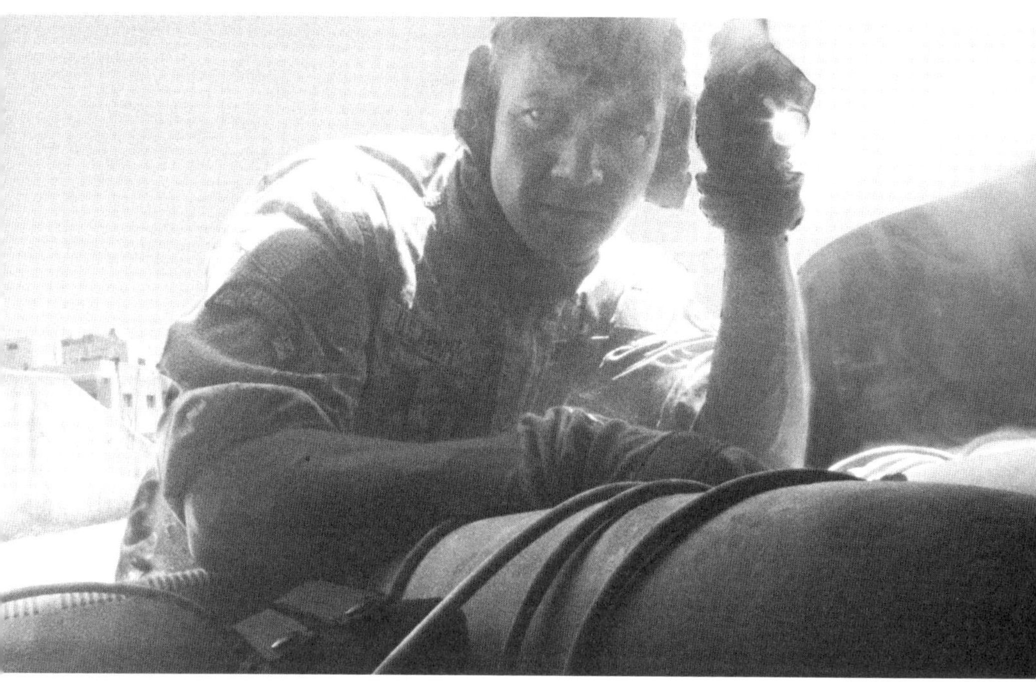

고 이라크 침략 전쟁을 일으킨 사람들에게나 더 어울릴 것이기 때문이다. 물론 제임스는 전쟁의 장본인은 아니다. 그러나 비록 타인에 의해 시작된 전쟁이라 하더라도 이미 자신 또한 거기에 중독된 채, 전쟁이 있는 곳에 머무르고 싶어 하고 전쟁이 있는 곳으로 회귀한다는 점에서는 그 역시 전쟁에 빠진 일종의 '덕후' 라 불려도 큰 무리는 없을 것 같다.

미군의 시각에서 바라본 이라크인, 그리고 전쟁에 대한 묘사

영화의 맨 앞부분에서 거리의 폭발물을 제거하기 위해 톰슨 하사가 방탄복을 입으며 작업을 준비할 때 미군이 나누는 대화는 이 작업이 이들에게 얼마나 익숙한 일인지, 얼마나 일상적인 것인지를 짐작하게 해

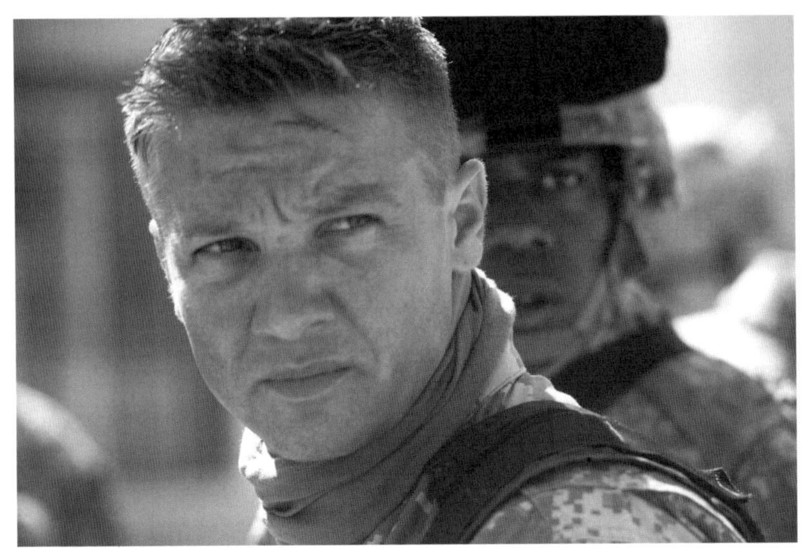

준다. 물론 익숙함이라는 것이 곧 가벼움을 의미하는 것은 아니다. 목숨을 건 작업을 하기 전에 그들이 나누는 농담은, 폭발물 제거 작업이 가벼운 일이라서가 아니라 긴장을 풀기 위한 것으로 볼 수도 있다. 어쨌든이 장면은 관객에게는 앞으로 다가올 긴장을 예고하지만 적어도 영화속 미군들에게는 농담 섞인 일상으로 다가간다. 카메라는 그것을 충실히 전달한다.

반면 이라크인에게 전쟁은, 그들이 저항군 혹은 저항군 동조 세력이건, 저항군에 반대하는 세력이건, 농담 섞인 일상이 아니라 팍팍하고 절실하며 처절한 일상으로 묘사된다. 어떤 소년은 학교에 가는 대신 불법 DVD를 팔며 돈을 벌고, 또 어떤 소년은 인간 폭탄 제조 과정에서 폭탄을 기생시키는 일종의 '숙주' 같은 존재로 희생되기도 한다. 길거리를 지나던 누군가는 눈이 붙어 있을리 없는 폭탄의 파편에 맞아 몸이 찢기고, 또 어느 누군가는 자신의 의지와는 상관없이 폭탄을 몸에 주렁주렁 매단 채 산화하는 운명을 맞기도 한다.

미군과 이라크인의 이같은 일상을 카메라는 두루 담아 낸다. 그런데 그 카메라가 취하고 있는 시선은, 아마도 감독의 의도이겠지만, 철저하게 미국적인 것으로 보인다. 예컨대, 톰슨과 제임스가 각각 폭발물에 다가가거나 폭발물을 해체하기 위한 조치를 취하는 도중에 카메라는 주변에서 그 장면을 바라보는 수많은 이라크인의 모습을 보여준다. 그때 그 카메라의 시선은 객관적이지 않다. 카메라가 특정하여 가리키고 있는 이라크인에 대해 수상쩍어 하는 시선이 묻어난다. 사실 그 '수상쩍음'은 고스란히 미군의 시각이고 거기에 동조하는 관객의 시각이다. 미군의 이라크 침략 전쟁에 반대하고 비판하는 사람들조차도 현재 폭발물을 제거하고 있는 미군 하사에게 '수상한' 이라크인이 아무 일을 저지르지 않기를 바라며 은연중에 미군에게 동조하게 하는 시선이다.

이것은 〈허트 로커〉가 이라크 침략 전쟁에서 미국의 입장을 대변하고 있다는 뜻이 아니라, 미군이 전쟁을 바라보는 시각, 미군이 이라크인을 바라보는 시각 자체에 대한 일종의 메타적 시선을 가지고 있다는 의미이다. 그 카메라는 미군이 이라크인을 선과 악으로, 적과 우리 편으로 구분하기보다는, 중립적으로 말하면 모두 '타자'로, 좀더 가치 판단을 해서 표현하면 모두 '악인' 혹은 (잠재적) '범인犯人'으로 인식하고 있음을 보여준다. 미군에게는 예컨대, '착한 무하마드'나 '성실한 핫산', '나쁜 압둘라' 등의 구분이 중요한 것이 아니라 모두 그저 '익명의 위험한 이라크인'으로 보일 뿐이다.

전쟁터에서 벗어나려는 자와 전쟁터로 돌아가려는 자

샌본 병장은 폭발물 제거 작업을 맡고 있는 브라운 중대에서의 임무를 마치고 하루라도 빨리 그곳을 떠나고 싶어 한다. 앨드리지 상병이 "이제 39일만 참으면 된다"고 했을 때 그는 앨드리지의 말을 재빨리 수정해 준다. "38일"이라고. 하루 하루 날짜를 세어 가며 떠날 날을 기다리고 있는 샌본에게, 폭발물 제거 작업의 안전 수칙도 무시하며 위험한 일을 반복하는 제임스는 이라크 저항군만큼이나 위협적인 인물일 수밖에 없다. 두 사람이 사사건건 대립하는 이유이다.

전쟁터에서 벗어나고 싶어하는 마음은 앨드리지도 샌본 못지 않다. 앨드리지는 영화 후반부에서 제임스가 명령한 무리한 작전을 수행하다가 제임스가 쏜 총에 맞아 다리에 부상을 입는다. 그리고 제임스를 원망하며 욕설을 퍼부으며 전쟁터에서 벗어난다. 제임스는 앨드리지에게 부상을 입혔지만, 역설적으로 그 부상으로 인해 예정보다 빨리 전쟁터에서 벗어나게 해 준 인물이기도 하다. 제임스는 앨드리지와 팀으로 생활하는 중에, 연약함을 넘어 어딘가 '고문관' 같은 이미지가 있는 앨드리지를 한 번도 타박하지 않았다. 오히려 앨드리지가 잘 못하는 부분, 자신없어 하는 부분을 친절하게 가르쳐 주며 그의 용기를 북돋워 주었다. 전쟁터에서 앨드리지가 수행한 작은 성취에 대해서도 제임스는 늘 "괜찮은 군인", "훌륭한 군인"이라고 크게 치켜 세우기도 했다. 그러나 결국 앨드리지는 전쟁터에서 훌륭한 군인으로 인정받는 것보다 무사히 귀환하는 것을 선호했다.

샌본이나 앨드리지가 전쟁터 이외에 의미를 두는 다른 무엇이 있는지, 그것이 무엇인지는 정확히 알 수 없다. 그러나 적어도 샌본의 고백

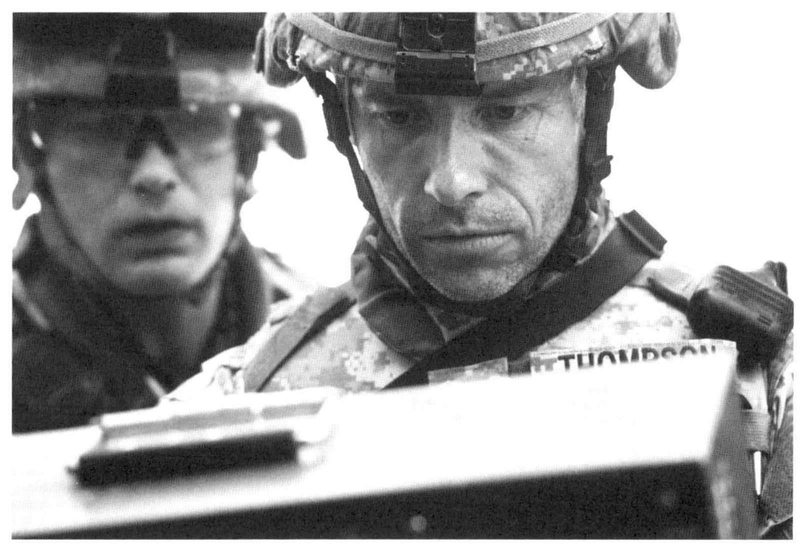

을 통해 보건대, 그들은 (전쟁터에서) 죽을 준비가 되어 있지 않다. 그래서 한때 제임스에게 아빠가 될 준비가 되어 있지 않다고 하던 샌본은 돌아가서 결혼을 하고 아이를 낳고 싶어한다. 샌본은 결국 자신의 삶을 더 강하게 지탱해 줄, 어쩌면 다시 전쟁터로 가지 않도록 붙잡아줄 가족을 만들고 싶어 한다.

반면, 제임스에게는 이미 아내와 아들이 있다. 아빠를 좋아하는 아들이 있고, 남편을 필요로 하는 아내가 있다. 그러나 제임스는 그들과의 삶에 뿌리내리지 못한다. 아내와 함께 마트에 쇼핑을 가는 일, 아내의 소소한 일상을 도와 주는 일은 그에게 흥미를 주지 못한다. 그러한 일은 단지 흥미만 주지 못하는 것이 아니라 그가 잘 해내지도 못한다. 제임스는 마트에 수없이 진열되어 있는 시리얼 중 하나를 고르는 것도 버거워한다. 심지어 아들도 그를 붙잡을 만큼의 의미는 없다. 영화의 마지막 부분에서 제임스가 자신의 말을 알아 듣지도 못하는 어린 아들에게 하는 말, 그래서 사실상 독백처럼 하는 말에서 그가 의미를 두고 있는 단 한 가지는 전쟁터임을 암시한다. 그는 여전히 전쟁터에 머무르거나 또는 전쟁터로 돌아가려고 한다.

전쟁터로 돌아가려는 이유: 전쟁은 위험한 임무가 아니라 재미있는 놀이

제임스는 폭발물 제거 작업에서 압도적인 기량을 보여준다. 능력도 탁월하지만 그가 가지고 있는 대범함 또한 전임자들과 비교할 수 없을 만큼 크다. 그런데 제임스는 그러한 능력을 통해 특별히 인정을 받거나 명예와 부를 얻는 것을 원하는 것 같지는 않다. 전쟁 영웅으로 등극하는 데 목적을 두고 있는 것 같지도 않다. 또한, 동료 군인이나 이라크 민중을 폭발물의 위험으로부터 보호하는 것에 커다란 사명감을 두고 있는 것 같지도 않다. 오히려 제임스는 자신의 대범함이나 무모함 때문에 때로는 동료들을 위험에 빠뜨리기도 한다.

그렇다면 제임스를 전쟁터에 붙잡아 두는 것은 무엇인가? 제임스가 전쟁 자체를 좋아한다고까지 말할 수는 없다. 그러나 적어도 그는 전쟁터에 있는 것, 전쟁터에서 벌어지는 일과 그 곳에서 자신이 맡은 일을 하는 것을 좋아하는 것 같다. 제임스가 톰슨 하사의 후임으로 브라운 부대에 배치되어 수행한 첫임무에서 폭발물을 발견하고 처음 한 말은 "Hello, baby" 였다. 제임스는 폭발물을 보면서 자신의 목숨을 위협하는 대상으로 인지하기보다는 어린 아기를 보듯 반갑게 맞이한다. 제임스가 영화의 마지막 부분에서 자신의 아들을 어르며 놀아주는 것처럼, 그는 폭발물을 해체하는 섬세한 작업을 마치 아기와 노는 것처럼 생각하고 있는 듯하다. 그에게는 그것이 위험한 작업이 아니라 재미있는 놀이인 셈이다. 실제로 그는 폭발물을 제거하기 위해 폭발물에 다가갈 때 "이제 재미 좀 보자고"라고 말하거나 유조차량 자살폭탄테러를 수습하러 갈 때 "또 한 게임 해야지"라고 말한다.

적어도 제임스에게는 그 곳이 '전쟁터' 라기보다는 '놀이터' 인지도 모른다. 그는 불법 DVD를 팔던 '베컴' 이라는 이름의 이라크 소년과도 전쟁터에서 축구를 하며 논다. 때로는 술 취한 뒤에 잠을 잘 때도 방탄 헬멧을 쓰고 잔다. 그에게는 전쟁과 놀이와 일상이 잘 구분되지 않는다. 실제 폭발물을 제거할 때도 제임스는 긴장하거나 당황하는 법이 없다. 침착하고 태평하게 그리고 고집스럽게 기어이 할 일을 다 하고 만다. 긴장하고 두려워하는 쪽은 오히려 그것을 바라보며 시간을 재촉하는 샌본과 앨드리지며 관객이다.

게임같은 전쟁, 취미같은 전쟁, 여행같은 전쟁

〈허트 로커〉에서 전쟁에 임하는 사람들의 말이나 행동은 게임 세계에서의 그것과 놀랍도록 유사하다. 수십 개의 포탄을 해체함으로써 무려 873개까지 포탄 해체 기록을 늘린 제임스에게 대령이 찾아와 치하한다. "어떻게 하면 그렇게 (많은) 포탄을 해체할 수 있는가?" 제임스는 대답한다. "안 죽으면 됩니다." 제임스는 전쟁터에서 살아남기 위해 포탄을 제거한 것이 아니라, 포탄을 제거하는 작업을 하기 위해 살아 있는 것 같다.

대령의 질문과 제임스의 대답을 게임 세계에 대입해 보자. 1980년대

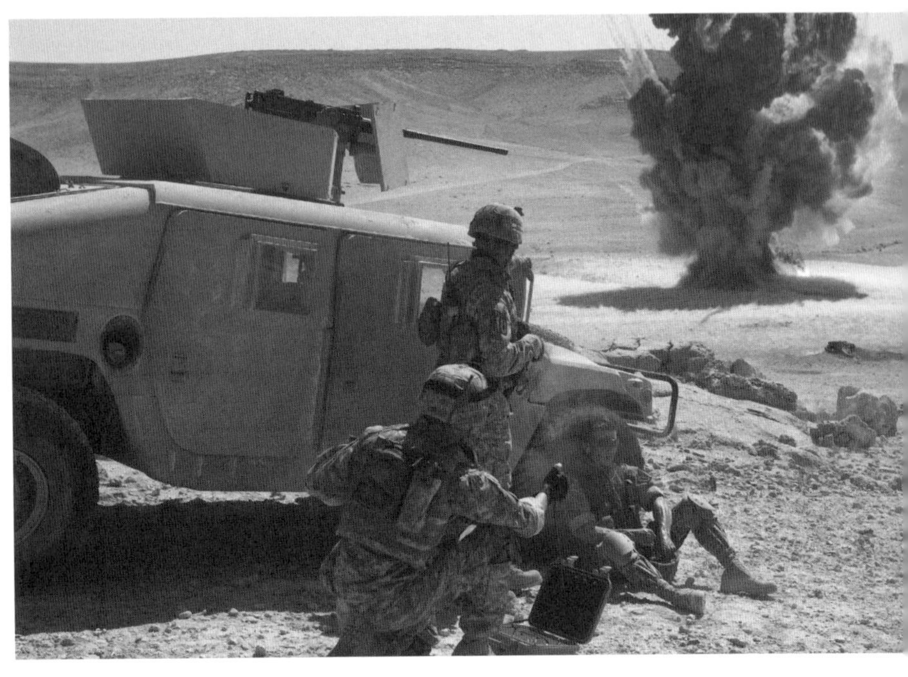

전자 오락실을 들락거렸던 사람이라면 누구나 해보았을 슈팅 게임의 고전 '갤라그'에서 스테이지 30~40 정도까지 가면 게임을 제법 하는 사람으로 인식된다. '제법'의 수준을 넘어 '초고수' 소리를 들으려면 스테이지 100 정도는 넘겨야 한다. 보너스로 나오는 것까지 포함해서 겨우 비행기 대여섯 대를 가지고 스테이지 1부터 시작해서 100까지 가려면 어떻게 해야 하는가? 답은 간단하다. "(게임 속에서) 안 죽으면 된다." 기록을 늘리기 위해서는 무엇보다도 죽지 않아야 한다.

게임 메타포는 다른 장면에서도 발견된다. 제임스 일행은 이동 중에 이라크 저항군을 포로로 잡은 미군들을 만난다. 고장난 SUV 바퀴를 수리하던 중 갑자기 이라크 저항군의 총격을 받게 되자 그들은 총을 사방으로 난사하며 대응 사격을 한다. 그때 한 미군이 묻는다. "근데 우리 어디로 쏘는 겁니까?" 또다른 미군이 대답한다. "낸들 아나……" 치열한 전쟁터에서 그들이 나누는 대화는 게임 하듯 가볍다. 또한, 그 와중에서도 전쟁 포로를 통한 이득 계산은 철저하다. 그들이 포로를 잡는 진짜 이유는 미군의 승리에 기여하고자 하는 그런 거창한 것이 아니다. 그저 포로들에게 걸려 있는 거액의 현상금 때문이다.

이 장면은 게임 속 플레이어의 행태와 그대로 겹쳐진다. 전쟁 게임 속 플레이어는 거의 무한정 제공되는 총알을 여기저기 마구 쏘아댄다. 영화 속 미군이 방아쇠를 계속 당기고 있듯이 플레이어를 조종하는 사람은 게임기의 발사 버튼을 계속 누르고 있으면 된다. 그러다 보면 게임 속에서 재수없는 적군은 맞아 쓰러진다. 폭탄을 아무데나 던져도 누군가는 맞아 죽는다. 또한 게임 속 전쟁에서 플레이어는 여기 저기 이동하면서 아이템을 획득하며 점수를 쌓아간다. 현실 전쟁 속 포로는 플레이어(미군)에게 게임 아이템과 같은 존재로 인식된다.

한편, 제임스는 폭발물을 제거할 때마다 기념이 될 만한 부품들을 하나하나 모아서 침대 밑에 보관한다. 그리고 그 물건을 보면서 그것이 언제 어디에서 포탄을 해체할 때 얻은 것인지 기억을 떠올린다. 이 장면에서 마치 여행이 취미인 사람이 세계 곳곳을 들를 때마다 여행지의 기억을 담아 둘 머그컵이나 열쇠 고리를 한두 개씩 수집해 놓는 모습을 떠올리게 된다. 제임스에게 전쟁은 일종의 취미의 자리에 위치한 것처럼 보인다. 제임스는 집에 돌아와서 아내에게 전쟁터에서의 이야기를 들려준다. 이것 역시 해외 여행을 다녀온 사람이 여행지에서의 경험담을 가족에게 들려주는 것과 그리 다르지 않다. 듣는 사람은 재미없어 하지만 이야기하는 사람은 진지하고 신이 난다.

몇 가지 갈등들: 전쟁이 가져오는 소통의 단절

〈허트 로커〉 속에는 몇 가지 미시적인 갈등 양상이 나타난다. 크고 작음의 차이는 있지만 제임스와 샌본, 앨드리지와 군의관, 제임스와 아내 등에게서 그것이 드러난다. 갈등의 양상은 소통의 단절로 나타나며, 단절의 원인은 역시 전쟁이다. 그리고 소통의 단절은 물리적 단절 혹은 헤어짐을 낳는다.

먼저, 제임스와 샌본은 영화 속 미시적 갈등 구조의 가장 큰 줄기를 형성한다. 샌본은 동료들의 안전을 충분히 고려하지 않고 나홀로 작업 방식을 고수하는 제임스로 인해 목숨을 잃을 수도 있었다고 생각한다. 그래서 제임스에게 주먹질을 날리거나 충고 또는 부탁을 하는 수준을 넘어 극단적인 생각을 하는 데까지 이른다. 샌본은 폭발물 근처에 장갑을 찾으러 간 제임스를 폭발을 통해 죽여 버리고 사고사로 처리하는 방법이 있다는 것을 앨드리지에게 이야기한다. 샌본 자신이 무사히 전쟁터를 벗어나기 위해서는 전쟁터의 새로운 위협 요소인 상관(제임스)을 죽일수도 있음을 시사하는 말이다. 앨드리지는 그 말에 놀라기는 하지만 반대하지는 않는다. 진짜로 죽일 생각이냐고 물을 뿐이다. 이 장면 앞에 있었던, 앨드리지가 군의관 앞에서 제임스의 막무가내식 작업 방식에 대해 불평하는 장면을 떠올려 볼 때, 만약 샌본이 "yes"라고 답했다면 그 자리에서 어떤 일이 벌어졌을지 모른다. 위태롭게 팀의 형태를 유지했던 샌본과 제임스는 브라운 부대에서의 임무를 끝으로 결국 결별할 것이다.

한편, 앨드리지와 군의관 사이의 갈등도 나타난다. 앨드리지는 톰슨 하사의 죽음에 자신이 책임이 있다고 생각한다. 소극적이고 겁이 많으며 죄책감에 사로잡혀 있는 앨드리지에게 군의관은 집착을 버릴 것을 주문하며 참전은 긍정적 경험이며 재미도 있다고 말한다. 그러나 그러한 조언과 상담은 앨드리지에게 수용되지 못한다. 앨드리지는 군의관에게 야전은 경험해 보고 그런 말을 하는 것이냐며 비아냥거린다. 이 말은 군의관을 자극한 것으로 보인다. 군의관은 책상머리에 앉아 있는 것이 따분하다며 폭발물이 있는 현장에 제임스 일행과 함께 간다. 그리고 폭발과 함께 군모만 남기고 사라지고 만다. 앨드리지는 군의관의 죽음 앞에서 극도의 통곡을 보여준다. 톰슨 하사의 죽음만으로도 충분히 괴로웠던 그는 죽음으로 인한 상관 두 명과의 결별은 물론, 그들의 죽음에 자신이 관여했다는 죄책감에 더욱 시달릴 상황에 처하게 되었다.

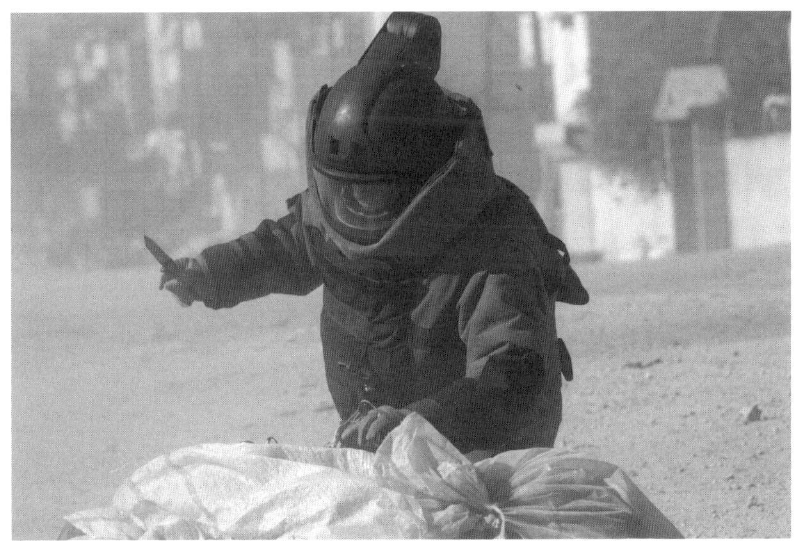

마지막으로 제임스와 아내의 갈등은 짧게 그리고 은은하게 나타나지만 그 여운은 길고 강하다. 제임스는 브라운 부대의 임무를 마치고 집에 돌아와서 전쟁 이야기를 들려 주지만 아내는 거기에 관심이 없다. 제임스의 이라크 무용담에 대해 아내는 부엌일을 하며 "(이것 좀) 썰어 줄래?"라고 말한다. 아내의 짧은 대사 속에, 폭발물 해체 영웅으로서의 제임스가 아니라 가정을 지켜 주는 남편과 아이 아빠로서의 제임스에 대한 소망이 배어난다. 제임스는 전쟁터에서 자신을 필요로 하고 있음을 말하고 아내는 가정에 제임스가 필요하다는 뜻을 간접적으로 전달한다. 그러나 제임스는 결국 가정에서의 필요 대신 전쟁터에서의 필요에 반응한다. 델타 부대에서의 새로운 임무는 제임스와 아내를 단절시킨다.

결국 자신이 의미를 두는 것을 찾아가기

같은 곳에 잠시 머무르더라도 사람마다 가장 큰 의미를 두는 것은 다르고 또 변한다. 샌본은 원래 자신은 아빠가 될 준비가 안 돼 있다고 말했다. 그런데 마지막 장면에서 또 한번 죽을 고비를 넘기고 나서는 죽을 준비가 안됐다고, 그리고 아들을 갖고 싶다고 제임스에게 말한다. 그가 의미를 두고 있는 것은 삶 자체이고 삶을 지탱하게 해 줄 '무엇'인데, 샌본은 그 '무엇'을 이제 아들 또는 가족이라고 생각하고 있다.

반면, 제임스는 자신의 아들에게 자신이 의미를 부여하는 것이 무엇인지 암시한 후에 다시 전쟁터로 돌아온다. 그리고 환영받는다. 전쟁터에 있는 것을 즐기는 것 같은 제임스도 물론 사람이 다치고 죽어 나가는 것에 아무런 감정이 없는 것은 아니다. 군의관이 죽은 후 집에 전화를 하려다가 포기할 때, 그리고 자신의 실수로 앨드리지가 부상을 당한 후

샤워기에 몸을 맡기며 머리를 쥐어 뜯을 때 제임스는 연약해진다. 그렇게 고뇌는 하지만, 그래도 전쟁터를 벗어날 수는 없다.

제임스는 전쟁이 있어야만 자신이 생각하는 제임스답게 자신의 존재를 유지할 수 있는 사람이다. 그러나 〈허트 로커〉를 '전쟁광'이라는 키워드를 가지고 읽는다 하더라도 이 때 전쟁 중독자의 단면에만 초점을 맞추는 것은 위험하다. 그것의 배후와 본질에는 역시 전쟁이 있다는 것이 중요하다. 전쟁 중독이 끝나기 위해서는 전쟁 자체가 끝나야 한다. 그러나 전쟁은 으레 또 어딘가에서 시작되기 마련이다. 제임스가 아프가니스탄에서 이라크로 옮겨 왔고 브라운 부대에서 델타 부대로 옮겨 왔듯이, 그는 또 다른 전쟁터를 찾아 떠날 것이다.

서글픈 것은 그렇게 큰 의미와 무게를 두는 것이 왜 하필 '전쟁'인가 하는 점이다. 더 서글픈 것은, 제임스와 비교할 수 없이 많은 힘을 가진 '높은' 사람들이 그들 자신의 이익을 위해 일으킨 전쟁으로 인해, 원래는 평범했을 제임스와 같은 사람들이 가족보다 전쟁에 더 큰 의미를 두고 전쟁 중독자로 살아가는 현실이다. 마치 게임 산업계의 이익을 위해 개발된 게임으로 인해, 원래는 평범했을 사람들이 현실보다 게임에 더 큰 의미를 두고 게임 중독자로 살아가는 현실처럼...

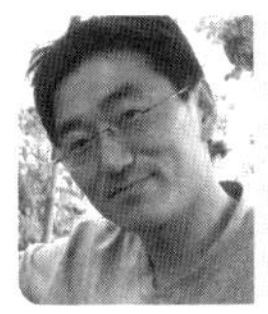

설 규 주 __ qzoos@gin.ac.kr
서울대 사회교육학과와 동 대학원, 박사 과정 졸업. 저서로 『다문화교육의 이해와 실천』 『시민교육론』 『초등교사를 위한 정치교육 입문』(공저) 등이 있음. 한국교육과정평가원 교환교수를 역임했으며 현재 경인교육대학교 교수,

전문가와 대중 사이의 괴리

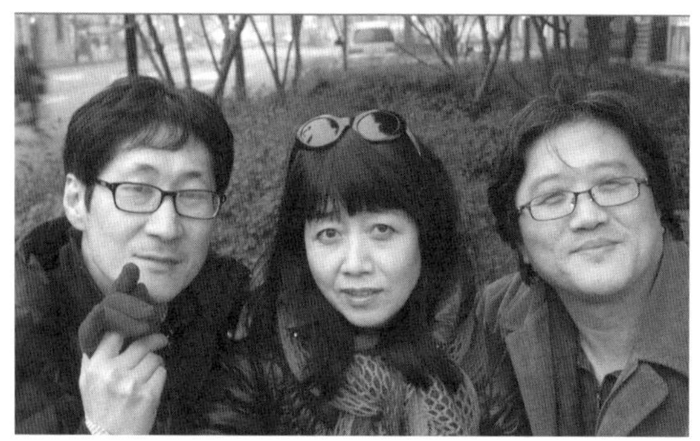

참석자
— 전찬일(영화평론가, 부산영화제 프로그래머)
— 유지나(영화평론가, 동국대학교 교수)
— 강태규(대중문화평론가, 음반기획자)

일시: 2011년 1월 23일
장소: 상해 당조호텔, 唐朝酒店
정리: 김지숙, 최교익

전찬일: 두 분이 아시다시피 외국 영화 총10편, 한국 영화는 독립 영화를 포함해서 총 11편이 '2011 오늘의 영화'로 선정되었습니다. 그 영화들에 대해 구체적으로 말하기 전에, 아쉬움도 있고 주목할 만한 성취도 있을 테니 2010년의 한국 영화계 전반에 대해 각자가 생각하는 바를 개략적으로 피력해주시죠. 먼저 유지나 교수님, 한 말씀 해주시죠.

유지나: 한국 영화는 아무래도 선정된 11편을 중심으로 이야기할 텐데요, 다양한 영화들, 특히 독립 영화나 저예산 영화들이 보여준 성취가 긍정적인 결과라고 생각합니다. 무엇보다 코미디 형태로, 그동안 제대로 시도되지 못했던 영화들이 많이 나왔습니다. 〈방자전〉처럼, 〈음란서생〉에 이어 김대우 감독이 퓨전사극이라고 불리는, 코믹하면서도 사회풍자적 접근으로 일군 성취를 들 수 있을 겁니다. 또 한국 영화가, 실제로 많은 논의가 있어 왔음에도 사회적 문제에 직접적으로 접속을 하지 못했었는데, 동남아 노동자 문제라는 현실에 주목하면서 커밍아웃한 〈방가?방가!〉를 보며, 사회성 코미디가 나왔다는 게 반가웠습니다. 한편 폭력 자체가 영화의 핵심이 돼 논쟁을 일으키기도 했죠. 〈악마를 보았다〉나 〈아저씨〉 등이 그 대표적 경우죠. 그에 반해 〈경계도시2〉나 〈울지마 톤즈〉같은 독립 다큐영화들이 한국 영화 11편 안에 선정된 것도 의미 있는 일이라고 생각합니다. 나중에 또 이야기 되겠지만 이창동 감독이 〈시〉란 작품을 통해 일상과 예술행위를 함께 돌리며, 음미하며 생각하게 만드는 영화작업을 이어가고 있다는 점을 발견하는 것도 수확입니다.

전찬일: 한국 독립 영화의 성취, 그간 한국 코미디 영화에서 보이지 못했던, 나름대로의 수준과 재미를 겸비한 코미디 영화의 성취, 그리고 폭력성이 유난히도 강조됐다는 것… 이 세 가지로 유 교수님의 말씀을 요약할 수 있을 텐데, 그것들은 2010년 한국 영화계를 전반적으로 설명할 수 있는 키워드 내지는 화두일 것입니다.

저도 덧붙이면 몇 년 전부터 상업적 대중 영화와 다양성 영화 등으로 칭해지는 독립성 강한 영화들 간의 경계가 약화되고 있었는데, 2010년을 기점으로 그 경계가 완전 무너졌다고 볼 수 있지 않을까, 그래 앞으로 2011년, 2012년부터는 독립 영화, 상업 영화라고 구분하기 어려워지는 게 아닐까, 싶어요. '2011 오늘의 영화'로 선정된 리스트를 보면 똑같은 영화를, 가령 홍상수 감독의 영화를 어떤 사람은 독립영화로 뽑고 어떤 사람은 한국 영화로 뽑았죠. 최종 11편에는 들어가지 못했지만 정성일 감독의 데뷔작 〈카페 느와르〉도 어떤 사람은 독립 영화로, 어떤 사람은 그냥 한국 영화로 뽑았습니다. 그것은 곧 문제점이 많음에도 한국 독립 영화가 그만큼 일취월장했다는 것을 뜻할 겁니다. 언론에서는 주로 폭력적인 영화에 대해서만 강조했고 별로 언급하지는 않았지만 코미디 영화의 성취는 상당히 주목할 만한 점이라고 생각합니다. 그 성취는 향후 강화돼야 할 흐름일 것입니다. 폭력성에 대해서는 잠시 후 보다 구체적으로 논의를 해야겠죠.

사실 저는 다른 측면을 말하고 싶습니다. 2009년에는 상업적으로 1천만을 넘은 〈해운대〉와 800만을 넘은 〈국가대표〉, 이 두 영화가 쌍끌이 흥행을 하면서 한국 영화계를 살찌웠다면, 2010년엔 천만 영화가 나오지 않은 대신 흥행의 폭이 여러 영화로 나뉘어 〈의형제〉나 〈아저씨〉 등이 500만을 넘으며, 좋은 의미로 흥행의 하향평준화가 이루어졌습니다. 장기적으로 보면 바람직한 산업적 구도가 갖춰졌다고 볼 수 있을 텐데, 그에 대해서는 상업적으로 한국 영화가 그만큼 약화되었다고 해석할 수도 있을 테고, 오히려 2천만이라는 관객을 몇 편의 영화들이 나눠간 만큼 상생이니 공생이니 하는 시대의 화두와 연관해서도 바람직하다고 볼 수 있을 겁니다.

독립 영화의 성취도, 독립 영화 하면 예전에는 대개 극영화였던 반면, 〈울지마 톤즈〉나 〈경계도시2〉의 경우 두 편 다 다큐멘터리라는 점에서 특히 유의미하다고 할 수 있을 겁니다. 가령 〈울지마 톤즈〉는 대중적으로 주목받기 어려울 뿐만 아니라 그냥 TV 방영으로 그칠 수도 있었던 영화였는데, 극장개봉이 되면서 큰 반향을 불러일으켰습니다. 지금도 계속 화제를 불러일으키고 있죠. 일종의 신드롬이라 할 수 있을 정도로.

한편 11편의 한국 영화 목록을 보며, 그 안에 포함되지 않는 영화들의 면면이 흥미진진하다는 생각도 해봤습니다. 예를 들면 이준익 감독의 〈구르믈 버서난 달처럼〉은 거의 언급이 되지 않았습니다. 2011년도 아카데미 외국어 영화 부문 한국 영화 대표인 김태균 감독의 〈맨발의 꿈〉도 11편에 포함되지 않았습니다. 왜 그랬을까 궁금합니다. 그리고 대중적으로는 2010년의 핫이슈로 떠올랐던 〈아저씨〉…이 영화는 단 한 명의 표만 받았는데요. 〈아저씨〉는 결국 영화 전문가와 대중 사이의 고질적인 괴리를 극렬하게 보여준 예로 언급될 수 있을 겁니다. 실례로 국내 최대 영화 사이트라는 맥스무비에서는 네티즌을 상대로 2010년 베스트 영화 투표를 했는데 다섯 편의 후보작에 〈시〉가 포함되지 않은 반면, 최우수 영화로 선정된 〈인셉션〉과 더불어 〈아저씨〉가 그 다섯 편에 포함됐습니다.

〈시〉와 〈인셉션〉 이 두 영화에 대한 지지가 압도적으로 2위 영화들과 득표 차가 두세 배 이상 났습니다. 한편 〈인셉션〉과 〈소셜 네트워크〉의 경우, 미국에선 〈소셜 네트워크〉가 절대적 지지를 받고 있는데 반해 한국에서는 지지를 받되 그저 미온한 지지밖에 못 받고 있죠. 그것은 영화 관객의 성향과 연관해서도 재미난 시사를 주는 것이 아닌가 싶습니다.

제가 사회자로서 코멘트를 하면서 논의할 만한 이슈들을 던져봤습니다. 강태규 위원께서는 음악 전문가이시니 한국 영화를 보는 관점이 다를 텐데, 음악에 포커스를 맞춰도 좋고 보다 비판적으로 우리가 보지 못했던 장단점을 들 수 있을 것 같아요. 한 말씀 해주시죠.

강태규: 전 올해 영화를 많이 보지는 못했습니다. 그래도 음악을 하다 보니 음악에 관심을 가지고 봤는데, 제가 본 영화들 중에서는 음악적으로 성취가 있다든가 완성도가 높다든가 하는 경우를 발견하지는 못했던 것 같습니다. 〈악마를 보았다〉같은 예외를 빼고는요. 사실 대중음악 시장 자체가 지나치게 상업화되고 완성도 측면에서도 몇몇 뮤지션들을 제외하고는 망했거나 답보 상태라고 할 수 있죠. 영화 제작비가 크게 늘어나지는 않은 걸로 알고 있지만, 그럼에도 영화음악은 일반 음반을 하나 제작하는 비용만큼 쓰이고 있는 걸로 알고 있습니다. 그래서일까, 영화음악은 왠지 예술성을 가지고 있는 것 같기도 하다는 생각은 듭니다.

전찬일: 그렇다면 강위원님께 질문 하나 할게요. 전년도 한국 영화들과 비교해 봤을 때 2010년 한국 영화들의 음악적 성취는, 〈악마를 보았다〉 같은 예외를 빼고는 언급할만한 예가 없었다고 정리할 수 있나요?

강태규: 안 본 영화들이 많아 단정할 수는 없겠지만, 제가 본 것 중에는 그렇습니다.

전찬일: 굉장히 안타까운 일인 건데, 어떻게 보시는지요?

강태규: 그건 이럴 수도 있어요. 2009년 〈마더〉의 경우도 그렇고, 늘 하던 사람이 음악을 만들다 보니 영화 음악 분야에서는 새로운 인물이 발굴되지 않고 새로운 음악적 시도도 이루어지지 않고 있어 수 년 동안

정체되어 있다는 느낌이 든다는 거죠. 음악적 발전, 그러니까 영화산업에서 영화 음악의 길을 모색해 줄만큼 여유가 있는 건 아니구나, 라는 생각을 개인적으로 하고는 합니다. 또, 그러한 여건이 안 되는 거겠죠. 그래서 김동률 같은 아티스트들과 길을 한번 모색하고 싶기도 한데, 잘 안 되고 있습니다.

전찬일: 강태규 위원이 우리가 함께 논의해보면 좋을 이슈를 던져주셨네요. 한국 영화에 한정하면, 11편의 영화 중 소위 데뷔작은 두 편에 지나지 않습니다. 그중 〈울지마 톤즈〉는 데뷔작이라고 하기 어렵습니다. KBS 구수환 부장PD가 연출했는데, 영화로 만든 작품이 아니라 방송 다큐였던 것을 재편집해 개봉했기 때문입니다. 그렇다면 사실상 신인은 〈김복남 살인사건의 전말〉을 연출한 장철수 감독 한명으로, 2010년을 '장철수의 해'라고 부를 수 있을 만큼 거의 모든 국내 영화상 시상식에서 신인상을 거머쥐었습니다. 칸 영화제 비평가주간에 초청받으며 주목을 끌었고 그 주목을 끝까지 이어간 건데, 오늘의 영화 선정 결과에서도 그렇게 드러났습니다.

영화 음악에서 새로운 힘 내지 새로운 활력들이 충분히 제공되지 않은 한 해로 볼 수 있는 것처럼, 신인 영화가 11편 중 한편밖에 없다, 라는 것은 당연한 결과라고 치부하고 넘어가기는 어려운 측면도 있는 바, 그것은 유 교수님께서 독립 영화의 성취라고 평한 것과 일정 정도 어긋나는 결과라고도 봅니다. 그것은 혹시, 한국 영화계가 새로운 인물들을 끌어들이기보다는 기존의 이름 중심, 혹은 인기도 중심으로 흘러가는 것이 아닌가하는 문제 제기를 해 볼 수 있을 듯한데 어떠신지요?

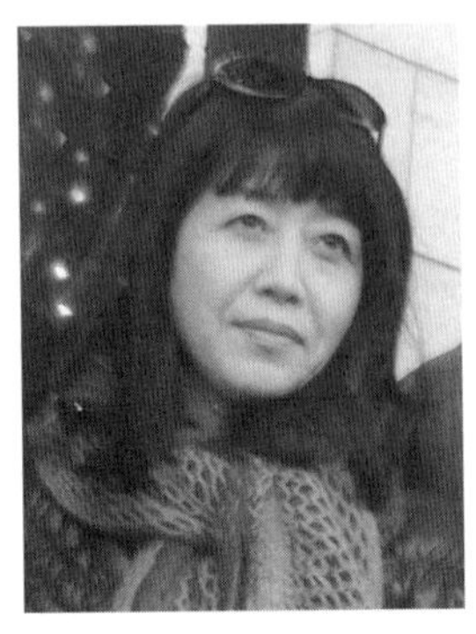

유지나: 그 동안의 영화음악을 중장기적으로 보면 큰 발전이 있었다고 봅니다. 과거보다는 영화음악 자체가 상당히 인기를 끌기도 하고 주목 받기도 했죠. 올해는 조금 주춤했어도, 전체적으로 나아지고 있다는 생각입니다. 영화 음악가뿐 아니라 창의적 뮤지션들을 쓰고 있다는 생각이 듭니다. 그 결과 한국 영화의 OST가 과거에 비해 큰 인기를 끈다거나, 영화의 분위기를 조율해 가는 부분이 매우 잘 살아난 경우도 있지요.

음악과는 별도로 다큐멘터리, 독립 영화에 대해서 할 말이 있습니다. 최근 짧게는 3년, 길게는 5년 정도의 기간 동안 한국 영화는 전체적으로 불황이었고 실제로 통계 수치에서 투자대비 수익률이 떨어졌다는 위기의식도 있었죠. 그런데 그런 사태는 한국 영화를 상업 극영화 중심으로 봐서 그런 거지, 그 틀을 벗어나서 보면 지난 5년 사이 독립 영화에서 다큐 부분이 가장 큰 성취를 이뤘다고 생각합니다. 우리는 항상 이중적으로 영화를 말하는데 한국 영화와 독립 영화를 대비시키는 것은 잘못된 구분일 것입니다. 한국 영화 안에 독립 영화가 있고 한국 영화를 크게 나누자면 극영화와 다큐멘터리가 있다고 볼 수 있는 것이죠. 상업 영화만 한국 영화로 보면 안 된다는 것입니다. 제가 영화를 봐온 20여 년간, 한국 독립 영화가 대중적 성취를 보여주면서 다큐멘터리의 재미, 의미 이 모두를 지속적으로 보여주고 있다는 것은 고무적인 일입니다. 〈워낭소리〉같은 영화만을 예로 드는 건 아닙니다. 1편에 이어 〈경계도시 2〉에서는 남북분단 문제를 다뤘죠. 〈공동경비구역 JSA〉나 〈태극기 휘날리며〉처럼 남북분단 문제를 다루며 큰 성취를 거둔 대규모 영화들도 나왔지만, 다큐에서도 이제는 소규모로 오랜 기간 따라 잡은 깊은 시선도 있는 거랄까요. 〈울지마 톤즈〉 역시 다큐인데 독립 영화 중 특히 다큐 쪽이 갈수록 강해지고 있다는 사실을 올해 더 확연히 보여주고 있는 것이 아닌가 하는 생각이 들면서, 매우 고무적이라고 생각합니다.

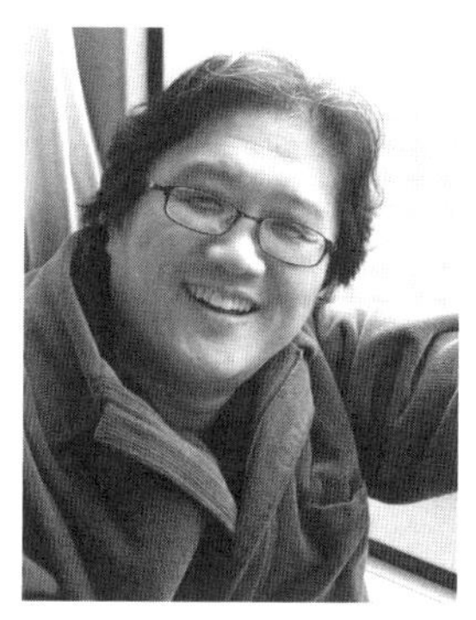

 전찬일: 아주 원론적이고 평이한 지적이지만 우리가 다시 한 번 영화에 대해서 짚어 볼 만한 중요 화두를 던지셨습니다. 올해는 편의상 그렇게 했습니다만, 2011년부터는 더 이상 한국 영화와 독립 영화를 분류하지 말고 그냥 한국 영화와 외국 영화로만 나눠야 하지 않을까, 싶네요. 외국 영화도 사실 독립성 강한 영화들이 많거든요. 한국 독립 영화를 성원한다는 의미에서 그렇게 분류를 했었는데, 이제 더 이상 그러한 분류를 하지 말아야 하는 게 아닌가 하는 거죠. 다큐멘터리는 극영화 못지않게 중요한 장르입니다만 역사적으로나 현실적으로 홀대받아 왔었고 무시당해 왔었는데, 최근에 드러난 한국 다큐 영화들의 성취로 인해 다큐 영화를 다시 바라보는 계기가 주어진 게 아닌가 하는 생각도 해봅니다.

 워낙 중요한 만큼 이제 영화와 폭력 문제를 짚어보도록 하겠습니다. 사실 영화와 폭력은 영화 이후 줄곧 이슈화 되어 왔는데, 우리나라에서는 최근 몇 년 사이에, 특히 2010년에 하드보일드 폭력, 극악무도한 폭력을 다룬 영화들이 꽤 여러 편 개봉됐습니다. 예전에는 비상업 실험 영화감독이 만들었을 법한 영화들을 요즘은 상업 영화의 스타 감독들이 스타 배우들을 동원해 만들어냅니다. 단적인 예가 〈악마를 보았다〉와 〈아저씨〉죠. 〈아저씨〉는 대중적으로 큰 성공을 거뒀고, 200만 대를 전적인 실패로 볼 수는 없지만 〈악마를 보았다〉는 기대에 현저히 못 미치는 성적을 거두면서 실패로 기억되고 있습니다. 어떻습니까? 이러한 극렬한 폭력성 영화들을 시대적인 반영으로 볼 수 있을까요, 아니면 단순히 대중들한테 자극적인 것을 선사해 상업적인 성공을 거두려고 시도했는데, 어떤 건 성공하고 어떤 건 실패한 거라고 봐야할까요? 아니면 또 다른 이유가 있는 것일까요…….

　유지나: 저는 시대의 사회상, 대중의 의식적 욕망, 이런 것들이 복합적으로 작용하며 일어난 일이라고 생각합니다. 영화의 역사에서 폭력은 애초부터 문제가 되었었고 선정적 이슈가 되면서, 결국 돈 문제로 그런 것들이 돈벌이에 활용된다는 것을 영화업자들이 깨달았던 거죠. 특히 한국 영화의 경우, 1990년대 이후 폭력성이 굉장히 강해졌어요. 어떤 면에서는 또 표현의 자유가 확장되면서 폭력성 역시 확장되기도 했고요. 정권의 변화도 있지만 기본적으로 남북관계 속에서 군사문화화 된 것들, 그리고 실제로 경제가 잘 될 줄 알았는데 IMF 이후 계속 불황이고, 그래서 전체적으로 불행감이 넘치는 사회, 젊은이들의 청년 실업 같은 이야기들… 뿐만 아니라 정치적으로 어느 때 보다 낭만이 사라진 젊은 세대 등, 이런 모든 것들이 굉장한 억압인데, 그런 것들이 자극적이고 강렬한 묘사 같은 것들과 결합되는 것이죠. 평화로운 어떤 것들을 이미지로 보여주는 것보다는 억압된 욕망 같은 것들을 분출해내는 면에서, 영화는 넓게 보면 폭력적 묘사와 일치가 되지요. 그리고 그건 영화만의 문제가 아니라 TV의 경우도 마찬가지죠. 코미디 프로그램에서도 재미로 때리고 하는 것들은 오래 전부터 문제가 되어왔었습니다. 그래서 항

상 이 문제를 저도 고민해 보곤 하는데, 한국의 분단 상황과 군사문화라는 것이 같이 결합되면서 우리 내부의 폭력성을 키워나가는 구조가 다른 문화권에 비해서 강하게 나타나고 있다고 봅니다. 현실적으로 경제적 사회적 삶에서 힘든 분위기가 강조되면서, 그걸 소화해내는 방식으로 폭력성이 더 강해지고 있는 것처럼 보입니다.

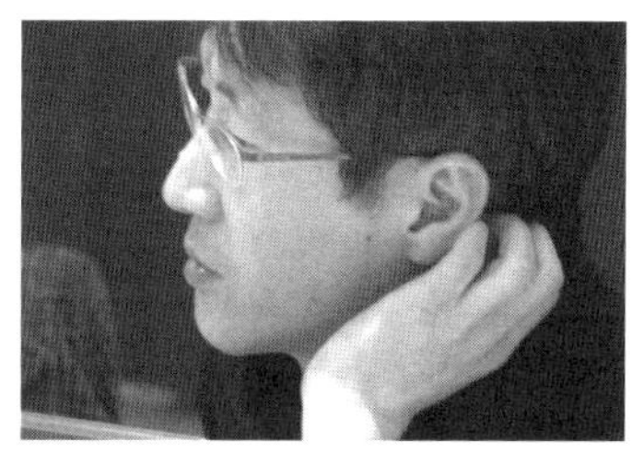

강태규: 제가 볼 때, 영화에서의 폭력성은 의외로 더 진지한 문제라고 봅니다. 대중문화 전체적으로 보자면, 이미 말씀드렸지만 방송에서의 경우, 유 교수님께서 말씀하신 폭력이라는 것이 단순히 어떤 타격에 의한 고통만 있는 것은 아닙니다. 방송 같은 것들을 보면 한 인간의 인격이 완전히 발가벗겨지고 있죠.

유지나: 그렇죠, 언어폭력 같은 문제죠.

강태규: 저는 그것이 오히려 더, 영화에서 보여지는 폭력보다 무참하다고 보는 거죠. 그러한 것들이 상황적으로 너무 익숙해져버린, 그래서 영화에서의 폭력은 오히려 진지하다고 말할 수 있을 겁니다.

전찬일: 그것은 곧 그런 폭력적 영화들이 우리사회가 얼마나 폭력적인가를 환기시키는 순기능을 하고 있다는 말씀이신가요? 와, 그건 굉장히 재미난 지적입니다. 11편의 한국 영화를 보면 과거에 비해 최근 들어 폭력 성향이 현저히 강화되면서, 2010년에 폭력의 강도가 강한 영화들이

여러 편 나왔습니다. 〈악마를 보았다〉만이 아니라, 〈부당거래〉도 그렇고 〈김복남 살인사건의 전말〉도 그렇습니다. 〈황해〉도, 상대적으로 흥행에서 부진한 가장 큰 이유가 극사실주의적 폭력 묘사로 인해 부담을 관객에게 주면서 〈악마를 보았다〉와 비슷한 맥락으로 받아들여지고 있기 때문인 것 같습니다. 이렇듯 11편중 4편이 폭력성이 강한 영화들입니다. 11편엔 들지 않았지만 〈아저씨〉까지 감안하면, 이것은 결코 무시하고 지나갈 수는 없는 문제라고 봅니다. 그런데 강태규 위원은 영화가 폭력을 진지하게 다루면서 문제 제기를 한다는, 영화감독들이 들으면 좋아할 진단을 내렸습니다. 영화감독 등 영화를 만드는 이들이 역설하는 바, 현실이 얼마나 폭력적이냐 그에 비하면 영화는 폭력적이라 말할 수 없다, 라는 논리를 내세우곤 합니다만, 강 위원은 그런 주장들이 설득력 있다고 보는 입장인 건지요?

강태규: 그렇지요. 현실이 얼마나 폭력적이냐…이건 너무 관념적인 것이고, 우리가 눈앞에 펼쳐지는 어떤 문화 현상 자체가, 말씀드렸다시피 방송을 통해 드러나는 언어의 폭력이라든지 일상의 폭력 같은 것들이 가볍게 보이는 것 같지만, 가만히 들여다보면 어떤 물리적인 고통과 비교할 수 없는 문제라는 거죠. 그런 측면에서 본다면 영화에서 다뤄지는 폭력은 오히려 인과관계가 놓여있는 상황에서 일어나고 있다는 생각입니다. 그래서 단순히 폭력적이라고 보기는 좀…….

유지나: 저도 대중문화라든가 한국 사회에 대한 강 위원의 진단에는 동의합니다. 예를 들어 〈시〉의 경우, 굉장히 잔잔하고 겉으로 보여지는 폭력은 없지만 사실 사건 발단은 한 여학생을 미성년자들 여섯이 집단

강간하고, 그 결과로 자살이 일어나는 거잖아요. 그런데 그것을 폭력적으로 보여주지 않는다는 거죠. 제가 말하는 폭력은, 외시적인 의미에서 폭력 그 자체의 이미지화를 말한 것입니다. 하지만 〈아저씨〉 등 다른 영화들을 보면 인과관계를 넘어 지독하게, 예를 들어 신체일부를, 눈알이 뒹군다든가 하는 식으로, 이러한 장면들을 카메라로 잡지 않습니까? 그런 것은 인과관계를 넘어서는, 보이는 그 자체의 폭력성으로 볼 수 있다는 점에서 분리해야 할 것 같습니다. 어떤 의미에서는 〈시〉도 폭력과 연결됩니다. 그러나 폭력 그 자체를 보여주기보다 폭력의 근원에 대해 탐색하는 점이 다르죠. 아까 말씀하신 언어폭력 역시 만연되어 있는 것이지만, 〈시〉에서는 다른 차원으로 치유하고 승화시킵니다. 즉 엄청난 폭력을 담아내는 이미지 묘사의 차원은 다른 차원에서 검토될 필요가 있다고 봅니다.

전찬일: 네, 자연스럽게 그와 연관해 〈아저씨〉를 짚어보겠습니다. 흥미롭게도 극사실주의적으로 폭력을 묘사한 영화 중 큰 성공을 거둔 건 〈아저씨〉뿐인데요. 반면 비평적으로는 거의 그러질 못했습니다. 그 괴리를 어떻게 봐야할까요?

유지나: 그 문제는 스타 이미지와 연결되기도 해요. 〈아저씨〉에 나오는 원빈은 〈마더〉라는 2009년 최고의 영화에서 뭔가 부족한 것 같지만 사실은 보통이 아닌, 연기력 있는 캐릭터 배우로서, 예의 외모만 있는 배우가 아니라는 값진 평가를 받았습니다. 이번에 〈아저씨〉와 연관해서는 관객 평도 보고, 네이버에서 영화 블로거들을 대상으로 심사할 기회가 있었는데 그 어느 영화보다도 〈아저씨〉를 많이 다뤘더군요. 그건 확

실히 캐릭터의 승리일 겁니다. 원빈이라는 캐릭터에 대해 갖고 있는 호감. 특히 폭력물을 별로 즐기지 않는 여성관객들조차 원빈이 맡은 캐릭터를 좋아했습니다.

캐릭터가 뜨려면 서사가 필요하지 않습니까? 〈아저씨〉의 서사는 좀 약한 구석도 있고 과장된 부분도 있지만, 그걸 캐릭터의 매력으로 돌파해내 관객과 만났다는 거죠. 영화는 다양한 요소들로 구성되는데, 스타성이라 해야 할지 스타—페르소나라고 해야 할지 아무튼 2010년에 나왔던 영화 중 스타플레이어, 스타—페르소나가 가장 잘 드러나 작품이 〈아저씨〉라고 생각합니다.

그렇다면 오늘의 영화 선정 결과를 보면 소위 전문가 집단이라는 평론가들, 문화 쪽 집단 사람들은 스타—페르소나 같은 요인에 휘둘리지 않는 경향을 보여주지요. 따라서 일반 박스오피스 결과를 기준으로 한 것과 전문가들의 평가가 다르다는 것은 당연하다고 생각합니다. 대중이나 박스오피스와의 괴리가 평론의 기능이 대중을 못 읽어낸다고 비판도 받지만, 우리들이 박스오피스를 예상하는 사람이거나 영화사 홍보직원은 아니잖아요. 감독의 팬 그룹도 아니고 스타의 팬 그룹도 아니고. 대중이 좋아하는 영화를 전문가들이 똑같이 좋아하고… 평론가들이 먼저 시사회에서 영화를 보고 비평하고 평점을 주는데, 그 결과에 따라서 박스오피스가 나오면 그게 뭘까요? 대부분의 영화는 상업 영화고, 저는 그 괴리나 간극은 어떤 면에서 기본적으로 영화가 그래도 완전 타락한 마케팅업에만 좌지우지되는 것은 아니라는 점을 보여주는 정화수라고 생각합니다.

강태규: 영화뿐만 아니고 음악도 마찬가지입니다.

전찬일, 유지나: 그렇죠!

강태규: 음악도 정말 훌륭한 음반이 나왔는데도, 판이 안 나갑니다.

유지나: 그렇죠. 그건 마케팅의 승리예요. 음악도 영화와 마찬가지로 마케팅의 승리 같아요. 많은 영화를 예로 들 수 있을 것 같아요.

전찬일: 네. 사실 〈아저씨〉는 흥미로운 사례예요. 왜냐하면 한국 관객들은 스타성에 의해 크게 좌우되지 않거든요. 그런데 지금 지적하셨듯, 〈아저씨〉는 원빈이…….

유지나: 원빈은 예외적인 스타라고 해야겠지요. 단순한 스타가 아니라 연기가 되는 스타말입니다.

전찬일: 예. 〈아저씨〉는 원빈이 분한 캐릭터와 원빈이라는 스타 배우의 승리라 할 정도로 예외적 성공을 거뒀죠. 그 성공이 일회성 예외로 끝날 건지 지속될 건지는 두고 봐야 할 텐데, 그런 의미에서 2010년은 어느 모로 '원빈의 해'라고 할 수 있을 겁니다. 최근 TV 드라마 〈시크릿 가든〉이 뜨면서 현빈과 함께 '빈 시대'라는 말이 회자됐는데, 그런 의미에서 원빈은 〈아저씨〉를 통해 꽃미남 배우에서 진정한 연기자로 거듭난 거죠.

이 사실을 왜 이렇게 강조하냐하면, 전문가와 대중 간의 의견은 때론 일치할 수 있고 때론 어긋나기도 합니다만, 이번 선정을 보면 외국 영화의 경우 대중의 선택과 전문가의 선택이 흡사한데 반해, 한국 영화는 그렇지 않다는 겁니다. 말씀드렸듯 가령 맥스무비 투표에서 최고의 영화로 〈인셉션〉이 선정되었는데 저희 선택과 동일하죠. 반면 〈시〉는 저희에겐 압도적으로 지지를 받는 반면, 맥스무비에서는 아예 5편 안의 후보작에도 못 들었죠. 이렇듯 어쩔 수 없는 케이스 바이 케이스가 될 수밖에 없을 텐데, 〈시〉와 〈인셉션〉이 이렇게 압도적 지지를 받을 수 있었던 이유에 대해 간단하게 말씀해 주시지요.

유지나: 사실 저는 〈인셉션〉이 1위라는 것이 놀라워요. 10위 안에 드는 것에 대해서는 그럴 수 있다고 생각하지만. 위 순위도 전문가와 대중들 사이의 선택이 일치하는 것 같지만 아래로 가면 다르죠. 대중들이 거의 안 본 영화들이 상당수 등장하지요.

전찬일: 그렇죠, 많죠.

유지나: 추정컨대 한국의 영화전문가들이 다른 나라 영화보다 할리우드 영화를 많이 보는 것 같아요. 유럽이나 비 할리우드 영화보다는 할리우드 영화를 많이 보다 보니까 상대적으로 할리우드 영화에 우호적인인 평가가 나오는 것 같아요.

전찬일: 저는 달리 봅니다. 우리나라 평론가들이 한국 영화를 수용하는 패턴 내지 경향과 외국 영화를 평가하는 것과 다르지 않나, 생각하는 거죠.

유지나: 한 사람이 두 가지 패턴을 갖는다는 뜻인가요?

전찬일: 네. 같은 사람인데 외국 영화를 평가하는 기준과 한국 영화를 평가하는 기준이 다르다는 생각을 하죠. 외국 영화의 경우에는 드라마와 스펙터클적 요소까지 많이 고려하고, 때문에 볼거리나 들을 거리 등 비 내러티브적 요소들까지 적잖이 고려하는 데 반해, 한국 영화는 집중적으로 드라마에만 방점을 찍으며 평가하는 게 아닌가, 하는 생각을 평상시에 많이 하죠. 〈인셉션〉은 드라마뿐만 아니라 화려한 볼거리와 화려한 사운드 임팩트 등 대형 영화잖아요. 전통적으로 보면 사실 평론가들이 지지하기 다소 주저되는 그런 영화죠. 그런데 크리스토퍼 놀란 감독 같은 경우 〈다크 나이트〉도 그렇고 〈인셉션〉도 그렇고, 거의 열광적인 지지를 받더라고요. 결과적으로 크리스토퍼 놀란 감독은 〈메멘토〉로 시작해 비 대중적 감독에서 스타덤에 오른 감독으로 인기가 높아졌고, 〈인셉션〉의 성공은 그 인기와 연관이 있는 게 아닐까. 싶은 거죠.

유지나: 그런 영향도 무시할 순 없겠죠. 하지만 전 〈허트 로커〉에 더 높은 점수를 줘야 할 것 같아요. 〈예언자〉도 그렇고. 평론가들이 뭘 좋아한다고 딱 정해진 건 없지만, 일상적인 제 경험에 비추어 보면, 저 역시 시사회를 부지런히 다니지는 못합니다. 외국 영화들 중에 독립 영화라고 볼 수 있는 영화들은, 시사회에 가면 극장도 작지만 기자들도 많이 없고, 텅 비었다고 표현해도 될 만큼, 20명 남짓 있곤 하죠. 반면 〈인셉션〉 정도 되면 기자들도 많죠. 웹진에서도 홍보 담당들이 많은데 외국 독립 영화 경우에는 관심이 없는 것 같더라고요. 한국 영화에는 전반적으로 관심을 갖고 있어요. 자국 영화이고 애정도 있고. 그런데 외국 영화에 대해서는 굳이 그럴 필요를 못 느끼는 것 같습니다. 한국에서 영화

를 소화하는 문화나 자기 직분에서의 습관적 흐름 등 이런 점에서 아무래도 한국 영화는 집중적으로 보는 반면, 외국 영화는 대형 영화 중심으로 볼 기회가 많지요. 어떤 경우는 저도 놀랄 정도로 외국 독립 영화 시사회에는 사람이 없어요.

전찬일: 사실, 그래요. 〈인셉션〉은 대형 영화이고 감독도 스타죠. 〈시〉 같은 경우 이창동 감독이 흥행 영화감독은 아니어도 대한민국을 대표하는 스타 감독이고 그런 요인들이 순위와 연관이 있을 겁니다. 〈인셉션〉을 특별 언급하는 것은, 그 지지가 조금 차이나는 게 아니라 〈허트 로커〉에 비해 득표수에서 4배 이상 나고, 〈소셜 네트워크〉보다도 3배 이상 차이를 보여서죠. 〈소셜 네트워크〉에 대해 말하면, 미국에서는 2010년이 '소셜 네트워크의 해'라고 할 정도인데 한국에서는 그만한 평가를 받지 못했습니다. 그건 영화의 수용문제라고 보는데, 소재는 세계 보편적이긴 합니다만 〈소셜 네트워크〉는 상당히 미국적 영화로, 워낙 대사 중심적인데다 그 대사마저 워낙 속도감 넘치게 나오는 터라 외국인으로서 영화를 즐기기는 어렵다는 한계가 작용했다고 보는데, 어떻게 생각하세요?

유지나: 저도 〈소셜 네트워크〉를 봤고, 2년 전부터 페이스북을 하고 있어요. 물론 열심히 하지 않지만요. 한국에서는 트위터가 더 유행하고 있으나, 반면 미국에서는 페이스북이 훨씬 일상화된 소셜 네트워크인 것 같아요, 제가 보기엔. 우리나라의 경우 페이스북은 미국보다 2년 가까이 늦죠. 다시 말하면 인터넷이나 모바일폰을 통한 상호소통 구조, 즉 소셜 네트워크에서 한국과 미국은 좀 다른 문화를 가지고 있습니다. 미

국에선 페이스북 쪽이 훨씬 더 선호도가 높죠. 또 하버드 아닙니까. 한국에서도 하버드 등 아이비리그 좋아하고 선망하지만 실제로 우리가 좋아하는 것과 저들이 자기들 속에서 가지고 있는 대학문화는 다를 수밖에 없죠. 미국 사람들이 말하는 명문대 개념은 우리와는 다른 점도 있어요. 그들 스스로 엘리트를 자처하고 자기들끼리의 이너 서클도 만들지만 다른 사람들은 상대적 박탈감도 느끼지요. 그럼에도 불구하고 〈소셜 네트워크〉는 그런 미국적 풍토를 자연스럽게 수용하는, 상당히 미국적 영화일수도 있다는 생각이 듭니다.

전찬일: 네. 그러한 미국성이 외국인에겐 다소 버겁지 않나, 개인적으로 그렇게 생각했습니다.

유지나: 저는 미국을 추종하는 것에 대해서는 회의적이지만, 우리에겐 영어 중심 교육처럼 영어는 미국만 쓰지 않음에도 미국을 선망하는 그런 것이 있어요. 미국을 따라가면 좋을 것 같고. 어떠한 면에서 보면 아주 미국화 되어 있거든요. 그럼에도 불구하고 차이는 있습니다. 〈소셜 네트워크〉의 지지가 미국만 못한 것도 그런 차이를 가늠하게 해줍니다.

전찬일: 외국 영화 이야기가 나온 김에 좀 더 해보죠. 그 리스트를 보면 다른 해보다 국적별로 다양한 편입니다. 보통 영어권 중심으로 가기 마련인데, 아피차퐁 위라세타쿤의 태국영화 〈엉클 분미〉라든가 아르헨티나—스페인 합작 영화인 〈엘 시크레토 : 비밀의 눈동자〉, 프랑스 영화 〈예언자〉, 그리고 독일어권 영화 〈하얀 리본〉 등 한두 편이 아닙니다. 〈클라라〉도 페미니스트 진영에서 최고의 여성감독으로 칭해지는,

독일 감독 헬마 잔더스—브람스의 영화네요. 독일어, 불어, 스페인, 태국 등 이렇듯 다양한 나라, 언어의 외국 영화가 폭넓게 수용되어 평가되고, 평론가들에게 평가받았다는 것은 상당히 고무적이라고 생각합니다.

유지나: 그렇게 말씀하니깐, 엉뚱하지만 중국과 일본영화가 없네요. 다른 때와는 달리. 일본, 중국에서는 대작들이 많이 수입됐는데, 그 어느 때보다…….

전찬일: 그렇죠. 〈토일렛〉 등 특히 일본 영화가 꽤 많은데… 포함될 만한 일본 영화들이 포함 안 된 건, 어떻게 봐야 할까요? 유 교수님께서 말씀하신 것처럼, 영화가 좋지 않아서가 아니라 관심을 갖지 않아서겠죠?

유지나: 그럴 수도 있겠지요. 아무래도 할리우드 영화만큼 집중적인 관심을 보이지는 않아요.

전찬일: 그래, 가서 보지를 않는 거예요. 그런데 〈엉클 분미〉는 과연 몇 명이나 봤을까요?

유지나: 칸 황금종려상 수상 때문이라도 좀 봤겠죠. 그래도 그 영향력은 그리 크지 않았던 것 같아요.

전찬일: 그렇겠죠. 칸 수상, 하면 관심을 끌곤 하니까.

유지나: 〈예언자〉도 그런 경우일 테고.

전찬일: 〈예언자〉, 〈하얀 리본〉 다 칸 수상작들이지요. 〈허트 로커〉
도 오스카 수상작이고, 〈유령 작가〉도 베를린영화제 감독상 수상작이
죠. 〈유령 작가〉는 로만 폴란스키라는 이름도 한몫했을 테고요. 〈싱글
맨〉은 예외적 경운데, 대부분 그런 케이스입니다. 기자나 평론가들, 전
문가들은 역시 수상작이나 감독의 명성 중심으로 영화를 보는구나, 싶
네요.

유지나: 감독에 대한 신뢰도 중요하지요. 그러나 어떤 감독이건 잘 만
들 때도 있고 못 만들 때도 있으니 전적으로 기댈 바는 못 되겠지요.

전찬일: 혹시 외국영화 중 특별히 언급하고 싶은 게 있을 지요? 저는
개인적으로 외국 영화 베스트 1위작으로는 〈엘 시크레토…〉를 뽑았습
니다. 그런데 국내 평자들이 〈엉클 분미〉는 지지하면서 〈카페 느와르〉
를 지지하지 않은 이유가 뭘까요? 정성일 감독은 대한민국을 대표하는
영화 평론가인데…….

유지나: 그 사실만으로 선정되기는 힘들었던 것 같습니다.

전찬일: 다름 아닌 정성일 감독이 연출한 영화라 관심을 갖고 봤을 법
한데, 아예 안 보지 않은 걸까요? 아니면 봤는데 지지하지 않는 걸까
요? 그게 궁금하군요. 개인적으론 꽤 재밌게 봐서요. 〈맨발의 꿈〉은 어
떨까요? 명색이 오스카 외국어 영화상 한국 영화 대표인데…….

유지나: 저는 미처 보지 못해 뭐라고 말할 자격이 없네요.

전찬일: 이준익 감독의 경우는?

유지나: 이번에 만든 코미디는 지난 몇 편에 대한 호응도에 비해 좀 더 긍정적 결과를 보여준 듯하네요.

전찬일: 〈평양성〉이라고, '황산벌 2탄' 이죠.

유지나: 비단 그만이 그런 경우에 해당하는 것은 아니지요. 감독이 작품을 만들면서 오르락내리락하는 경우는 드물지 않습니다.

전찬일: 오르락내리락! 알겠습니다. 이번 좌담 키워드를 다 주시네요.

유지나: 홍상수 감독 이야기도 해야겠죠. 〈하하하〉, 〈옥희의 영화〉 두 편이나 선보였으니까.

전찬일: 11편에 두 편 다 포함시킬 순 없어, 〈하하하〉만 포함시켰지만 홍상수 감독, 2010년에 건재를 보여줬지요.

유지나: 저는 순서대로 〈하하하〉를 보고 〈옥희의 영화〉를 봤는데 홍상수 영화는 말하지 않아도 알지요. 위선적으로 처리하는 지식인의 욕망 구조랄까요. 처음에는 남자, 이후에는 여자까지도 솔직하게 내면을 잘 드러내 보이고 있지요. 그간 '자기 복제적' 이라는 등의 비판도 있었

는데, 〈하하하〉 이후 영화 양식의 변화를 시도하면서, 그 변화를 재미있게 영화적인 창의적 형식으로 보여주는 성취를 이뤄나가지요. 특히 인간의 위선적이고 이중적인 면모를 그려내는 점에선 "달관의 경지로 들어서 일가를 이뤘다"는 평을 쓴 적도 있어요. 홍상수 감독, 그런 면모를 2010년 두 편을 통해 확실하게 보여준 것 같네요.

전찬일: 2010년은 '홍상수 감독의 해' 이기도 했죠.

유지나: 그렇죠. 저도 그렇게 생각해요. 좀 더 설명하면, 〈옥희의 영화〉에서 관조의 경지랄까, 그런 게 좋았어요. 저는 홍상수를 당연히 주목해왔고, 그러한 욕망구조 탐구에 대해 흥미가 있었는데, 자기 복제적이라고 해 질리기도 하다가 〈해변의 여인〉에서부터 새롭게 보기 시작했고, 〈하하하〉로 넘어갔죠. 〈옥희의 영화〉를 보면서, 영화 만들기와, 자신이 기존에 해왔던 그 위선적 욕망구조, 교수, 강사, 학생 일종의 권력구조일 수 있을 텐데, 그 제도권 교육 구조에서 그런 것들의 갈등과 사회적 문제일수도 있는 것까지도, 의식적으로 했건 아니건 간에, 여러 가지를 관조하는 게 보였어요. 예전에는 관조라는 느낌보다는 자기 자신을 보여줬다면 이번에는 관조하니깐 보기가 더 편하더라고요. 영화적으로도 흥미로운 실험이었고요.

전찬일: 예. 그 동안 홍상수 감독은 자기복제, 동어반복이 적잖았는데, 〈하하하〉와 〈옥희의 영화〉를 통해 다시 주목을 끌면서 새로운 비상을 한 게 아닌가, 하는 기대를 불러일으킨 한 해로 2010년은 기록될수 있을 것 같습니다. 사실 〈하하하〉를 선택했습니다만, 그에 못지않게

〈옥희의 영화〉를 많이들 지지해줬어요. 그리고 류승완 감독에 대해서도 말하지 않을 수 없는데, 〈부당거래〉로 ‘2010 디렉터스 컷 어워즈’ 에서 〈시〉를 물리치고 감독들이 뽑은 ‘올해의 감독상’ 을 받으면서 일대 화제를 불러일으켰죠.

유지나: 한국사회의 썩은 구조를 드러내는 것. 그것이 주제이자 이야기 얼개의 틀이기도 하지요. 속고 속이며 서로 이용하는 전략, 그걸 주로 구사하는 경찰이나 검찰의 고질적인 비리구조를 통쾌하게 폭로하는 점에서 시원한 느낌을 주기도 했지요. 실은 매우 아프고 잘못된 이야기지만.

강태규: 저는 그 정도로 세련되게 나오거나, 그러지는 않았다고 봅니다.

전찬일: 그럼 그저 오락영화인데 과대평가 되었다?

유지나: ‘디렉터스 컷 어워즈’ 를 수여하는, 감독조합 소속 사람들은 이창동 감독보다는 류승완을 더 좋아하나 봐요. 이번에 그에게 상을 안 겨준 것을 보니.

전찬일: 이런 점도 있지 않을까요. 이창동 감독이 상을 너무 많이 받아서 젊은 감독들이 류승완을 선택했다고.

강태규: 영화의 마지막 장면에서 류승범이 분한 주 검사의 장인이 온

갖 비리를 다 저지르고 가정 파탄까지 불러일으킨 사위에게 별일 아니라는 식으로 말하며 외려 사위를 위로하는 대목은 매우 인상적이었습니다.

전찬일: 이제 다른 이야기로 넘어가죠. 사실 비평과 흥행 양면에서 본다면 2010년의 영화는 〈의형제〉라고 할 수 있을 겁니다. 왜냐하면 11편 안에도 뽑혔습니다만 대중적으로도 큰 성공을 거뒀으니까요. 〈아저씨〉는 대중적으로는 성공했습니다만 비평적으로 무시된 반면, 〈의형제〉는 흥행과 비평 두 마리의 토끼를 다 잡았죠.

유지나: 장훈 감독은 유망주죠. 데뷔작 〈영화는 영화다〉에 이어, 현실과 허구를 오가는 집중력 있는 남성 버디 영화의 형식을 뛰어나게 살려나가는 연출력을 보여줬어요. 매우 오락적 효과를 지닌 이미지를 보여주면서도 남북문제나 이주노동자문제 등 아픈 현실을 잘 살려나가는 점도 대단한 장점입니다. 재밌고 치열하고 그러면서 아픈 그런 복합적 페이소스를 잘 그려내죠.

전찬일: 2008년에 〈영화는 영화다〉를 통해 오늘의 영화 최고작으로 선정된 바 있는 장훈 감독은 이른바 소포모어 징크스를 보란 듯 물리치며, 〈의형제〉의 쾌거를 일궈냈죠. 그의 차기작 〈고지전〉은 2011년 최대 기대작 중 하나고요. 그에 반해 나홍진 감독의 〈황해〉는 11편에는 들었습니다만, 비판을 많이 받기도 했습니다. 흥행 면에서도 2백만 대에 그치며, 〈추격자〉에 비하면 부진을 면치 못했습니다. 결국 나홍진 감독은 성공적으로 소포모어 징크스를 벗어나지 못했다고 볼 수 있겠지요. 그

징크스를 극복한 또 한 감독으로 〈방자전〉의 김대우 감독을 들 수 있습니다. 〈음란서생〉에 이어 흥행 2안타를 때렸죠.

유지나: 그는 〈스캔들—조선남녀상열지사〉의 각본 작가이기도 합니다.

전찬일: 그렇죠. 김대우 감독은 국내 최고 시나리오 작가 중 한 명이죠. 개인적으로도 아주 좋아합니다.

유지나: 김대우 감독은 역사성에 바탕을 둔 사극적 양태에 현실적 시선, 그리고 코믹성까지 가미한 자신만의 퓨전 에로 코믹 사극을 창안했다고 볼 수 있을 것입니다. 그런데 그런 양태가 그저 웃자고, 돈만 벌자고 만든 거라고 치부하기에는 계급과 편견을 보는 날카로운 시선이 느껴지기에 의미심장한 구석을 갖게 되는 것이지요. 그러면서도 그간 시도되지 않았던 옛것의 현대화를 유머와 섹슈얼리티 문제로 풀어내는 오락적 세련미가 곁들여지니 금상첨화입니다.

전찬일: 고백컨대 개인적으로 가장 좋아하는 감독 중 한 명인데, 50을 바라보는 연배에 비해 과작이에요. 늦게 데뷔한 것도 있지만 데뷔작 〈음란서생〉을 통해 비평적으로나 흥행적으로나 제법 큰 성공을 거뒀는데도, 다음 영화에 바로 착수할 법한데도 몇 년을 쉬더군요.

유지나: 당장 잘 나간다고 몰아치기보다는 신중하게 준비 작업을 철저히 하는 것은 아니었을까요? 자기학습말입니다.

전찬일: 그래요. 영화를 그저 많이 만들기보다는 정말 자기가 만들고 싶고 잘 만들 수 있는 영화를 열심히 세심하게 만드는, 앞으로의 행보를 기대하게 만드는 감독이지요. 〈황해〉의 경우, "역시 나홍진이다!"라는 탄성을 불러일으키게 하는 연출력도 보였습니다만, "〈추격자〉의 그 감독 맞아?"라는 의문을 일으키게 하는 연출상의 허점도 드러냈어요. 그래, 개인적으로는 나홍진 감독에 대해서는 결국 세 번째 영화에서 판단을 내려야겠구나, 라는 생각을 하고 있답니다. 주변에서들 많이 그러더라고요, 〈황해〉는 '절반의 성공, 절반의 실패'라는 전형적인 평가를 할 수밖에 없다고요. 한편 2010년의 신인감독은 〈김복남 살인사건의 전말〉의 장철수 감독일 겁니다. 한국 저예산 영화가 일궈낸 쾌거로 〈김복남 살인사건의 전말〉을 들 수 있을 테고요.

유지나: 익히 보아온, 한국 영화가 다뤄온 여성폭행, 강간 등의 사례를 그저 피해자의 가련함이나 가해자의 공격성을 무마해가며 보여주던 것과는 달리 잔인함에 대한 응징에 방점을 찍고 들어가는 서사구성이나 그것을 해결해나가는 감정선의 양상이 절실하게 와 닿는 수작입니다. 저예산으로 극적 상황을 자연스럽고 깊게 드러내는 감독의 연출력이 빛나는 결과입니다. 특히 서영희 씨의 연기가 강렬한 예리함으로 빛났지요.

전찬일: 서영희 씨는 만년 조연일 것만 같았고, 〈추격자〉에서 죽을 고생을 하며 헌신적인 연기를 선보였습니다만, 그땐 상을 하나도 못 받았습니다. 그런데 이번 영화를 통해 몇몇 영화상 여우주연상을 거머쥐며 눈물을 많이 흘렸죠. 그 눈물을 보며 우리도 감동하기도 했죠. 그런 점에서 〈김복남 살인 사건의 전말〉의 기여는 꽤 크다고 할 수 있을 겁니

다. 그래서일까요, 장 감독의 두 번째 영화가 벌써부터 기대됩니다. 장철수 감독이 과연 소포모어 징크스를 벗어날 것인가 벗어나지 못 할 것인가, 자못 궁금한 거죠. 그리고 다른 영화들에 묻혀 그냥 넘어갈 뻔 했는데 오늘의 영화 11편에 선정되며 다시 환기된 영화가 〈방가?방가!〉지요. 육상효 감독은 사실 한국에서 가장 시나리오를 잘 쓰는 감독 중 한 명입니다. 특히 코미디에서 뛰어난 감독인데, 그 동안 부진을 면치 못했었죠. 그런데 〈방가?방가!〉를 통해 100만이 넘는 흥행을 거두고, 외국인 노동자 문제를 코미디로 잘 풀어, 유교수님께서 말씀하신 소셜 코미디, 사회성 코미디를 인상적으로 빚어냈습니다. 헌데 어떤가요? 육 감독의 성공 사례가 지속될까요?

유지나: 육상효 감독은 정말 훌륭한 시나리오 작가죠. 단편 시절부터 코미디 영화를 만들어왔고요. 하지만 그에 걸맞은 주목을 받지 못했었죠. 이번엔 아이디어와 소재가 좋았고, 그 동안 갈고 닦아온 연출력도 있고, 고생한 보람도 있게 관객한테도 인정을 받았지요. 특히 주인공의 친구가 노래방에서 트로트 음악을 설명하는 장면은 정말 재미있었어요. 한국인의 영혼과 트로트를 연결하는 부분에서 저는 정말 오랜만에 의미 처절한 코미디를 보고 한참 웃었어요. 지금도 생각만 하면 웃음이 나와요. 과거 코미디가 난무했던 시절, 소셜 코미디가 되지 못하는 걸 보며 아쉬워하곤 했는데 육상효 감독이 드디어 그걸 해냈고, 〈방가?방가!〉 식으로 하면 앞으로 육상효 감독은 더 좋은 영화를 만들 겁니다. 그리고 김인권이라는 배우, 만년 조역으로 원래 연출을 지망했지만 배우로 빠져 중요한 조역을 해왔는데, 주연에 걸맞은 연기를 잘해냈어요.

전찬일: 한국 영화의 취약점 중 하나가 코미디의 어떤 천편 일률성, 개그콘서트식 맹목적 웃음을 유발시킨다는 것이었는데, 사회성과 문제의식, 재미를 겸비한 코미디의 가능성을 보여줬다는 점에서 〈방가?방가!〉의 출현은 반갑다고 할 수 있습니다. 그리고 〈악마를 보았다〉는 2010년 가장 큰 논란을 불러일으켰는데, 영화에서의 잔혹성을 어떻게 봐야할 것인가?

저는 〈악마를 보았다〉가 시사하는 바가 많다고 봐요. 〈악마를 보았다〉는 상대적으로 흥행에서 부진했는데, 관객들이 〈아저씨〉는 받아들이고 〈악마를 보았다〉는 받아들이지 않는 것, 그것을 어떻게 봐야 할지, 그게 연출 문제인지, 그런 문제를 고민하게 하더라고요. 사실 〈아저씨〉의 이정범 감독이 김지운 감독보다 연출력이 더 뛰어나다고 말하긴 어려울 테고, 대한민국 최고 배우인 최민식과 이병헌, 스타성과 연기를 겸비한 두 배우가 주연을 맡았는데도 〈아저씨〉와 달리, 흥행에서 성공하지 못했단 말이에요.

유지나: 영화계에서 하는 말인데, 김지운 감독은 이름만으로 영화를 지속적으로 만들 수 있는 감독 셋 중 하나라고 합니다. 그 동안 그는 화제가 되는 영화들을 비교적 잘 만들어 왔는데, 평이라든가 국제 영화제에서는 그만한 성과를 못 올렸죠. 주지하다시피 김지운 감독은 스타일리스트입니다. 가령 미장센을 보면 굉장히 매끄럽고 세련미도 있죠. 그에 반해 서사적 설득력 면에선 상대적으로 강하진 않은 것 같아요. 그런 부조화가 때론 걸림돌이 되기도 하지요.

전찬일: 지금 말씀하는 게 김지운 감독에 대한 일반론인가요?

유지나: 〈악마를 보았다〉도 그렇지 않을까요? 영화에 대한 전반적 평을 봐도, 극적 설득력이 약하다는 평가가 나오는데, 그것은 결국 볼거리용으로는 견디기 힘든 지독한 폭력성을 더 노출시키고 강조하는 결과를 낳은 것 같아요.

강태규: 저도 유 교수님의 말씀에 동의합니다.

유지나: 스타일은 정말 좋은데 서사적 설득력이 다소 약하다는 거죠. 이를테면 독특한 공포영화였던 〈장화 홍련〉도 서사적으로 좀 더 깊게 감정선을 건드리는 차원이 강력했다면 그런 독특하고 세련된 미장센이 더욱 강한 울림을 주었을 것이라는 생각도 들어요. 그런 점에선 아쉽기도 해요.

강태규: 사실 진지함에서 비롯되는 불편함 같은 것들은 〈아저씨〉와 〈악마를 보았다〉 두 영화 다 심각한데, 〈아저씨〉는 심각하면서도 여러 가지 생각들을 자유롭게 풀어놓는가 하면, 〈악마를 보았다〉는 꼼짝달싹 못하게 하는, 그래서 정말 불편하게 만들더군요.

전찬일: 그 때문에 저는 〈악마를 보았다〉를 〈아저씨〉에 비해 훨씬 뛰어난 영화로 봅니다. 대중들이야 불편하면 바로 외면하면 되지만 우리 전문가들에게 불편함이란 결코 악덕이라고 볼 수 없을 터기에, 〈악마를 보았다〉를 잘 만든 영화라고 보는 거죠. 지나치게 잘 만들었다고 할까요. 극적 설득력도 뛰어나다고 봅니다. 다만 대중의 기호나 수용 정도를 고려해 어떤 선을 정해야 하는데 그러질 못했다는 거죠. 〈아저씨〉는 그

선을 넘지 않았지요. 멋을 잔뜩 부렸고.

유지나: 그렇지요. 스타일에 의존하고.

전찬일: 김지운 감독은 멋을 부리기보다 자기의 진정성 내지 진심을 극단으로 밀어붙이고 싶다는 욕심을 부렸습니다. 그것이 과욕이었죠. 그것이 대중이 원하는 것과 충돌을 일으키면서, 강 위원이 말한 것처럼, 관객을 너무 불편하고 힘들 게 만든 거죠. 대중들은 힘든 영화를 보지 않으려 하는데…….

유지나: 아마 〈시〉도 그렇겠죠.

전찬일: 보기 힘들지요 〈시〉도, 대중 관객들에겐.

유지나: 이창동 감독은, 자기는 관객들을 쉽고 재미있게 하기보단 불편하게 하려는 의도로 만든다고 말하기도 하지요. 바로 그런 점을 평론가들은 박스오피스와 반대로 좋아하는 것이겠지요.

전찬일: 그런 점에서 저는 〈시〉와 〈악마를 보았다〉가 접목된다고 보는 거지요. 유 교수님께서 외시적 폭력과 내재적 폭력으로 구분하셨는데, 〈시〉는 내재적 폭력에 방점을 찍은 반면 〈악마를 보았다〉는 폭력의 표현에 방점을 찍었죠. 그것이 관객들에게 힘들었고요. 저는 좋았는데 대중들이 보기에는 부담스러웠던 거죠. 〈황해〉도 그런데, 그런 점에서 보면 〈아저씨〉는 폭력 묘사의 수위 조절을 참 잘했어요.

유지나: 관객을 고려해 어느 선까지인가, 그런 폭력성 문제를 감안한 것이 효과를 내며 작동한 것이겠지요.

전찬일: 네, 총 21편의 영화에 관한 논의가 끝났네요. 멀리 상해에 와서 늦은 시간까지 두 분 애쓰셨습니다. 그럼, 이 정도로 좌담회를 마치겠습니다.

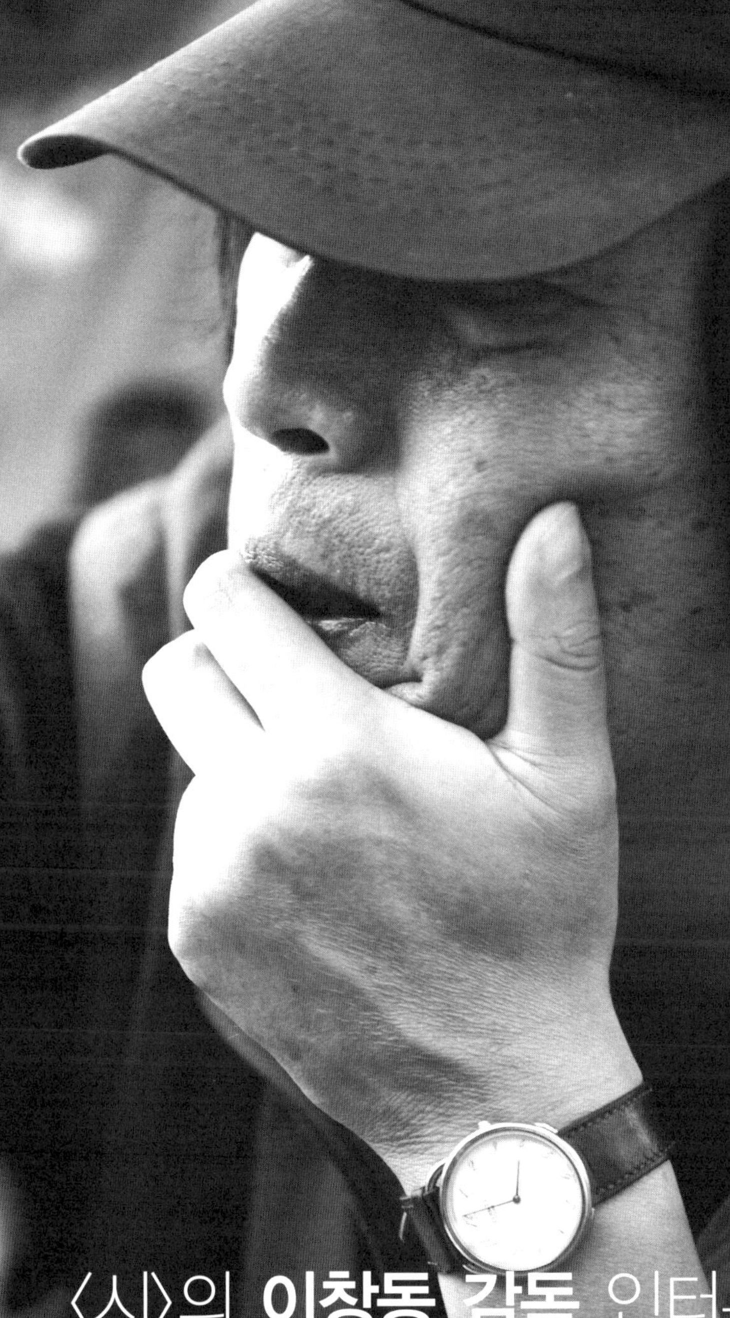

〈시〉의 **이창동 감독** 인터뷰

인터뷰어 _ 전찬일(영화평론가, 《쿨투라》 편집위원)

때 _ 2011년 2월 10일   장소 _ 파인 하우스 필름

인터뷰 진행 및 원고 완성 _ 전찬일   녹취 정리 _ 김지숙

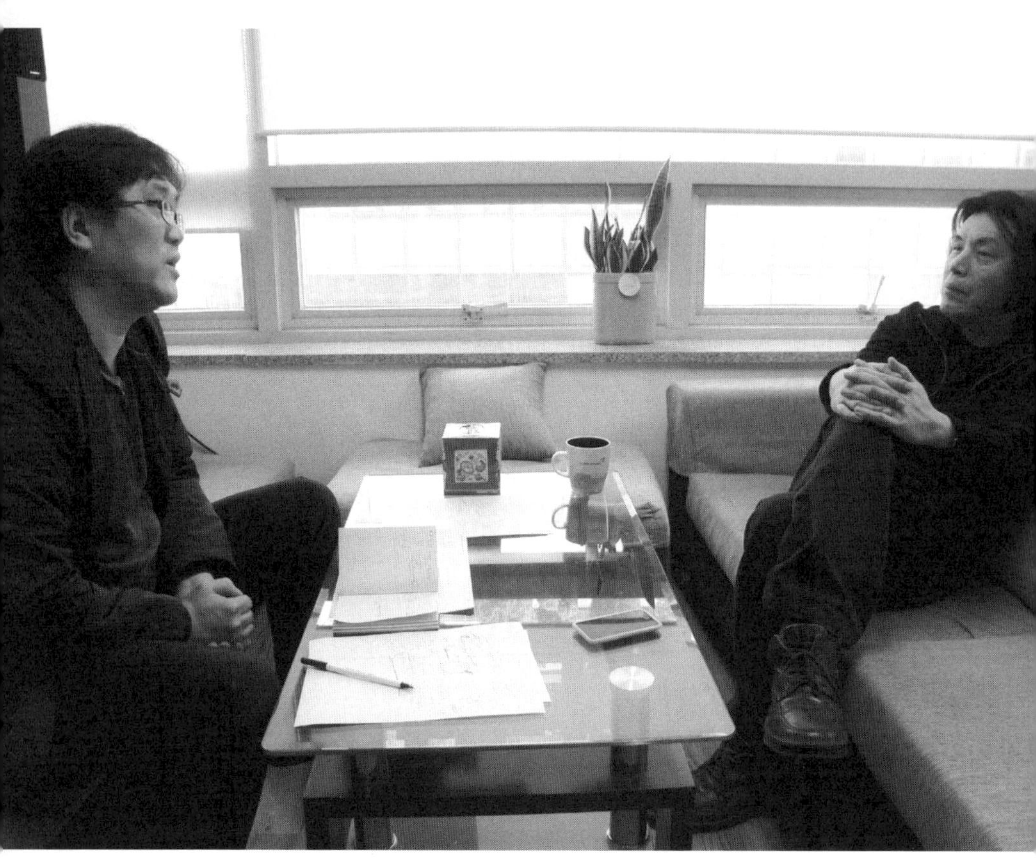

전찬일(이하 전): 바쁘신 중에 시간 내주셔서 감사합니다. '2011년 작가가 선정한 오늘의 영화'에 감독님의 〈시〉가 선정됐는데, 3년 전 〈밀양〉에 이어 두 번째입니다. 축하드립니다.

이창동(이하 이): 감사합니다.

전: 본격적인 인터뷰에 들어가기 전에, 우선 가벼운 질문부터 먼저 드리겠습니다. 혹시 준비하고 있는 다음 작품이 있으신지요?

이: 생각하고 있는 것은 있습니다만, 저는 항상 작품을 구상할 때 현실적으로 가능한지를 먼저 살펴보고는 합니다. 지금은 여러 가지 것들을 따져보고 있는 단계로, 솔직히 아직 잘 모르겠습니다.

전: 그럼 아직 우리가 언제 볼 수 있을지 말할 수 있는 단계는 아니네요.

이: 제작이 안 될 수 도 있지요(웃음).

전: 진행이 잘 이루어져서 조금이라도 빨리 볼 수 있게 되기를 기대하겠습니다.

이: 네.

전: 〈시〉에 관련해서 조금 불편한 이야기부터 먼저 시작해 보도록 하겠습니다. 〈시〉는 감독님이 거부한 청룡영화상 정도를 제외하면, 2010년 거의 모든 국내 영화 시상식에서 작품상을 휩쓰셨습니다. '오늘의 영화'에서도 2위와는 몇 배의 격차를 보이며 절대적 지지로 1위로 선정됐습니다. 반면 흥행에서는 감독님의 다른 영화들과는 달리, 유일하게 손익분기점을 넘지 못한 작품이라고 알고 있습니다. 그것 때문에 감독님이 다소 위축되어 계신다는 이야기도 전해 들었습니다만, 몇 개월이 흐

른 지금은 좀 어떠신지요?

이: 크게 변하지는 않았습니다. 저는 기본적으로 관객하고 소통해야
된다는 생각이 굉장히 강한 사람입니다. 그건 제가 소설을 쓰다 영화로
넘어와서 그런지도 몰라요. 소설이라는 것은 그렇게 대중과 소통이 잘
되는 매체는 아니에요. '살롱문학'이라는 말도 있듯이 그냥 이해하는
사람들끼리 서로 보고, 좁은 범위에서 서로 나누는 그런 것에 익숙하다
는 말이죠.

전: 네.

이: 영화를 하면서까지, 영화에서마저 그러고 싶지는 않아요. 소설을
쓰고 영화를 하는 유일한 이유가 있다면 소통의 힘이랄까, 그런 것들을
체감할 수 있기 때문일 겁니다. 물론 많은 대중하고 만나는 것만이 소통
은 아닙니다. 어떻게 보면 소비되는 것이라고 말 할 수 있지 소통된다고
말하기 어려운 경우도 있지요. 어쨌든 소통이라는 것은 줄다리기라는
생각이 듭니다. 소통은 소수의 이해되는 집단이 아니라 대중과 넓은 광
장에서 만나는 것이되 단순히 소비되는 것이 아니라 서로 주고받는 것
들이고, 그것이 제가 영화를 만드는 내적 동기이기 때문에 소통이 잘 안
되고 있다고 느끼는 것이 제 입장에서는 굉장히 괴롭습니다. 돈의 문제
를 떠나서요. 물론 투자자에게 손해를 입힌다는 것이 부담스럽기는 합
니다. 남의 돈으로 예술한다, 는 자의식이 든다고 할까요.
　이번에 로테르담영화제에 다녀왔습니다. 영화제도 영화제이지만 현지
에서 〈시〉가 개봉을 앞두고 있어 따로 비용을 들여 마케팅을 할 수 없

기 때문에 프로모션을 겸해서 다녀온 것이죠. 로테르담에서 기자들과 인터뷰를 하는데 어느 기자가 제게 묻더군요. 칸에서 날 봤는데 굉장히 비관적으로 보이더라, 지금도 그러냐고요. 그래 제가 되물었죠, 당신이 보기에 그때와 비교해 내가 지금 어때 보이냐고. 그랬더니 약간 밝아진 것 같다고 하더라고요. 나를 보고 자기도 굉장히 우울했다고, 영화를 보고 우울해진 게 아니라 나를 만나고 우울했다, 는 말을 듣고 내가 왜 그 친구한테 그렇게 보였을까 생각해보니…〈시〉가 칸영화제와 같은 시기에 한국에서 개봉했는데 인터뷰 전에 개봉 스코어에 대해 들은 거예요. 그게 저한테 영향을 줬던 것 같더군요. 지금은 충격에서 다소 벗어났기 때문에 그 친구 말처럼 약간 밝아졌을지는 모르나, 큰 차이는 없지요. 그래서 다음 영화를 만드는 데도 여러 가지로 생각이 복잡합니다.

전: 처음부터 감독님을 불편하게 할 수 있는 질문을 드린 것은(제가 다른 인터뷰를 통해 보기도하고 듣기도 하고 했던 것들이었지만) 불편한 것부터 풀고 인터뷰를 진행하고 싶어서 였습니다. 어떻습니까, 영화 식자 내지는 전문가와 대중들을 구분하고 싶지는 않지만 전문가들은 열광시킨 반면 대중적으로는 이 정도로 홍행이 안 될 거라고 예상을 못하셨을 텐데 분명히 이런 홍행 결과가 나온 것에 대해서 관객 요인, 영화적 요인, 환경요인들이 있을 텐데 혹시 자체 진단, 분석을 해보셨는지요?

이: 모든 영화의 홍행은 결과를 보면 이유가 분명해요.

전: 그렇군요.

이: 결과를 보기 전에는, 봉투를 뜯기 전에는 온갖 분석을 다하잖아요, 물론 가상의 분석이지만. 하지만 결과를 보면 너무 분명해요. "이걸 왜 몰랐지?" 약간의 변수가 작용하기는 하지만 어떤 영화든 대체로 그래요. 그런 점에서 〈시〉도 마찬가지였던 것 같아요 나름의 결과를 보여준 거죠. 우선 제목이 〈시〉라는 것, 윤정희 씨가, 젊은 관객들이 전혀 모르는, 안다하더라도 크게 극장까지 가서 보고 싶지는 않은 배우라는 것, 영화를 자연스럽게 접할 수 있는 정보가 부족했다는 것 등, 관객을 유인할 요소가 별로 없었던 것이죠. 그럼에도 불구하고 20만이 넘었다는 것은, 어쨌든 홍상수 감독이나 김기덕 감독의 영화보다는 많이 들었다는 걸로 보면(웃음), 물론 칸 요인도 있겠지만, 아직은 그래도 관객들이 의미 있는 영화를 전혀 외면하고 있는 것은 아니다, 그러나 상업적으로는 대단히 위험하다, 라는 너무나 단순하고 상식적인 결론인 거죠. 그리고 개봉할 때의 배급 상황, 뭐가 경쟁작이냐 등등, 그런 요인들도 결정적 영향을 줬지요. 〈시〉는 임상수 감독의 〈하녀〉의 빛에 가렸는데, 존재감 무無였죠(웃음).

전: 〈하녀〉에는 가렸지만, 그렇다고 〈하녀〉도 뭐 기대만큼 잘 되지는 않았지요(웃음).

이: 제가 말하는 건 개봉 초, 개봉 초에 마케팅이 좀 어려웠다는 거지요. 하나가 밝으면 다른 하나는 묻히게 되어 있어요. 다른 하나가 밝지 않으면 존재감이 보일 것도 안 보이는 건데, 그러니까 〈시〉는 여러 가지로 〈하녀〉에 묻혔던 거지요. 극장도 다 가져갔고. 그래서 다음에는 제목도 〈시〉가 아니고(웃음), 젊은 배우가 나오고…그러면 희망이 있지 않

을까 합니다(웃음).

전: 사실 감독님은 워낙 과작이신 편이죠…….

이: 제가 과작인가요?

전: 연배에 비하시면 과작이신 거죠. 10여 년에 걸쳐 누구는 열편 이상 연출하기도 했는데, 과작까지는 아니더라도 작품을 천천히 내놓으시는 편이신 거지요. (저는 평균이라고 생각하는데)그런데 감독님의 필모그래피 중 어떤 영화가 과연 최고작일 것이냐, 는 것은 논자마다 다를 것이고, 〈시〉에 열광했던 한 사람의 입장에서 〈시〉를 보며, 박찬욱 감독의 〈복수는 나의 것〉을 떠올렸습니다. 사실 전문가들이 뽑는 박찬욱 감독의 최고작은 〈올드 보이〉가 아니라 〈복수는 나의 것〉이죠. 송강호를 비롯해 유명 배우들이 나오건만 전국 30만 정도밖에 들지 않았고, 박찬욱 감독 역시 쇼크 받았다고, 하더군요. "이렇게 (관객이)안 들 줄은 몰랐다"라고. 배우들도 그렇고, 서로 힘들어하더라고요. 그래 저는 "영화가 좋으면 관객들이 알아본다"는 기자들의 말을 믿지 않습니다. 안 그런 영화들도 많고, 좋은 영화를 외면하는 경우도 있으니까요(웃음). 〈시〉와 〈복수는 나의 것〉은 전혀 다른 성격의 영화지만요. 이번 대담에서는 이런 이야기도 나왔습니다. 〈시〉는 굉장히 잔혹한 영화다, 비록 묘사는 그렇지 않아도 그 느낌은 어떤 영화 이상으로, 삶과 현실에 관해서 전율을 일으키는, 좋은 의미에서 잔혹한 영화다, 라는 거였죠. 그래서 영화를 보며 관객들이 불편해하지는 않았을까, 그리고 그 불편함을 참기 힘들어하지 않았을까…….

이: 그런데 초반에 영화를 본 사람들이 내 영화 중 그나마 덜 불편한 영화다, 라는 말들을 했었거든요. 그래서 그런가보다, 했는데(웃음)…….

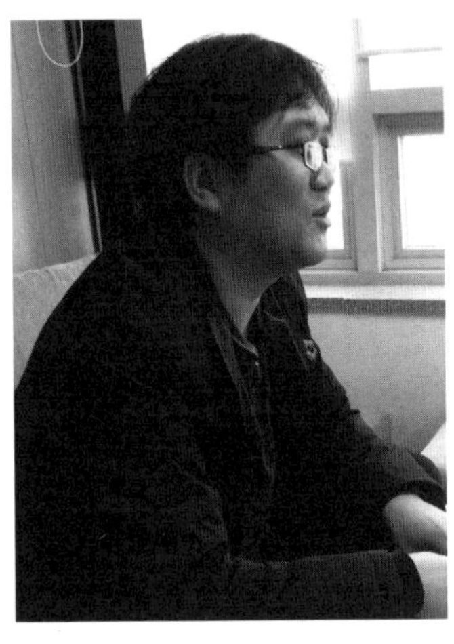

전: 네. 사실 칸에서도 마지막까지 황금종려상을 기대하며 숨죽이고 지켜봤었던 입장이었는데, 많이 아쉬웠었지요(웃음). 감독님이 드신 여러 요인들로부터 우리가 이 영화에 대해 논의할 몇 가지가 나왔습니다. 〈시〉는 결국 '미자' 캐릭터와 윤정희 선생님으로부터 풀어갈 수밖에 없을 겁니다. 처음부터 윤정희 선생님한테 어떠한 것을 기대하시고 역할을 주셨을 텐데, 상업적으로든 여러 가지로…….

이: 저는 상업적으로는 아무것도 기대하지 않았습니다. 오히려 윤정희 선생은, 크게 진심은 아니시겠지만 본인의 팬이 많다고 농담 삼아 제게 긍정적인 기운을, 용기를 주시려고 그런 말씀도 하고 그러셨지만, 알다시피 관객이라는 게 그렇지 않잖아요.

전: 그렇지요.

이: 단순한 거죠. 윤 선생님을 좋아하는 분들은 극장을 잘 안 오시지요. 영화 정보도 잘 접하지 못하고 있고. 그럼에도 불구하고 많이 와주셨어요. 〈시〉는 마케팅 할 방법이 별로 없어서 칸 다녀오고 나서 관객과

의 대화를 몇 번 했습니다. 큰 효과는 없겠지만 그래도 보도 자료에 한 줄 올리는 정도는 할 수 있으니까. 그런데 관객과의 대화 중 극장에서 만난 관객들이, 물론 젊은 사람들이 전혀 없는 것은 아니지만, 나이 드신 분들이 상당히 많이 계시더라고요. 그건 윤정희 선생의 효과일 수도 있고, 또는 〈시〉 자체의 효과일 수도 있지요.

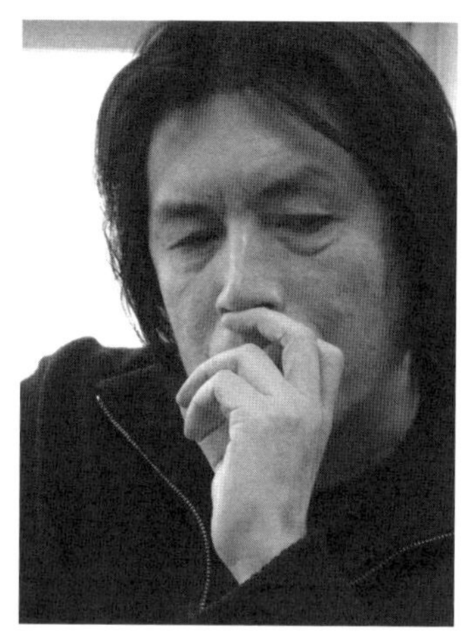

전: 사실 제작자들이 영화를 기획하고 제작할 때 가장 곤혹스러운 점이 그런 것들이더라고요. 가령 0순위, 1순위로 거론되는 배우들과 열심히 영화를 만들었는데 관객들은 전혀 반응하지 않거나 무관심한 거죠. 그 대표적인 인물이 한석규일 겁니다. 그는 여전히 몸값이 높고 서로 작품 같이 하겠다고 난리들인데, 이미 젊은 관객들은 한석규를 올드 제너레이션Old Generation으로 치부해버린다는 것이죠. 〈텔 미 썸딩〉 이후 몇 년 쉬고 몇 편의 영화에 출현했는데 흥행적으로 성공한 영화는 〈음란서생〉 외에는 거의 없다는 말이죠. 배우가 40대만 되도 그런 문제점이 발생하는데 윤정희 선생님 같은 경우는 저희 연배들에겐 전설적 배우시지만 지금의 관객들에게는 "웬 할머니가 나와?" 식으로 받아들여졌을 겁니다. 그럼에도 윤정희 선생님을 캐스팅하시고 영화를 진행하셨다는 건 결국 영화의 출발점이 미자 캐릭터라는 거겠죠?

이: 그렇지요. 윤정희 선생 외에는 상상하기 힘들었어요. 제 머릿속에

서는. 물론 배우가 없다는 뜻은 아니고요. 저는 캐스팅은 이런 거라고 생각합니다. 어떤 배우에게 역할을 맡겨서 연기하게 하는 게 아니라고 생각합니다. 저는 시나리오에 있는 인물을, 현실의 길거리에 나가서 그 인물을 찾아서 손을 잡고 영화 속으로 들어오는 것이라고 생각하거든요. 캐스팅은 인물을, 그 실제 인물이 현실에 살고 있다고 생각하고 그 인물을 찾는 것이라고 생각해요. 〈시〉의 미자 같은 인물은 윤정희라는 배우밖에 없는 것이지요. 윤정희 씨의 본명이 미자라는 건 그냥 우연인 것이고요. 그런데 그게 단순한 우연의 일치는 아니라고 봅니다. 왜냐하면 나는 미자 외에는 다른 이름을 떠올릴 수 없었거든요. 최고로 촌스럽고 흔하고, 그러면서도 영화에서 원하는 미美라는 의미도 가지고 있고. 그래서 주인공의 이름이 미자여야만 했어요. 그런데 윤정희 씨의 본명도 미자였던 거지요, 손미자(웃음). 비록 성은 다르지만, 그러니까 운명이라고 봐야죠. 흥행과는 상관없는 것이죠. 관객이 보기에도 "뭐 저런 여자가 다 있어?", 이런 느낌이잖아요. 아주 익숙한 것 같으면서도 낯선 느낌. 그런데 기존의 미자 역을 할 만한 나이대의 배우들, 지금 활동하고 계신 분들한테는 그런 느낌을 갖기가 어렵지 않나, 연기한다는 느낌이 들 것 같았어요.

전: 그렇다면 바로 그 영화 속 캐릭터 미자가 윤정희 선생님이라고 등식을 성립시키면 실제로 윤정희 선생님을 연출할 때도 어떤 식으로 연기를 해달라고 요구한 게 아니라 윤정희 선생님이 연기 하는 대로 담으신 겁니까?

이: 윤정희 선생님이 하는 대로 담은 거라고 하기보다는, 뭘 하지 못

하게 했지요(웃음). 뭔가를 하려 하시면 막았죠.

전: 혹시 그것 때문에 갈등을 빚거나 하지는 않으셨는지?

이: 아뇨, 그러지는 않았습니다.

전: 윤정희 선생님께서는 뭔가 아셨나봅니다.

이: 윤정희 선생님은 제가 요구하는 것을 최대한 따라오지 못한다고 생각해 괴로워하고 고민하셨지, 제 요구에 대한 갈등은 전혀 없었어요. 오히려 더 부담스러워해서 그게 문제였지요.

전: 그 말씀을 들으니까 전수일 감독 이야기가 생각나네요. 〈바람이 머무는 곳, 히말라야〉를 연출할 때 최민식 씨에게 연기를 못하게 해서 처음에는 충돌을 많이 했다는, 물론 나중에는 서로 이해하고 영화 촬영을 잘 끝냈지만요.

이: 저와는 좀 다른 경우일 겁니다. 〈시〉는 할 게 많은 영화예요. 제가 말하는 것은 일부러 표현하지 말아달라는, 할 게 참 많은 영화예요. 배우가 싫어하는 것은 할 게 없을 때죠. 그럴 때는 싫어하죠. 원숭이가 되는 것 같은 느낌 때문에 싫어한다고 할까요. 그게 좀 미묘한 차이가 있죠.

전: 이해할 수 있을 것 같습니다. 연기라고 표현하기 좀 주저되긴 하

나, 그래도 연기죠(웃음)? 결국 미자 캐릭터 연기 면에서 두 분에게, 만족스러운 결과가 나왔다고 볼 수 있는 건지요, 흥행 결과에 상관없이…….

이: 저는 만족이라는 표현은 잘 안 쓰죠.

전: 네, 그래도 표현하신다면…….

이: 아까 잠시 언급했지만 연기의 기준을 정해놓고 하는 게 아니라 그 인물로 살면 되는 거예요. 그 인물로 사는데 뭐라고 평가하기 힘들죠. "왜 그렇게 사냐"고 할 수도 없는 것이고. 그래서 나는 뭐 윤정희 선생님이 미자였다고 생각하는 거죠. 그리고 촬영 중에도 윤정희 선생님을 내가 훨씬 더 격려하고 위로하고 그랬어요. 괜찮은 거다, 지금. 그런데 본인은 굉장히 불안해했죠, "잘하고 있나", 그런 것들. 하지만 결과적으로는 행복해 하시더군요, 매우. 프랑스에서 결과가 좋기 때문이죠. 프랑스에서 30년 사셨잖아요. 그렇지만 배우라고 주장을 해야 남들이 그 사실을 알았는데, 눈으로 볼 수 있었으니까…….

전: 그렇지요. 사실 수상의 기대를 막판까지 했었지만 줄리엣 비노쉬라는 워낙 큰 거물이 있었기에 어려웠던 것이고(웃음). 그래도 굉장히 행복해 하셨을 것이라고 보고 저도 현장에서 그런 말씀을 전했습니다. 60대 중반의, 연기자로서 정리해야 될 나이에 다시 연기자로서 거듭나는 느낌을 만끽하셨을 것이고, 어떻게 보면 전성기 때의 대표작을 능가하는 영화가 나왔으니까요(웃음). 연기에 대해선 이 정도로 말하고, 어떻습니

까? 캐릭터와 플롯은 항상 같이 가기 마련이지만, 소설이든 영화든 어떤 분은 플롯에 방점을 찍고, 어떤 분은 캐릭터에 방점을 찍고 하기도 하는데, 감독님은 어떻습니까? 소설가 출신이시지만 플롯보다는 늘 캐릭터에 방점을 찍으면서 영화를 해오셨다고 생각이 드는데, 캐릭터 중심이라고 봐도 무방할까요, 아니면 영화마다 다르다고 봐야할까요?

이: 아니, 그보다도 저는 플롯과 캐릭터는 분리할 수 없다고 봅니다. 어떤 캐릭터의 모습이 플롯을 만드는 것이잖아요. 어떤 캐릭터의 욕망이 만들어내는 에너지의 운동 곡선이 플롯인 거죠. 그래서 그 둘을 분리할 수 없죠.

전: 둘을 분리할 수 없는 것을 전제로 말씀드렸는데, 그럼에도 소설과 영화를 보면, 예를 들어 플롯에 방점을 찍는 이야기와 캐릭터에 방점을 찍는 이야기는 가시적으로 다르게 보이지 않느냐는 생각을 전 평상시에 합니다. 왜냐하면 플롯, 말 그대로 사건 중심으로 가게 되면 캐릭터의 개연성이나 복합성이나 그런 것들이 상대적으로 덜 표현되면서 사건으로 추동해가는 반면 캐릭터에 중심을 두면 플롯을 때로는 변형시키고 정지시키고 교란시키면서까지 캐릭터를 매혹적으로 만들기도 한다, 저는 이렇게 보고 있습니다.

이: 만약 인물과 플롯이 불가분의 관계에 있다는 전제를 놓고 (굳이) 어느 쪽이냐고 묻는다면 저는 캐릭터죠. 이건 관점의 문제는 아닌 것 같아요. 일종의 태도 문제죠. 우선 영화라는 매체가 인간을 다루는 매체라고 생각하고, 여러 예술 장르 중 인간을 다루기 가장 좋은 매체가 영화

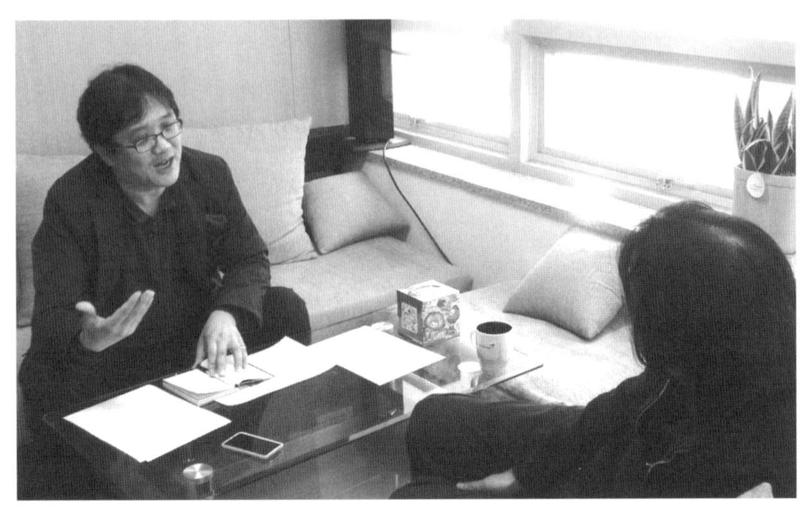

라고 생각합니다. 어떤 인간을 옆에서 보게 할 수 있거든요. 어떤 장르도 이만큼 효과적이지 않거든요. 심지어 인간의 내면을 그릴 수 있다는 문학조차도. 인간을 이해하게 하고 성찰하게 만드는 매체로는, 영화가 훨씬 더 강력하다는 말이지요. 그래서 영화를 만드는데 제게는 무엇보다도 인간이 중요해요. 그 인간을 어떻게 드러내느냐를 위해 모든 것들이 존재합니다. 카메라부터 시작해 소위 미장센 등 거의 모든 것이. 그러니까 인간을 보여주기 위해 어떤 인물을 보여준다는 것은 캐릭터의 문제, 라고 생각합니다.

전: 제가 이해하는 문제가 그겁니다. 굳이 구분을 하고 싶지는 않았지만, 그런 의미에서 질문을 했다고 이해해 주시면 감사하겠습니다. 저도 영화를 공부하고 평론을 하며 제일 경계하는 부분 중 하나가 영화를 좋아한다는 이유로 영화를 삶보다 우위에 두는 태도거든요. 그리고 영화

광이 아니면 영화에 대해서 말하지 말라, 는 등 저는 스스로 영화광이라고 말해 본 적도 없죠. 왜냐면 전 늘 삶속에 영화가 존재하는 것이지, 트뤼포 감독처럼 영화를 몇 만 편 봤으니까 마치 영화가 삶 위에 군림하는 듯한 태도를 취하는 걸 경계하기 때문입니다. 사실 영화평론 하면서도 의식적으로 캐릭터나 배우, 인물들, 연기 쪽에 무게중심을 둬왔습니다. 그것이 제 평론의 특징이자 한계로 지적되곤 합니다. 영화읽기에 전문성이 떨어지는 것처럼요. 미장센 비평의 전통 때문이겠지만, 그런 갈등을 가끔 겪는데 저는 대학에서 학생들 가르칠 때도 배우들 이야기를 많이 하면서, 어떻게 보면 고집스럽다고 할 정도로 평론을 하고 있습니다. 그런 맥락으로 질문을 이어하자면, 미자 캐릭터의 윤정희 선생님을 비롯해서 김희라 선생님, 또 김용택 시인 등등, 어찌 보면 전혀 예상치 못했던, 물론 결과적으로 보면 설득력이 있지만, 정말 예상치 못했던 캐스팅이라고 할 수 있거든요. 어떻습니까(웃음)? 그것도 그분들 밖에 없었던 겁니까, 아니면…….

이: (웃음)네. 적어도 지금 거론하신 분들은 그렇지요. 김용택 시인은…일단 저는 영화에서 시를 배우는 주인공 미자의 내러티브상 필요에 의해 시 강좌, 시 창작실의 모습을 보여주고 싶지는 않았습니다. 내러티브의 필요보다는 누군가를 데리고 와서 그냥 관객들한테, 직접 관객들을 대상으로 시를 강의하고 싶었던 겁니다. 그리고 그 누군가가 너무 고답적인 말을 하는, 전문적인 시 강의를 하는 사람이 아니라 그냥 쉽게 시에 대해서 이야기를 하는 지방문인, 그런 이미지의 분이 필요했었거든요, 물론 김용택 시인은 전국구지만, 느낌은 지방(웃음)문인에 딱 맞았지요.

전: 섬진강 시인이시니까(웃음).

이: 네. 그분 이상 역할에 맞는 분이 없어요. 또 그분이 실제로 시 강연을 하러 다니고. 그리고 그분이 하는 말이 또 제가 영화를 보러온 관객한테 직접 들려주고 싶은 말 이기도하지만, 그 강의 자체를 객관화하고 싶었어요. 그 강의를 듣지만 너무 푹 빠져서 듣는 것이 아니라 "저 사람 저런 말도 하네, 저렇게 시에 대한 진지함이란 어떤 걸까" 하는 객관적인 느낌을 관객들이 갖게 하고 싶었어요. 약간 이중적인데 일정한 거리를 두면서 관객들이 강의를 듣게 하고 싶었어요. 그러기 위해서는 김용택 시인이 딱이었죠.

전: 개인적인 친분도 있으셨지요?

이: 네. 저도 그 동네 있다가 왔으니까. 그리고 그분이 워낙 영화를 좋아해요. 여러 가지로 맞았지요. 그 다음 김희라 선생님은…일단 강회장이라는 사람이 마초여야 합니다. (그렇죠) 마초라는 의미는 지배의 욕구도 있지만 성적인 느낌이 강한 말이잖아요. 자기는 남자예요. 자기가 남자로서 능력 있고, 매력 있다, 라는 것을 스스로 아는 사람이에요, 마초란. 무조건 소리 지르는 것이 마초가 아니라(웃음). 거기에 김희라 선생이 딱이지요. 왕년에 액션 스타였죠. 그의 육체성, 그것이 자신의 재산이었잖아요. 그런데 지금 무력해졌어요. 병을 앓기도 하셨지만. 그러니까 지금 강회장이 바로 그 사람이라고 해도 과언이 아니죠. 그분이 완전히 회복된 것이 아니라 약간의 장애후유증이 남았었는데, 그게 약간 마음에 걸리기는 했지만 크게 신경 쓰지는 않았습니다. 왜냐하면 저는 장

애 자체가 조건이라고 생각하거든요. 본인이 크게 건강에 문제가 없으면, 조건으로 승화가 된다고 생각하지요.

전: 그래서 김희라 선생님과 윤정희 선생님처럼 소통이 잘 되셨는지요?

이: 네. 김희라 선생님은 사실 조금 의외였어요. 굉장히 즐겁게 적극적으로 촬영하시더라고요. 우리가 생각하는 마초는 스태프들한테 소리도 지를 수 있는데, 전혀 그런 것이 없었고.

전: 네. 그게 보이더라고요. 연기적으로 느껴졌어요. 또 현장분위기를 재미있게 하셨다는…….

이: 네. 일부러 계속 웃기고 농담도 하시고 그러셨죠. 본인은 굉장히 힘든 촬영이었어요. 벗고 찍었어야 했기 때문에. 나왔다 하면 벗잖아요, 겨울에.

전: 그렇죠. 그리고 캐릭터 상으로 봤을 때 정말 흥미진진한 경찰 캐릭터. 시도 좀 알고, 풍월도 알고 약간 타락한 것 같기도 하면서 또 인간적인 순수함을 지니고 있는, 아주 복합적인 캐릭터. 여느 영화에서 굉장히 보기 힘든 캐릭터 같은데 생각보다 이 캐릭터에 많은 것을 담으셨다고 보고 있습니다.

이: 네. 어쨌든 내러티브상 중요 역할을 하는 인물로 설정이 되었죠.

손자를 잡아가는데 잡아가기 전에 "미자가 과연 무엇을 했을까?"라는, 미자의 도덕적 선택을 도와주는 인물로 되어 있잖아요. 그런 내러티브 상 결정적 역할을 하는 인물이기도 하고 우리가 흔히 말하는 조력자라고 하는 그런 인물이기도 하고. 또 '시'라는 것을 미자가 채 이해하지 못하는 것에 대한, 이해하지 못한다고 하는 말은 미자가 너무 순수하기 때문이에요, 어린애처럼, 초심자처럼…미자가 이해하지 못하는 '시'의 현실성이라고 할까, 그런 것을 보여주는 인물이죠. 인생이란 그렇게 단순한 게 아니다 라는 것을 보여준다고나 할까요. 그러니까 굉장히 복합적인 임무를 띤 캐릭터입니다.

전: 그 배우는?

이: 김종구씨라고요, 영화나 드라마에서는 거의 알려지지 않은 얼굴이기 때문에 사람들이 "저런 사람이 어디 있었어?", 하는 반응이던데 사실 연극 쪽에서는 굉장히 유명한 분이세요.

전: 네. 좀 전에 미자의 도덕적 선택을 말씀하셨는데 그 선택은 봉준호 감독의 〈마더〉에서 엄마가 하는 선택과는 정 반대의 선택입니다. 저는 그 도덕적 선택을 보면서, 영화라는 것이 텍스트 안에 머물기도 하지만 텍스트 밖으로 나가기도 하지 않습니까, 혹시 감독님이 미자의 선택을 통해 영화 안에 갇혀 있는 것이 아니라 영화 밖으로 나가 우리 사회에 메시지를 던지고자 하는, 사회성까지 띠신 게 아닌가 싶은데, 물론 해석의 문제이기도합니다만, 어떠신지요?

이: 그걸 사회성이라는 카테고리 안에 넣을 수 있을지는 모르겠는데요, 저는 기본적으로, 이건 꽤 오래된 생각인데 어디에서 비롯된 것인지, 이게 무슨 근거를 갖고 있는지 저 스스로도 설명하기는 좀 어렵지만, 어떤 생각을 가지고 있냐하면…영화는 그것 자체로는 완결돼서는 안 된다, 는 생각을 가지고 있어요. 극장에서 영화가 끝나면 깨끗하게 완결돼 끝나잖아요, 해피엔딩이든 뭐든. 이제 끝, 이렇게 뜨면 "아, 영화 잘 봤다"라며 극장 문을 나선단 말이죠. 거기에서 에너지를 얻을 수도 있고 현실 일탈을 잘 했기 때문에 가벼운 마음으로 새 인생을 살아갈 수도 있고. 그런 게 영화의 기능이겠지요. 그런데 저는 왠지 그게 싫은 거예요. 영화의 끝은, 영화가 극장 안에서 끝나지 않고 관객과 연결 돼서 관객의 현실 속에서 끝나는, 관객의 삶 속에서 끝나는 것이라는 생각을 하고 있어요. 그러니까 관객이 현실 속에서 어떻게 살아가느냐에 따라서 영화의 결말이 달라질 수도 있다고 생각하는 거죠. 어려운 이야기가 될 수도 있는데. 어려운가요?

전: 아니요. 그렇지 않습니다만, 제 생각에는 감독님은 내러티브 구조로 볼 때 나름대로는 텍스트 안에서 완결성을 띠고 있는데 우리가 흔히 말하는 열린 결말이라는 상투적 표현을 넘어서서, 이건 좀 다르지만, 보통은 그 안에서 완결되면서 거기서 여운을 가지고 가기를 바라는 것과는 다른, 그 자체적으로는 완결은 되는데 원하는 것은 영화로 완결되는 게 아니라 그 영화의 텍스트가 삶과 연결되시기를 원하신다는 해석, 왜냐하면 감독님이……

이: 그것과는 조금 다르다는 말이지요. 무슨 말이냐 하면, 영화가 깔끔

하게 완결 되도 영화는 끝일 수 있지만, 그것과는 다르다는 것이지요. 끝나는 것처럼 보이기는 하나 사실은 관객이 마음으로 영화가 끝났네, 라고 느끼기는 어려운 구조인데요, 항상…〈박하사탕〉의 예를 들면, 사실 이게 〈박하사탕〉때부터 시작된 것일 수도 있는데, 〈박하사탕〉은 20년 뒤로 돌아가서 끝났어요. 그러니까 그게 관객들 입장에서는 굉장히 허무하게 느껴질 수도 있는 것이에요. 시간을 거꾸로 가서 과거에서 끝나버렸으니까. "그럼 어쩌란 말이야? 현실은?" 그런데 저는 관객들, 특히 영화의 주인공이 마지막에 도달한 스무 살 무렵의 순수한 나이에 있는 관객들이 다시 여행을 시작하기를 바란 것이죠. 그리고 그 다음의 영화들도 지금 말씀하신대로 나름의 끝은 있지만, 사실 관객은 저게 끝이다, 라고 받아들이기는 어려운 것이죠. 그럼 도대체 끝은 뭘까, 라는 질문을 하게돼 있죠. 그런데 그 질문을 굉장히 불편해하고 성가셔하는 관객들이 있어요. "뭐야 이 영화, 이게 끝이야? 나보고 어쩌라는 거야?", 이렇게 불평할 수도 있고, 그 끝에 대해서 곰곰이 생각해 볼 수도 있어요. 어쨌든 저는 관객의 마음에 영향을 주고 싶은 것이죠. 깔끔하게 잊어버리고 삶의 활력을 되찾는 그 기능이 아니라 뭔가 영향을 주고 싶은 것이에요. 손톱자국이라도 내고 싶은 것이고. 그 끝을 본인은 인식하지 못하나, 하다못해 그 영화에서 받아들인 질문, 또는 정서적 동요 등, 그런 것들이 나름의 삶 속에서 영향을 주기를 원하죠. 그건 순전히 제 꿈인지도 몰라요. 그러나 여전히 그 강박을 가지고 있어요.

전: 감독님 영화는 그런 점에서 오프닝, 과정, 결말이 나름대로 다 강한 인상을 남겨주는데, 특히 결말이 그렇죠. 〈오아시스〉에서 빛이 들어오며 여주인공이 빗질을 하면서 끝나고, 〈밀양〉에서는 도랑에 햇빛이

비치면서 끝나고, 〈시〉에선 물이 흐르며 끝나는데, 그것들은 연결돼 있습니다. 그런 것들 때문에 제가 감독님 영화의 내러티브가 완결 된다는, 완결보다는 일단락된다는 그런 느낌을 갖는 건인데, 감독님이 원하는 것은 그것이 영화 이후에 관객들의 마음에, 그 사람의 삶에 어떻게든 계속되길 바라시는 거죠.

이: 완결인 것(같으면서도), 완결로 보이되, 그러나 끝이 아닌(웃음). 그런 것을 원하는 것이죠.

전: 네. 아까 빠진 질문인데 말씀하신 것 중 영화는 인간을 가장 잘 드러내는 매체, 라는 자각은 소설가 적부터 이미 그렇게 생각하셔서 문학에서 영화로 넘어오게 되신 겁니까, 아니면 영화를 만들면서 그런 생각을 갖게 되신 겁니까?

이: 오히려 영화를 볼 때 그런 생각을 했던 것 같아요. 저는 10대 때부터 영화를 봤었는데 그때 제가 본 영화가 뭐 별거 있었겠어요? 알랭 들롱 나오고 뭐 그런 영화들이었던 것 같은데, 극장에서 영화를 보고 나오면 한 30분 동안은 내가 꼭 알랭 들롱이 된 것 같고, 그게 참 신기하더라고요. 물론 소설을 읽고도 그런 것들을 느낄 수 있겠지만, 그렇게 강하지는 않거든요. 영화가 주는 미적·내적 체험이라는 게 다양하겠지만 저는 배우를 통해 인물로 받아들이는 것이 가장 큰 것 같아요. 아주 어렸을 때부터 본 영화들까지 포함해 돌이켜보면 언제나 낯선 세계보다는 오히려 영화에 나왔던 인물이 나하고 동화되거나 부딪히거나 하는 느낌이 강했거든요, 내 개인적 체험으로 보면. 그러니까 영화란 인간의 변

화, 인간을 보여주는 매체지요. 영화만큼 효과를 거둘 수 있는 매체는 없지요. 우리가 '모나리자'를 봐도 인간을 느끼기는 어렵잖아요. 영화는 그 인간을 느낄 수 있어요.

전: 그렇다고 어릴 때부터 영화감독을 꿈꾸시거나 그런 것은 아니잖아요. 소설을 쓰시면서 영화감독을 할 거라 하지도 않으셨을 테고요. 어떻게 보면 어릴 때부터 영화를 보면서 가지고 계셨던 생각들, 가장 인간을 닮은 매체, 인간을 가장 잘 표현하는 매체라는 내면의 생각들이 영화감독으로 자연스럽게 이어진 것으로 볼 수 있겠네요. 그런가요? (네) 감사합니다. 조금 다른 질문으로 넘어가면, 지금 '2011 오늘의 영화' 인터뷰는 제가 진행하고 있지만 〈시〉 리뷰는 함께 편집위원을 맡고 있는 유지나 교수가 썼습니다. 오늘 인터뷰 오기 전에 리뷰 원고를 받아 읽어봤는데, 맨 마지막 팁이라고 짤막하게 감상을 적어 놓은 것이 눈길을 끌었습니다. "처음 영화를 볼 때는 윤정희 씨의 어색한 발음이 걸려 몰입하기 힘들었다. 이상한 말을 잘하는 시인 기질 캐릭터로 받아들이기엔 어색한, 가로하고 (애교스러움의 작위성?) 가로닫고, 발음이 부자연스럽게 느껴졌기 때문이다. 그러다가 세 번쯤 보니 어색함조차 엉뚱함으로 치환되어 이미지 속에 묻혀버렸다" 라고 리뷰를 끝내면서 윤정희 선생님에 대한 불만을 살짝 털어났더라고요. 어떻습니까, 윤정희 선생님의 어색한 발음이라는 것에 동의, 동의라고 하는 것은 좀 그렇지만, 그렇게 느껴지는 사람이 유지나 교수뿐만 아니라 여러 사람들이 그렇게 느꼈을 수도 있는데, 그것은 윤정희 선생님이 그렇게밖에 연기를 할 수 없는 것인지, 아니면 미자 캐릭터가 그런 것을 요구한 것인지, 그것도 아니면 감독님의 연출 의도로 우리가 그렇게 느껴지길 원하셨던 것인지……

이: 윤정희 선생의 연기에 대한 반응이 실제로 반반으로 갈렸어요. "맞아, 저런 사람이 있어, 절묘하다"라고 말하는 사람(접니다)이 있고, 또 어떤 사람은 "어색하다, 왠지 어색하다" 이렇게 부정적으로 이야기하는 사람도 있고, 두 종류인 것 같아요. 그런데 저는 개인적으로 "그래, 그런 사람이 있다" 쪽에 가까워요. 우리 현실에서 만나 볼 수 있는 사람 중에 말을 항상 꾸며서 하는 사람들이 있습니다. (네) 그 꾸며서 말을 하는 사람들의 동기는 두 가지인데, 하나는 늘 자기를 미화시키고 싶은 마음이 있고, 가식이죠. 또 하나는 늘 아름답고 싶은 순수함이죠. 그런데 그 중에는 경상도 출신 여자들이 말을 꾸며서 하는 경향이 있어요. 경상도 출신 여자들이 일부러 서울말을 하는 것이죠. 왜냐하면 다른 지방출신들보다는 서울말을 하기 힘들기 때문에, 요즘은 어릴 때부터 TV 영향으로 좀 덜하기는 합니다만, 예전에는 경상도 출신 여자가 일부러 서울말을 하는 것에는 어쩔 수 없이 가식이 들어가 있었어요. 그건 누가 말해도 어색한 것이죠. 그런데 만약 서울말을 아주 자연스럽게 잘하는 배우가 미자 역할을 하기는 힘들어요. 서울말을 하는 서울 출신 배우가 경상도 출신인데 일부러 어색하게 서울말을 하는 것처럼 연기하기는 어렵다는 말입니다. 그런데 윤정희 선생은 경상도 출신입니다. 광주여고를 나왔지만, 사실 부산출신이거든요. 그러니까 오히려 그 말투가 있어요. 그리고 이분이 오랫동안 해외에서 생활했기 때문에 자기말의 현실감이 좀 부족해요. 미자가 할법한 어투와 그 말의 어색한, 이상한 뉘앙스를 그대로 가지고 있어요. 그게 어찌되었던 간에 저는 어떤 배우가 일부러 그렇게 연기하기는 힘들다고 생각해요. 그건 연기할 수 있는 것이 아닌 거죠. 아까 말했듯이 서울에서 태어나서 네이티브로 서울말을 하는 사람은 경상도 사람이 서울말 하는 것처럼 할 수 없다는, 뼈에 배어

있는 억양이 들어날 때 그렇게 느끼는 것이지 일부로 그럴 수는 없는 것이거든요. 그러니까 누군가가 윤정희 선생이 말하는 미자의 말투를 어색하게 느껴도 나로서는 어떻게 할 수 없는 것이에요.

전: 저는 뭐, 그게 만약 어색하다고 할지라도 미자 캐릭터는 우리가 흔히 영화 속에서 볼 수 있는, 또는 소설 속에서 볼 수 있는 할머니 캐릭터가 아니잖아요. 좀 다른 캐릭터의 어색함이 저는 딱 부합되었다고 봅니다.

이: 네. 미자라는 인물을, 미자라는 사람을 우리가 현실에서 만나면 "저 할머니 이상한 사람이야",라고 한번 씩 돌아볼 것 같아요(웃음). 그리고 어색한 것은 미자의 말투만이 아닙니다. 수업 시간에 질문하고 그런 것들도 좀 이상하지요, 손발이 오그라들고. 그러니까 그걸 캐릭터라고 봐야지요.

전: 네. 오프닝, 엔딩 크레디트에 모든 감독들이 공을 들이는데 다른 어떤 감독들보다 더, 감독님 작품은 오프닝, 엔딩 크레디트에 크게 공을 들이신다고 보고 있습니다. 특히 〈시〉의 오프닝 크레디트는, 한국 영화 사상 가장 압도적 인상을 전하고 있다고 전 생각합니다. 유지나 교수 역시 리뷰에서 "시와 시신"이라는 표현을 하며, 오프닝을 묘사했는데요. "시와 시신"이라는 말에 대해 의미심장한 무언가 하실 말씀이 있으실 것도 같은데요.

이: 어떤 의미를 가지고 그걸 조합하지는 않았습니다. 보도 자료에도

썼지만, 사실 영화 속 성폭행 사건은 실제 일어났던 사건이잖아요. 밀양에서 일어났는데, 그 때 한참 〈밀양〉 시나리오를 쓸 때였어요. (네) 그 사건이 딱 일어나니까, 뭐랄까 난감해지는 거죠. 충격도 받기는 받았지만. 〈밀양〉은 우리 현실에서의 고통, 현실이 이렇게 고통스러운데 여기서 어떻게 살아가야 하는지 의미를 찾는 영화거든요, 간단히 말하면. 현실이 이런 것이라 할 때 현실이 밀양이거든요. 그런데 실제 밀양이라는 공간에서 그런 성폭행 사건이 실제로 일어났어요. 그런데 그것을 굳이 외면하고 〈밀양〉이라는 이름으로 다른 유괴 사건을 다룬다는 게, 물론 소설의 연장이기도 하지만, 나한테는 뭐랄까, 부담이 된 거죠. 그래서 그걸로 바꿀까, 라는 생각을 했다가, 아니다 그냥 계속 가자 해서 〈밀양〉을 찍었어요. 그리고 그 사건을 계속 영화로 하려고 고민은 했지만, 어떤 방법으로 이야기를 해야 하는지를 찾지 못했어요. 쉽게 떠올릴 수 있는 것들은 많잖아요. 피해자가 정의를 위해서 싸우는 구조일 수도 있고, 누군가가, 형사나 기자나 다른 누군가가 진실을 찾아가는 구조일 수도 있고. 그런데 그건 너무 쉬운 방법이고, 그게 내가 꼭 해야 되는, 내 마음속에서 하고 싶은 이야기하고는 좀 다른 것 같았어요. 그러다 일본에 여행을 갔다, 잠 못 드는 여행객을 위한 채널이 있잖아요, 잔잔한 음악이랑 풍경만 계속 나오는…아침에 일어나 무심히 그런 채널을 보고 있는데 갑자기 '시'라는 화두가 떠올랐어요. 그리고 제목도 〈시〉여야겠다, 주인공은 난생 처음 시를 배우는 60대 중반의 할머니로 해야 되겠다, 이런 것들이 동시에 떠올랐어요. 그리고 동시에 첫 장면도 떠올랐어요. 평화로운 강에서 시신이 떠오르고. 물론 이 모든 것들이 동시에 "자, 영감 받아라" 하며 갑자기 나온 것은 아니겠죠. 살아오면서 느낀 이러저런 내 고민들이 뭔가와 만나서 표현된 것이겠죠. 고민이라는 것이 이런 것들이었거든요. "시를 쓴다는 게 도대체 무슨 의미지? 어디다 써먹지?", 이런 것들. "시가 밥 먹여 주냐?", 이런 것들. 이 질문은 거의 10대 때부터 해왔던 제 고민입니다. 문학, 예술, 말하자면 영화…"영화가 밥 먹여주나?" 영화가 밥 먹여주지요. 어떤 영화, 돈 버는 영화들은 밥 먹여주지요. 그런데 어떤 영화, 그렇지 않은 어떤 영화, 돈도 안 되고, 관객의 즐거움도 안 되고, 이건 뭐지? 그런데 어쨌든 그 모든 것을 상징하는 '시', 그게 아름다움을 추구하는 것인데 그 아름다움은 뭐지?, 그 아름다움이 눈에 보이나?, 어떤 걸 아름답다고 말하지? 이런 그 동안의 질문들, 그런 것들이 제 속에 쌓였다가 나온 것이죠. 그 장면은 그 동안 제가 생각했던 것에, 제 속에서 쌓여왔던 질문을 본능적으로 바라본 하나의 이미지라고 보는 것이죠.

전: 영화에 대한 질문을 마지막으로 한 가지만 더 하고, 영화 바깥의 이야기를 하고 인터뷰를 마무리 짓도록 하겠습니다. 먼저 사운드. 기본적으로 많은 감독들이 영화를 영상으로 해석하고 받아들이기 때문에 사운드는 마치 부차적인 요소로 여기는 경우가 종종 있고, 그래서 사운드 연출을 상대적으로 좀 소홀히 여기는 경우가 있는데, 감독님의 〈시〉를 보면서 사운드 연출에서 감독님의 다른 영화들보다 더 큰 공을 들였다, 는 느낌을 받았습니다. 음악을 쓰는 방식 역시 묵음까지 포함해 최대한 음악을 배제하고, 과거보다 훨씬 더 공을 들여서 했다는 느낌을 받았거든요. 의식적으로 사운드 연출을 염두에 두고 하신 건지, 아니면 자연스럽게 내러티브를 따라갔더니 그렇게 된 것인지……

이: 의식을 합니다. 실제로 전에도 의식적으로 했거든요. 후반 작업을

할 때, 한때는 많이 부딪히기도 했었어요. 그런데 〈초록물고기〉도 그렇고 〈오아시스〉까지 사운드 때문에 굉장히 많이 애를 쓰고 공을 들였는데, 지금 영화제 같은 곳이나 극장에서 그 영화들을 보면 사운드가 굉장히 작아요. 해외 영화에 비해. 물론 그게 전체적인 의도이긴 하나 극장에서 느끼는 정도로 작지는 않았어요. 그게 시스템이 달라져서 그런 것인데, 이를테면 〈박하사탕〉까지는 돌비 스테레오였을 겁니다. 그리고 〈오아시스〉는 돌비 서라운드. 지금은 다 디지털이거든요. 지금 극장에서는 디지털로 틀기 때문에, 그때 맞춰둔 시스템으로는 소리가 약하게 느껴지는 거죠. 그런 점에서 좀 아쉬움이 있는데, 저는 사운드가 굉장히 중요한 요소라고 생각합니다. 어쨌든 영화는 현실을 담는 것인데 카메라에 담기는 빛도 현실이고 녹음기에 담기는 소리도 현실이죠. 그런데 〈시〉에서는 좀 더 다른 고민이 필요했어요. 이게 '시'에 관한 이야기 인데 시란, 영화 속에서도 나오지만 진정한 아름다움을 찾는 것이라고, 그런데 이게 미자가 부딪히는 질문하고 똑같은 것이지요. 그러면 진정한 아름다움은 도대체 뭐냐, 그러면 이것을 영화로 환치한다면 영화도 진정한 아름다움을 찾는다면 영화는 진정한 아름다움을 어떻게 전달하지? 뭐를 진정한 아름다움이라고 보여주지? 그런 것을 자동적으로 환치할 수 있거든요. 그런데 영화는 시보다 훨씬 더 아름다움을 담기 쉽습니다, 아시다시피. 렌즈의 특성이 그래요. 현실을 낯설게 보여주면서 보다 뭔가 멋있게 보여주는. 어딘가 카메라를 설치하면 나름의 구도가 생겨요, 어딘가 조명을 비추면 나름의 빛이 만들어지거든요. 그런데 우리가 육안으로 보는 것과 화면에서 어느 정도 미화되어 보여줄 수 있는 것이 아름다움은 아니거든요. 어떻게 하면 눈에 보이지는 않지만 느낄 수 있는 아름다움을 전달하느냐의 문제가 있는 것이죠. 여기에는 시각적인 것도 포함되지만 당연히 소리도 포함되는 것이죠. 그런데 소리로 감정을 전달하는 가장 좋은 방법은 음악이에요. 음악은 일단 깔리면 감정적으로 강화시켜주니까. 그 음악이란 현실 바깥에 있던 것을 가져다가 덧붙이는 것이잖아요. 그것은 만들어진 아름다움이라 말할 수 있지요. 이미 만들어낸 아름다움. 그래서 저는 녹음 마지막까지 음악을 넣어야하나 말아야하나 고민하기도 했는데, 마지막 순간 결국은 영화의 여러 가지, 이 영화의 아름다움에 대한 콘셉트를 지키기 위해서는 음악이 없어야 된다, 만들어진 아름다움인 음악은 없고 더 현실적인 소리로만 관객이 느낄 수 있고 관객이 다행히 그 소음들이, 별다른 소음이 아니라 문소리, 아이들 소리, 바람소리 등등의 소음들 속에서 관객이 음악성을 느낄 수 있다면 다행이겠다, 이렇게 생각을 했습니다.

전: 고맙습니다. 이제 텍스트 안은 이것으로 마무리 짓고 마지막으로 텍스트 바깥이야기를 하도록 하겠습니다. 제겐 감독님이 〈오아시스〉로 베니스영화제 감독상을 받으실 때 하신 말씀에 깊은 인상을 받고, 아직까지도 수업할 때 항상 학생들에게 역설하는 말이 있습니다. 한국 영화가 세계적으로 각광받으면서 한국 영화의 활력에 관한 질문을 요청받으시고, 이렇게 말씀하셨죠. 다른 나라는 예술 영화와 상업 영화가 완전히 분리되어있다, 그래서 상업 영화 따로 예술 영화 따로 가는데 한국은 그것이 혼재되어, 예를 들면 메이저 투자자가 예술 영화에 지원, 투자해주고…이러한 것들이 한국 영화의 특유의 활력이다, 라고요. '내셔널 시네마' 로서 한국 영화가 10년 넘게 세계적 주목을 끌고 있는 것도 그 이유라고 생각하고 있죠. 가령 홍상수 감독은 영화 한 편 만들어 관객 수가 1~2만정도밖에 안 되는데도 벌써 열 편 넘게 만들어 내고 있잖아요, 김

기덕 감독도 마찬가지고. 기억하지 못 하실지 모르지만 그때의 멘트는 지금도 유효하다고 보십니까, 아니면 지금은 아니라고 생각하시는지, 그리고 한국 영화의 현재에 관한 감독님의 생각도 부탁드립니다.

이: 제가 그런 말을 했던가요(웃음)? 했다면, 여전히 그 생각에는 변함없이 유효합니다만, 그게 양면성이 있습니다. 한국 영화가 어정쩡해지게 하는 측면도 있어요. 예술 영화라고 보기에도 좀 그렇고, 그렇다고 딱 상업 영화도 아니고, 그런 어정쩡한 영화들. 어찌되었든 그건 한국 영화산업이 살아있기 때문에 가능한 것이지요. 그런데 지금은 소위 독립영화, 저예산 영화가 양산되고 있어요. 그게 한국 영화산업이 위기에 빠지고 제작비 절감 문제가 대두 되고…위기의 요인으로 이런저런 것들과 함께 이야기 되고 있는 것인데, 이것 또한 양면성이 있습니다. 그러니까 저는 재능, 야망이 있는 영화감독들이 너무 독립 영화에 안주하는 것이 위험하다고 생각합니다. 왜냐하면 한국 영화의 힘은 관객과 만나서 길항관계, 밀고 당기는 것, 그 속에서 힘이 생기는 것, 그게 한국 영화의 에너지였어요. 그런데 그것 자체를 포기하는 영화들, 그게 영화제에서 상을 받고 주목을 받을 수 있을지는 모르나 한 감독으로서 정말로 자신의 이름을 어디선가 새기고 싶으면, 거기에서 벗어나야 한다고 생각합니다.

전: 아주 중요한 말씀을 해주셨습니다. 저도 사실은 늘 그런 의문들을 가지고 있었는데요.

이: 그렇다고 해서 제가 상업 영화만 찍으라는 뜻은 아니고요. 한국

영화감독들이 사실은 상업 영화를 찍으면서 그냥 상업 영화만 하고 싶지는 않은 겁니다, 이제. 자존심들이 세서. 다 예술하고 싶으니까요. 그러니까 어정쩡한 줄타기를 하고 있는 것이지요. 아까도 말했듯이 어정쩡해지기도 하지만 한편으로는 그 자의식이 한국 영화의 에너지를 만들어 가고 있는 겁니다. 독립 영화 지원금을 받아서, 또는 아주 힘들게 저예산으로 독립 영화를 찍는 것에 너무 안주 하면 안 된다는 말이지요. 그것을 발판으로 삼을 수는 있겠지만.

전: 그러면 다소 선정적인 질문일 수 있겠지만, 감독님이 보시기에 바람직한 길을 가는 재능 있고 야망 있는 젊은 감독을 한두 명 뽑아주실 수 있으신지요?

이: 이미 받을 대로 인정받았으니까, 봉준호 감독을 말하긴 그렇고… 사실 젊은 감독 중에서 자기 이름을 새기고 대중과도 만나고 하는, 야망 있는 젊은 사람들의 이름을 쉽게 떠올릴 수 없다는 것이 한국 영화의 큰 문제점인 것 같습니다. 몇 백만의 대박 영화들이 더러 나오는데 사람들이 활력이라고 느껴지지 않는다는 점에 갈증이 있는 것이죠.

전: 마지막으로 다소 불편할 수도 있는 질문을 드리겠습니다. 감독님은 문화부장관을 지내셨습니다. 장관 생활을 하신 경험 내지는 외도가 영화감독 이창동에게 미친 긍정적, 부정적 영향을 말해주신다면 뭐가 있을까요?

이: 긍정적인 건 전혀 없습니다. 완전 부정입니다(웃음).

전: 그래도 그런 세계를 맛본 것들이 영화에서 표현될 수 있지 않을지
요?

이: 그런 영화를 만약에 찍게 된다면, 도움이 되겠지요(웃음).

전: 관객으로서 그런 영화도 꼭 보고 싶습니다. 바쁘실 텐데 시간 내
주셔서 다시 한 번 감사드립니다.

【추천 영화 목록】

한국 영화

경 김정 경계도시2 홍형숙 계몽영화 박동훈 구르믈 버서난 달처럼 이준익 김복남 살인 사건의 전말 장철수 내 깡패 같은 애인 김광식 돌이킬 수 없는 박수영 땅의 여자 권우정 레인보우 신수원 마녀의 관 박진성 맨발의 꿈 김태균 무산일기 박정범 반드시 크게 들을 것 백승화 방가?방가! 육상효 방자전 김대우 부당거래 류승완 불청객 이응일 브라보! 재 즈 라이프 남무성 빗자루, 금붕어 되다 김동주 소규모 아카시아밴드 이야기 민환기 소와 함께 여행하는 법 임순례 시 이창동 시라노 ; 연애조작단 김현석 아마존의 눈물 김진만, 김현철 아저씨 이정범 악마를 보았다 김지운 야만의 무기 이강길 영도다리 전수일 옥희 의 영화 홍상수 울지마, 톤즈 구수환 의형제 장훈 이끼 강우석 이웃집 좀비 홍영근, 오영 두 이층의 악당 손재곤 이파네마 소년 김기훈 작은 연못 이상우 조금만 더 가까이 김종 관 종로의 기적 이혁상 죽이고 싶은 조원희, 김상화 채식주의자 임우성 카페 느와르 정성 일 탈주 이송희일 패밀리마트 김건 페스티발 이해영 페어 러브 신연식 하모니 강대규 하하하 홍상수 할 윤용진 헬로우 고스트 김영탁 황해 나홍진

외국 영화

500일의 썸머 마크 웹 공기인형 고레에다 히로카즈 대지진 펑 샤오팅 더 로드 진 힐코트 더 콘서트 라두 미하일레아누 디센트 : Part2 존 해리스 러블리, 스틸 니콜라스 패클러 렛 미인 매트 리브스 마루 밑 아리에티 요네바야시 히로마사 밀크 구스 반 산트 브라더스 짐 쉐리단 블라인드 사이드 존 리 핸콕 사랑은 너무 복잡해 낸시 메이어스 사이즈의 문제 샤 론 메이몬, 에레즈 다드모르 셔터 아일랜드 마틴 스코시즈 소셜 네트워크 데이비드 핀처 슈렉 포에버 마이크 미첼 싱글맨 톰 포드 쓰리 데이즈 폴 해기스 아이언맨2 존 파브로 언 에듀케이션 론 쉐르픽 엉클 분미 아피찻퐁 위라세타쿤 엘 시크레토 : 비밀의 눈동자 후 안 호세 캄파넬라 열대병 아피찻퐁 위라세타쿤 우리가 꿈꾸는 기적 : 인빅터스 클린트 이 스트우드 우리의사 선생님 니시카와 미와 유령 작가 로만 폴란스키 이상한 나라의 앨리 스 팀 버튼 인 디 에어 제이슨 라이트먼 인셉션 크리스토퍼 놀란 존 레논 비긴스—노웨어 보이 샘 테일러 우드 청설 청편편 축구의 신 마라도나 에밀 쿠스트리차 크레이지 브렉 에 이즈너 클라라 헬마 잔더스—브람스 클래스 로랑 캉테 킥 에스 매튜 본 테이킹 우드스탁 이안 토이스토리3 리 언크리치 토일렛 오기가미 나오코 톨스토이의 마지막 인생 마이클 호프만 하얀 리본 미카엘 하네케 하얀 아오자이 후인 루 해리포터와 죽음의 성물1 데이빗 예이츠 허트로커 캐스린 비글로우

【추천위원】

강성률 강유정 강태규 곽명동 곽영진 권경우 기선민 김경욱 김국현 김남석 김문주
김민정 김서영 김선태 김선희 김세인 김승옥 김시무 김신우 김용출 김은숙 김이하
김지숙 김진철 김천홍 김호일 김희정 김희주 김희진 남완석 라제기 맹수진 모신정
목혜정 문학산 문희용 박근영 박용재 박유희 박재동 박태식 방남수 방민호 배장수
백승찬 백지은 서영택 서영호 설규주 성유경 손원대 손정순 손　희 송경원 송광호
송종찬 송효정 신귀백 오경은 오형엽 유성호 유지나 이경수 이경재 이대현 이상용
이승철 이승현 이용승 이　원 이장호 이재복 이재훈 이찬호 이태수 이현경 이현우
임정식 임진모 장재선 전찬일 정민아 정여진 정용국 정철훈 정지욱 조　랑 조선희
천동희 최교익 최창근 한옥희 한진희 함돈균 함영연 허문영 홍용희 홍창수 황성운
황진미 (이상 100명)

2011 '작가'가 선정한 오늘의 영화

2011년 3월 7일 초판 1쇄 인쇄
2011년 3월 15일 초판 1쇄 발행

지은이 | 유지나 이창동 전찬일 외
펴낸이 | 孫貞順
펴낸곳 | 도서출판 작가
　　　　서울 서대문구 북아현3동 1-1278 (우120-866)
　　　　전화 | 365-8111~2　팩스 | 365-8110
　　　　이메일 | morebook@morebook.co.kr
　　　　홈페이지 | www.morebook.co.kr
　　　　등록번호 | 제13-630호(2000. 2. 9.)

기획위원 | 유지나 전찬일 강태규
편집 | 조랑 손희
디자인 | 오경은
영업 | 손원대 설동근
관리 | 이용승

ISBN 978-89-94815-05-3 (03810)

* 잘못된 책은 구입하신 서점에서 바꾸어 드립니다.
* 지은이와 협의하에 인지를 붙이지 않습니다.

값 12,000원